KB260467

칠리 이광린 선생 탄신 100주년 기념문집

개화와 근대

칠리 이광린 선생 탄신 100주년 기념문집

개화와 근대

이광린 선생 탄신 100주년
기념문집 간행위원회 엮음

경인문화사

간행사

  칠리 이광린 선생님은 1925년 평안남도 용강군에서 태어나셨다. 선생님은 동시대인이라면 누구도 피할 수 없었던 일제강점기, 해방, 전쟁, 민주혁명, 쿠테타 등으로 이어지는, 우리 민족사에서 가장 힘든 시기를 겪었다. 평양의 초중등학교를 거쳐 연희대학에 입학하면서 암울한 현실을 이해하기 위한 학문으로 역사학을 선택하였다. 그리고 식민주의사관의 극복에 관심을 가지면서 한국사를 전공으로 삼았다. 그 뒤 대학원에 진학하였고, 전쟁의 소용돌이 속에서도 부산에서 연구와 강의를 끊임없이 이어갔다. 환도 후 학위를 받고 곧바로 모교 사학과의 전임교수가 되었다. 선생님은 연세대학에서 10년, 서강대학에서 25년을 재직하였다. 그리고 2006년 유명을 달리하셨다.

  선생님은 평생을 한국사 연구에 바치셨다. 연세대학에 계시면서 선생님의 주된 관심은 조선초기의 제도사였다. 그 뒤 서강대학으로 옮기면서 선생님은 전통사회에서 근대사회로 넘어가는 대변동기인 개화시대에 집중하였다. 선생님의 연구로 말미암아 우리 개화기의 역사가 비로소 '개화開花'하고 또 '만개滿開'하게 되었다고 해도 지나친 말이 아닐 것이다. 정년퇴임을 하신 뒤에는 북한사까지 다루어 관심의 범위를 확대하였다. 선생님의 학문적 영역은 개화기를 중심으로 조선시대 이후의 한국사를 거의 아우르고 있으며, 학문적 열정은 병환으로 누우실 때까지 지속적으로 이어졌던 것이다.

선생님은 곧고 의로우셨다. 일제강점기에는 반일활동으로 평양형무소에 수감되기도 하였다. 4·19혁명 이후에는 연세대학 학원민주화 운동에 참가한 바 있었고, 1965년 한일회담에 반대하여 길현모, 이보형, 이기백 선생님 등 서강대학 사학과의 동료들과 함께 한일협정비준반대 선언문의 서명에도 참여하였다.

내년 2월이면 선생님이 태어나신 지 100년이 된다. 마침 올 시월은 이기백 선생님이 태어나신 지 100년이 되기도 한다. 두 분은 서강대학에 함께 계시면서 개인의 학문적 전성기를 맞이하고, 서강사학의 전통을 굳게 마련하셨다. 당시 가르침을 받은 한국사 전공자들은 "두 분 곧 아니시면 이 몸이 있었을까"라는 마음을 누구나 갖고 있을 것이다. 두 분의 탄신 100주년을 기념하기 위하여 작년 말 서강대학 사학과 출신의 여러 제자가 간행위원회를 만들어 기념문집을 펴내기로 하였다.

이광린 선생님의 학은을 입은 여러분에게 원고를 청탁하여 논고와 회고담을 받았다.

제1부는 선생님의 학문에 대한 검토와 평가를 주로 하였다. 10주기에 마련한 학술대회에서 발표된 논문도 함께 실었다.

제2부는 선생님과의 개인적 추억을 담은 글들로, 당신의 삶을 여러 면에서 다시 한번 살펴보는 기회가 될 것으로 생각된다. 값진 글을 보내주신 분들에게 진심으로 감사의 말씀을 드린다. 그리고 간행위원회 위원들이 동문의식 이상의 형제애와 같은 마음으로 일을 맡아주었다. 끝으로 상업적 가치가 떨어지는 문집의 출간을 맡아주신 경인문화사에도 고마움의 뜻을 전한다.

문집을 간행하면서 공연한 일을 하는 것 같아 부끄럽고 죄송한 마음
이 든다. 부디 선생님께서 굽어살피시어 너그러이 헤아려주시길 바랄
따름이다.

2024년 10월
이광린 선생 탄신 100주년 기념문집 간행위원회

차 례

부록

제1부

논문

이광린 선생님의 조선시대사 연구

윤희면 전남대학교 명예교수

1. 머리말

개화사 연구의 개척자이자 권위자로 알려진 이광린 선생님(1925. 2. 9-2006. 4. 11)의 초기 연구는 조선시대에 모아져있다. 좀 더 구체적으로 말하자면 1963년에 「育英公院의 設置와 그 變遷에 對하여」(『東方學志』 6집)를 발표하고 그 이후 개화사 연구에 매진하시기 전까지의 연구는 모두 조선시대, 그것도 대부분 초기에 집중되어 있다. 선생님의 30대 젊은 시절 발표하신 조선시대 논문들을 표로 작성해보면 다음과 같다.

〈표 1〉 조선시대사 연구논문(서) 목록

번호	제목	수록지	연도	쪽수
01	其人制度의 變遷에 대하여	學林 3	1954. 7	1-25
02	世宗朝의 集賢殿	崔鉉培先生還甲記念 論文集	1954. 11	159-176
03	號牌考 - 그 실시 변천을 중심으로-	庸齋白樂濬博士還甲 紀念 國學論叢	1955. 11	551-612
04	李朝 初期의 製紙業	歷史學報 10	1958. 6	1-38
05	奔競 禁止法의 制定과 그 變遷에 對하여	東方學志 4	1959. 6	99-109
06	李朝水利史研究	韓國研究圖書館	1961. 1	1-183

번호	제목	수록지	연도	쪽수
07	鮮初의 四部學堂	歷史學報 16	1961.12	27-62
08	京主人 研究	人文科學 7	1962. 6	237-267
09	李朝 後半期의 寺刹製紙業	歷史學報 17.18 합집	1962. 6	201-219
10	世宗	『韓國의 人間像』 1(新丘文化社)	1965. 4	213-233
11	鮮初의 養蠶業 -특히 蠶室을 中心으로-	曉城趙明基博士華甲記念佛敎史學論叢	1965. 5	633-641
12	『養蠶經驗撮要』에 대하여	歷史學報 28	1965. 9	25-40
13	提調制度研究	東方學志 8	1967.10	69-95

　　이상과 같이 1권의 저서와 12편의 논문을 확인할 수 있다. 1963년 이후의 조선시대 논문으로 세종, 養蠶業과 提調制 등 4편이 보이는데 이는 이전에 선생님께서 해 놓으신 연구의 연장이거나(세종), 모아놓은 자료를 이용하여 발표하신 것으로 보인다.

　　본 발표에서는 선생님의 조선시대 연구들이 어떠한 내용과 특징을 지니고 있는지를 우선 알아보고자 한다. 이어 선생님의 연구는 그야말로 실증을 강조하시고 있는데, 연구를 위하여 어떠한 자료들을 활용하시고 있으며 자료 확보를 위하여 어떠한 노력을 기울이고 계셨는지를 짐작해 보려고 한다. 끝으로는 선생님이 조선시대에 대하여 가진 시각은 무엇이었는가를 더듬어 보고, 이를 오늘날 어떻게 극복하고 계승할까 하는 점에 대해서도 이야기해보고자 한다.

　　선생님을 뵌 것은 1976년 대학원 입학부터이고, 박사과정까지 포함하여 5년을 곁에서 배웠지만 그야말로 수업시간 때뿐이었다. 박사논문 전후에도 선생님의 공부 추궁이 무서워 지방에 있다는 핑계를 대고 달리 각별히 찾아뵙지 못했다. 따라서 선생님이 언급하신 당신의 조선시대 연구 성과라든가 의의 같은 것을 잘 귀담아듣지도 못한 처지에 그야말로 연구논문만을 매개로 발표를 하게 되어 잘못 파악한 내용을 이야기하는 것이 아닐까 여간 송구스럽지 않다. 학부 시절부터, 그리고 대학원 때에는 선생님의 작은 연구실에 책상을 가져다 놓고 공부하면서 선생님의 곁에서 모든 것을 보아오신 정두희, 오성 선배가 이 일을 담당해야 더욱 구체적이고 생생한 언급이 나올 것인데, 두 분 모두 안타깝게 돌아가셨기에 할 수 없이 제가 이 일을 떠밀려 맡게 되었다. 발표를 들어보시고 아시는 내용이나 기억되는 일화 등을 활발히 말씀해 주시면 다음에 다시 정리할 기회가 생긴다면 많은 참고가 되리라 생각한다.

2. 연구 내용과 특징

선생님의 학계 데뷔작은 기인제도의 변천이다. 선생님의 관련 자료를 찾아보면 대학원 졸업연도는 1954년 3월이고, 졸업논문은 「鄕吏에 對한 社會史的 考察」(필사본, 114장, 연희대학교 대학원 사학과, 1954. 2)이라고 되어 있다. 이 졸업논문을 아직 보지는 못했지만 아마도 기인 연구와 그다지 차이가 없지 않을까 짐작한다.

기인제도에 대한 연구 내용은 다음과 같다. 신라 법흥왕, 진흥왕대 전후로 지방세력 견제를 위해 시작된 기인제도는 고려시대에 들어와서도 인질의 성격을 띠고 존속하였다. 중기 이후 지방통제 강화로 점차 잡역을 담당하는 천역이 되어 갔으며, 조선에 들어와 중앙관부에 燒木과 柴炭을 제공하는 처지가 되었다가 대동법 이후에는 폐지되는데, 그 후 기인이란 炭木 청부 어용상인으로 의미가 바뀌었다고 설명하였다.

선생님의 두 번째 발표 논문은 집현전이다. 學士(博士) 직책이 있는 삼국시대부터 집현전 같은 기구가 설치되었을 것으로 보았으며, 고려

말에도 집현전 제도가 존속하였고, 조선 정종, 태종대에 존속 논란을 거쳐 세종 2년에 기구가 확충되었다고 보았다. 겸임이 아닌 전임 學士를 두어 10→15→30→20명의 정원 변화가 있었으며, 임무는 경연과 서연, 사관, 辭令의 제찬, 고제연구 등이었다. 고제연구를 바탕으로 議政府擬議制를 부활하였고, 유교지상주의 국가확립을 목표로 하는 집현전 학사 출신들이 문종대 이후 정권을 차지하자 왕권무단파 수양대군이 쿠데타를 일으켜 즉위하고, 세조 2년 사육신 사건을 기화로 집현전을 폐지하였다. 이후 예문관 겸직, 홍문관으로의 변천을 소개하고, 집현전은 고제연구를 통해 유교국가의 토대를 닦은 것으로 결론지었다.

세 번째 논문은 호패고이다. 선생님의 회고에 의하면 "대학을 졸업할 때 조선 초의 호패법에 대한 논문을 써 본 일이 있으나 그것을 학교 당국에 제출하였던 것도 아니고 일종의 습작에 지나지 않았다. 단지 졸업식을 앞두고 2, 3학년 재학생들이 졸업생 환송회를 연다면서 그 동안 공부한 것을 발표해 달라는 요청을 받고 구두발표를 하였을 뿐이었다"(「나의 학문편력」, 『한국사 시민강좌』 6집, 1990, p.160)라고 하셨다. 학부졸업논문으로 작성한 호패법의 자료를 숙종 때까지 확대하여 연구한 것으로, 연구 내용을 보면 호적법의 보조 역할을 한 호패법은 중국에서는 시행되지 않았다고 하고, 태종 13년(16년 폐지), 세조 5년(세조 9년 개정발급, 성종 즉위년 폐지), 광해군 2년(4년 폐지), 인조 4년(5년 폐지), 숙종 원년의 5차례 실시되었으며, 실시 동기는 대외관계에 자극되어 군액 확보에 있었다고 보았다. 앞서 4차례와 달리 숙종 원년의 것은 대외관계의 우려가 점차 사라지고 군역도 납포제로, '소위 용병제'로 운영되었기에 이후 계속 실시될 수 있었다고 설명하였다.

네 번째 논문은 「이조 초기의 제지업」이다. 이 논문은 1955년 한미재단에서 지급한 연구비로 작성하였다고 부기되어 있는데, 지물의 생산관계와 소비관계의 둘로 나누어 살펴본 것이다. 닥나무의 재배 확대(楮田)와 공물 납부, 요·일본·중국의 제지법을 도입하여 기술을 개선한 것, 다양한 종이를 생산한 이들은 紙匠이었고, 농민, 승려들은 부수적이었다는 것, 지장은 대부분 公賤으로 서울은 조지서에서 생산하고, 지방은 지방 관아에서 지장과 농민으로부터 공물로 받아 납부 하였다. 지물은 장흥고와 풍저창에서 납부 받아 궁중과 관아에 進排하였는데, 조공과 回賜, 楮貨 제작, 서적 출판 등에 주로 소비하고 왕족과 관리, 대마도주, 여진 추장 등에게의 購儀, 그리고 紙甲 등에도 많이 소비하였다는 내용을 담고 있다.

다섯 번째는 분경금지법이다. 왕조 초기에 권귀에게 청탁하는 奔競이 자행되자 행정과 군정의 혼란을 수습하고 집권체제를 강화하기 위하여 정종 원년 8월에 분경금지법이 제정되고, 태종 즉위와 함께 본격적으로 시행된 이후 여러 차례 개정되어 『경국대전』에 엄격하게 규정되었지만, 분경을 남들이 알게 표면적으로 하지 않아 성과는 그다지 없었던 것으로 파악하였다.

여섯 번째가 바로 선생님의 대표 저서 가운데 하나로 손꼽히는 『이조수리사연구』이다. "대학을 졸업할 때 쓴 호패법 때문인지 몰라도 나는 1950년대에 줄곧 『조선왕조실록』을 비롯한 조선 초기의 자료를 읽었다. 그리고 얻어진 사료를 토대로 제지업 등의 논문을 써 보았다. 그리고 조선시대는 농업국가였으므로 장차 농업사를 연구해야 될 것으로 생각하였다. 한편으로 조선시대의 농업은 수전농업이 대종을 이루고 있었으니까 물에 관계되는 문제를 우선 살펴야 될 것처럼 느꼈다(「나의 학문편력」, p.161)"고 회고하신대로 농업사의 한 축을 이루는 물 문제를 정면으로 다룬 논저이다. 서론에 의하면 "작년 8월부터 만 1년간 왕조실록, 비변사등록과 같은 관찬서를 훑어보는데 대부분의 시간을 소비했고”라 토로하고 계신데, 1959년에 10만원의 연구비를 수령하고 8월부터 10개월 동안 자료를 읽고 사료를 카드에 (사모님께서) 옮겨 적으셨다고 한다(「나의 학문편력」, p.162). 한국연구원에서 책을 출판한 것이 1961년 1월이니 1959년 8월부터 사료 추출과 정리, 논문 작성을 병행하여 1여년만인 1960년 말까지는 교정을 마친 최종원고 900여매를 완성하신 것으로 추측할 수 있겠다.

목차를 보면 서언, 1장 이조 이전의 수리사업, 2장 이조수리사업 개관, 3장 수리시설의 수축과 소유관계, 4장 수차의 이용, 5장 수리행정의 변천, 6장 수리에 관한 사회문제, 7장 이조수리사업의 쇠퇴, 결어, 자료, 영문개요로 구성되어 있다. 농업의 등장, 발달과 함께 수리사업이 시작되었는데, 4세기 고대국가 이후 고려시대에도 국가권력으로 저수지, 제방 수축 등의 인공적 수리사업이 강력히 추진되었지만 기술수준이 아직 유치하여 주로 洑가 통용되던 수리시설이었다. 조선 태종부터 철종까지 제언의 수리, 복구, 수축 등의 사례를 실록과 비변사등록 기사를 통해 설명하고, 영조 정조대 이용후생학을 배경으로 대하천의 제방이나 방축, 疏濬 등 기술적으로 진전을 보인 점을 강조하였다. 그리고 제언과 보의 통계를 소개하였다.

수리시설의 종류는 관개용으로 제언, 보, 溝渠(도랑)을, 방수용으로 防川, 방조제로 나누어 살피고, 이들 수리시설의 수축은 국가나 농촌공동체에서 농한기를 이용하여 농민, 군인, 승려, 노예 등을 동원하는 부역 노동을 이용하였다. 수리시설은 국유나 공유가 대부분인데, 소유기관으로 아문(진휼청, 충훈부), 영문(훈국, 경리청, 장용용), 鎭營, 감영 등을, 그리고 궁방, 사찰, 수리계 조직을 사료 열거하고, 중기 이후 양반, 토호의 점유 확대도 설명하였다.

양수기로 水車 이용에 대하여 설명하는데 고려 말이래 사람이 밟아

돌리는 龍車(용골차)를 나라에서 계속 권장하고 영정조대에는 이용후생학을 바탕으로 관리도 파견하고 모형을 보내기도 하였지만 비용문제, 제작기술 부족으로, 그리고 무엇보다 제언이나 보를 만드는 편이 더 낳은 조선의 자연조건 때문에 크게 이용되지는 않았다고 하였다. 대신 드레라는 汲水機가 옛부터 널리 통용되었다고 보았다.

수리행정은 공조 山澤司(태종), 호조 판적사(세종), 그리고 제언사(세조, 성종)로 옮겨졌다가 임란 이후 소홀해지자 제언사를 부활시키고(현종), 숙종대에는 비변사가 담당하면서 제언사를 산하기관으로 소속시켰다. 고종대에는 의정부, 개항 후는 궁내부 내장사, 광무년간에는 수륜원, 농상공부로 담당이 옮겨졌다. 수리를 둘러싼 사회문제로 개인간, 마을간 물싸움, 궁방이나 권세가들의 수리시설 횡점에 따른 쟁송, 그리고 과중한 부역동원과 물세로 인한 민란 등을 들었다. 이조 말기에 정치와 경제의 붕괴, 사회적 혼란으로 수리사업은 정체되고 수리시설은 제언의 冒耕과 耕食 허용, 화전 증가에 따른 수원 고갈 등 인위적인 원인으로 파괴되었다는 내용으로 마무리 지었다.

일곱 번째 논문은 「사부학당」에 대한 것이다. 이 논문은 하버드대 동아문화연구소의 연구보조비로 '한국의 역사와 문화에 끼친 중국의 영향'이라는 역사학회 공동연구의 일환으로 작성된 것이라 부기되어있다. 고려 원종 때 원나라 유학계의 자극을 받아 중국에도 없는 학당이 東西로 나뉘어 설치되고, 이후 개경 5부에 하나씩 학당을 두어 확대되었다. 조선 태종대 3사법을 도입하여 학제를 정비하고, 태종 13년 남부학당 설립을 시작으로 동, 서, 중부 학당이 설치되었다. 기숙사를 두고 교관을 파견하여 교육하고, 양반과 서인 자제인 학도들 가운데 성적우수자는 성균관에 입학하고, 또는 알성시 소과 회시에 응시할 수 있었다. 학도들은 승려와 자주 충돌하는 등 배불정책에 선봉에 섰다는 내용이다.

여덟 번째 논문이 「경주인 연구」이다. 중앙과 지방의 연락기관으로 京邸가 서울에 설치되어 있고, 이를 경영하면서 지방의 모든 일을 알선하는 자가 경주인이다. 고려 명종 이전에, 혹은 고려 초 기인제도와 함께 설치된 것이 아닐까 짐작하였다. 신분은 향리 또는 천예계급으로 보이며 서울로 올라와 일정기간 근무하는 국역자로, 임무는 상경한 향리나 군인의 접대와 보호, 감사나 수령 등 지방관의 私屬 역할, 지방과의 문서(공문서, 사가 서간 등) 연락, 지방 稅貢의 책임 납부 등이었다. 임무 수행 비용(邸債)의 과다한 청구나 공물 대납에 따른 고액 징수 등의 폐단이 있어 대동법 시행 이후에는 지방민 입역을 폐지하고 서울 거주민에게 역가를 지급하고 고용하여 임무를 담당케 하였다. 경주인 자리가 고가로 매매되는 등 이권화되었으며 막대한 저채에 따른 지방민 수탈은 민란 원인의 하나로 작용하였다는 내용을 담고 있다.

아홉 번째 논문은 「사찰 제지업」이다. 이는 초기의 제지업(04)의 후속 논문이라 할 수 있는데, 병자호란 이후 대청사행에 막대한 지물이 요구되자 대동법이 시행되었음에도 소요량의 절반은 지방군현에서 공물로 납부하도록 하였다. 이에 지방관아에서는 사찰에 지물을 부과하니 사찰에서는 중앙뿐만 아니라 지방관아, 군영 등에게도 납부하였다. 수탈을 모면하기 위하여 사찰은 궁방, 중앙관부에 소속되어 부담을 경감시키려고 노력하였으며, 공인들도 지물을 사찰에서 구입하여 납부하기도 하였지만 이를 막으려는 지방관아와 갈등을 벌리고 있었다. 결국 과중한 지물 제조 및 각종 잡역 부담은 사찰과 승려를 유지할 수 없는 지경으로 몰아넣었다고 보았다.

열 번째 논문(글)은 대중적인 내용을 담은, "우리 역사상 가장 위대한 임금"이라 표현하면서 작성한 「세종」이다. 호학의 군주, 백과사전파, 민본주의, 영토개척, 고루한 유신과의 싸움 등 5장으로 구성된 이 글은 세종의 활동, 업적을 대중들이 알기 쉽게 서술한 내용을 담고 있다. 세종의 호학, 효성, 우애를 소개하고, 이어 집현전의 설치와 고제 연구, 인쇄술 개량, 원나라에서 전래한 과학기술을 제대로 소화하여 과학기구를 제작하고 역법의 개정함을 설명하였다. 그리고 공법 시행, 농서, 의서, 지리지, 음악 서적의 편찬과 출판 등 학문의 황금시대를 이룩한 세종대의 여러 치적을 알기 쉽게 정리하였다. 한글의 창제와 보급을 민본주의 사상이라 평가하고 화기개량에 힘입어 6진과 4군 설치하는 강경책과, 계해조약 체결과 삼포 교역을 통한 왜인 회유정책을 비교하였다. 끝에는 유교국가를 목표로 한 세종이 불교 연구를 바탕으로 불교 옹호정책을 펼침에 따라 관료와 유생들과 갈등을 빚어낸 일화를 담았다.

열한 번째 논문은 조선초기의 양잠업이다. 국립모범양잠소라 할 잠실을 태종 16년 2월 경기도 조종(가평군)과 미원(양주군) 두 곳에 설치하고, 세종대에는 각궁에 잠실을 설치하고, 세조대에는 전국 각읍에 잠실을 설치하여 양잠을 권장하였다. 이어 잠실의 구조, 서울은 환관을 파견하고 지방은 양잠관을 파견한 경영과 상납, 공천을 이용한 노동 등을 설명하였다. 농민 동원, 民桑 채취 등의 폐단이 일자『경국대전』에 한 도에 都會蠶室 1개로 축소되고, 이어 서울, 지방의 잠실이 모두 폐지되었다가 중종대 동잠실(아차산밑), 서잠실(衍禧宮)과 신잠실(한강하류 圓壇洞)만 복치되었다. 이는 민간 양잠의 발달로 가능하였다고 보았다.

열두 번째 논문은 조선 초기에 만들어진『養蠶經驗撮要』에 대한 서지학적 설명이다. 고려 말에 원나라 사농사에서 편찬한『농상집요』라는 농서가 전래되어 우리나라에 많은 영향을 주었는데, 이 책에서 양잠편만 떼어 태종 15년에 한상덕이 이두로 번역하고 경주에서 간행한 책이『양잠경험촬요』임을 설명해 내고『농상집요』와 비교하여 소개하고 있다. 그리고『양잠방』, 곽존중의 번역본, 뒤에 편찬되는『잠서주해』,『잠서』, 『언해잠서』 등도 간단히 설명을 덧붙이고 있다.

열세 번째 논문은 조선시대 제조제에 대한 것이다. 제조란 원대에 사용되던 관직명으로 고려 말에 도입되어 첨설직에만 설치된 겸직으로 이용되었다고 보았다. 고려 때 기술, 잡직관서에 판사를 두었는데, 조선에 들어와 제조로 대체 운영되었으며, 태종대 이후 집권화과정에 따라 도제조(1품), 제조(2품), 부제조(3품)로 확정되었다. 겸직자인 제조는 관리의 근무평가, 관원과 학도의 교육 및 취재, 관아의 운영 책임 등을 담당하였다는 내용이다.

이상과 같이 개괄한 13편의 조선시대 연구를 개괄해보면 크게 제도사와 경제사의 둘로 나눌 수 있을 것 같다. 그러나 어느 한 주제에 집중하여 연작을 작성한 것이 아니고 그야말로 개별 연구가 계속 이어지고 있음을 알 수 있다. 물론 전후 연관성이 있는 논문들이 만들어지고는 있다. 예를 들면 기인제도와 경주인은 향리와 관련이 있기에, 집현전과 세종, 제지업과 사찰제지업, 양잠업과 『양잠경험촬요』는 앞선 연구의 연장으로 볼 수 있다. 그러나 커다란 하나의 주제를 가지고 호흡을 길게 이어 專書의 형태를 띤 연구는 보이지 않는다는 점이다. 그런 점에서 『이조수리사연구』는 7장의 구성을 가진 專作인데, 이 또한 이전 연구와 직접 연관성을 찾기가 힘들며 "앞으로 광범위한 자료의 섭독과 현지 조사로써 부족한 점을 보충할까 한다"(수리사 緖言)고 약속(?)하셨지만 후속 연구로도 이어지지는 않고 있다.

왜 선생님은 조선시대, 주로 초기를 다루면서 개별 논문에만 천착을 하신 것일까. 이는 선생님의 연구 경향(또는 취향, 또는 성품?)이라 할 수 있는데, 뒤에 개화사 연구를 하시면서도 거의 비슷하게 하나하나 제목의 개별 논문을 그때그때마다 작성해서 발표하는 패턴을 이어가시고 있다. 그 이유에 대해서는 선생님께 직접 물어보아야 할 것이지만, 다음과 같은 말씀에 어렴풋이 단서를 짐작은 할 수 있을 것 같다.

> A-① 제 작업은 말하자면 개화사에 관련된 계속적인 문제제기라
> 할 수 있습니다. 한 테마에 대한 집중적인 연구로 어떤 단행본의
> 꼴을 갖추기 보다는, 이런 저런 문제가 있을 수 있다는 것을 밝혀
> 논의의 단초를 제공하는데 보다 힘을 기울였습니다.
> ② 하나의 문제를 체계적으로 혹은 깊이 천착하기보다 개화사에서
> 의당 다루어야 될 문제들을 살피는데 그쳤다. (『출판저널』 45호,
> 1989년 8월 5일 표지인물 『개화파와 개화사상』 펴낸 이광린 교수)

이 언급에서 개화사를 조선시대사로 바꾸어보면, 선생님의 조선시대
연구 특징 그대로가 아닐까 싶다. 이런 저런 주제를 문제제기로 다루어
논의의 단초를 제공하는데 힘을 기울이고, 의당 다루어야 될 문제를 살
폈다는 말씀대로 선생님은 조선시대의 자료와 연구논문을 보면서 이건
문제가 될 수 있고, 또 다루어야 하며, 이를 연구한다면 다른 연구에 대
한 단초를 제공할 수 있고, 조선시대를 좀 더 깊게 이해할 수 있으리라
는(도움이 되리라는) 판단에서 연구주제를 선정하고, 논문을 작성하신
것이라 할 수 있겠다.

선생님의 논문 서론에도 이러한 표현이 찾아진다. 몇 개를 소개하면
다음과 같다.

> B-① 당대의 역사적 현실에 입각한 집현전의 업적 및 집현전의 지위
> 에 대한 구명은 전연 이루어지지 않은 것 같다. 그래서 필자는 이와
> 같은 점을 유의하여 사료를 수집하고 정리해본 결과 약간의 지식을
> 얻었으매 이 기회에 나의 억측을 제출하여 선배제현의 고견을 받을까
> 한다.(「집현전」, p.161)

② 官學에 대해서는 아직 이렇다 할 연구가 없음이 유감이다. … 학당은 중국에도 없는 제도로서 고려말 유학진흥의 현실적 요청으로 설치되어 이조 때 발전을 보았던 기관이었으니 학당 자체의 설치동기와 그 변천, 그리고 운영, 교육의 내용 등을 살펴본다는 것은 그리 무의미한 일은 아닐 것 같다.(「선초 사부학당」 서언, p.28)

③ (분경금지법) 문제에 대해서는 아무도 취급함이 없는 듯 하므로 감히 우견을 발표하는 바이다.(「분경법」, p.99)

④ 과거 이 제도에 대해서는 아무도 연구함이 없는 듯 함으로 여기서 간단히 고찰하여 이조 사회제도의 일면을 살펴볼까 한다.(「경주인」 서언, p.238)

⑤ 주등길지씨는 직물업 전반을 취급하게 됨에 잠실 같은 문제는 자연히 소홀히 다루고 있다. 필자가 보기에는 당시 잠실업의 발달을 촉진하는데 잠실은 큰 역할을 하였던 것 같으므로 여기서 잠실을 중심으로 당시 양잠업의 실태를 간단히 살펴볼까 한다.(「선초의 양잠업」, p.634)

이러한 전제로 아무도 안하는 주제를 선택하거나, 하였더라도 미진한 것을 주제로 선택하고 연구를 수행하셨음을 확인할 수 있다. 1950, 60년대 연구인원과 수준에 비추어보면 여러 주제에 대하여 그야말로 개척적인 연구를 수행한 것이라 할 수 있다. 그러나 다른 연구자들과 비교하면 너무 관심이 광범위하다고 할까 하는 점도 지울 수 없다. 1940년대 본인방 타이틀을 지녔던 岩本薫(1902-99)이라는 일본의 유명한 기사가 있다. 그의 기풍을 '콩뿌리기 바둑(豆まき碁)'라고 표현하는데, 바둑을 둘 때 여기저기를 착점하여 일견 조리가 없는 것 같아 보이지만 막상 중반 이후가 넘어가면 기존의 착점들이 다 연관성있게 연결이 되어 상대를 압박하는 바둑을 두었다고 한다. 선생님의 조선시대 연구 특징을 '콩 뿌리기'라고 이름하면 너무 외람된 것일까? 그리고 선생님은 콩을 뿌리고

거두어 어떤 이름의 자루에 담으시려고 한 것일까?

3. 실증 위주의 연구경향과 이용한 자료

선생님 연구는 조선시대건 개화사건 철저한 실증 위주라 할 수 있다. "자료의 뒷받침이 없는 역사연구는 픽션이 되기 쉽다고 강조하는 그는 자료로 하여금 이야기시킨다는 랑케의 말에 가장 철저한 역사학자이다"(『출판저널』 기사)라는 지적처럼 언제나 자료에 바탕을 둔 탄탄한 실증 연구이기에 후속연구자들의 연구에서 크게 어긋나는 내용을 지적받은 경우가 드물다는 점이다.

선생님이 13편의 조선시대 논문에서 이용한 자료와 논문들을 정리하면 다음 표와 같다.

<표 2> 논문 인용 자료와 논문

번호	제목	연도	인용 자료와 참고 논문
01	其人制度	1954	실록(태조-숙종), 속대전, 삼국사기, 삼국유사, 고려사, 고려사절요, 지봉유설, 성호사설유선, 김석형 「이조초기 국역편성의 기저」(진단학보14),
02	集賢殿	1954	실록(정종-연산), 삼국사기, 고려사, 필원잡기, 靑坡劇談, 慵齋叢話, 『通典』(두우), 이병도 『국사대관』
03	號牌考	1955	실록(태조-숙종), 고려사, 국조보감, 속대전, 연려실기술별집, 증보문헌비고, 白沙集(이항복), 원사 식화지, 주등길지 「여말선초에 있어서 농장에 대하여」(청구학총 17호), 말송보화 「조선경국전고」(화전박사환력기념동양사논총), 이인영 『한국만주관계사의 연구』, 도엽암길 『增訂만주발달사』,
04	製紙業	1958	고려사, 실록(태조-선조), 경국대전, 대전후속록, 세종실록지리지, 신증동국여지승람, 임하필기, 오주연문장전산고 紙品변증설, 명사 식화지, 도변창 「조선의 제지사적」(1921), 안전방예 「조선지의 연혁」(1937), 전전효삼 「조지서에 대하여」(1938), 김한주 『이조사회경제사』(1946), 환귀금작 「조선의 활자주조서에 대하여」(1953), 고교형 『이조불교』, 전전효삼 「이조공물고」, 말송보화 「여말선초에 있어서의 대명관계, 촌전전지조 「고려말기에 있어서의 저

번호	제목	연도	인용 자료와 참고 논문
			화채용문제」, 주등길지 「고려말기에서 조선초기에 이르는 직물업의 발달」, 궁원토일 「조선초기의 저화에 대하여」
05	奔競 禁止法	1959	실록(태조-성종), 고려사, 경국대전, 속대전, 내등준보 「고려병제관견」, 백남운 『조선봉건사회경제사연구』 상
06	水利史	1961	실록(태조-정조), 비변사등록(인조-철종), 관보 1167호, 1180호, 경국대전, 속대전, 대전통편, 대전회통, 신보수교집록, 삼국사기, 고려사, 일본서기, 동국여지승람, 팔역지, 조선민정자료, 졸고천백, 동문선, 만기요람, 임원십육지, 과농소초(연암집), 북학의, 여유당전서시문집, 목민심서, 경세유표, 홍량호 『이계집』, 홍재전서, 오주연문장전산고, 양성지 『눌재집』, 『임술록』(국편), 『동학란기록』(국편), 『강도지』, 『속수증보강도지』, 『丹嚴奏議』(閔鎭遠), 『반계수록』, 한국충청북도一斑(1909, 통감부 발간), 일제의 토지개량사업(1928), 조선의 재해(1928). 조선전제고, 조선금석총람 상하, 빈전수남 「조선재래도」(1953), 김원룡 「김해패총연대에 관한 재검토」(1957), 안등광차랑 『일본고대도작사잡고』(1951), 금서룡 「백제사연구」, 삼곡극기 「구래의 조선농업사회에 관한 연구를 위하여」(경성제대 조선사회경제사연구」), 인정전승 「당송시대에 있어서 수리권」(1932), 「돈황발견 당대 수부식의 연구」(1936), 나파리정 「당대의 농정수리에 관한 연구에 취하여」(1944), 전촌전지조 「고려시대에 있어서 미곡의 생산과 공급」(1942), 홍이섭 『조선과학사』, 이춘령 『조선농업기술소사』, 저곡선일 『조선경제사』(절목 재인용), 주등길지 「여말선초의 농장에 대하여」(1934), 화전일랑, 『토지조세제도 조사보고서』, 주등길지, 「조선후기의 전답문기에 관한 연구」(1937), 이가원 「물보와 실학사상」(연대 인문과학 5), 고도민웅, 「근세농업에 있어서 양수기의 제양식」(1943), 삼곡극기 「동양적생활권」, 玉井是博 『지나사회경제사연구』, 서도정생 「磑전(맷돌)의 피방」(역사학연구 120호), 玉井是博 「송대 수리전의 一特異相」(1938),강기문부. 지전정부 『강남문화 개발사』(1943), 청산정웅 「당대의 수리공사에 대하여」(1944), 국송문웅 『지나의 수리문제』 하권, 1938), 구간건일 『조선농업의 근대적 양상』(1940)
07	四部 學堂	1961	실록(태조-현종), 고려사, 고려사절요, 동국여지승람, 증보문헌비고, 연려실기술, 문익점 「삼우당실기」, 유홍렬 「여말선초의 사학, 유홍렬 「조선에 있어서의 서원의 성립」, 이상백 『한국문화사연구논고』, 궁기시정 「송대의 태학생생활」
08	京主人	1962	실록(태종-순조), 비변사등록(영조), 고려사, 고려사절요, 대전후속록, 속대전, 대전통편, 수교집록, 신보수교집록, 만기요람, 증보문헌비고, 추관지, 거관대요, 목민심서, 경세유표, 아언각비, 임술록, 전한서, 속담대사전, 『조선어사전』,(조선총독부), 『조선전제고』, 주등길지 「선초에 있어서의 경재소와 유향소에 대하여」, 등전양책 「청구유문』 1(1954) 주등길지 「고려말기에서 조선초기에 이르는 노비의 연구」(1939), 한영국 『호서에 실시된 대동법 하」,

번호	제목	연도	인용 자료와 참고 논문
			강한영 「신재효의 문학」(『경향신문』 1955년12월 20일 석간)
09	寺刹製紙業	1962	실록(선조-정조), 비변사등록, 조선민정자료, 『조선사찰사료』상, 고교형『이조불교』(1929)
10	世宗	1965	세종실록, 연려실기술, 이병도『세종대왕』(조선인명전), 김도태『세종대왕전기』(1957), 김두종 「세종대왕의 제생위업과 의약의 자주적 발전」(1957), 이숭령 「세종의 언어정책에 관한 연구」(1958), 이광린 「세종조의 집현전」(1954)
11	養蠶業	1965	실록(태조-중종), 고려사, 경국대전, 대전속록, 주둥길지 「고려말기에서 조선초기에 이르는 직물업의 발달」, 천관우 「여말선초의 한량」(1956)
12	養蠶經驗撮要	1965	실록(태종-중종), 고려사, 고사찰요, 동경잡기, 대동운부군옥, 동문선, 증보문헌비고, 농상집요, 이암『鐵城聯芳集』, 이색『목은집』, 주둥길지 「고려말기에서 조선초기에 이르는 직물업의 발달」(1942), 주둥길지 「남송의 농서와 그 성격 (1958), 이춘령『이조농업기술사』(1964)
13	提調制	1967	실록(태조-연산), 경국대전, 고려사, 고려사절요, 원사, 목은집(이색),대명률직해, 한우근 「여말선초순군연구」(1961), 천관우 「반계유형원 연구」(1953)

    초기 연구에 사용된 자료는 주로 『조선왕조실록』에 집중되어 있다. 선생님의 회고에 의하면 학부시절에 이인영 교수집에 몇몇 학생과 같이 불려가 실록을 집중적으로 강독하였다고 한다. 그러기에 조선시대를 공부하기로 한 선생님이 주로 보아온 것이 실록이었음은 지극히 당연하다 하겠다. 실록은 1929-1932년까지 4년 동안 경성제국대학에서 태백산본을 4분의 1로 축쇄하여 전체를 사진판으로 영인하였다. 漢裝本 888책으로 간행하였으나 30부만 찍어 대부분 일본으로 가져갔고 국내에는 7, 8부 밖에 두지 않았다고 한다. 아마도 선생님이 이용한 것은 도서관 책이었을 것이다. 1953년부터 일본 학습원대학 동방문화연구소에서 실록을 축쇄, 영인하여 간행하였다. 선생님은 학습원대학 것을 일찍부터 구입하였다고 하는데, 1959년 당시까지 태종실록까지 밖에 나오지 않았다고 하고, 1959년도에 수리사 연구비로 10만원을 받아 3만5천원으로 고서점(아마도 인사동 통문관)에서 국사편찬위원회 것을 구입하셨다고 한다

(「나의 학문편력」, pp.161-162). 따라서 선생님이 이용한 실록은 당신이 구입한 학습원대학판 태조, 정종, 태종실록과 도서관의 경성제대판이었을 것이고, 1959년도 이후에는 1955년부터 1958년까지 태백산본을 8분의 1로 축쇄, 영인하여 양장본 48책으로 간행한 국사편찬위원회판임을 짐작할 수 있겠다.

『비변사등록』은 국사편찬위원회에서 1959-1960년에 걸쳐 초서인 원본을 해서로 원고지에 옮겨 쓴 뒤 28책으로 출간했다. 광해군-정조 5년 윤5월까지 15책은 1959년에, 정조 5년 6월-고종 29년까지 13책은 1960년까지 간행하였다. "비변사등록에는 사회경제사에 관련되는 자료가 많이 실려 있어서 수리사를 연구하려면 꼭 보지 않으면 안되었다. 늦기는 하였지만 당장 예약을 하고 간행되어 나오는대로 구입하였다. 이것을 구입하는데 3만원이 들었다"(「나의 학문편력」, p.162)고 회고하신대로 수리사연구를 수행하면서 1959년에는 나온 것을, 1960년에는 나오는대로 받자마자 읽고 관련자료를 뽑은 것으로 볼 수 있다. 『비변사등록』이 논문에 처음 인용된 것은 인조 2년의 기사이며(『수리사』, p.21), 철종때까지 기사를 이용하고 있다. 1963년 이후 개화사연구를 하신 탓인지 이후 연구에 비변사등록을 인용한 것을 찾아보기 힘들다.

『고려사』와 『고려사절요』, 『경국대전』과 『속대전』 등 법전집, 『증보문헌비고』 등을 많이 이용하고 있다. 『고려사』는 1908년 일본의 국서간행회에서 活版本 3책으로 간행한 것을, 그리고 1955년에 연세대학교 동방학연구소에서 도서관 소장 최한기 手澤本을 3책으로 영인하고 색인 1책을 출판한 것을 이용한 것으로 보이며, 『고려사절요』는 1932년 조선사편수회에서 규장각본(을해자본)을 대본으로 영인한 것과, 1960년 동국문화사에서 다시 영인한 것을 참고하신 것 같다. 조선왕조 법전집은 1936년에 조선총독부 중추원에서 활자로 인쇄하여 간행한 것을, 『증보문헌비고』는 역시 조선총독부 중추원에서 활자로 인쇄하여 간행한 것과 1957년에 동국문화사에서 3책으로 영인 간행한 것을 보셨을 것이다.

그밖에 연구에 이용한 조선시대 원자료들은 일제강점기에 조선고서간행회에서 간행한 것을(대동야승(13책, 1909-1911), 연려실기술(9책, 1912-1914), 동문선(7책, 1914), 성호사설유선(2책, 1915), 지봉유설(2책, 1915), 그리고 조선광문회에서 간행한 것을(동경잡기(1책, 1913), 대동운부군옥(1책, 1913, 또는 1950년 정양사 영인재간본)) 참고하셨을 것이다. 중추원에서 간행한 『대명률직해』(1936), 『朝鮮田制考』(1940), 『만기요람』(2책, 1937-38), 『추관지』(1939), 『조선민정자료』(1941)도 자주 인용한 책이며, 조선사학회에서 펴낸 『신증동국여지승람』(1930), 조선연구회에서 낸 『국조보감』(5책, 1917), 조선문제연구소에서 1936년에 조선총서로 간행한 『목민심서』, 『아언각비』, 『팔역지』 등도 이용한 책이다. 그리고 정조의 문집 『홍재전서』는 일제강점기에 3책으로 필사 영인된 것을 보신 것 같다(연대도서관?).

해방 이후에 간행된 것으로는 『북학의』(서울금융조합연합회, 1947), 국사편찬위원회에서 간행한 한국사료총서 가운데 『임술록』(1책, 1959), 『동학난기록』(2책, 1959), 『정유집』(1961) 등도 나오는대로 보신 것 같다.

그리고 1958년 선초 제지업에 인용된 이규경의 『오주연문장전산고』와 이유원의 『임하필기』가 있다. 『오주연문장전산고』는 1959년에 동국문화사에서 영인 간행되었고, 『임하필기』는 1961년 성균관대학교 대동문화연구원에서 축쇄본으로 영인되었기에 혹 선생님이 다른 논문에서 재인용하신 것이 아닐까 생각이 들기도 하지만 논문에 원사료를 열거하고 계시기에(p.2, 6) 직접 선생님이 도서관의 책을 열람하신 것으로 보인다. 또한 수리사연구에 인용된 서유구의 『임원십육지』는 서울대학교 도서관에 유일본(1966년에 서울대학교에서 영인 간행), 고려대학교 도서관에 해방 전 轉寫本, 일본 오사카 부립도서관에 家藏原本이 소장되어 있다고 하는데 이 또한 선생님이 직접 도서관에서 열람하신 것으로 보인다.

인용한 연구논문들은 중국사를 포함하여 일본학자들의 논문이 주를 이루고 있는데, 이는 시대 여건 때문이라 할 수 있겠다. 한국학자 논문들은 1950년대 논문에서는 김석형, 이인영, 김한주, 백남운, 이병도를, 1960년대에 논문에서는 김원룡, 홍이섭, 이춘녕, 이가원, 유홍렬, 이상백, 한영국, 김두종, 이숭녕, 천관우, 한우근 선생의 논문을 인용하고 있다.

이처럼 연구를 위하여 부지런하고도 광범위하게 자료를 섭렵하시고, 간행되는 관련 저술과 논문에 언제나 눈을 떼지 않으시는 선생님의 실증 연구 자세를 엿볼 수 있다. 이러한 모습은 개화사 연구에서도 그대로 재현되고 있다.

4. 연구의 계승과 극복

조선시대, 그것도 초기를 주로 연구하신 선생님은 당시의 연구유행 조류에 편승하지 않고 그야말로 실증 위주의 연구를 묵묵히 수행하였다. 예를 들면 1950년대 말, 1960년대 초에 불었던 실학에 대한 온갖 관심, 실학의 개념을 둘러싼 논쟁에 참여한 적이 없었다. 그리고 당시 막 논의되기 시작한 조선후기 경제적인 변화, 자본주의 맹아 문제와 같은 주제에도 논문을 남기지 않았다. 그 이유는 무엇이며, 조선시대를 어떻게 바라보고 평가했을까. 이에 대하여 별다른 언급을 안 남기셨기에 알아채기에는 난감하지만 논문에서의 단편적인 언급을 모아보면 다음과 같다.

C 인질제도로 시작한 기인제도는 고려말부터 관부에 탄목을 제공하는 천역으로 변하였고, 대동법 이후에는 혁파되어 炭木청부업자로 변화되었는데, 이는 완만하게나마 한국사회의 질적 발전으로 가능한 것이라 판단하고 있다.(「기인제도」, p.23)

이렇게 삼국, 고려, 조선의 역사 진행을 질적 발전이라 판단하면서 세종대를 황금시대라 높이 평가하고 영조, 정조대의 이용후생학에 후한 점수를 주고 계신 선생님은 19세기 세도정치에 와서는 매우 비판적인 시각을 보이고 있다.

D-① 순조대 이후는 세도정치의 발악으로 정치기강이 무너지고 탐관오리의 발호로 민란이 일어 제언의 冒耕이 자행되었다.(『수리사』, p.26)
② 세도정치, 토호와 탐관오리의 발호로 쇠퇴의 길을 밟았고, 흉년, 민란은 쇠퇴의 길을 재촉하였다.(『수리사』, p.137)
③ 공인에 대한 염가 낙본으로 자본 축적은 바랄 수 없는 실정이고, 개성상인이 지물을 중국에 수출하려하나 나라가 금지하기에 민간상인이 대두할 수는 없었다.(「사찰제지업」, pp.214-215)

이러한 언급이라면 고려에서 조선으로의 역사진행을 매우 긍정적으로 보았지만, 세도정치기에 대해서는 매우 부정적인 시각을 가지고 있음을 알 수 있겠다. 아마도 이러한 점이 1860년대부터 1910년까지 50년 동안 나름대로 격변에 대처하고 적응하려 했던 개화파, 개화사상, 개화활동을 정열적으로 연구한 이유의 하나가 될 수 있지 않을까 싶기도 하다.

선생님은 개화사 연구에 몰두하고 계셨지만 조선시대에 대한 관심을 놓지 않고 계셨다. 발표자가 1980년대 초에 들었던 선생님의 대학원 박사과정 교과목을 소개하면 다음과 같다.

1981년 1학기	한국최근 세사연습	근대화 개념, 한국 근대화 문제, 중국과 일본의 근대화, 신생국가 근대화, 근대화와 사회변동 Text는 서양학자 번역서 읽기 학기말 페이퍼는 근대 주제로 개인, 사건 등 임의 선택
1981년 2학기	세종대 연구	災異, 농법, 농업기술, 속현, 양반, 鉅族, 양인, 언어정책, 홍문관, 집현전, 단군숭배 학기말 페이퍼는 관련 주제 임의 선택
1982년 1학기	실학사상	실학, 19세기 경제 변동, 신분제 변동, 농민항쟁, 향청, 학기말 페이퍼는 실학자와 관련된 제목 임의 선택
1982년 2학기	사회사	사료강독 + 고려, 조선의 호구, 호적, 토성, 양반, 중인, 본관지, 학기말 페이퍼는 관련 주제 임의 선택

보는 바와 같이 조선시대 전기, 후기를 강의주제로 정하시고, 최신 저서와 논문들도 읽게 하셨다. 예를 들면 1981년도 2학기 강의시간에 이성무 씨의 『조선초기 양반연구』(일조각, 1980. 1월), 이태진 씨의 「16세기 방천 관개의 발달」(『한우근박사정년기념사학논총』, 1981년 1월), 일본 역사학술지 『조선사총』 3집(1980년 6월), 4집(1980년 12월)을 읽게 하셨고, 1982년도 1학기 강의시간에 『조선사연구회논문집』 18집(1981년), 『동양학보』 62-3, 4호(1981년 3월), 『Korean Studies Forum』 No.6 (Don Baker, "A Confucian confronts Catholicism" 논문, 1979-1980년)을, 1982년 2학기 강의시간에 허홍식씨의 『고려사회사연구』(아세아문화사, 1981년), 김홍식 씨의 『조선시대 봉건사회의 기본구조』(박영사, 1981년 3월) 등을 읽게 하셨다.

선생님은 개화사연구에 매진하느라 조선시대 연구는 중단하였지만 연구경향과 연구성과, 문제점을 파악하는데 게을리 하지 않으시면서 교육에서 연구 관심을 이어가 제자들이 해결하기를 기대한 것이라 생각할 수 있다. 그리하여 경연(권영웅), 정치세력과 대간(정두희), 상인과 상업사(오성), 향리(이훈상) 등의 연구가 제자들에 의하여 수행된 것이라 볼 수 있다.

선생님의 개척적인 조선시대 연구는 이후 연구자들의 초석이 되었음은 말할 필요가 없을 것이다. 경제사 연구에서는, 선생님이 평소에 자신의 수리사연구를 읽지 말라고 당부하시곤 했다지만(노용필, 『한국도작문화연구』, 한국연구원, 2012, p.6) 수리문제를 통사적으로 다룬 것으로 유일하다시피 한 『수리사연구』에 힘입어 보, 제언, 수차의 보급에 대하여 많은 연구가 나왔으며, 특히 수차에 대한 선생님의 설명은 니덤의 『중국의 과학과 문명』 4권(1965)에 중국으로부터 翻車를 일본으로부터 筒車를 도입해 활용하려는 시도가 있었다는 내용으로 인용되기도 하였다. 그런데 니덤은 일본의 수동식 踏車가 도입되어 널리 사용된 것으로 오독하였다고 한다(문중양, 『조선후기 수리학과 수리담론』, 집문당, 2000, p.8 주5). 아울러 수리시설 축조, 수리기구 운영, 수리사업 등의 제목을 가진 연구논문들이 많이 발표되기도 하였다. 이들 연구 대부분은 이 분야의 선구적인 업적으로 모두 선생님의 수리사를 언급하는 공통점을 보이고 있다. 그리고 『수리사연구』는 1985·1986년에 일본의 『수리과학』 잡지에 일곱 차례에 걸쳐 번역 게재되었다.

수공업 가운데 가장 장인이 많은 제지업와 관련하여서는 선생님의 제지업 논문에 계발되어 공인들의 사찰 紙匠 지배, 19세기에 지전 상인들의 선대제를 언급하기도 하고(송찬식, 「삼남방물지공고」, 『조선후기 사회경제사의 연구』, 일조각, 1997), "조선시대 제지업에 대한 연구는 이광린에 의해 시작되었다. 이 연구는 조지서를 중심으로 닥나무 수급관계, 제지기술, 종이의 수요에 대해 개략적인 서술에 그치고 있지만 미답의 분야나 다름없고 관련분야 연구의 부족한 가운데 새로운 연구의 지평을 열었다는데 의의가 있다(김삼기, 『조선시대 제지수공업 연구』, 민속원, 2006, p.17)” 하면서 연구의 출발점으로 삼고 있다.

“조선 초기 양잠업에 대한 이광린 교수의 개척적인 연구로 조선 초기 국가의 잠실 운영의 모습과 양잠서적의 간행 현황이 밝혀졌다(남미혜, 『조선시대 양잠업 연구』, 지식산업사, 2009, p.16)”고 하고 있고, “『양잠경험촬요』에 사용된 이두는 『대명률직해』 등에 쓰여진 이두와 더불어 선초의 이두연구에 중요한 자료가 될 것이므로 장차 이 방면에 관심을 가진 국어학자의 많은 연구가 있기를 바라 마지않는 바이다(『양잠경험촬요』 p.38)”고 하신 선생님의 바람대로 이두연구서가 나오기도 하였다 (이철수, 『양잠경험촬요』의 이두연구』, 인하대출판부, 1986).

제도사 연구에서는, 집현전에 대해 좀 더 논의를 확대한 최승희, 「집현전 연구」(『역사학보』 32·33, 1966, p.67)와 집현전 학사의 분석을 통해 연구를 심화시킨 정두희, 「집현전 학사 연구」(『전북사학』 4, 1980 ; 『조선초기 정치지배세력 연구』(일조각, 1983) 등을 꼽을 수 있다. 기인에 대해서는 기원부터 후기의 기인공물주인으로 변모하기까지를 종합적으로 다룬 한우근『기인제연구』, 일조각, 1982)가 있다. 경주인에 대해서는 고문서를 분석하여 경주인 구조 등을 보충하고 있는 전천효삼, 「만력 11,12년 경주경저 告目斷簡에 관하여」(『조선학보』 49, 1968) 등이, 18, 19세기에 이권화된 경주인권이 소수 특정인에게 독점되고 경주인은 공물, 진상의 구입과 상납과정에서 도고활동을 하고 있음을 설명한 김동철, 「18, 9세기 경주인권의 집중화현상과 도고활동」(『부대사학』 13, 1989) 등을 거론할 수 있다.

제조제에 대해서는 “제조에 대하여 단편적으로 언급한 논문은 여러 편이 있으나 이들 논문에서는 대부분 이광린 교수의 연구성과를 그대로 받아들일 뿐 그에 대한 비판이나 새로운 견해를 제시하지 못하고 있다"
고 하면서 자격, 임무, 기능 등을 좀 더 풀어 보충하고 있는 김송희, 「조
선초기 제조제에 관한 연구」(『한국학논집』 12, 2006)를, 호패법에 대해
서는 숙종대 지패, 호패의 실시를 좀 더 자세하게 살핀 권내현, 「숙종대
지방통치론의 전개와 정책운영」(『역사와 현실』 25, 1997) 등을 볼 수 있다.

앞서 말한대로 단단한 실증을 바탕으로 수행된 선생님의 조선시대
연구 성과는 후대 연구자에게 그리 큰 비판을 받지 않으면서 연구의 초
석이 되고 있음을 확인할 수 있다.

이상으로 이광린 선생님의 13편에 달하는 조선시대사 연구논문의 내
용과 특징, 의의 등을 두서없이 살펴보았다. 이와 관련하여 여러 선생님
들의 좋은 의견을 고대한다.

[『서강인문논총』 46, 2016]

이광린의 한국근대교육사연구

홍영기 한국학호남진흥원장·국립순천대학교 명예교수

1. 머리말

七里 李光麟(1925-2006) 선생[1]은 해방되었던 1945년 10월 延禧專門學校 전문부 영문과에 입학했다가 1년 후 사학과로 전과하였다. 미국 유학을 꿈꾸며 영문과로 입학했으나, 당시의 한국 사회에 대한 암담한 상황과 민족의 장래에 대한 걱정이 선생을 역사학이란 학문으로 이끌었다고 한다. 당시 선생은, "이런 문제들을 끊임없이 되새기면서 역사를 공부하면 무엇인가 풀릴 것 같았다. 다시 말하면 추상적인 문학보다 구체적인 역사학을 공부해야 만 어떤 답을 구할 수 있을 것처럼 보였다. 오랜 고민 끝에 학부로 올라갈 때 나는 사학과로 전과하였다."[2] 여기서의 '이런 문제들'이란, "해방이 되었다고 하는데 미·소 양국이 38선을 남북으로 점령하고 있으며, 국내 상황은 좌우익의 정치단체가 난립하여 싸우고 있고, 또 경제 상태는 비참하였다. 답답한 마음을 금할 길이 없었다. 도대체 어떻게 해서 이런 지경에 이르게 되었을까? 그리고 이 민족은 어떻

---

1 이 글에서는 '선생'으로 약칭하고자 한다.
2 이광린, 「나의 學問遍歷」, 『한국사 시민강좌』 6, 1999 ; 『韓國近現代史論攷』, 일조각, 1999, p.270.

게 해야 되나?"[3] 이와 같이 선생은 역사학을 당시 우리 민족이 직면한 현실적 어려움을 해결할 수 있는 구체적인 학문으로 인식했음을 알 수 있다. 따라서 선생은 역사학 중에서도 한국사를 공부하게 된 것은 당연하다고 할 수 있다.

그런데 선생의 〈연구논저목록〉을 보면 한국사 중에서도 처음에는 조선시대, 특히 조선 전기를 주로 연구했음을 알 수 있다. 선생은 1954년부터 其人制度를 필두로 世宗대의 集賢殿, 號牌制度 등을 발표했는데, 시기적으로 보면 주로 조선 전기 연구에 매진했음을 알 수 있다. 이 가운데 호패제도에 대한 연구가 학부 졸업논문으로, 선생을 학문의 길로 들어선 계기가 되었다고 한다.[4] 1961년에 발표한 「鮮初의 四部學堂」(『歷史學報』 16)도 조선 전기 연구의 하나라 할 수 있는데, 이 글은 최초의 교육관련 연구이다.

1960년대 초 선생은 개화사 연구로 관심을 돌렸다. 이 과정에서 育英公院에 대한 연구를 시작으로 개화사 연구의 닻을 올렸다. 아다시피 1960년에는 이승만 정권을 붕괴시킨 4.19혁명이 발발하였고, 그 1년 뒤에는 5·16군사정변이 발생하는 등 그야말로 대변동기였다. 이때를 선생은 다음과 같이 술회하였다.

> 외견상 조용히 공부만 하고 있는 것처럼 보일지라도 역사를 공부하는 사람으로 사회의 대변동에 눈을 감을 수 없었다. (중략) 두 혁명을 겪으면서 나는 사회변동에 관심을 쏟았다. 현대사는 자료의 수집관계로

---

3 이광린, 「잊을 수 없는 스승의 은덕」, 『대학과 대학생활』, 서강대 출판부, 1984 : 위의 책, pp.260-261.

4 이광린, 「학문의 길을 결정했던 졸업논문」, 『서강타임스』 111, 1976년 6월 7일자 : 위의 책, p.254.

도저히 불가능할 것처럼 느껴져 개화기, 즉 구한국시대에 눈을 돌렸
다. 사실 이 시기도 전통사회에서 근대사회로 넘어 가는 대변동기였
다. 도포를 입고 상투를 튼 사람들이 서양의 문물을 받아들여 나라의
자주독립을 지켜보려고 하였던 때였다. 이런 시기에 지식인들이 어떤
생각을 갖고 있고, 또 어떤 태도를 취하였는지 알고 싶었다. 비록 현
대사에 손을 대지 못할망정 이런 변동기는 손을 대볼 만하다고 느꼈
다. 처음에는 제목도 잡지 못하여 한동안 망설였으나, 육영공원이라
는 학교를 공부해 보는 것이 좋을 것 같았다. 1886년 미국인 교사 세
사람을 초빙하여 양반 자제들에게 영어를 비롯한 새 학문을 가르치기
위하여 정부에서 설립한 학교였다.[5]

위의 글을 통해 선생이 격변기의 사회변동에 대한 관심에서 개화기
연구를 시작하게 되었고, 그 첫 번째 주제가 육영공원이었음을 알 수 있
다. 따라서 선생의 육영공원 연구는 개화사 연구의 시발점으로서 매우
중요한 의미를 지닌다고 하겠다. 이후 개화사 연구의 방향을 예고한다
는 점에서도 그러하다.

이에 이 글에서는 개화사연구의 일환으로 저술한 근대교육사에 대해
알아보고자 한다. 근대교육사 연구는 선생께서 평생 개척한 개화사연구
의 방대한 업적에서 본다면 대단히 적은 부분을 차지할 뿐이다. 따라서
선생의 한국사 연구라는 오늘의 주제에 부응하지 못했음을 고백하며 발
표를 시작하겠다. 더욱이 발표자는 개화운동과는 무관한 위정척사운동
과 그 연장선에 있는 의병항쟁, 그리고 동학농민혁명 등을 공부해왔다.
지금까지의 연구 분야와 전혀 다른 선생의 연구 성과를 과연 제대로 정
리할 자격이나 있는지, 선생의 연구 의도를 정확히 이해했는지도 걱정
이 앞서 죄송할 따름이다. 이 발표회를 준비하는 과정에서 '고통분담'

---

5 이광린, 「나의 학문편력」, 위의 책, 1999, p.278.

차원에서 발표의 짐을 져달라는 요청을 받아들일 수밖에 없었던 상황이 었음을 밝히는 것으로 양해를 구하고자 한다.

이 글을 발표할 조그만 용기라도 낼 수 있었던 것은, 2015년도에 전 라남도 교육청의 의뢰를 받아 전남의 학교 역사를 정리하는 일에 참여 한 바 있었기 때문이다. 당시 필자는 19세기 후반부터 1910년 사이에 존속한 전남지역 근대학교[6]의 역사를 정리하였다.[7] 이때 근대 교육과 관 련된 연구 성과를 검토, 정리하는 과정에서 선생의 근대교육사 관련 연 구가 길잡이 역할을 하였다. 이를 기반삼아 선생께서 저술한 근대교육 사 관련 연구 성과를 정리하고자 한다. 선생의 근대교육사 관련 논문은 대략 15편 내외이다. 이를 근대학교와 개화파의 유학생활, 그리고 한국 (근대)사 개설서의 근대교육사 서술로 나누어 살펴볼 것이다. 선생의 개 화사 연구에서 근대교육사 연구가 차지하는 의미를 찾을 수 있다면 다 행이겠다. 가르침을 바란다.

2. 근대학교에 대한 연구

앞서 언급한 바와 같이 선생의 개화사 연구는 육영공원 연구로 출발 하였다. 즉, 정부에서 설립한 최초의 근대학교에 주목하여 그것이 갖는 의미를 밝힌 것이다. 1963년에 시작된 근대학교에 대한 탐구는 1980년 대 말까지 이어졌다. 아래의 표가 그러한 상황을 알려준다.

---

6 근대학교를 신식학교라고 많이 쓰기도 하지만, 여기서는 근대학교로 통일할 것 이다.
7 홍영기, 「전남의 신교육운동과 대한제국」, 『전남 학교의 역사』 I , 전라남도교육 청, 2015.

<表 1> 이광린의 근대학교 연구목록

논문제목	발표년도	수록 서명 (간행년도)
育英公院의 設置와 그 變遷	1963	韓國開化史研究(1969) : 개정판(1993)
舊韓末의 官立外國語學校	1964	위와 같음
美國 軍事教官의 招聘과 鍊武公院	1965	위와 같음
舊韓末 平壤의 大成學校	1986	開化派와 開化思想 研究
初期의 培材學堂	1989	위와 같음

위의 <표 1>에서 알 수 있듯이, 선생의 근대학교 연구는 시기적으로 1960년대와 1980년대에 집중되었다. 육영공원을 시작으로 관립외국어학교와 연무공원, 평양의 대성학교와 서울의 배재학당을 연구한 것이다.

각 논문에 대한 선생의 논지를 정리하고자 한다. 먼저 「育英公院의 設置와 그 變遷에 對하여」(『東方學志』 6)에서 선생은 육영공원의 설치와 미국 교사의 초빙과정, 교육내용, 육영공원의 변천과정을 다루었다. 이 글에서 선생은 육영공원이 설치된 시기인 1886년에 주목하였다. 우리 나라 최초의 근대식 학교인 培材學堂과 梨花學堂 그리고 육영공원이 1886년에 설치되었다는 점을 중시한 것이다. 따라서 1886년은 우리나라 교육사에서 획기적인 해라는 점을 강조하였다.[8] 육영공원은 서양의 제도와 문화를 수용하기 위해 조선 정부가 세운 최초의 신식학교라는 점을 밝혔다. 또한 육영공원의 전신에 해당하는 同文學의 실체를 밝힌 점도 주목된다. 1883년에 설치된 동문학은 중국의 외교관 양성기관인 同文舘을 모방한 학교로서 영어를 교육했는데, 외교관계의 다변화에 대비한 일종의 통역관 양성소였음을 밝혔다. 선생은 「育英公院謄錄」과 「育英公院設學節目」 등의 귀중한 자료를 발굴하여 육영공원의 설립과 운영,

---

8 이광린, 『改訂版 韓國開化史研究』, 일조각, 1993, p.103.

학생수 등을 구체적으로 밝혀내었다. 아울러 영어를 가르치기 위해 미국과 교섭하여 미국인 헐벗H. B. Hulbert 길모어G. W. Gilmore 벙커D. A. Bunker 3인을 초빙했다는 점, 육영공원의 左院과 右院의 학생은 처음에 35명이었는데, 양반 고관의 자제들이었다는 점 등도 상세하게 서술하였다. 특히 4色에 입학생을 배분한 사실을 증언을 통해 밝힌 점도 이채롭다. 예컨대, 입학생 申大均은 노론, 徐相勛은 소론, 진사 嚴柱完은 북인, 幼學 沈夏慶은 남인이었다는 것이다.[9] 이 점을 밝히기 위해 구술을 이용했다는 점에서 그러하다. 육영공원의 한계도 지적했는데, 高宗의 관심이 갈수록 낮아지고 학생들도 관직에만 관심이 커서 공부를 등한시하게 되었다는 것이다. 결국 1894년에는 영어학교로, 그후 관립한성외국어학교의 하나로 전환되었음을 밝혔다. 정부의 개화운동이 성공적이지 못한 한계를 지적한 것이라 하겠다.

다음으로 「舊韓末의 官立外國語學校」(『鄕土서울』 20)에서 선생은 관립외국어학교의 설치 목적과 과정, 교육내용, 변천과정을 다루었다. 이 논문을 통해 선생은, 조선 정부가 개항이후 외국과의 교섭에 필요한 외국어 능통자를 양성하기 위한 외국어학교를 설치하게 되었음을 밝혔다. 먼저 1891년에 일어학교의 설치[10]를 시작으로 영어, 法語, 俄語, 德語 학교를 차례로 설치하는 과정을 살핀 것이다. 1895년에 외국어학교로 정식 출범한 이래 일어학교는 약 350명의 졸업생을 배출했으며, 인천과 평양에도 한성일어학교의 支校, 즉 분교가 있었다는 점도 밝혔다. 아울러 법어학교에서 배운 이능화는 성적이 우수하여 졸업 이전에 법어학교의 교관으로 임명된 사실, 각 어학교의 위치를 고증하기 위해 생존 인물의

9 위의 책, p.111.
10 위의 책, p.136.

증언을 청취한 점도 특기할 만하다. 선생의 이러한 노력이 없었다면 지금의 우리로서는 학교의 위치조차 파악하기 어려웠을 것이다.

한편, 초기의 입학생은 역관 집안의 자제가 많았으나, 후에는 양반과 常民 자제들도 입학했다는 점, 각 어학교 학생수는 영어학교가 가장 많았다는 점, 재학생은 많았는데 졸업생이 적은 이유는 재학중 해관과 같은 정부기관의 통역으로 취직이 되었기 때문이라는 점을 밝히고 있다. 서양어를 배우는 학생들은 사전이 없어서 애로사항이 컸다는 내용, 1863년에 설립한 중국의 동문관은 중국 근대화운동에 크게 공헌한 것에 비해 우리의 외국어학교는 정부가 사역원과 같은 역관양성기관으로 인식한 때문에 한계가 많았음을 지적하였다. 또한 외국어학교는 1895년부터 1911년까지 존속했는데, 변천과정을 세 시기로 나누어 서술한 점도 돋보인다. 특히, 이 논문에서 주목되는 점은 연구 방법이라 하겠다. 선생은 생존 인물의 회고담을 잘 활용하였을 뿐만 아니라 요즈음에는 구하기 어려운 사진 등을 수집하여 논지 전개 과정에서 다양하게 활용하였다는 점이다. 당시 선생께서 발굴한 사진을 통해 법어학교 교직원 및 학생, 법어학교의 수업 광경과 법어학교 교관 마텔, 인천 일어학교의 학생, 그리고 한성외국어학교 학감 겸 법어학교 교관인 이능화의 당시 모습을 알 수 있었다.

세 번째 검토할 논문은 「美國 軍事敎官의 招聘과 鍊武公院」(『震檀學報』 28)이다. 1880년대 조선 정부는 외국의 군사기술을 습득하여 자강책을 강구하고자 노력하였다. 이 글은 정부측의 그러한 노력을 살펴본 것이라 할 수 있다. 이 글에서는 미국 군사교관을 초빙하는 과정, 근대적 군사교육기관인 연무공원의 설치와 교육과정, 그리고 변천과정을 다루었다. 선생은 이 글을 통해 조선 정부가 끈질기게 미국의 군사교관을 초빙하는 과정을 통해 그 의도가 무엇인지와 어떻게 활용했는지를 구체적으로 서술하였다. 당시 조선의 군사교관 초빙 문제를 놓고서 청국 일본 러시아 등이 미묘한 갈등과 대립을 하는 외교적 상황과 조선 정부의 군사력 강화 정책의 일단을 다룬 것이다. 그리하여 연무공원은 장교를 양성하는 조선 최초의 사관학교임을 밝혀내었다. 하지만 사관학교의 목적은 달성하지 못한 한계를 지적하였다. 재정의 미확보, 국왕과 관료의 인식 부족, 武에 대한 전통적 멸시 등이 한계로 작용했음을 지적한 것이다. 여러 나라로부터 무질서하게 수입한 총포는 무용지물이나 다를 바 없었으며, 이마저도 청일전쟁 당시 일본이 약탈했다는 사실 등을 밝혔다. 결국 군국기무처가 개설된 후 연무공원은 일본에 의해 폐지되고 말았다는 것이다. 당시 국왕과 관료들은 연무공원을 설치하여 강력한 근대식 군대를 양성할 목적보다는 미국 세력을 끌어들여 청일의 대립과 러시아의 진출을 막기 위한 현실적 위기 해소가 목적이었다고 결론지었다. 다만, 미국 교관의 활동으로 미국식 훈련규칙과 작전법 등은 한국군 훈련에 영향을 주었을 것으로 파악하였다.

1970년대와 1980년대 중반까지 선생은 주로 개화사상의 형성, 개화파 인물, 개신교의 활동, 개화기 신문 등을 천착했음은 주지의 사실이다. 1980년대 후반에 이르러 다시 근대학교에 주목하였다. 평양의 대성학교와 서울의 배재학당에 대한 연구가 그것이다. 먼저「舊韓末 平壤의 大成學校」(『東亞研究』 10)에서는 설립과정, 교육내용, 폐쇄에 이르는 과정을 다루었다. 특히, 대성학교를 주목한 이유로서 선생은 학생의 질과 교육내용, 설비가 다른 학교의 모범이 되었고, 安昌浩가 설립한데다 민족정신의 앙양과 인격도야를 강조한 학교이기 때문이라 밝혔다.[11] 다시 말해 대성학교가 민족교육기관임을 밝히려는 의도인 셈이다.

---

11 이광린, 『開化派와 開化思想 研究』, 일조각, 1989, p.258.

1907년 2월 미국에서 귀국한 안창호는 梁起鐸 申采浩 등과 新民會를 비밀리에 결성하였다. 이 과정에서 민족교육을 위해 대성학교를 건립했는데, 각계각층의 지원을 받았음을 밝힌 것이다. 특히 校舍 건립을 위해 이종호의 기부금, 교육내용은 윤치호의 도움이 컸으며, 관서인의 적극적 후원에 힘입어 1908년 9월에 개교했다는 것이다. 실질적인 교장인 안창호는 유능한 교사의 초빙과 철저한 교육을 하기 위해 노력한 사실, 훌륭한 교사의 면면을 구체적으로 서술하였다. 다만, 나열식 서술이 다소 많은 편인데, 표를 작성하여 처리하면 일목요연하지 않았을까 하는 아쉬움이 없지 않다. 예컨대, 초빙된 교사 15명의 행적을 하나하나 소개하고 있는데, 이러한 내용을 표로 작성해서 제시했다면 이해하기가 더욱 쉬웠을 것이다. 그리고 대성학교는 민족정신을 고양하는 교육을 중시했는데, 이러한 점을 주목한 일제의 탄압으로 인해 1913년에 폐쇄되기에 이르렀음을 밝혔다. 이는 지방에 설립된 민족교육기관의 대표적 사례 연구에 해당될 것이다.

한편, 「初期의 培材學堂」은 개신교의 선교사업의 일환으로 세운 대표적 사립학교 연구이다. 배재학당의 설립과정과 목적, 배재학당 학생들의 동향에 초점을 맞춘 것으로 이해된다. 감리교 선교사 아펜젤러에 의해 설립된 배재학당은 설립시기는 두가지 설이 전해지는데, 선생은 헐벗이 간행한 『한국평론』 1902년 6월호에 실린 아펜젤러의 비망록을 토대로 1885년에 두 명, 얼마후 4명을 개인 지도한 것이 배재학당의 시작으로 추정하였다. 그리하여 정부의 허가를 얻어 1886년 6월에 개교 준비를 완료한 후 그해 9월 이후에 설립한 것으로 파악하였다.[12] 설립 당시 배재학당은 폐쇄된 동문학의 역할, 즉 영어 통역관의 양성을 담당하였다는

---

12 위의 책, p.100.

것이다. 교명의 유래가 '培養人材'에서 비롯되었고, 국왕으로부터 교명과 현판을 하사받았음은 알려진 사실과 같다. 배재학당은 産業部를 설치하여 가난한 학생들이 학비를 벌어 공부할 수 있는 기회를 제공했다는 점을 높이 평가하였다. 또한 배재학당은 徐載弼과 尹致昊의 특강을 개설하여 일반 지식과 세계정세를 깨우치게 했으며, 학생들이 協成會를 조직하여 회보와 신문을 간행할 정도로 호응이 높았다는 것이다. 그리하여 배재학당의 교사와 학생들은 독립협회의 토론회에서 주도적인 역할을 할만큼 성장했으며, 이들이 일제하의 유능한 지도자로 성장했다는 점을 강조하였다.

한편, 기독교 선교사들이 한국의 근대학교 설립에 기여한 사실을 밝혀내었다. 즉, 1885년 4월에 개원한 濟衆院에서는 1886년부터 알렌 등이 전국에서 추천한 학생 16명을 대상으로 서양의학을 가르쳤음을 밝힌 것이다.[13] 물론 제중원의 의학교는 아직 초보적인 단계라서 의사양성이라기보다는 조수양성기관이었다고 결론지었다. 그리고 언더우드의 수많은 초등학교의 설립 과정과 연희전문학교의 설립을 강조하였다.[14] 장로교 선교부에서는 1909년 현재 589개교의 초등학교를 세워 1만여 명의 남학생과 2500여 명의 여학생을 교육했다는 것이다.[15] 뿐만 아니라 이들은 목사 양성을 목적으로 신학교를 세웠으며, 대학을 세우기 위한 기금을 마련하기 위해 동분서주했다는 것이다. 그 결과 언더우드는 에비슨과 함께 경신학교 대학부를 연희전문학교로 인가를 받았음을 강조하였다. 또한 개신교 선교사 에비슨이 세브란스 의학교를 설립하는 과정과 교육 내용 등을 밝혔다.[16] 뿐만 아니라 에비슨은 1903년에 간호학교를 설립하

---

13 이광린, 「'濟衆院' 硏究」, 『韓國開化史의 諸問題』, 일조각, 1986.
14 이광린, 『초대 언더우드 선교사의 생애』, 연세대학교 출판부, 1991.
15 위의 책, p.219.

여 간호사를 양성하기 시작했다. 그는 1917년에 인가받은 연희전문학교의 교장으로서 부지 구입과 재단의 설립, 유능한 한국인 교수의 초빙, 덕육에 기초한 실용주의 교육을 목표로 설정하여 학교 발전에 크게 기여했음을 밝혔다. 한편, 선생의 지석영 연구에서도 우두 보급을 주도한 지석영이 의학교의 교장으로서 운영의 근간을 세운 것으로 평가하였다.[17]

이상과 같이 선생은 개화운동의 일환으로 전개된 근대학교에 주목하였다. 특히 개항이후 외교관계의 다변화로 영어를 비롯한 어학의 필요성을 인식한 정부의 조치에 주목하여 육영공원과 관립외국어학교를 연구했다. 또한 내우외환이 겹친 조선 의 근대적 군사제도에 주목하여 연무공원을 연구하였다. 교육구국운동의 대표적 사례인 평양의 대성학교와 서울의 배재학당 연구를 통해 인재양성의 목표와 그들의 활동에 주목하였다. 근대적인 서양의학이 정착되는 과정을 살피기 위해 제중원의 의학교와 세브란스 의학교의 설립과 운영을 살펴본 것도 선생이 역사를 공부하게 된 계기와 연관되었음을 짐작케 해준다.

3. 개화파의 유학생활 연구

개화파의 유학생활을 다룬 선생의 글은 다섯 편이다. 모두 일본과 미국에 유학한 개화파로서 '최초'의 수식어가 따라붙는다. 유학생 중 兪吉濬, 邊燧, 윤치호, 서재필 등이 그들이다. 해방 정국의 혼란한 시절 선생 역시 미국 유학을 꿈꾸며 영문과에 입학한 바였다. 개화기의 격동 속에

---

16 이광린, 『올리버 알 에비슨의 생애—한국 근대 서양의학과 근대교육의 개척자-』, 연세대학교 출판부, 1992.
17 이광린, 『開化期의 人物』, 연세대 출판부, 1993, pp.183-188.

서 유학을 떠난 목적과 그들이 유학생활을 통해 얻은 지식을 어떻게 환원하려 했는지를 선생의 논문을 통해 살펴보기로 하자.

선생의 유학관련 논문을 표로 작성하면 다음과 같다.

〈표 2〉 이광린의 개화파 유학생활 연구목록

논문제목	발표년도	수록 서명 (간행년도)
美國留學時節의 兪吉濬	1968	韓國開化史研究(1969) : 개정판(1993)
韓國 최초의 미국 대학 졸업생 邊燧	1984	『韓國開化史의 諸問題』(1986)
開化初期 韓國人의 日本留學	1986	위와 같음
尹致昊의 日本 留學	1988	『開化派와 開化思想 研究』(1989)
'해리 힐맨' 高等學校를 찾아서	1990	『開化期研究』(1994)

개화파의 유학생활과 관련된 글들은 대체로 1980년대에 발표되었다. 이 가운데 3편은 르포와 비슷한 형식의 글이다. 먼저 「美國留學時節의 兪吉濬」은 『新東亞』 1968년 2월호에 발표되어서인지 평이하고 재미있게 서술되어 있다. 하지만 내용은 유길준의 유학생활을 밝히는데 중요한 단서를 제공해준다. 한국 최초의 미국 유학생 유길준의 유물이 보스턴 근교의 셀럼Salem 시의 피바디박물관Peabody Museum에 있다는 사실에 기초하여 유길준의 유학생활의 흔적을 찾아내는 과정을 다루고 있다. 선생은 유길준이 유학한 담마고등학교Dummer Academy를 찾기 위해 셀럼시를 네 번이나 방문했으며, 유길준이 기증한 유물-갓 도포끈 저고리 바지 내의 버선 토시 부채, 명함 등-을 확인하였다. 그 기증 시기를 1883년 11-12월로 파악하였다.[18] 더불어 눈길을 끄는 대목은 묄렌도르프로부터 구입한 250여 점의 한국 유물이 박물관에 있다는 점이다. 선생

---

18 앞의 책, 1993, p.275.

은, "묄렌도르프가 어느 틈에 다수의 韓國遺物을 수집하고, 그리고 또 그
것을 日本에까지 가지고 가서 팔아 먹었는지 그 비상한 수완에는 그저
머리를 흔들 수밖에 없었다"라고 적고 있다.[19]

이 글의 내용보다 발표자는 관련 유물이나 자료를 찾기 위해 분투하
는 자세에 감명을 받았다. 조그만 흔적 하나를 찾기 위해 다양한 방법으
로 접근하는 내용을 생생하게 서술되어 있는 것이다. 즉, 피바디박물관,
시교육위원회, 도서관, 담마고등학교 등을 종횡무진하며 여러 관련 인사
들을 만나 유길준의 흔적을 하나라도 더 찾기위한 자세는 후학으로서
고개가 절로 숙여졌다. 그 결과 선생은 유길준과 피바디박물관장 모스
Morse와의 관계,[20] 유길준이 박물관에 기증한 유물 내역, 담마고등학교
의 재학사실 등을 통해서 유길준의 근대사상이 어떻게 형성되었는지를
유추하였다. 비록 유길준의 미국유학은 15, 6개월 정도였지만, 그 시기
가 사상 형성에 매우 중요하다고 인식하였다.

다음으로 「韓國 최초의 미국 대학 졸업생 邊燧」에서는 변수의 묘비
와 행적, 미국 망명과정과 유학생활, 졸업 후의 행적 등을 다룬 것이다.
변수(1861-1891)는 중인 집안으로, 김옥균가 박영효의 수행원으로 일본
을 두 번이나 방문했으며, 민영익의 수행원으로 미국에도 다녀온 인물
로서 세계일주를 한 최초의 한국인 중의 한사람이었다. 그의 무덤과 묘
비가 미국의 어느 조그만 도시에 있다는 사실을 확인하기 위해 답사한
내용이다. 갑신정변에 참여한 그가 일본에 망명했다가 미국으로 들어가
는 과정과 미국의 메릴랜드대학에서 4년간 농학을 공부하여 1891년 6월

---

19 앞의 책, p.276.

20 피바디 박물관장 모스M. S. Morse와 유길준이 각별한 사제관계였음과 편지 내
   용은 선생의 「兪吉濬의 英文書翰」(『개화파와 개화사상 연구』, 일조각, 1989)에
   상세히 밝혀져 있다.

에 졸업하였다. 이로써 그는 한국인 최초의 미국대학 졸업생이었다는 점이다. 얼마 뒤 그는 불의의 철도사고로 사망하여 미국에 묻혔는데, 이 과정에서 그의 유품이 가톨릭측의 알선으로 한국의 가족에게 전달되는 과정을 서술한 것이다.

「開化初期 韓國人의 日本留學」에서는 1880년대 초 일본에 파견된 한국인 유학생들을 다루고 있다. 사실, 조선시대에는 일본에 유학생 파견은 상상할 수 없는 일이었으나, 황준헌의 『朝鮮策略』의 영향으로 유학생 파견이 시작되었음을 밝혔다. 다 아는 바와 같이 최초의 일본 유학생은 朝士視察團의 수행원 유길준과 윤치호 유정수 등이었다. 이후 4년간 일본에 파견된 유학생을 연도별로 파악했는데, 적어도 67명 이상이라 하였다. 이들의 유학기간은 대체로 1년 정도였으며, 군사기술을 비롯한 근대적 기술을 습득할 목적이었다. 다만, 갑신정변의 영향으로 인해 조선 정부는 刷還 대상자 17명을 파악하여 귀국할 것을 회유하였다는 것이다. 조선 정부는 이들을 위험분자로 인식하여 속임수를 써서 8명을 귀국시켜 모두 처형했다는 점을 밝혔다. 이에 대하여 선생은 "만약 이들의 處刑이 事實이었다고 한다면 實로 어처구니 없는 일이라 하지 않을 수 없다. (중략) 期待했던 것보다 召還된 학생의 數도 적었지만, 한편으로 旅費, 食費, 學費 등 나라의 많은 財政을 소비하고, 그들의 배운 바를 이용조차 하지 않고 희생시켰다는 것은 나라의 큰 損失이라 하지 않을 수 없다"[21]라고 평가하였다. 다시 말해 선진 기술을 배운 유학생들을 적재적소에 활용하지 못한 채 위험분자로 인식하여 처형한 것은 국가재정의 낭비요, 인재의 손실이라는 것이다. 당시 조선 정부가 대부분의 유학생을 일본에 파견한 문제도 날카롭게 지적한 점에서 주목된다. 일본 의존

---

21 이광린, 앞의 책, 1986, p.62.

도가 시간이 갈수록 심화되었다는 것이다.

그리고 「尹致昊의 日本 留學」(『東方學志』 59)에서는 최초의 일본 유학생중 한사람인 윤치호의 유학생활이 갖는 의미를 분석한 것이다. 당시 일본에서 무엇을 공부하였으며, 누구로부터 영향을 받았는지를 추적한 글이라 하겠다. 윤치호는 부친 尹雄烈의 추천으로 일본에 유학한 것으로 이해했으며, 처음에는 농학을 공부하려다 김옥균의 권유로 영어를 배우기로 결심을 바꾸었다는 것이다. 일본 유학시절 그는 同人社 사장 中村正直의 영향을 가장 많이 받았으며, 그로부터 공리주의와 기독교사상의 영향을 깊이 받았을 것으로 추정하였다. 특히 윤치호가 받아들인 공리주의를 입신출세주의라 하여 그의 회유에 약한 배경의 근원으로 지목하였다.

끝으로 서재필의 유학생활을 살펴본 「'해리 힐맨' 高等學校를 찾아서」(『徐載弼과 韓國民主主義』, 1990)를 살펴보기로 하자. 선생은 해리 힐맨 Harry Hillman Academy는 서재필의 사상 형성에 잊을 수 없는 기관이라 하였다. 이곳의 3년 공부가 그의 사상 형성에 중요한 영향을 끼쳤고, 그것이 순한글 신문인 『독립신문』의 창간과 독립협회의 활동과 관계가 깊다는 것이다. 선생은 해리 힐맨 고교를 찾기 위해 필라델피아에서 3시간이나 떨어져 있는 월크스 베어Wilkes-Barre를 방문하였다. 언제나 그렇듯 연관된 인물에 대한 행적을 조사하기 위해 시립도서관, 해당 학교의 자료실 등을 발품을 팔다가 관련 자료를 찾게 되면 감격해 마지않았다. 이를테면, "서재필이 다니던 고등학교가 이것이라고 그녀가 설명을 할 때 저자는 감개무량하였다. 오래 전부터 찾아보려던 건물을 마침내 찾았기 때문"[22]이라 서술하였다. 특히 관련 유적에 대한 서술, 거리와 소요시간, 만난 사람에 대한 설명 등을 자연스럽게 풀어내는 것이 선생의 특

---

22 이광린, 『開化期研究』, 1994, p.121.

징적인 문장이다. 요즘 말로 한다면 내러티브 히스토리narrative History, 즉 이야기체 역사 서술을 일찍부터 실천했다고 하겠다. 또한 선생은 후학들이 찾을 때를 염두에 두고서 상세한 설명을 덧붙여 놓은 것이 아닐까 생각해보았다.

서재필이 재학할 당시 해리 힐맨 고교는 총 96명의 학생들이 재학중이었고, 예비과정의 문과반은 영어 역사 수학 라틴어 희랍어 연설 등을 배웠다. 서재필은 이 학교에 입학한 지 1년만인 1887년 6월 수학, 라틴어 희랍어에서 장려상을 받았으며, 그 이듬해에는 학생회가 개최한 연설회에서 2등을 수상하여 10달러의 상금을 받을 정도로 발전했으며, 졸업할 때에도 학생 대표로 연설을 하였다는 사실 등을 세세히 밝혀내었다. 그리하여 서재필은 이곳에서 영어를 완벽하게 배웠을 뿐만 아니라 서양의 학문과 사상, 특히 계몽주의 사상을 익혔을 것이라 하였다. 그러한 지식이 훗날 독립신문의 간행과 독립협회에 도움이 되었다고 판단하여 해리 힐맨 고교를 잊을 수 없노라고 마무리지었다.

이와 같이 선생은 일본과 미국을 유학한 최초의 인물들의 유적과 유물, 그리고 단편적 자료를 통해 그의 근대사상이 어떻게 생겼는지를 탐구하였다. 또한 초기의 일본 유학생에 대한 정부의 어처구니없는 처사에 대해서는 비판을 아끼지 않았다. 특히 자료를 발굴하기 위한 집요한 노력은 후학의 귀감이라 아니할 수 없다.

4. 근대교육사의 서술

한국사 내지 한국근대사 개설서에서 선생은 근대교육사를 어떻게 서술하였는지를 알아 볼 차례이다. 주지하듯이 선생은 한국근대사 개설서로 『韓國史講座』V(근대편)를 남겼다. 이러한 개설서에 서술한 근대교육사 관련 내용을 살펴보고자 한다.

이를 간단히 표로 작성하면 아래와 같다.

<표 3> 이광린의 근대교육사 서술

논문제목	발표년도	수록 서명 (간행년도)
한국 독립운동의 성인교육적 역할 -1905년 이후의 한국의 성인교육-	1966	『한국의 민주적 발전과 성인교육의 과제』(중앙교육연구소)
書堂에서 學校로-韓末의 教育-	1969	『韓國現代史』(신구문화사)
民族教育	1976	『한국사』 22(국사편찬위원회)
신식교육기관의 설치 근대교육의 보급	1981 : 1983 수정중판	『韓國史講座』V(근대편, 일조각)

「한국 독립운동의 성인교육적 역할-1905년 이후의 한국의 성인교육-」은 논문 형태로 되어 있으나, 내용은 근대교육을 개관하고 있다. 이 글은 미국공보원이 후원하는 세미나에서 발표한 것으로 민주시민교육의 일환으로 연례행사의 하나였다. 1962년 여름 해인사에서 시작한 민주시민교육 여름 세미나는 매년 초·중등학교 및 대학 등, 학교 교육을 중심으로 한 민주시민교육의 효율적 방안을 이론과 실천의 양 면에서 모색하는 것을 목적으로 추진해왔다. 5회째에 해당하는 1966년에는 성인교육을 주제로 세미나가 진행되었는데, 이 자리에서 한국 독립운동의 성인교육적 역할을 발표한 것이다. 1905년 이전의 성인 교육은 천관우 선생이 「옛시대 성인교육의 원형-1905년 이전-」이란 제목으로 발표하였다.

당시 이 행사는 4개 분과로 나누어 진행되었는데, 제1분과(인문성인교육분과)에 이광린, 정범모 서울대 교수 등 14명, 2분과(지역사회개발분과)에 김선호 경희대 교수 등 12명, 3분과(매스/미디어분과)에 천관우 동아일보 주필 등 12명, 4분과(자원단체분과)에 이중 고대 교수 등 12명으로 구성되었다(p.16).[23] 각 분과마다 USOM(United States Operation Mission, 미국대외원조기관)과 미국공보원 관계자들이 고루 참석하였다. 아마도 미국의 시민교육을 우리나라에 이식하려는 의도에서 이러한 세미나를 개최한 것이 아닌가 한다.

이 자리에서 선생은, 서론에서 스칸디나비아 여러 국가의 성인 교육과 미국의 성인교육의 현황을 소개한 후 을사조약 이후의 애국계몽운동 중에 교육운동을 위주로 발표하였다. 먼저 1) 私學의 발흥에서는 안창호 이승훈 유길준 이동휘 등 선각자와 서북학회 기호학회 교남학회 등 민중의 지도적 단체를 중심으로 전개된 교육운동을 서술하였는데, 이러한 "교육운동을 민간인들이 일으켰다는 점에서 문화적 일대사건"이라 표현하였다. 당시의 교육운동은 일제하에서 우리의 성인교육이 걸어야 할 올바른 방향을 제시한 것이라 평가하였다.

다음으로 2) 『동아일보』·『조선일보』의 발간과 성인교육에서는 무단통치의 완화로 창간된 『동아일보』와 『조선일보』이 전개한 한글보급을 통한 문맹퇴치운동이 의의가 크다고 평가하였다. 이 과정에서 한글 교재를 보급하고 한글강습회를 주도한 조선어학회의 역할을 높이 평가한 점이 주목된다.

3) 기독교단체가 성인교육에 미친 영향에서는 교회의 주일학교와 하기 아동성경학교가 한글 보급에 큰 역할을 했다는 점과, YMCA의 교양 강좌와 강습회도 당시 성인교육에 많은 공헌을 한 것으로 보았다. 그리고 4) 기술교육에서는 기독교 계통의 사립학교에서 시작한 간단한 기술교육은 가난한 학생들의 학비를 도와주려는 의도로 시작되어 비교적 성공적이었다고 평하였다.

---

23 『한국의 민주적 발전과 성인교육의 과제』, 중앙교육연구소, p.16.

1905년 이후 일제하 성인교육은 애국심에서 우러난 독립운동과 직결된 점을 강조하였다. 그리고 식민지하의 성인교육은 언론과 학생들이 앞장선 사회운동으로, 대단히 좋은 전통을 남긴 것으로 평가하였다. 마지막으로 "우리나라의 성인교육이 늘 위로부터 아래로 내려가는 문맹퇴치 혹은 도덕적 교화를 목표로 삼았음은 부인할 수 없는데, 진정한 교육, 이상적인 교육이라면, 그것은 교육이 위에서부터의 노력이 아니라, 아래로부터 민중의 권리라는 것이 자각되어야만 한다는 것이다. 참다운 교육은 민중에 의한, 민중이 하는, 민중을 위한 교육이어야 하기 때문"[24]이라고 결론지었다. 이 내용은 10년 후에 간행된 『한국사』 22(1976)에 실린 「民族敎育」과 비슷한 논지를 펴고 있다. 다만 여기서는 성인교육을 중심으로 논지를 폈다는 점이 다를 뿐이다. 그렇다면 이때 발표한 내용을 바탕삼아 『민족교육』을 서술하면서 보완한 것으로 보아도 크게 어긋나지 않을 것이다.

두 번째 서술은 「書堂에서 學校로-韓末의 敎育-」(『韓國現代史』 3)인데, '1. 敎育의 改革'에서 구교육의 유산과 신교육의 태동, 요람기 교육기관의 성격을 다루고 있으며, '2. 甲午年의 改革'에서는 새로운 학제, 官學, 私學, 멀어진 교육의 이념이 서술되어 있다. 그리고 '3. 壓制와 自覺'에서는 압제자의 학제개정, 관학의 위축, 사학에 거는 기대, 교육의 민족의식, 탄압받는 사학을 서술하였고, '4. 敎育의 기틀'은 결론에 해당되는데, 교육을 통한 구국운동을 전개함으로써 교육내용이 독립을 위한 강한 신념과 힘을 기르는데 집약되었다는 점, 그리고 외침에 대한 저항정신과 독립정신은 일제강점기간 우리 민족운동사의 주류가 되었다는 점을 높이 평가하였다. 다만, 인용된 사료를 원전 자료에서 찾기 어려운

---

24 위의 책, p.100.

경우도 종종 발견된다는 점에 유의해야 할 것이다.

『한국사』 22에 수록된 「民族敎育」은 민족운동의 일환으로 서술되어 있다. 먼저 일제의 교육정책과 탄압의 실상을 개관한 후 1900년대 '민간인들에 의한 교육운동은 문화적인 일대사건'이라 평가하였다.[25] 일제 강점기의 민립대학 설립운동과 언론기관이 주도한 문맹퇴치운동, 조선어학회의 활동을 높이 평가하였다. 선생은 조선어학회가, "민족문화의 향상, 민족의식의 앙양을 도모하여 전개한 활동은 그야말로 日帝植民地下 민족교육의 최후의, 그리고 절정을 이룬 거사"로 평가하였다.[26]

결론적으로 민족교육운동의 첫째 의의를 민족독립운동과 직결된 애국적인 활동이라고 평가하면서, 미국의 사학자 조지 맥큔G. M. McCune은, "일본의 지배가 한국인의 지도력을 억압하고 행정에 책임을 지는 잠재적인 능력을 약화시키기는 했으나, 한국인의 민족정신만은 결코 말살시킬 수 없었다"(*Korea Today*, 하버드대출판사, 1950, p.27)는 주장을 인용하면서 "언제 생각해도 옳은 판단"이라고 서술하였다. 그리고 그러한 힘의 원천은 일제의 온갖 탄압 속에서도 우리 민족이 교육과 문화운동을 통해 민족운동, 구국운동을 끈질기게 전개온 것에서 기인하는 것으로 파악하였다. 이 점은, "민족교육의 성장과 더불어 外面化한 韓國 학생들의 항일 민족투쟁에 의해서도 실증되는 바, 3·1운동을 기점으로 해서 6·10만세운동, 光州學生運動, 그리고 1930년대의 전국에 걸친 抗日 學生民族解放運動 등은 모두가 日帝의 식민지교육에 대항한 민족교육의 영향이었다"라고 주장하였다.

둘째 의의로서 민족교육운동이 사회 인사나 학생들, 혹은 언론이 앞장

---

25 이광린, 「민족교육」, 『한국사』 22, 국사편찬위원회, p.60.
26 위의 책, p.103.

선 하나의 사회운동으로 뻗어나갔다는 점을 들었다. 이는 민족교육에 좋은 전통을 남겨준 것이라고 평가한 것이다. 끝으로 민족교육의 발단이 구한말 개화운동의 사명을 띠고 민족근대화를 지향하려 한 데 있었고, 일제 식민지하에서는 교육구국운동과 직결되고 있었던 만큼, 그것이 항상 계몽적인 수준을 벗어나지 못한 점을 한계로 지적하였다.[27] 하지만 어려운 조건에서 자주적 주체적 입장으로 끊임없이 노력하여 내적으로 축적된 교육충동이 조국의 광복과 더불어 크게 폭발함으로써 해방이후 한국교육의 획기적인 발전을 가져오게 한 중요한 계기를 마련한 것으로 보았다.[28]

한편, 선생이 저술한 「개화사상의 보급」(『한국사』 16, 1981)에도 근대교육과 관련된 내용이 적지 않은 편이다. 즉, 「개화운동의 전개」에서 신식 교육기관의 설치를 다루었는데, 『한국사강좌』 V 보다 더 상세하고 다양한 자료를 제시하여 논지를 전개하였다. 또한 우리나라 新敎育史에서 1883년이 획기적인 해라고 서술했는데, 그것은 우리나라 최초의 근대식 학교가 개항장인 원산에 설립된 때문이라 하였다.[29] 1886년에 설립된 육영공원 역시 개화운동의 주목할만한 사업이었다고 평가하는 한편, 그 운영 규정인 「育英公院設學節目」은 우리나라 최초의 신식학제로 서양식 교육제도를 모방한 것이라 하였다. 한편, 선교사들의 교육사업 중에 고종 23년 4,5월경 미국 북감리교 선교사 아펜젤러H.G. Appenzeller와 스크랜턴M. F. Scranton 여사에 의해 설립된 배재학당과 이화학당에 주목하였다. 이 두 학교는 일반교육을 목적으로 하는 최초의 현대식 학교의 영예를 차지하였고 평가하였다. 이와 같이 1880년대 신식 교육기관의 설치와 운영은 한국교육사상 신기원을 이룩한 사건이라고 결론지었다.[30]

---

27 앞의 책, pp.105-106.

28 위의 책, p.107.

29 이광린, 「개화사상의 보급」, 『한국사』 16, 국사편찬위원회, 1981, p.575.

선생의 한국근대사 개설서로서 가장 대표적인 저술인『한국사강좌』 Ⅴ(근대편)에서는 근대교육사 관련 내용이 두 군데로 나누어 서술되어 있다. 하나는 개화운동의 전개에서 신식교육기관의 설치를 다루었고, 다른 하나는 애국계몽운동에서 근대교육의 보급을 다루었다. 이 책은 1860년대 홍선대원군이 정계 등장한 때부터 1910년 대한제국 멸망까지 약 50년을 다룬 한국근대사 개설서이다. 선생은 당시의 움직임을 "한국이 파란만장의 험난한 길을 걸어온 때"로서 "은둔국으로 안주하던 한국이 외압 즉 자본주의 열강의 침략에 의하여 국토와 사회체제가 위기에 처하게 되었기 때문"으로 보았다. "당시의 국민들은 이 위기를 극복코자 노력"했으나, "외압에 대한 인식과 그 목적을 달성하려는 방법의 차이 등으로 국민들 간에 화합을 이루지 못하고, 몇 개의 다른 운동을 전개하기에 이르렀는데, 그 운동이란 다름아닌 위정척사운동, 개화운동, 동학농민운동"으로 파악하였다. 그리하여 "이 운동들을 전개시킨 한국 근대는 외세의 침략과 이를 극복하여 자주독립을 지켜보려는 한국인의 투쟁의 시대라고 말할 수 있을 것"이라고 하였다.[31]

이 책의 「신식교육기관의 설치」에서는 동문학과 육영공원의 설치, 선교사들의 교육사업 순으로 서술되어 있다. 선생은, "開化運動의 전개에 있어서 신문의 간행에 못지않게 중요한 의의를 가졌던 것은 新敎育의 도입이었다. 신문의 발간이 개화운동에 대해 신속하고도 즉각적인 효과를 가져다 주는 사업이라 한다면, 신교육의 도입은 이 운동을 좀더 근본적이고 영구적인 안목에서 수행해 나가려는 의도를 표시한 것이라 할 수 있었다"라고 하며 신교육운동을 높이 평가하였다.[32] 개설서이므로

---

30 앞의 책, p.588.
31 이광린,『한국사강좌』Ⅴ, 일조각, 1983, 머리말 iii-iv.
32 위의 책, p.237.

다른 연구자의 성과를 반영하기도 했는데, 이를테면 동문학 설치 이후
에 설립된 元山學舍를 주목하였다. 원산학사는 민간인들이 주동이 되고
개화파 관료들이 적극 지원하여 설립되었는데, 기왕의 서당을 개량한
근대학교라는 것이다.[33]

「근대교육의 보급」에서는 갑오개혁이후 새로운 학제가 실시되는 과
정, 다양한 과정의 학교 설립과정, 을사조약이후 교육을 통한 구국운동
의 전개과정에서 설립된 전국 각지, 특히 관서지역의 사립학교 열풍을
서술하며 '私學의 황금시대'라 표현하였다. 이에 일제는 민족교육을 실
시하는 사립학교를 탄압하기 위해 1908년 사립학교령 및 교과용도서검
정규정을 공포했다는 것이다. 한편, 미션계 학교에서 여자교육과 맹아교
육을 실시한 점에 주목하였다.

이상과 같이 한국사와 한국근대사 개설서에 서술된 근대교육사 관련
내용은 선생의 연구 성과를 중심을 이루지만, 다른 연구 성과를 반영하
여 종합적으로 정리하였다. 특히 1883년 동문학 설치이후 근대교육기관
의 설치에 주목하였으며, 을사조약이후 사학의 융성을 높이 평가하였다.
민족정신을 앙양하고 근대적인 학문을 수용하여 교육구국운동을 전개한
점을 강조한 것이라 하겠다.

5. 맺음말

지금까지 이광린 선생의 근대교육사 관련 연구 성과를 일별하였다.

---

33 신용하, 「우리나라 最初의 近代學校의 設立에 대하여」, 『韓國史研究』 10, 1974 ;
   이광린, 『한국사강좌』 V, p.238.

선생의 개화사연구에서 근대교육이 차지하는 비중이 결코 적지 않았음을 알 수 있었다. 선생은 어쩌면 교육의 힘을 절감하는 삶을 사신 것으로 감히 생각해본다. 앞서 살펴보았듯이 선생은 우리나라 최초 또는 대표적 근대학교의 역사적 위상을 밝혀주었다. 또한 개화파의 유학생활을 통해 근대적 학문과 사상을 적극 수용하여 국가와 민족의 발전을 추구한 지난한 과정을 천착하였다.

해방 직후 선생은 대학에서 낭만주의 시인 워즈워드, 셸리, 키이츠의 시에 매료되었다고 한다. 그래서인지 선생의 글은 간명하면서도 감성적인 면이 다분한 편이다. 그렇다고 '詩的'이라고 할 수도 없다. 선생은 1950년 還都한 후 우리 소설을 열심히 탐독했다고 한다. 어휘의 부족과 글을 쓰는 법을 배울 의도로 오랫동안 소설을 읽었다는 것이다. 그리하여 선생은 "글쓰는 것에 약간의 자신을 얻기는 하였으나, 그보다는 인생을 폭넓게 보는 눈이 생긴 것처럼 느껴졌다. 이것은 나의 큰 수확이라 할 수 있다"고 하였다. 그래서인지 선생의 논문을 읽으면 딱딱하지가 않다. 본문에서 간단히 언급했지만, 선생의 문장은 이야기체 역사서술의 대표적 사례가 아닐까 한다. 그러면서도 철저한 실증을 추구했다는 점을 잊어서는 안 될 것이다.

다음과 같은 선생의 글을 통해 선생의 학문적 성향을 엿볼 수 있다.

사학과의 민영규·이인영 교수로부터 받은 學恩은 참말로 매우 큰 것이었다. 민교수의 학문은 귀족적이라고 말할 수 있을 만큼 격조가 높았다. 특히 글에 대해 매우 까다로웠다. 단어 하나, 문장 한 줄에 대해 선택해서 써야만 했다. 또 논문의 제목이나 내용이 속되면 용서치 않았다. 한편 이인영 교수는 문제를 정면으로 대결하는 태도를 가르쳐 주었다. 학문을 꾀를 부려서는 안된다고 하였다. 그리고 언제나 원전을 통해 공부하는 습관을 가져야 하고, 또 아무리 좋은 착상이라

해도 그것을 논리적으로 전개시켜야 한다고 하였다.[34]

　민영규 교수로부터 학문적 격조를 배우고, 이인영 교수로부터 철저한 실증과 문제를 직시하며 풀어가는 자세를 배웠다는 것이다. 이와 같이 선생은 민영규·이인영 교수가 베풀어준 學恩을 항상 마음에 품고 연구에 매진했다고 생각한다.

　한편, 선생의 개화사 연구의 바탕은 미국 하버드대학 옌칭도서관에서 이루어진 것으로 자평하였다. 그런 까닭에 선생은, "옌칭도서관은 나에게 학문의 메카처럼 생각"되었다며, 한국에서 1년간 공부할 것을 이곳에서는 1주일이면 가능했다고 술회하였다. 하지만 선생은 도서관과 연구실에만 틀어박혀 논문을 작성하지 않았다. 반드시 현장을 방문하여 확인을 거쳐 글을 썼던 것이다. 선생 스스로 "백문이 불여일견으로 찾아감으로써 많은 사실을 알게 되었다"고 술회한 점에서 그러한 사실을 확인할 수 있다. 이와 관련하여 "나의 공부는 발로 한 것처럼 느끼게 된다. 즉 연구실에 앉아 차분히 공부하지 않고, 새로운 자료와 사실을 발굴한다 하고 여기저기 떠돌아 다니면서 대부분의 시간을 소비하지 않았나 생각된다. 그러므로 옳게 개화사를 공부하였는지 의문이 앞선다"고 한 謙辭가 참고된다. 이는, 선생의 학문적 좌우명인 '爲人之學 不如爲己之學'으로 연결될 것이다. 그 결과 선생은 어느 순간 근대교육사를 포함한 개화사 연구의 선구적·독보적 위치에 올라 있었다.

[『서강인문논총』 46, 2016]

---

34 이광린, 앞의 책, 1999, p.263.

이광린의 한국현대사 연구

노용필 한국사학연구소장

1. 서언

청년 시절 李光麟(1925-2006)은 대학에 입학할 때는 英文科를 선택하였지만, 처음 맞은 방학 동안 역사 계통의 책에 매료되었으며, 당시 사회의 상황 속에서 그의 표현 그대로 "추상적인 문학보다 구체적인 역사학을 공부해야만 어떤 답을 구할 수 있을 것처럼 보였(아래 인용문의 ★부분)"기에 (당시의 學制에 따라 豫科를 마치고) 學部로 올라갈 때는 史學科로 轉科하였다고 한다. 이러한 청년 시절의 진면모에 대해 그 자신의 회고담에서 다음과 같이 진솔하게 토로하고 있어 당시의 상황을 여실히 잘 살필 수가 있다.

> 해방 후 한국의 대학은 미국제도를 모방하여 9월에 1학기, 2월에 2학기를 시작하였다. 영문과를 한 학기 다닌 뒤 겨울방학을 맞으면서 나는 각종 소설과 역사 관계 책을 읽었다. …
> 그런 가운데 역사 계통 책이 나의 마음을 끄는 것 같은 느낌을 주었다. 동시에 영문과를 졸업하면 무엇이 될 것인가에 대해서도 생각해 보았다. 미국에 가지 못한다면 고등학교 교사나 번역하는 일에 종사할 수가 있을 것 같았다. 그런 일도 의미가 있는 것이겠지만, (①)나는 내 자신이 직접 창조적인 일을 할 수는 없을까 하고 고민하였다.

(②)당시 한국 사회는 너무나 암담하였다. 해방이 되었다고 하는데 미·소 양국이 38선을 남북으로 점령하고 있고, 나라 안은 좌우익 정치단체의 난립으로 혼돈상태에 빠져 있었다. 이 때문에 경제상태도 말할 수 없을 정도로 비참하였다. 대학에 다니는 사람으로 답답한 마음 금할 길이 없었다. (③)도대체 어떻게 해서 이런 지경에 이르게 되었을까? 이 민족은 어떻게 하면 좋을 것인가? 이런 문제들을 끊임없이 되새기면서 역사를 공부하면 무엇인가 풀릴 것 같았다. 다시 말하면 (★)추상적인 문학보다 구체적인 역사학을 공부해야만 어떤 답을 구할 수 있을 것처럼 보였다. (④)오랜 고민 끝에 학부로 올라갈 때 나는 사학과로 전과하였다.[1]

해방이 되기는 했지만 "당시 한국 사회는 너무나 암담(②)"하기에, "도대체 어떻게 해서 이런 지경에 이르게 되었을까? 이 민족은 어떻게 하면 좋을 것인가? 이런 문제들을 끊임없이 되새기면서(③)" "나는 내 자신이 직접 창조적인 일을 할 수는 없을까 하고(①)" "오랜 고민 끝에 (④)" "이런 문제들을 끊임없이 되새기면서 역사를 공부하면 무엇인가 풀릴 것 같아(③)" 그렇게 했다는 것이다. 민족의 현실 문제를 풀기 위해서 그야말로 "구체적인 역사학을 공부해" "어떤 답을 구할" 생각이었던 것이라 하겠다.

이렇듯이 당시의 암담한 현실 속에서 당면한 문제들을 풀기 위해 역사학을 공부하려 선택한 그는, 그랬기 때문에 애초에는 現代史를 전공하고자 하는 생각이 강했던 것 같다. 그의 글 가운데 아래의 대목에서 그런 면모가 읽어진다.

---

1 「나의 學問 遍歷」, 『韓國史市民講座』 6, 一潮閣, 1990, p.155 : 『韓國近現代史論攷』, 一潮閣, 1999. pp.269-270.

(⑤)1960년과 1961년은 한국사회의 대변동기였다. 1960년에는 4·19 혁명으로 자유당정권이 무너졌고, 1961년에는 군사정권의 출범으로 민주당정권이 무너졌다. (⑥)외견상 조용히 공부만 하고 있는 것처럼 보일지라도 역사를 공부하는 사람으로 사회의 대변동에 눈을 감을 수 없었다. 특히 이승만 대통령이 물러날 때 대학교수들의 데모가 결정적인 역할을 하였는데, 이 데모를 주동한 교수 중에는 내가 대학을 다닐 때 가르친 선생님도 끼어 있었다. 두 혁명을 겪으면서 (⑦)나는 사회변동에 관심을 쏟았다. (⑧)현대사는 자료의 수집 관계로 도저히 불가능할 것처럼 느껴져 개화기, 즉 구한국시대에 눈을 돌렸다. 사실 이 시기도 전통사회에서 근대사회로 넘어 가는 대변동기였다. 도포를 입고 상투를 튼 사람들이 서양의 문물을 받아들여 나라의 자주독립을 지켜보려고 하였던 때였다. (⑨)이런 시기에 지식인들이 어떤 생각을 갖고 있고, 또 어떤 태도를 취하였는지 알고 싶었다. (⑩)비록 현대사에 손을 대지 못할망정 이런 변동기는 손을 대볼 만하다고 느꼈다.[2]

1960년 4·19혁명과 1961년 군사정권의 출범이 있었던 당시는 그야말로 '한국사회의 대변동기(⑤)'였고, 그래서 "외견상 조용히 공부만 하고 있는 것처럼 보일지라도 역사를 공부하는 사람으로 사회의 대변동에 눈을 감을 수 없(⑥)"어서 "나는 사회변동에 관심을 쏟았다.(⑦)"라고 당시의 심정을 숨김없이 술회하고 있다. 그래서 그는 당시의 사회변동에 관심을 쏟으면서 의당 현대사에 간절히 손대고 싶었던 것임이 분명하다.

하지만 그는 현대사 연구가 "자료의 수집 관계로 도저히 불가능할 것처럼 느껴져 개화기, 즉 구한국시대에 눈을 돌렸(⑧)"는데, "비록 현대사에 손을 대지 못할망정 이런 변동기는 손을 대볼 만하다고 느꼈(⑩)"으

---

2 「나의 學問 遍歷」, 『韓國史市民講座』 6, 1990, p.155 ; 『韓國近現代史論攷』, 1999. p.278.

며, 그래서 "이런 시기에 지식인들이 어떤 생각을 갖고 있고, 또 어떤 태도를 취하였는지 알고 싶었다(⑨)"라고 밝히고 있다. 이렇게 해서 이후 開化期 연구에 평생 매진하게 되었던 것이라 하겠다.

그렇기는 하지만 그의 현대사 연구에 대한 갈망은 이후에도 지속되었던 게 분명하다. 1965년·1987년에는 한국의 民主主義 연구에 관한 논문을, 1988년부터 1994년까지에는 北韓의 歷史學·考古學 연구에 관한 논문을 5편 연속하여 발표하였음에서 그런 진면모가 입증되기에 부족함이 없다고 본다.

따라서 역사학자 李光麟이 남긴 평생의 연구 업적을 온전히 평가하기 위해서는 開化史에 관한 것을 비중 있게 다루는 게 매우 타당하지만, 그렇다고 해서 그의 이와 같은 특정 주제에 집중해서 행해진 일련의 현대사 연구를 度外視해서는 안 되리라 믿는다. 따라서 이 글에서는 이러한 그의 한국 현대사 연구에 관하여 집중적으로 分析하고, 그 史學史的 意義까지를 조망하고자 한다.

2. 韓國의 民主主義 受容과 發展 研究

그가 현대사 논문의 주제로 가장 먼저 다룬 분야는 민주주의에 관한 것이었다. 아래 〈표 1〉과 같이, 먼저 민주주의 발전에 대한 역사적 고찰을 하고, 후에 그 수용에 관한 것을 논문으로 작성하여 발표하였다.

〈표 1〉 李光麟의 韓國 民主主義 受容·發展 硏究 論文 目錄

連番	論文名	揭載誌	發行處	年度	收錄書	出版社	年度
1	「韓國의 民主主義 發展에 대한 史的考察」	『한국의 민주적 발전과 교육의 과제』	中央 敎育 硏究所	1965	歷史學會 編, 『韓國史의 反省』	新丘 文化社	1969
2	「韓國에 있어서의 民主主義 受容」	『東亞硏究』 12	서강 대학교 동아 연구소	1987	『韓國近現代 史論攷』	一潮閣	1999

그는 "한국의 민주주의가 어떠한 史的 過程을 통하여 오늘날에 이르렀는가 하는 문제는 지극히 흥미 있는 과제로서, 누구든 한번은 정리해 보아야 할 일"이라고 인식하고 있었기에, 한국의 민주주의 발전에 대한 역사적 고찰부터 시도하게 되었다고 밝히고 있다. 다음의 대목에서 그러하였다.

한국의 민주주의가 어떠한 史的 過程을 통하여 오늘날에 이르렀는가 하는 문제는 지극히 흥미있는 과제로서, 누구든 한번은 정리해 보아야 할 일이었다. … 서양의 민주주의는 그 국민이 흘린 피의 댓가로 받은 선물이었던 까닭에 민중이 염원해 마지않던 생활방식이며 理想이었던 것이다. …
그러면, 한국의 민주주의는 이와 같은 관례와 선례를 따라 출발했고, 또 발전되어 왔는가? 이 문제는 금일의 한국 민주주의가 어떠한 처지에 이르렀는가를 봄으로써 족히 알 수 있을 것으로, 오늘날 우리가 한국의 민주주의를 반성하고 재평가해야 할 문제가 되기 때문에 뒤에서 상세히 논하기로 하고, 우선 한국이 어느 때, 어떤 모양으로 민주주의를 실현코자 애썼으며, 또 그 발전과정은 어떠했는가부터 살피기로 하자.[3]

---

3 「韓國의 民主主義 發展에 대한 史的考察」, 歷史學會 編, 『韓國史의 反省』, 新丘

따라서 그는 "우선 한국이 어느 때, 어떤 모양으로 민주주의를 실현코자 애썼으며, 또 그 발전과정을 어떠했는가부터 살피"고자 하였다. 그리하여 이하의 〈2. 한국전통사회에 있어서의 민주적요소〉, 〈3. 문호개방과 서양문화의 유입〉, 〈4. 독립협회의 국권수호와 민권운동〉 부분에서 '그 발전과정'을 詳論하였다.

그런 뒤에 "오늘날 우리가 한국의 민주주의를 반성하고 재평가해야 할 문제"로서 〈5. 民國樹立 후의 민주주의〉 및 〈6. 한국민주주의의 문제점〉을 서술하였다. 그리고 한국 민주주의 문제점으로 아래와 같이 3가지 점을 구체적으로 언급하였다.

이제 우리는, 이미 오래 전에 민주주의에 대한 인식을 깊이 했던 선각자들을 갖기까지 했으면서, 어째서 아직도 그 眞髓를 파악치 못하고 민주사회의 실현에 차질을 가져오게 된 것인가? 간단히 요약해서 설명한다면, 그것은 첫째로, 우리의 민주주의 운동은 개국 이후 늘 위로부터 아래로 주입시키려는 운동이었기 때문이 아닌가 생각된다. 민중이 무지한 우리 사회에서는 불가피한 현상이었다. 둘째로, 우리 민주주의는 해방 이후 비로소 본격적인 것으로 되었는데, 그 해방부터가 우리의 손으로 얻은 것이 아닌 만큼 민주주의 자체도 우리가 싸워

文化社, 1969, pp.283-284. 이 글은 중앙교육연구소 편, 『한국의 민주적 발전과 교육의 과제』, 중앙교육연구소, 1965, pp.26-32에는 「한국의 민주적 발전에 대한 사적 고찰과 교육에의 요구」라는 제목으로 게재되었던 것인데, 그 자료집 표지에 '민주주의 개념 규명과 민주시민교육의 구실 서귀포 여름 세미나 종합보고'라는 부제가 붙여져 있고, 또 〈세미나의 일정과 경과〉라는 항목의 내용에도 보면 1965년 7월 27일 화요일의 세미나 제2일의 그 제목에는 '한국의 민주적 발전의 사적 고찰과 교육에의 요구'라고 소개되어 있다. 제목에 '…과 교육에의 요구'라는 내용이 당일 같이 발표한 박종홍·고범석·권녕대·최태호 등의 제목에도 일률적으로 붙여져 있는 사실로 미루어볼 때, 주최 측에서 애초의 계획서에 따라 제목을 그대로 붙여 자료집을 제작하였기에, 그랬던 것으로 여겨진다.

얻은 피와 땀의 댓가가 아니었다. 셋째로, 우리에게는 민주주의를 배양케 할 터전이 마련되어 있지 않았다.[4]

첫째로는 우리의 민주주의 운동이 "개국 이후 늘 위로부터 아래로 주입시키려는 운동이었기 때문"이라 보았다. 둘째로는 우리의 민주주의 자체도 "우리가 싸워 얻은 피와 땀의 댓가가 아니었다"라는 점을 꼽았으며, "셋째로, 우리에게는 민주주의를 배양케 할 터전이 마련되어 있지 않았다"라고 술회하였다. 매우 비판적인 시각에서 문제점들을 낱낱이 제시한 것임이 분명하다.

그런 후에 이 논문 맨 마지막 단락의 끝 대목[5] 에서 거듭 "끊임없는 노력의 댓가로 반드시 얻을 수 있다는 확신"과 "오랜 훈련과 시행착오의 경험을 필요로 하는 것"이라는 점을 강조하고 있다는 사실을 역시 간과할 수 없을 듯하다. 이럴 정도로 그는 '한국의 민주주의 반성과 재평가'에 매우 비판적인 시각으로 냉철하게 임했다고 해서 옳지 않나 싶다.

그리고 이러한 1965년에 행해진 그의 한국 현대사 속 민주주의 발전에 대한 역사적 고찰 시도는 그로부터 22년이 지난 1987년에 이르러 「한국에 있어서의 민주주의 수용」으로 이어졌다. 이 논문 구성의 기본적인 구도 및 방향 설정은 이 글 중 아래 대목에 잘 담겨있다.

---

4 「韓國의 民主主義 發展에 대한 史的考察」, 『韓國史의 反省』, 1969, pp.293-294.
5 "우리에게는 민주주의가 실현 불가능한 것이 아니고 끊임없는 노력의 댓가로 반드시 얻을 수 있다는 확신이 있어야 하겠다. 왜냐하면, 민주주의는 오랜 훈련과 시행착오의 경험을 필요로 하는 것이기 때문이다. 서구인이 수백 년을 두고 이룩한 것을 그저 원리만 가져다가 우리가 단시일 내에 수행할 수 있다고 생각함은 분명히 하나의 오산인 것이다." 「韓國의 民主主義 發展에 대한 史的考察」, 『韓國史의 反省』, 1969, p.295.

한국 국민이 어느 때, 어떤 모양으로 민주주의를 받아들여 그것을 실현해 보려고 하였으며, 또 그 발전과정은 어떠했는가를 살펴보고자 한다. 그러니까 역사적 고찰을 시도해 보려는 것이다. 이와 같은 작업은 오늘날의 한국 민주주의에 대한 평가와 반성을 해볼 수 있는 밑거름이 될 것으로 믿는다.[6]

이로써 이 논문 「한국에 있어서의 민주주의 수용」에는 한국 민주주의 실현과 그 발전과정에 대한 역사적 고찰에만 국한하지 않고, "오늘날의 한국 민주주의에 대한 평가와 반성"까지 염두에 두었음이 확실하다. 따라서 이하의 구성을 구분하자면, 〈Ⅱ. 개항이후 민주주의 이념의 수용〉과 〈Ⅲ. 독립협회의 민주주의 운동〉 부분은 한국 민주주의 실현과 그 발전과정에 대한 역사적 고찰이고, 〈Ⅳ. 國家主義의 대두와 민주주의의 쇠퇴〉 부분은 그가 내린 한국 민주주의에 대한 평가와 반성이었다고 하겠다. 이러한 서술을 거쳐 그가 한국 민주주의의 역사적 고찰을 시도한 후 내린 평가와 반성은 결론에서 다음과 같이 간결하게 정리되어 있다.

1890년대 후반기 독립협회의 활동으로 민주주의가 한국사회에 뿌리를 내리는 것 같았다. 그러나 1900년대에 들어서 일본제국주의의 침탈로 나라의 명맥이 끊어질 지경에 이르고, 또 생존경쟁, 약육강식의 社會進化論이 크게 영향을 주면서 지식인들은 위기의식을 느끼고 保種 즉 民族의 保存까지 우려하게 되었다. 이 때문에 민주주의는 뒷전에 물러서고 國家爲先主義가 대두하게 되었다.[7]

---

6 「韓國에 있어서의 民主主義 受容」, 『東亞研究』 12, 서강대학교 동아연구소, 1987, p.14 :『韓國近現代史論攷』, 一潮閣, 1999, p.77.
7 「韓國에 있어서의 民主主義 受容」, 『東亞研究』 12, 1987, p.25 :『韓國近現代史論攷』, 1999, p.88.

요컨대 민주주의가 독립협회의 활동으로 1890년대 후반기에 뿌리내리는 것 같았지만, 일본 제국주의의 침탈로 1900년대에 들어서서 민족의 보존까지 위협받는 상황 속에서 "민주주의는 뒷전에 물러서고 국가위선주의가 대두하게 되었다"는 것이다. 결국 〈Ⅳ. 국가주의의 대두와 민주주의의 쇠퇴〉라고 하는 소제목이 그가 내린 '한국 민주주의에 대한 평가와 반성'의 핵심을 여실히 대변하고 있다고 하겠다.

3. 하버드대학 옌칭도서관의 자료 섭렵

하버드Havard대학 옌칭Yenching도서관의 자료 섭렵이야말로 李光麟의 연구 歷程에 있어서 빼놓을 수가 없는 사안이라고 가늠된다. 총 4차례에 걸쳐서 행해진 그의 하버드대학 옌칭도서관의 자료 섭렵이 왜 중요했는지에 대해서는 그 자신이 밝힌 자신의 학문 편력 중에서도 아래의 대목에 역력하다.

> 1966년 12월에서 1967년 11월까지 1년간 미국 하버드대학 옌칭연구소의 초청을 받고 공부할 기회를 가졌다. 1956년 1년 동안 초청을 받고 간 일이 있었으나, 그때와는 옌칭도서관이 크게 바뀌어 있었다. 우선 건물을 넓게 쓰고 있었을 뿐만 아니라 金聖河 선생이 그 동안 열심히 책을 수집하여 한국부 서가에는 책이 엄청나게 증가되어 있었다. 그리고 한국역사를 공부하려면 중국이나 일본에 관한 논문이나 자료를 보아야 하는데 옌칭도서관에는 그런 것들이 문자 그대로 산적해 있었다.[8]

---

8 「나의 學問 遍歷」, 『韓國史市民講座』 6, 1990, p.164 ; 『韓國近現代史論攷』, 1999.

　　이 대목의 기록을 통해 그의 하버드대학 옌칭도서관 소장 자료 섭렵의 첫 번째는 1956년 1년 동안, 그리고 두 번째는 1966년 12월에서 1967년 11월까지 역시 1년간에 걸쳐 이뤄졌음이 입증된다. 더욱이 두 번째 섭렵 때에는 "한국부 서가에는 책이 엄청나게 증가되어" 있었을 뿐만이 아니라 또한 "한국역사를 공부하려면 중국이나 일본에 관한 논문이나 자료를 보아야 하는데 옌칭도서관에는 그런 것들이 문자 그대로 산적해 있었"기에 크게 도움이 되었다는 사실도 주목된다. 그러므로 이후에 이루어진 본인의 저서 간행에 특히 이 당시의 두 번째 하버드대학 옌칭도서관의 소장 자료 섭렵이 결정적인 도움이 되었다고 하는데, 이와 같은 점은 다음 대목에서 여실하다.

> 이렇게 보면 나는 10년 동안에 3권의 책을 낸 셈이었다. 이것은 옌칭도서관에서 공부하게 됨으로써 할 수 있었던 것임은 말할 것도 없다. 그러므로 이 자리를 빌어 옌칭도서관의 한국부 책임자였다가 1989년 1월에 순직한 김성하 선생과 도서관 당국에 대하여 심심한 사의를 표하고자 한다.[9]

　　이 대목에서 그가 10년 동안에 낸 3권의 책이라고 한 저서는 모두 "옌칭도서관에서 공부하게 됨으로써 할 수 있었던 것"이라고 밝히고 있는 바도 간과할 수 없을 듯하다. 이 '3권의 책'이라고 함은 <u>〈표 2〉李光麟의 1960년대 후반-1980년대 중반 著書·譯書 目錄</u> 중의 近代開化史 3부작 『한국개화사연구』·『개화당연구』·『한국개화사상연구』를 지칭하는 것이다.[10]

---

p.279.

9 「나의 學問 遍歷」, 『韓國史市民講座』 6, 1990, p.165 : 『韓國近現代史論攷』, 1999. p.280.

10 그런데 이 〈表 2〉를 살피면서 또 하나 괄목할 만한 사실은, 1969년 『韓國開化史

<表 2> 李光麟의 1960년대 후반–1980년대 중반[11] 著書·譯書 目錄

連番	書名	出版社	時期		備考
1	『韓國開化史研究』	一潮閣	1969년	7월	近代開化史
2	『韓國의 獨立運動』			11월	飜譯書
3	『開化黨研究』		1973년	1월	近代開化史
4	『開化期의 韓美關係』			9월	飜譯書
5	『韓國開化思想研究』		1979년 3월		近代開化史
6	『韓國史講座』 近代篇		1981년 3월		槪說書
7	『開化史의 諸問題』		1986년 4월		近代開化史

그 이후에도 그는 2차례나 더 하버드대학 옌칭도서관을 방문하여 소장 자료를 섭렵하였다. 특히 이 시기의 이러한 하버드대학 옌칭도서관의 소장 자료 섭렵이 자신의 연구에 끼친 영향에 대해서는 그의 술회 중 다음 대목에서 잘 드러나 있다.

1988년 1월 초, 그리고 1989년 1월 중순 다시 하버드대학 옌칭도서관을 찾았다. 옌칭도서관은 나에게 학문의 메카Mecca처럼 생각되었기 때문이다. 사실 책이 많아, 한국에서 1년간 공부해야 할 것을 이곳에 가면 1주일이면 가능하여 자주 간다. 개가식open Stack이고, 한국

研究』, 1973년 『開化黨研究』, 1979년 『韓國開化思想研究』 이외에 또 한 권의 근대개화사 저서로 1986년에 이르러 『開化史의 諸問題』 1권을 더 간행하였다는 점이다. 이 책의 간행은 그의 술회에 따르면 1984년 8월부터 6개월간 東京大學 文學部의 초청으로 일본에 체류하면서 外務省 外交史料館, 都立大學 圖書館, 東京大學 明治新聞雜誌文庫 등에서 자료를 수집하여 가능했다고 한다. 「나의 學問遍歷」, 『韓國史市民講座』 6, 1990, pp.165-166 ; 『韓國近現代史論攷』, 1999. p.279.

11 이 시기 이전에 이뤄진 그의 初期 著述은 周知하는 바대로 著書『李朝水利史研究』, 韓國研究院, 1961를 위시한 朝鮮時代史 論文 12篇이다. 이와 관련하여서는 윤희면, 「이광린 선생의 조선시대사 연구」, 『서강인문논총』 46, 서강대학교 인문과학연구소, 2016, pp.321-345 ; 이 책의 pp.13-35를 참조하시라.

부·일본부·중국부로 나눠져 있어 공부하기가 여간 편하지 않다.[12]

이러한 술회의 내용에서 각별히 주목해야 할 대목은 "옌칭도서관은 나에게 학문의 메카Mecca처럼 생각되었"는데, "한국에서 1년간 공부해야 할 것을 이곳에 가면 1주일이면 가능"했기 때문이라고 밝힌 대목이다. 그의 1988년 1월 초 하버드대학 옌칭도서관의 소장 자료 세 번째 섭렵과 1989년 1월 중순에 이뤄진 네 번째 섭렵은, 그리하여 1980년대 후반부터 그 이후 1990년대 내내에 이뤄진 그의 저술들에 결정적인 계기가 되었음이 분명하다. 이는 그가 북한의 역사학과 고고학 연구에 대해 천착하면서 첫 번째로 완성하여 발표한 논문 「북한의 역사학」의 〈서론〉에서 아래와 같이 적고 있음에서 입증된다.

> 本稿를 작성함에 있어 筆者는 미국의 많은 연구 기관과 학자들의 도움을 받았다. 특히 하바드 옌칭 도서관과 이 도서관의 韓國部 책임자 김성하 씨의 헌신적인 협조가 컸었다. 이 자리를 빌어 謝意를 표하고자 한다.[13]

이렇게 하여 진전된 연구의 결과, 그는 이후 1권의 번역서와 7권의 저서를 연속하여 출간해내기에 이르렀다. 이 시기에 출간된 그의 저서·역서의 목록을 도표로 제시하면 〈표 3〉이다.

---

12 「나의 學問 遍歷」, 『韓國史市民講座』 6, 1990, pp.166-167 : 『韓國近現代史論攷』, 1999. p.282.
13 「북한의 역사학」, 『東亞硏究』 16, 1988, p.38 : 『韓國近現代史論攷』, 1999, p.137.

<表 3> 李光麟의 1980년대 후반–1990년대 著書·譯書 目錄

連番	書名	出版社	時期		備考
1	『韓國改新敎受容史』	一潮閣	1989년	6월	飜譯書
2	『開化派와 開化思想硏究』				近代開化史
3	『초대 언더우드 선교사의 생애』	연세대학교 출판부	1991년 5월		
4	『올리버 알 에비슨의 생애』		1992년	2월	人物史
5	『유길준』	東亞日報社		10월	
6	『開化期의 人物』	연세대학교 출판부	1993년 4월		
7	『開化期硏究』	一潮閣	1994년 10월		近代開化史
8	『韓國近現代史論攷』		1999년 12월		近現代史

그는 1988년 1월 초와 1989년 1월 중순에 각각 渡美하였을 때, 이들에 관한 국내에서 구하기 어려운 관련 자료들을 하버드대학 엔칭도서관의 소장 자료에서 열람하고 검토하였다. 인물 연구의 경우에는 더욱 그랬을 듯하다. 국내 인물들을 연구 대상으로『개화기의 인물』등을 새로이 저술할 때에도 의당 그러한 내용을 반영하였을 것이고, 더더군다나『초대 언더우드 선교사의 생애』와『올리버 알 에비슨의 생애』에 관한 연구에는 더 말할 나위가 없었을 것이다. 게다가 茶山 丁若鏞, 金玉均, 都宥浩 등의 인물 연구를 중심으로 (곧 뒤이어 상론하는 바와 같이) 북한의 역사학과 고고학에 관련한 연구를 진행하면서는 더욱더 그랬을 게 거의 틀림없다.

그런데 북한 학계의 연구 성과를 분석하여 검토하던 중 그는 매우 충격적인 사실을 알게 되었던 것 같다. 이와 관련해서는 그가 완성하여 가장 늦게 발표한「북한학계에서의 정다산 연구」중 다음의 대목이 주목된다.

이상으로 북한 학계에서의 정다산 연구를 살펴보았다. (ⅰ)특히 1962
년 7월에 간행된 『정다산』이란 논문집의 일부를 검토하여 그 문제점
도 살폈다. … 이런 이야기를 끄집어내는 이유는 (ⅱ)남한의 어떤 출
판사에서 북한과학원 철학연구소에서 펴낸 『정다산』을 간행한 것을
보아서이다. 말하자면 (ⅲ)그 책이 잘 되었다고 믿고 펴낸 것이 아닌
가 하는 생각이 들었기 때문이다.[14]

"특히 1962년 7월에 간행된 『정다산』이란 논문집의 일부를 검토하여
그 문제점도 살폈다.(ⅰ)"라고 밝혔는데, 다만 그 논문집 『정다산』을 어
디서 읽었는지는 굳이 밝혀 놓지 않았으나, 그가 이런 종류의 북한 서적
들을 자유롭게 마음 놓고 읽을 수 있었던 곳은 분명 하버드대학 옌칭도
서관을 빼놓고는 어디에도 없었을 것이다. 그래서 그는 방금 앞서 본 바
대로 "옌칭도서관은 나에게 학문의 메카Mecca처럼 생각되었"고, "한국
에서 1년간 공부해야 할 것을 이 곳에 가면 1주일이면 가능"했다고까지
토로했던 게 틀림이 없지 않나 한다.

또한 그가 논문집 『정다산』을 검토한 시기는 그가 하버드대학 옌칭
도서관을 방문하여 다양하고 수많은 자료를 섭렵하며 연구에 몰입하였
던 네 차례, 그 시기에 관한 언급한 그의 글 자체의 표현 그대로 옮기면,
"1965년 1년간", "1966년 12월에서 1967년 11월까지 1년간", "1988년
1월 초 그리고 1989년 1월 중순" 4차례 가운데 어느 한 시기로 특정할
수 있는 게 아닐지도 모른다는 느낌이다. 그 책이 1962년에 출간되었으
므로, 그로부터 멀지 않은 시점인 1965년부터 1967년까지의 어느 때 그
는 『정다산』을 진작에 읽었으며, 1988년 1월 초와 1989년 1월 중순에

---

14 「北韓學界에서의 丁茶山 硏究」, 『東亞硏究』 28, 서강대학교 동아연구소, 1994 ; 『韓
　國近現代史論攷』, 一潮閣, 1999, p.229.

본격적으로 관련 논문을 작성하려 작정한 뒤에는 더욱 자세히 분석하며 인용하려고 복사도 해서 거듭 정독했을 법하다.

그런데 그렇게 샅샅이 읽고 "검토하여 그 문제점도 살폈"던 바로 그 책을 "남한의 어떤 출판사에서 북한과학원 철학연구소에서 펴낸『정다산』을 간행한 것을 보(ⅱ)"고는 놀라지 않을 수가 없었을 게 분명하다. 그래서 "그 책이 잘 되었다고 믿고 펴낸 것이 아닌가 하는 생각이 들(ⅲ)"었기에 자신의 논문을 거듭 推敲하면서 이후 북한의 역사학과 고고학 연구에 한층 힘을 기울이기에 이르렀던 것으로 行間이 읽힌다.

4. 북한의 역사학과 고고학 연구

李光麟이 북한의 역사학과 고고학 연구에 관한 논문을 작성하여 발표를 집중한 것은 1988년부터 1990년까지의 3년 사이였지 않나 싶다. 방금 앞서 언급한 바대로 「북한학계에서의 정다산 연구」는 비록 1994년에 발표한 것으로 되어 있지만, 관련 자료들을 재검토하여 推敲를 거듭하기도 하였다가 비로소 그랬던 것으로 여겨지는 것이다. 그의 북한 역사학·고고학 연구 논문 목록을 작성하여 〈표 4〉로 제시하고, 그 내용상 특징을 짚어보고자 한다.

<표 4> 李光麟의 北韓 歷史學·考古學 研究 論文 目錄

連番	論文名	揭載誌	發行處	時期	收錄書	出版社	時期
1	「북한의 역사학」	『東亞研究』 16	서강대학교 동아연구소	1988년 12월	『韓國 近現代史 論攷』	一潮閣	1999년 12월
2	「北韓에서의 金玉均 研究」	『북한이 보는 우리 역사』	乙酉文化社	1989년 10월			

連番	論文名	揭載誌	發行處	時期	收錄書	出版社	時期
3	「北韓學界에서의 古朝鮮 研究」	『歷史學報』 124	歷史學會	1989년 12월			
4	「北韓의 考古學 : 특히 都宥浩의 연구를 중심으로」	『東亞研究』 20	서강대학교 동아연구소	1990년 5월			
5	「北韓學界에서의 丁茶山 研究」	『東亞研究』 28		1994년 9월			

(1) 「북한의 역사학」

본문의 脚註 20)에서 미국 國立古文書館에 보존되어 있는 소위 「鹵獲文書」에 들어있는 金錫亨의 履歷書를 제시하며 거론하였는데, 하와이 대학에서 복사본을 보았음을 밝혀두었다. 한편 朴時亨과 관련하여서는 脚註 31)에서 그의 戶籍 謄本을 위시하여 景福高等學校의 『學籍簿』 및 『生活記錄簿』 그리고 延禧專門學校의 『除籍簿』 등을 제시하며 그의 생애 전반에 관해 서술하였으며, 『력사과학』 등의 북한 자료를 註記하였다.

6. 김석형의 출신성분이 북한 정권으로부터 환영을 받지 못하고 있다. 비교적 유복한 가정에 태어난 데다가 부모 두 분이 모두 철저한 기독교 신자였다는 것이 작용하고 있지 않나 생각된다. 이 때문에 그는 항상 북한 정권을 적극 지지하고 김일성을 찬양하는 글을 써야만 하였던 것 같다. 이에 반하여 박시형은 자작농 출신으로 부친의 사회적 지위도 별로 높지 않았다. 따라서 그는 북한 정권으로부터 신뢰를 받고 있고, 김석형보다 행동이 훨씬 자유스러운 것 같다.

7. 1968년 이후 북한 정권 내에서 벌어진 사상투쟁으로 김석형·박시형 두 사람 모두 학문적 활동을 별로 하지 못하고 있고, 별다른 연구 성과도 없다.[15]

이 대목에서 그가 거론한 "1968년 이후 북한 정권 내부에서 벌어진 사상투쟁"이라는 것은 보다 상세히 언급하면, 1968년 3월 역사학계가 復古主義의 과오를 범했다는 김일성의 지적이 있은 후에 기왕에 주도적인 학술 활동을 전개하던 김석형·박시형 같은 이른바 '大家'들이 몰락하게 되는 계기가 된 상황을 이르는 것이다.[16]

(2) 「북한에서의 김옥균 연구」

이 논문의 작성 목적은 북한에서 1964년에 간행한 논문집『김옥균』의 내용을 소개하고 그 논문집『김옥균』의 내용을 중점적으로 조목조목 비판한 데에 있었다. 그 비판의 골자는 첫째, "논리가 일방적이고 편협하다"는 것, 둘째, "그랬으면 좋겠다는 것과 실제로 그랬었다는 것과는 차원이 다른 문제"인데, "그럼에도 불구하고 실제로 그랬었던 것처럼 다룬" 점을 "곤란하다"고 지적한 것이라 보인다. 먼저 "논리가 일방적이고 편협하다"는 것은 "반동적 반맑스-레닌주의적 견해를 폭로, 비판"하는 것이 본서의 저술 목적이라고 밝힌 것에 대한 비판으로, 아래의 인용 대목에서 그랬다.

> 결국 김옥균의 업적과 그가 지도한 갑신정변에 대해 기왕에 내려졌던 "반동적 반맑스-레닌주의적 견해를 폭로, 비판"하는 것이 본서의 저술 목적이라고 밝혔던 것이다. 다시 말하면 김옥균이 한국 근세 초기에 활동한 탁월한 애국적 정치가이며 진보적 사상가였고, 갑신정변은

---

15 「북한의 역사학」,『東亞研究』16, 1988 ;『韓國近現代史論攷』, 1999, p.160.

16 이와 관련하여서는 李基東,「북한 역사학의 전개과정」,『한국사 시민강좌』21, 1997 ;『전환기의 韓國史學』, 1999 가운데 특히 pp.150-154의 '사상투쟁의 강화에 따른 '大家'들의 몰락' 부분을 참조하시라.

조선 최초의 부르조아 민족운동이었는데, 그렇게 해석을 내리지 않은 글은 모두 반동적이요 반맑스-레닌주의라는 것이었다. 자기들의 주장과 같지 않은 것은 제국주의 어용사가의 견해라는 말도 쓰고 있다. 이는 지나칠 정도로 논리가 일방적이고 편협하다고 지적하지 않을 수 없다. 이 때문에 책 전체를 통해 서술상 중복이 많을 뿐만 아니라, 일부 사실에 대해서는 논증을 하기 앞서 결론부터 내리고 있음을 찾아볼 수 있다.[17]

그리고 둘째로, "그랬으면 좋겠다는 것과 실제로 그랬었다는 것과는 차원이 다른 문제"인데, "그럼에도 불구하고 실제로 그랬었던 것처럼 다룬" 점을 "곤란하다"라고 지적한 것은, 南韓에서 간행한 책을 인용하였으면서도 그 사실을 전혀 드러내지 않았을뿐더러 그 속의 기사를 확대해석한 것에 대해 비판하며 언급한 것이었다. 다음의 대목에서 그랬다.

한국에서 간행된 책을 여기저기서 인용하고 있으면서도 언제, 어디서 간행된 책이라는 것을 전혀 밝히지 않고 있다. 일본을 비롯한 외국에서 간행된 잡지나 책에 대해서는 친절하게 그 전거를 밝히고 있는 것과는 대조적이다. 『梅泉野錄』·『從政年表』·『陰晴史』 같은 책의 내용을 많이 인용하고 있음을 볼 수 있다. 이 책들은 모두 국사편찬위원회에서 간행한 것이다. 전거를 밝히는 것은 학문을 하는 사람이면 누구나 상식적인 문제이다. 논문집 『김옥균』에서는 전혀 그것을 밝히지 않고 있으니 그 저의가 무엇인지 알고 싶다.
그것은 그렇다 치고, 『음청사』 1883년 6월조의 기사를 확대해석하여 김옥균의 취한 정책으로 평가한다면 무리가 뒤따른다. 그랬으면 좋겠다는 것과 실제로 그랬었다는 것과는 차원이 다른 문제이다. 그럼에

---

17 李光麟, 「北韓에서의 金玉均 硏究」, 『북한이 보는 우리 역사』, 乙酉文化社, 1989 ; 『韓國近現代史論攷』, 一潮閣, 1999, p.240.

도 불구하고 실체로 그랬었던 것처럼 다룬다면 곤란하다고 말하지 않을 수 없다.[18]

(3) 「북한학계에서의 古朝鮮 연구」

앞서서 발표된 李基東의 「북한에서의 고조선 연구」[19]를 거론하면서 "이 논문은 관계되는 문제 모든 것을 다루고 있어 筆者가 깨여들 여지가 전혀 없어 보이나, 이 논문을 약간 보충한다는 뜻에서 각도를 달리하여 살펴보기로 하였다"라고 밝히고 서술하였다. 아마도 진즉 草稿가 집필되어 있었으나 먼저 李基東의 글이 발표되자 그것과는 個別性이 있는 부분도 적지 않다는 판단에 學報에 발표했던 것 같다. 李之麟의 履歷書를 제시하였으며, 『歷史諸問題』를 비롯한 『력사과학』·『고고미술』·『문화유산』 등의 學術誌를 典據로 제시하였다.

> 잘 알려져 있는 바와 같이, 북한 정권은 1955년 12월 이후 주체사상을 강조하고 있다. 혹, 고조선 문제가 주체사상의 일환으로 대두되고 해결되었던 것이나 아닌지 모르겠다. 만약에 이것이 사실이라면, 북한 학계는 정권의 하녀로 전락하였다고 밖에 볼 수 없을 것 같다.[20]

여기에서 그는 "북한 정권은 1955년 12월 이후 주체사상을 강조하고 있다"라고 기술하였는데, 보다 구체적으로는 1955년 12월 28일 김일성

---

18 李光麟, 「北韓에서의 金玉均 研究」, 『韓國近現代史論攷』, 1999, p.244.
19 李基東, 「北韓에서의 古朝鮮 研究」, 『韓國史 市民講座』 2, 1988의 내용 대부분이 「북한에서의 韓國古代史 연구의 성과 문제점」, 『北韓의 韓國學 연구성과 분석』 [역사·예술편], 韓國精神文化研究院, 1991 ; 『전환기의 韓國史學』, 一潮閣, 1999 에 포함되어 있다.
20 「北韓學界에서의 古朝鮮 研究」, 『歷史學報』 124, 1989 ; 『韓國近現代史論攷』, 1999, p.213.

의 「사상사업에서 교조주의와 형식주의를 퇴치하고 주체를 확립할 데 대하여」가 발표되자마자부터 북한에서 강조되기 시작한 소위 主體思想은 ‘정치에서의 自主, 경제에서의 自立, 국방에서의 自衛’를 지도 지침으로 하였다. 한마디로 ‘수령의 의지’가 곧 ‘인민의 의지’임을 확립함으로써 이를 통해 金日成 개인에게 모든 통치의 권한이 집중하게 되었음을 가리키는 것이다. 이후 이 주체사상에 의한 사상통제를 강화함으로써 북한의 역사학은 학문으로서의 존립마저 위협받고 있는 실정에 있다고 할 수 있다.[21]

(4) 「북한의 고고학 : 특히 都宥浩의 연구를 중심으로」

본문의 脚註 2)에 보면 美國 國立古文書館에 보존되어 있는 「鹵獲文書」 중의 그가 작성하여 제출한 履歷書를 참조하여 그의 학력과 경력 사항을 정리하였으며, 그의 발굴 조사 보고서 및 『력사과학』·『문화유산』·『고고미술』 등의 學術誌는 北韓의 것을 하바드 옌칭도서관에서 열람하여 정리하였음이 완연하다. 북한 연구서들에 관한 書誌 사항은 일일이 기록하지 않았음이 드러난다.

1960년 당시 도유호의 저서 『조선 원시 고고학』가 출간되자, 이에 관해서 『로동신문』에서 즉각 보도하였다. 다음과 같은 그 보도 내용을 보면 그의 고고학에 대한 북한의 평가가 과연 어떠하였는지가 확연히 드러난다.

우선 그는 우리나라의 원시 유적들을 맑스-레닌주의적 방법론에 입각

---

21 李基東, ‘주체사상에 의한 사상통제의 강화’, 〈정체기(1970-현재—岐路에 선 북한 역사학—〉, 「북한 역사학의 전개과정」, 『한국사 시민강좌』 21, 一潮閣, 1997 : 『전환기의 韓國史學』, 一潮閣, 1999, pp.162-167.

하여 고고학적으로 시대 구분하였다. 즉《조선 원시 고고학》에서는 우리 나라의 빗살무늬 그릇 관계의 유적들을 비롯한 일련의 유적들을 가지고 신석기 시대, 청동기 시대를 규정하였고, 최근 알려지기 시작한 압록강 유역, 두만강 유역의 유적들 중에서 초기 철기 시대 유적을 가려 냈다.[22]

이 글에서 다른 어느 대목보다도 "그는 우리나라의 원시 유적들을 맑스-레닌주의적 방법론에 입각하여 고고학적으로 시대 구분하였다"라고 하였음이 주목된다. 즉 그의 고고학 연구 역시 '맑스-레닌주의적 방법론에 입각한' 해석에 불과하였던 것이라 하겠다.

그러나 이러한 도유호가 도태되는 것은 1963년부터였고, 1970년대에 이르러서는 아예 관심에서 벗어나게 되었다고 보인다. 이에 관한 李光麟의 지적은 다음과 같다.

그러나 고조선의 지위와 영역문제로 문헌사가들과 의견의 충돌을 일으킴으로써 1963년 봄부터 북한 학계로부터 비판을 받고 지위가 위태롭게 되었다. 이 무렵부터 북한 학계는 편협한 국수주의 경향이 지배하여 도유호와 같은 견식은 용납되지 않았던 것이다. 1977년 12월 사회과학원 고고학연구소에서 『조선고고학개요』를 펴냈는데, 여기에는 1960년 8월에 간행된 도유호의 『조선 원시 고고학』에 대한 언급이 별반 없었다.[23]

그리고 곧 이어진 이 논문의 맨 마지막 대목에서 이렇게 끝맺었다.

---

22 『로동신문』 1961년 5월 13일 第5면의 박시형, 「우리 고고학계가 거둔 커다란 성과—도유호 박사의 저서 《조선 원시 고고학》에 대하여—」 보도 내용.
23 李光麟, 「北韓의 考古學 : 특히 都宥浩의 연구를 중심으로」, 『東亞研究』 20, 1990 ; 『韓國近現代史論攷』, 一潮閣, 1999, p.191.

"이렇게 보면 도유호가 북한 학계에서 이름이 날렸던 것은 고고학 때문이었는데, 그 고고학으로 말미암아 그의 지위가 위태롭게 되었던 것이다. 이는 확실히 비극이었다."

(5) 「북한학계에서의 정다산 연구」

북한에서 간행한 관련 서적들을 하바드 옌칭도서관에서 열람하고 논문을 작성하였기에 그 書誌 사항을 脚註로 일체 註記하지 않았던 것으로 가늠된다. 이는 앞의 「북한의 고고학 : 특히 都宥浩의 연구를 중심으로」와 거의 마찬가지이다.

> 논문집 『정다산』이 간행된 시기는 북한 학계가 가장 활발하게 활동하였던 때였다. 그러나 (1) 『정다산』에 들어 있는 8편의 논문에는 모든 논지가 같아 앵무새처럼 똑같은 주장을 하고 있고 제멋대로 논리를 펴고 있다. 같은 주장을 하는 것 중에는 정다산이 서경덕·이이와 같은 학자들의 유물론 철학을 계승하였다는 것이 그 대표적인 것이었다.
> (2) 학문 연구에 있어서 똑같은 주장을 편다는 것은 그 사회가 얼마나 경직되어 있는가를 나타내준다고 하겠다. 남한의 학계가 통일된 견해를 갖고 있지 못한 데 비하여, (3) 똑같은 주장을 펴게 되면 읽는 이들에게 쉽게 이해를 시킬 수 있을지 모르나 그것은 정상적인 것이 못 된다.[24]

분석의 대상으로 삼은 『정다산』의 8편 논문이 "모든 논지가 같아 앵무새처럼 똑같은 주장을 하고 있고 제멋대로 논리를 펴고 있다(1)."라고

---

24 「北韓學界에서의 丁茶山 研究」, 『東亞研究』 28, 1994 : 『韓國近現代史論攷』, 1999, p.229.

비판하였으며, 또한 "학문 연구에 있어서 똑같은 주장을 편다는 것은 그 사회가 얼마나 경직되어 있는가를 나타내준다(2)."라고도 논하였다. 결론적으로 "똑같은 주장을 펴게 되면 읽는 이들에게 쉽게 이해를 시킬 수 있을지 모르나 그것은 정상적인 것이 못 된다(3)."라고 설파한 것은 더할 나위 없이 날카로운 문제 제기가 아닐 수 없겠다.

이상으로 李光麟의 북한 역사학·고고학 연구 논문 5편의 내용 개괄 및 그 특징에 대해 살펴보았는데, 덧붙여 언급할 바는 이외에도 開化史를 서술하면서도 當代史의 범주에 속하는 언급을 한 바가 그의 이 세상 맨 마지막 발표 논문인 「평양과 개신교」에서도 찾아진다는 점이다. 아래의 대목이 그렇다고 본다.

> 1945년 해방 이후 북한에는 소련군이 진주하였고, 1948년에는 공산 국가가 세워졌다. 평양은 그 수도가 되었다. 흔히 평양에 공산국가가 들어서자 그곳에 그럴 바탕이 있어서 그렇게 되었을 것이라고 생각하기 쉬우나, 사실인즉 그런 바탕은 전혀 없었다. 오히려 공산국가에서 아편이라고 말하는 기독교(개신교)가 크게 성행하고 있었다. 그러므로 일제시기에는 평양을 한국의 '예루살렘'이라고 불렀던 것이다. 개화기에 평양은 가장 진보적인 곳이었다.[25]

개화기에 가장 진보적인 곳이었던 평양이 1945년 소련군의 진주와 1948년 공산국가의 수립 이후 그 수도가 되었다고 해서, "흔히 평양에 공산국가가 들어서자 그곳에 그럴 바탕이 있어서 그렇게 되었을 것이라고 생각하기 쉬우나" 기실은 그렇지가 않았다는 것이다. 즉 "일제 시기

---

25 「平壤과 개신교」, 『한국기독교와 역사』 10, 한국기독교역사연구소, 1999 ; 『韓國近現代史論攷』, 1999, p.107.

에는 평양을 한국의 '예루살렘'이라고 불렀던 것"이며 "오히려 공산국가
에서 아편이라고 말하는 기독교(개신교)가 크게 성행하고 있었다"라고
술회하였다.

　이러한 사실에 대한 서술도 낱낱이 해 둠으로써 그 자신이 살아 숨
쉬며 활동했던 當代에 관한 올바른 인식이 제대로 기록되기를 바라는
심정이 그에게 매우 강하였기에 그랬음이 명명백백하다. 따라서 이같이
자신이 살았던 當代의 사실에 대한 정확한 인식이 왜곡되지 않고 온전
히 후대에 제대로 전해지기를 바라는 절박한 염원에서 그의 북한의 역
사학과 고고학에 관한 當代史 연구는 실행되었다고 해야 옳겠다.

5. 李光麟 當代史硏究의 比較史的 의의 :
[韓]姜晉哲·李基白 및 [宋]司馬光과의 비교

　姜晉哲(1917-1991)은 생애 마지막 논문으로 1989년에 「社會經濟史學
의 導入과 展開」를 집필하여 그 제목에 그대로 담겨있는 바대로 한국의
'社會經濟史學'이 '史的唯物論'에 입각하여 한국사 연구에 어떤 배경에
서 도입되었으며 이후 전개되어왔는가를 상세히 밝혀 놓은 바가 있다.[26]
한편 李基白(1924-2004)은 1991년 「唯物史觀的 韓國史像」을 집필하여
그에 앞선 姜晉哲의 논문과는 달리 '사회경제사학'이라는 용어 선택을
거부하는 한편 '사적유물론'이라는 용어도 구사하지 않으면서 유물사관
자체의 수용 및 시대구분의 문제는 물론이고 역사적 사실의 평가에 대

---

26 姜晋哲, 「社會經濟史學의 導入과 展開」, 『國史館論叢』 2, 1989 : 『韓國社會의 歷
　史像』, 一志社, 1992.

한 것까지 상세히 서술하였다.[27]

이러한 姜晉哲의 '사회경제사학'과 李基白의 유물사관에 관한 연구는 그들의 연구 활동이 진행되는 동안 당시에 전개된 역사 자체에 대한 언급이므로, 當代史 연구의 일환이었음이 분명하다고 하겠다. 따라서 앞서 상론해온 대로 李光麟이 그 자신의 연구 歷程 後期에 이르러 의욕적으로 천착한 한국의 민주주의 수용과 발전 연구 및 북한의 역사학과 고고학 연구 역시 同時代에 함께 활동하면서 연구했던 當代史 연구의 일환이었기에, 비교사적 연구의 비교 대상으로 삼음이 매우 적절하다고 생각된다.

한편 中國의 歷史家 司馬光([宋] 眞宗 天禧 3년 己未1019 – 哲宗 元祐 元年1086)이 『資治通鑑』을 저술하였다는 사실은 너무나 유명하나,[28] 그가 皇命을 받아 집단적으로 행해진 작업에 참여하여 『자치통감』을 편찬한 이후에 개인적으로 『稽古錄』이라는 책을 저술하였다는 점은 잘 알려지지 않은 듯하다.[29] 더욱이 그 서술 내용에는 北宋 開國(960) 이래 그 자신이 활동하던 시기를 포함한 [宋] 英宗 治平 4년(1067)까지의 국가적 대사를 기록하였던 점으로 말미암아, 오늘날 중국 학계에서 『계고록』이 비로소 當代史 저술의 하나로 파악되기에 이른 것 같다.[30]

---

27 李基白, 『現代 韓國史學과 史觀』, 一潮閣, 1991 ;『韓國史像의 再構成』, 一潮閣, 1991 ;『현대 한국사학과 민족·사회』, 일조각, 2024.

28 司馬光의 『資治通鑑』에 관한 중국의 연구서 중 筆者가 求得하여 검토한 2010년대 이후의 가장 최신 것만 제시하여도 黃金鑄, 『司馬光治平社會建設思想硏究 : 《資治通鑑》史論解讀』, 南京 : 鳳凰出版社, 2013. 江永紅, 『通鑑載道 : 司馬光傳』, 北京 : 作家出版社, 2015. 張國剛, 『資治通鑑啓示錄』(上·下冊), 北京 : 中華書局, 2019 ;重印, 2020. 柴德賡, 『宋遼金史講義·資治通鑑介紹』, 北京 : 商務印書館, 2021. 張國剛, 『《資治通鑑》通識』, 北京 : 中華書局, 2022. 등을 손꼽을 수 있다.

29 王瑞來, 〈立功與立言〉, 「稽古錄 整理前言」, [宋]司馬光 撰, 王瑞來 點校, 『稽古錄』, 上海 : 上海人民出版社, 2022, .p.3.

30 游彪, 〈當代史〉, 「古史與當代史 : 繁榮的宋代史學」, 『宋史十五講』, 南京 : 鳳凰出

이러한 점들을 감안하여 李光麟의 한국 민주주의 수용과 발전 연구 및 북한 역사학과 고고학 연구가 지니는 當代史 연구로서의 역사적 의의를 한국사학의 姜晉哲·李基白의 그것과는 물론이고 중국사학의 司馬光의 그것과도 견주어 비교사적으로 검토해보려는 것이다. 그럼으로써 李光麟 當代史研究의 사학사적인 의미도 제대로 가늠하게 될 수 있다고 믿는다.

1) 姜晉哲 「사회경제사학의 도입과 전개」와의 비교사적 검토

姜晉哲은 오로지 한국의 土地制度史에 대한 연구에 학자로서의 일생을 바쳐 그 성과로서 『高麗土地制度史研究』와 『韓國中世土地所有研究』 등의 저서를 남겼다.[31] 이럴 정도로 철저히 사회경제사학에 전념하였던 그가 1989년에 이르러 「사회경제사학의 도입과 전개」를 발표하여 한국의 사회경제사학 도입과 그 전개에 대한 심층적인 술회를 발표하였다. 그 내용 중에서 '사적유물론'에 관해 한국에서 기왕의 연구가 부정적이었다는 점을 인정하면서도,[32] 다음의 인용문에서 "지금까지 한국의 '사

版社, 2011, p.232.

31 李基白, 「姜晉哲 선생을 생각하며」, 姜晉哲, 『韓國社會의 歷史像』, 一志社, 1992 ; 『韓國史散稿』, 一潮閣, 2005, p.341.

32 姜晉哲이 '史的唯物論'에 관해 부정적인 기왕의 연구 경향에 대해 姜晉哲, 「社會經濟史學의 導入과 展開」, 『國史館論叢』 2, 1989 ; 『韓國社會의 歷史像』, 1992, p.110에서 아래와 같이 언급하고 있음도 기억되어야 할 것이다.
"전체적으로 봐서 史的唯物論의 命題에 대해서도 대부분이 부정적인 태도였다. 아마 姜晉哲의 경우를 제외하고는 모두가 奴隷制的 經濟構成의 존재에 관해서는 인정하려고 하지를 않았다. 이것은 1970년 당시의 한국사회가 놓인 政治的 상황과 결코 無關하지는 않을 것이라고 생각하지만 그것만이 전부는 물론 아니며, 좀 더 次元이 높은 아카데믹한 이유가 있었다고 보아야 할 것이다. 많은 사람이 각자 다른 異說을 제시하여 認識의 방법이 多樣해지고 인식의 내용이 풍

회경제사학'은 주로 사적유물론의 經濟構成體理論에 입각해서 접근하려
는 경향이 지극히 농후하였다(ⓐ)"라는 사실을 지적하면서, 앞으로의 연
구 방향에 대해 제언한 대목이 특히 주목된다.

> (ⓐ)지금까지 한국의 '사회경제사학'은 주로 사적유물론의 경제구성
> 체이론에 입각해서 접근하려는 경향이 지극히 농후하였다. 본문에서
> 언급한대로 그것은 그럴만한 이유가 있었기때문이다. 그러나 한국의
> 사회경제사학연구의 방법론이 반드시 경제구성체이론에만 입각해서
> 추구되어야 한다는 법은 물론 있을 수 없다. 이런 의미에서 최근에
> 경제구성체이론에 懷疑를 느끼고 별개의 다른 방법을 모색하려는 움
> 직임이 보이기 시작한 것은 환영할 일이다. 이론이나 방법론은 연구
> 자의 史觀이나 哲學에 따라서 다양하게 모색되어야 할 문제이므로
> 여기에 어떤 제약이 있어서는 안 된다. 하나 더 첨부해서 말해 두고
> 싶은 것은 종전과 같은 경제구성체이론에 입각한 접근도 당연히 계속
> 용인되어야 하겠는데, 이 경우 (ⓑ)연구의 방향은 좀 더 實證的인 분
> 야의 개발이 重視되는 쪽으로 진행되었으면 하는 것이 나의 소망이
> 다. 이를테면 奴隷制·封建制의 설정 문제 같은 것도 (ⓒ)한국에서의
> 노예제·봉건제의 實像이 어떤 것이어야 한다는 문제가 일단 먼저 정
> 리된 다음에 그러한 實像을 實證을 통해서 찾아내는 작업이 정밀하
> 고 끈기 있게 전개되어야 한다는 것이 가장 바람직하다.[33]

이로써 그는 '사적유물론의 경제구성체이론'에 관한 "연구의 방향은

부해진 것은 學問의 발전을 위해서 더 말할 나위가 없이 바람직한 일이다. 그런
의미에서 〈韓國史의 時代區分問題〉를 主題로 한 심포지엄은 성공적이고 고무적
인 것이었다. 學問의 연구에 있어 삼가야 할 것은 兩者擇一을 강요하는 단순한
黑白論理이며, 이것만은 절대로 배격되어야 한다."
33 姜晉哲,「社會經濟史學의 導入과 展開」, 1989 ;『韓國社會의 歷史像』, 1992, pp.120-
121.

좀 더 실증적인 분야의 개발이 중시되는 쪽으로 진행되었으면 하는 것이 나의 소망(ⓑ)'임을 토로하였다. 그리고 '노예제·봉건제' 설정 문제도 "한국에서의 노예제·봉건제의 실상이 어떤 것이어야 한다는 문제가 일단 먼저 정리된 다음에 그러한 실상을 실증을 통해서 찾아내는 작업이 정밀하고 끈기 있게 전개되어야 한다는 것이 가장 바람직하다(ⓒ)."라고 강조하였음이 확연하다. 한마디로 그는 한국에서의 '사적유물론의 경제구성체이론'도 "좀 더 실증적인 분야의 개발이 중시되는 쪽"으로 진행되어야 하고, '노예제·봉건제' 설정 역시 "실상을 실증을 통해서 찾아내는 작업이 정밀하고 끈기 있게 전개되어야 함"을 강조에 강조를 더하였던 것이라 하겠다.

그가 이렇듯이 그가 생존하며 당면한 당시 한국사학계에서의 '사적유물론의 경제구성체이론'과 '노예제·봉건제' 설정 문제에 대해 '실증'을 강조하는 심층적 제언을 한 것이야말로 그의 當代史 연구의 진면모를 여실히 드러내 준 것임이 분명하다. 따라서 바로 이러한 점에서 姜晉哲의 '사적유물론의 경제구성체이론'과 '노예제·봉건제' 설정 문제에 관한 當代史 연구는, 앞서 살핀바 李光麟의 한국 민주주의 수용과 발전 연구 및 북한 역사학과 고고학의 當代史 연구와 同時代에 함께 이뤄졌다는 점에서도 비교사적으로 분명 軌를 같이 하고 있다고 생각한다.

2) 李基白 「유물사관적 韓國史像」과의 비교사적 검토

李基白은 사론집으로 1971년에 『민족과 역사』, 1978년에 『한국사학의 방향』을 이미 출간한 바가 있었다. 이후 1990년에 이르러 한국사의 쟁점을 다루려는 시도로 『현대 한국사학과 사관』을 기획하여[34] 그 자신

---

34 李基白이 『現代 韓國史學과 史觀』의 「序文」에서 아래와 같이 "누구도 선 듯 짊

은 「유물사관적 한국사상」을 집필하여 1991년 출간한 직후 곧 이 논문을 포함하여 『한국사상의 재구성』을 간행함으로써 이른바 '이기백한국사학 사론집 삼부작'을 이뤘다.[35] 그가 이 논문 「유물사관적 한국사상」을 작성하여 발표하기로 작정한 구상의 핵심은 아래의 대목에 특히 잘 드러나 있다.

> (①)국토가 남북으로 분단된 뒤에는, 유물사관이 북한의 지배체제를 뒷받침하는 이론으로 되었다. 그러한 관계로 북한에서는 이에 대한 일체의 비판이 허락되지가 않았다. 이에 반해서 남한에서는 유물사관을 적대시하였던 관계로, 비판적인 경우를 제외하고는 이를 공공연히 거론하기가 힘든 실정이었다. 따라서 유물사관에 입각한 한국사의 연구는 음성적으로 행해질 뿐이었다. 사회경제사학이란 보다 넓은 개념 속에 포함시켜서 유물사관을 논의하는 경향은 이러한 사정에서 말미

어지지 않으려는 짐을 짊어진다는 심정에서 비롯"되었음을 吐露하고 있음도 충분히 되새김해야 할 갈피 갈피가 적지 않다고 생각한다.
"마음으로는 중요한 과제라고 생각을 하면서도 실제로는 이를 기피하는 경우가 우리 주변에는 종종 있다. 우리를 둘러싸고 있는 여러 가지 사정이 이를 머뭇거리게 하는 것이다. 현대 한국사학에서의 史觀의 문제가 바로 그러한 과제 중의 하나라고 생각한다. 오늘날 한국사학이 겪고 있는 혼미상태가 이 사관의 문제와 직결되어 있다는 것을 다 알면서도, 비학문적인 주변 사정이 이를 선뜻 다루기를 꺼리게 하는 것이다. 그러나 만일 그것이 진정 중요한 과제라고 한다면, 누군가가 그 짐을 짊어져야만 하는 것이 당연한 일일 것이다.
翰林科學院의 창립 첫해인 1990년도의 역사 연구 과제로서, 한국사의 쟁점을 다루는 첫 시도로 「현대 한국사학과 史觀」을 문제삼게 된 것은, 누구도 선 듯 짊어지지 않으려는 짐을 짊어진다는 심정에서 비롯된 것이다. 만일 그러한 고통을 짊어진 결과로 해서 우리 한국사학에 어떤 극히 자그마한 빛이라도 던져줄 수가 있게 된다면, 그것은 커다란 기쁨이 아닐 수 없다." 李基白, 「序文」, 『現代 韓國史學과 史觀』, 一潮閣, 1990, ⅴ.
35 盧鏞弼, 「이기백한국사학 사론집 삼부작의 출간 의도」, 『이기백한국사학기초연구』, 一潮閣, 2016, pp.211-264.

암은 것으로 생각한다.

(②)그러나 최근에 이르러 남한에서는 학문적 자유가 크게 신장되어, 유물사관에 대하여도 관심이 고조되고 그 논의도 활발해지고 있다. 이러한 현실에 비추어서 이제는 유물사관에 입각한 한국사의 이해에 대하여 이를 한번 정리해 보아야 할 시점에 이른 게 아닌가 하는 생각을 가지게 된다. 이 글을 말하자면 그러한 요구에 응하여 쓰어진 것이라고 할 수가 있다.

(③)그런데 비록 학문적 논의가 비교적 자유롭게 되었다고는 하지만, 이 문제를 다루는 데는 아직 많은 사회적 제약이 상존하고 있다는 점을 필자는 알고 있다. 무엇보다도 북한의 역사학이 아직 오로지 유물사관에 토대를 두고 있는 현시점에서, 그 긍정적인 면을 지적하는 것은 친북한이란 인상을 줄 수 있고, 또 그것을 비판하는 것은 민족의 통일에 반대하는 것같이 생각하는 사람이 있을 것을 상정할 수 있다. 이러한 상황 때문에 사람들은 되도록 유물사관에 대한 논의를 회피하고 있으며, 또 그러기를 권하기도 한다. 그러나 이에 대한 논의를 묻어둔다는 것은 곧 오늘날 우리의 한국사학이 당면하고 있는 중요한 문제를 회피하는 것과 다름이 없는 일이다. 그리고 그것이 현대 한국사학의 발전을 위하여 바람직스럽지 못하다는 것은 명백한 일이다. 비록 필자의 능력이 이를 소화하기에 부족함이 많다는 것을 잘 알고 있으면서도, 이에 대한 꾸밈 없는 논의의 실마리를 제공한다는 뜻에서 감히 이 글을 초하게 된 것이다.[36]

그간 "북한에서는 이에 대한 일체의 비판이 허락되지가 않았다. 이에 반해서 남한에서는 유물사관을 적대시하였던 관계로, 비판적인 경우를 제외하고는 이를 공공연히 거론하기가 힘든 실정"이었기에, "사회경제

---

36 李基白, 「唯物史觀的 韓國史像」, 『現代 韓國史學과 史觀』, 一潮閣, 1991 ; 『韓國史像의 再構成』, 一潮閣, 1991, pp.174-175 ; 『현대 한국사학과 민족·사회』, 일조각, 2024. pp.73-74.

사학이란 보다 넓은 개념 속에 포함시켜서 유물사관을 논의하는 경향"
(①)이 있었던 게 사실이다. 방금 앞서 살핀 바와 같이 姜晉哲의 경우도
인용한 그의 글 속에서 "지금까지 한국의 '사회경제사학'은 주로 사적유
물론의 경제구성체이론에 입각해서 접근하려는 경향이 지극히 농후하였
다(ⓐ)"라고 했음이 가장 적절한 구체적 사례라고 하겠다.

그러다가 "최근에 이르러 남한에서는 학문적 자유가 크게 신장되어,
유물사관에 대하여도 관심이 고조되고 그 논의도 활발해지고 있(②)"기
는 하지만, "그 긍정적인 면을 지적하는 것은 친북한이란 인상을 줄 수
있고, 또 그것을 비판하는 것은 민족의 통일에 반대하는 것같이 생각하
는 사람이 있을 것(③)"이라는 점을 우려하기조차 하였다. 그러하였기에
李基白은 유물사관에 대한 연구의 추진하면서, 李光麟이 앞서 살폈듯이
자료 획득이 지극히 자연스러운 하바드 옌칭도서관에서 북한 자료들을
샅샅이 통독하여 반영하는 방법과는 전혀 다르게 국내에서 출판이 허용
된 자료들만으로 연구를 진행하였다. 李基白이 「유물사관적 한국사상」
에서 인용한 북한 간행·월북학자 저술 서적의 서지를 정리하여 도표로
정리한 게 〈표 5〉로, 이로써 그러한 면모 자체가 입증된다.

〈표 5〉 李基白 「唯物史觀的 韓國史像」
引用 北韓 刊行·越北學者 著述 書籍의 書誌 整理表

連番	著者 (主管 機關)	書名	刊行 書誌 事項	
			平壤·東京	서울
1	과학원 역사연구소	『삼국시기의 사회경제구성에 관한 토론집』	과학원 역사연구소, 1957.	일송정, 1989.
2	과학원 역사연구소	『조선통사』 상·하	과학원 역사연구소, 1958.	오월, 1989.
3	사회과학원 역사연구소	『조선전사』 1 원시편, 2 고대편, 3-12 중세편, 13-15 근대편, 16-33 현대편	과학·백과사전출판사, 1979-1982.	影印版 (16-33 현대편 제외), 以會文化社, 1989-1990.

連番	著者 (主管 機關)	書名	刊行 書誌 事項	
			平壤·東京	서울
4	白南雲	『朝鮮社會經濟史』	改造社, 1933.	朴光淳 역, 汎友社, 1989.
5	金台俊	「檀君神話硏究」 (『金台俊全集』)		「檀君神話硏究」, 『朝鮮中央日報』1935년 12월 ;『金台俊全集』2, 寶庫社, 1990 ; 李基白 編, 『增補版 檀君神話論集』, 새문社, 1990.
6	全錫淡	『朝鮮史敎程』		乙酉文化社, 1948.
7		『朝鮮經濟史』		博文出版社, 1949.
8	李淸源	『朝鮮社會史讀本』	白揚社, 1936.	

    1-3의 책들은 모두 평양에서 출간된 것들인데, 1989년 어간에 대한민국 정부의 허용으로 서울에서도 출판된 것이라는 공통점이 있다. 4의 경우는 예전에 日語로 출판된 것인데 이 당시에 國譯本이 출간된 것이며, 5의 김태준「단군신화연구」경우는 李基白 자신이 직접 일일이 原文을 확인하고 日譯本과의 대조를 통해 國譯하여 편집하여 출간한 것이다.[37]

    그러므로 그는 국내에서 출판이 허용된 자료들만으로 연구를 진행하였음이 분명하며, 그것이 충족되지 않은 김태준「단군신화연구」의 경우는 그 자신이 직접 번역하여 자료집을 출간한 이후 그것을 인용하여 논지를 전개해나갔던 것이다. 그의 이러한 연구 방식은 李光麟의 그것과 비교해볼 때 대단히 個別性이 강한 것이어서 그 자체가 특징이라고 해야 옳을 듯하다.

    한편으로 이상의 검토를 통해 알게 된 사실 즉 姜晉哲이 사회경제사학에 관해, 李基白이 유물사관에 대해 그리고 李光麟이 한국 민주주의

---

37 李基白, 「增補版 序」, 『增補版 檀君神話論集』, 새문社, 1990.

수용과 발전 및 북한 역사학과 고고학과 관련하여 일련의 當代史 논문을 작성하여 발표하던 1980년대 말부터 1990년대 초반까지의 그 당시가 국제 정세의 급격한 변화가 일어나고 있었던 시기라는 점을 잊고서는 그 사학사적 의미를 제대로 이해할 수가 없다고 본다. 당시의 대한민국은 국가 간의 외교 관계가 수립되지 않은 소위 未修交國인 공산 국가들도 참가한 1988년 9-10월의 서울 올림픽 개최 이후 1990년 9월 소련('소비에트 사회주의 공화국 연방[연맹]'의 약칭)과 수교를 맺었고, 1991년 8월에는 소련 공산당 해체가 선언되었으며, 게다가 1991년 12월 25일에는 소련 자체가 해체되어 역사의 뒤안길로 사라졌다. 그리고 1992년 8월에는 대한민국이 중공('중화인민공화국'의 약칭, 이후 '중국'으로 개칭)과도 수교를 맺는 등 국제 정세의 급격한 변화가 일어나고 있었던 시기였다. 이러한 당시의 국제 정세의 변화 속에서 북한의 연구 업적에 대한 연구 여건이 상당히 자유롭게 호전되자 當代史의 일환으로 姜晉哲이 사회경제사학에 관해, 李基白이 유물사관에 대해 그리고 李光麟이 한국 민주주의 수용과 발전 및 북한 역사학과 고고학에 관해 저술하였던 것이라 하겠다.

3) [宋]司馬光 『稽古錄』·『涑水記聞』의 當代史 敍述과의 比較史的 檢討

司馬光(宋, 眞宗 天禧 3년 己未1019 - 哲宗 元祐 元年1086)은 皇命을 받아 집단적으로 행해진 작업에 참여하여 『資治通鑑』을 편찬한 이후에 개인적으로 『稽古錄』이라는 책을 저술하였는데, 이는 北宋 開國(960) 이래 그 자신이 활동하던 시기를 포함한 宋 英宗 治平 4년(1067)까지의 국가적 대사를 기록함으로써 當代史를 저술한 것이었다. 司馬光의 『계고록』 저술을 통한 當代史 서술에 대한 평가는 오늘날에 이르러서 비로소 이루어진 게 아니라 이미 淸代의 학자들에 의해서 제기되었으며, 아래의 서술들이 대표적인 듯하다.

(A) 『稽古錄』은 司馬光이 『資治通鑑』 외에 단독으로 쓴 또 다른 역사 저작이다. 위로는 伏羲부터 [後] 英宗의 治平 4년(1067년)에 이르기까지 시간의 경과는 『資治通鑑』을 훨씬 능가하여 더욱이 本 王朝 [後]의 歷史 編纂에까지 미쳤으며, 책이 완성된 이후 곧 세상이 所重하게 여기는 바가 되었다. … 四庫館臣이 이 책을 평가하기를, "지금 그 여러 논의를 살펴보면, 歷代의 興亡·治亂의 緣故에 대해 反復하여 開陳하여, 得失의 중앙을 꿰뚫지 않음이 없고 참으로 나라와 가정의 빛나는 龜鑑이 있어, 治道를 추구하는 자에게 매우 깊이 도움이 된다"라고 하였다.[38]

(B) 公[司馬光]은 君主는 역사를 보지 않으면 안 되는데, 그 역사가 실린 書籍에 기재된 바가 浩博하니 마땅히 그 綱目을 提示하고 그 精英을 撮要한 후에야 治亂과 存亡의 大略을 볼 수 있게 될 것이라 여겼다. 먼저 英宗 때에 經史를 采獵하여, 위로 周 威烈王 23년(紀元前 403년)부터 [後]周 世宗 顯德 6년(959 ; 高麗 光宗 10년)까지를 『歷年圖』를 만들어 進上하였다. 또 神宗朝에 詔書를 받아 『國朝百官公卿表』를 編修하였다. 建隆 元年(960)부터 治平 4년(1067)까지 각각 大事를 위쪽에 기록하여 책을 완성하여 進上하였다. 이에 이르러 經史를 다시 討論하였으며, 위로는 伏羲부터, 아래로는 周 威烈王 22년(紀元前 404년)까지 大要를 간략히 차례를 매겨 두 책[『歷年圖』·『國朝百官公卿表』]의 缺點을 補完함으로써 합하여 20권이 되니, 書名을 『稽古錄』이라 하여 進上하였다. 『傳家集』.[39]

---

38 [淸]永瑢·紀昀 主編, 『四庫全書總目提要』 卷47 ; 王瑞來, 「整理前言」, [宋]司馬光 撰, 王瑞來 點校, 『稽古錄』, 上海 : 上海人民出版社, 2022, p.16.

39 [淸]陳弘謨 撰, 候体健 點校, 『宋司馬文正公年譜』 ; 『宋司馬文正公年譜 司馬光資料滙編』, 上海 : 上海人民出版社, 2022, p.65.

(A)의 기록에 따르면『계고록』은 英宗 治平 4년(1067)까지의 宋 王朝의 當代史를 편찬한 것이어서, "책이 완성된 이후 곧 세상이 소중하게 여기는 바가 되었"으며, "참으로 나라와 가정의 빛나는 龜鑑이 있어, 治道를 추구하는 자에게 매우 깊이 도움이 된다"라는 평가를 받았음을 알 수가 있다. 또한 (B)의 기록에 의하면『계고록』은 司馬光이 英宗 때에 찬술한『歷年圖』와 神宗 때에 詔書를 받아 편수한『國朝百官公卿表』를 합하여 결점을 보완하여 20권으로 편찬한 것이었음이 증명된다.

그럼으로써 宋代의 歷史 修撰 정황을 개관할 때, 神宗 이후에는 當代史의 수찬이 역사 수찬의 가장 중요한 부분이었다.[40] 더욱이 司馬光 자신의 이른바 史論은『자치통감』에「臣光曰」으로 실려 있듯이『계고록』에도 그러한데, 그 차이는『자치통감』의 그것[41]은 구체적인 人物이나 事案에 대해서 국한되어 있는 반면『계고록』의 그것은 곧 王朝論으로서 나라가 망했을 때 종합하여 평론으로 서술한 것이라는 데에 있었다.[42]

이 대목에서 잊지 않아야 할 역사적 사실 하나는 神宗 당시 王安石(1021-1086)의 집권과 그의 개혁[43] 소위 '王安石變法' 혹은 '熙寧變法'[44]

---

40 游彪, 〈當代史〉, 「古史與當代史 : 繁榮的宋代史學」, 『宋史十五講』, 南京 : 鳳凰出版社, 2011, p.232.

41 虞云國, 「史學」, 『黎東方講史之續·細說宋朝』, 上海 : 上海人民出版社, 2007, p.431.

42 王瑞來, 《〈稽古錄〉的性質》, 「稽古錄 整理前言」, [宋]司馬光 撰, 王瑞來 點校, 『稽古錄』, 上海 : 上海人民出版社, 2022, .p.15. 그리고 『稽古錄』과 『資治通鑑』의 내용 비교 특히 「隋紀」과의 상호 상세한 내용 비교와 관련해서는 黃約瑟, 「〈稽古錄〉隋紀箚記」, 『羅香林教授紀念論文集』, 台北, 1992 ; 劉健明 編, 「讀司馬光《稽古錄》隋紀箚記」, 『黃約瑟隋唐史論集』, 北京 : 中華書局, 1997, pp.23-43 참조.

43 王安石의 생애 전반에 대한 것은 史鈞, 『千古一相王安石』, 厦門 : 鷺江出版社, 2008. 梁啓超 著, 李爭平 譯, 『王安石傳』, 北京 : 中國旅遊出版社, 2009. 華寶魁, 『政壇大風 : 王安石傳』, 北京 : 作家出版社, 2015. 그리고 王安石의 變法 자체에 대한 것은 李華瑞, 『王安石變法研究史』, 北京 : 人民出版社, 2004. 李金水, 『王安

추진 중에 司馬光은 王安石과 결별한 후 관직에서 물러났고[45] 神宗의 庇護 속에 역사 저술에만 전념할 수밖에 없었다는 점이다.[46] 그러다가 神宗의 死後 권력을 되찾아 그는 왕안석이 시행한 일련의 개혁 조치들을 폐기하였는데,[47] 이러한 와중에서도 그는 그 당시의 정확한 상황을 제대로 기록하기 위해서 當代史로서 『계고록』을 저술하였으며, 또한 그것을 위한 작업의 일환으로 『涑水記聞』[48] 저술에도 착수하여 "本朝의 掌故 傳聞 記錄에 留心하며" 年代記 기록들을 採集하였다.[49]

이렇듯이 司馬光이 當代史로써 『계고록』과 『속수기문』을 저술한 것과 李光麟이 한국 민주주의 수용과 발전 및 북한 역사학과 고고학에 관

石經濟變法研究』, 福州：福建人民出版社, 2007. 각각 참조.

44 王桐齡, 「北宋中葉以後新舊黨之競爭」, 『中國歷代黨爭史』, 上海：上海書店出版社, 2012. 朱子彦, 「宋人朋黨觀與北宋的新舊朋黨」, 『中國朋黨史』, 上海：東方出版中心, 2016；重印, 2021. 游 彪, 「神宗趙頊：熙寧元年-元豐八年)」, 『趙宋：十八帝王的家國天下與眞實人生』, 成都：天地出版社, 2020. 趙 益, 〈王安石變法的功與過〉, 「勢在必行的改革, 誰來做推手?」, 『兩宋黨爭』, 南京：江蘇人民出版社, 2021. [美]劉子健, 「王安石·曾布與略北宋晚期官僚的類型」, 『宋史測度』, 北京：中華書局, 2024.

45 江永紅, 「憤然離京師」, 『通鑒載道：司馬光傳』, 北京：作家出版社, 2015, pp.255-265.

46 虞云國, 「史學」, 『黎東方講史之續·細說宋朝』, 2007, p.430.

47 王安石과 司馬光의 대립 그리고 司馬光의 王安石 新法의 廢棄 등에 관해서는 鄧廣銘, 「宋神宗的逝去與宋廷政局的大變」, 『北宋政治改革家王安石』, 北京：三聯書店, 2007, pp.260-275 중 특히 pp.268-275의 〈新法全被廢罷〉와 〈司馬光·文彥博等人棄地與敵〉을 참조하시라.

48 『涑水記聞』과 관련해서는 鄧光銘, 「略論有關涑水記聞的幾個問題」, [宋]司馬光 撰, 鄧光銘(等)點校, 『涑水記聞』, 北京：中華書局, 1989；重印, 2012, pp.1-18；『涑水記聞·溫公手錄·溫公日錄』, 上海：上海人民出版社, 2022, pp.3-24의 상세한 설명 참조.

49 司馬光이 當代史를 중시하여 『涑水記聞』을 역시 저술하여 "本朝의 掌故 傳聞 記錄에 留心하였다"라고 하는 지적은 王瑞來, 《稽古錄》的問世〉, 「稽古錄 整理前言」, [宋]司馬光 撰, 王瑞來 點校, 『稽古錄』, 上海：上海人民出版社, 2022, p.3 및 p.8에도 자세하다.

해 논문을 작성한 것은 비교사적으로 일맥상통하는 바가 있다고 보인다. 각자가 당면한 當代의 현실 개혁에 관해 깊은 관심을 쏟으며 많은 자료를 가능한 한 섭렵하여 수집하여 상세한 當代史를 서술하고자 하였다는 점에서 특히 그러하다고 할 수 있겠다.

6. 結語

李光麟이 「나의 학문 편력」을 쓴 것이 1990년이었다. 그 내용 중에서 여느 한국사학자의 글에서 엿볼 수 없는 면모를 느낄 수 있는 대목은 다음이라고 생각한다.

> 결국, 지난날을 회고해 보면 나의 공부는 발로 한 것처럼 느끼게 한다. 즉, 연구실에 앉아 차분히 공부하지 않고 새로운 자료와 사실을 발굴한다 하고 여기저기 떠돌아다녀 이 때문에 대부분의 시간을 소비하지 않았나 생각된다.[50]

기실 李光麟은 이 무렵에 개화사 분야가 아닌 새로운 영역인 현대사 분야에서도 비로소 연구를 본격적으로 개시하고 있었다. 그러므로 바꿔 말하면, 그의 현대사 분야 연구 역시 개화사 분야 못지않게 "발로 한 것"이며, 그리하여 "새로운 자료와 사실을 발굴"해서 이루어 냈던 것이라 할 수 있겠다. 물론 그것은 앞서 살펴본 바대로 그의 하버드대학 엔칭도서관 소장 자료 섭렵 가운데 특히 1988년 1월 초의 세 번째 섭렵과 1989년 1월 중순의 네 번째 섭렵으로 가능했던 것임이 거의 틀림없어

---

50 「나의 學問 遍歷」, 『韓國史市民講座』 6, 1990 : 『韓國近現代史論攷』, 1999, p.282.

보인다.

더욱이 『초대 언더우드 선교사의 생애』의 집필 과정에는 1990년 1월 7일에서 13일까지 미국 프린스턴 신학교 도서관을 위시해서 장로교 역사 자료관, 노드 웨스턴 대학의 의과대학 도서관 등등을 찾기도 하였다. 그래서 "이상의 여러 곳을 직접 방문함으로써 저자로 하여금 전기를 쓸 수 있는 자신을 갖게 하였다.[51]"라고 술회하였을 정도였다. 게다가 이 책의 맨 뒤에는 언더우드와 관련된 유적들을 일일이 探問한 기록을 20페이지에 달하는 분량으로 꼼꼼하게 실감이 나도록 기록해 두었다.[52]

또한 『올리버 알 에비슨의 생애』 집필 과정에서는 1991년 1월 말에 캐나다 토론토를 찾아가 에비슨이 다닌 토론토 대학교 의과대학을 비롯한 그 대학의 중앙도서관 고문서관 등의 자료를 조사하고 수집하였다. 그리고 곧 미국 뉴와크에 가서 1주일 동안 체재하면서 프린스턴신학교 도서관 등을 방문하여 자료 수집을 하고, 플로리다 주 세인트 피터스버그를 방문하여 에비슨이 살던 집을 방문하는 등의 분주한 나날을 보냈다고 한다. 이 당시의 상세한 일정과 그런 활동을 통해 얻은 새로운 자료 및 정보 등에 관해서는 『올리버 알 에비슨의 생애』의 〈부록 Ⅲ〉으로 편집하여 역시 20페이지에 걸쳐 매우 상세히 기록하였음을 잊어서는 안 될 것이다.[53]

이러한 점에서 1987년 발표의 「한국에 있어서의 민주주의 수용」을

---

51 「머리말」, 『초대 언더우드 선교사의 생애-우리 나라 근대화와 선교활동-』, 1991, iv.
52 「초대 언더우드 유적 탐방」, 『초대 언더우드 선교사의 생애』, 1991, pp.261-282.
53 「에비슨과 세브란스의 遺跡을 찾아서」, 『올리버 알 에비슨의 생애』, 1992, pp.335-354.

위시해서 1988년 발표의 「북한의 역사학」 및 「북한에서의 김옥균 연구」,
1989년 발표의 「북한학계에서의 고조선 연구」 그리고 1990년 발표의
「북한의 고고학 : 특히 도유호의 연구를 중심으로」 등을 통해 그의 현대
사 연구는 이 무렵에 蘊蓄되고 있었던 터였다. 이 논문들보다는 약간 늦
게 1994년에 발표한 「북한학계에서의 정다산 연구」도 기본 골격을 이
무렵에 생성한 후 세부적인 사안 몇몇을 정확히 확인하여 틀림이 없도
록 서술하느라고 그랬지 않았나 짐작된다.

한편 이러한 南北當代史에 관한 李光麟의 연구와 서술은 곧바로 敎授
로서 그가 담당한 大學院 수업에도 영향을 지대하게 끼쳤다고 하겠다.
筆者 자신이 1988년 1학기부터 1989년 2학기까지 4학기 동안 한국사 전
공 博士課程에 재학하면서 수업을 받은 바가 있고, 그 가운데 지금은 첫
학기와 마지막 학기의 Syllabus만을 보관하고 있는데, 뒤에 제시하는
〈자료 1 : 李光麟의 대학원 강의 1988年 1학기 Syllabus 대필본 사본〉이
이런 면모를 입증하고도 남는다고 여겨진다.

당시 李光麟의 1988年 1학기 대학원 강의에는 筆者를 포함하여 2명
의 박사과정 수강생만이 수강하였는데, 〈자료 1〉에 보이는 바대로 그
'內容'이 "해방 이후 한국의 정치 발전과 국제 관계를 살피고자 함"으로
되어 있으며, '參考文獻'은 國文으로 된 해방 후 美軍政期의 교육 개혁,
소련과 한국문제, 英文으로 된 蘇聯의 韓國人들, 그리고 日文으로 된 한
국의 社會人類學的 위치에 대한 것들 4편만으로 되어 있었다.

이와 같은 참고문헌의 선정에서 3가지 점이 주목되어야 할 것으로
여겨진다. 첫째는, 언어가 國文으로 편중된 게 아니라 英文과 日文의 것
도 함께 선정되어 있다는 점이다. 국제적인 최고 수준의 한국사 연구를
위해서는 적어도 國文 연구서와 國譯 자료에 국한된 공부를 해서는 안
되며 적어도 英文 및 日文 연구서 및 자료도 너끈히 해독하여 연구에

반영해야 함을 일깨워 주기 위함이었던 것이었다.[54]

　둘째는 국제적인 상황을 제대로 파악하여 한반도의 문제를 정확히 이해하기 위해서는 한국뿐만 아니라 미국, 소련 그리고 일본의 시각을 충분히 제대로 파악해야 한다는 점을 강조하기 위해 이러한 참고문헌이 제시되었다는 점을 간과해서는 안 될 것이다. 셋째는 日文의 것은 최신의 것으로써 이러한 관점에서 적절한 게 없어서 그럴 수 밖에 없었지 않았나 싶으나, 미군정·소련과 관련된 3종은 모두 1986년 및 1987년의 것으로 1988년 당시에는 가장 최신의 연구 업적들로 망라되어 있다는 점이라 하겠다.

　이러하였으므로 당시 李光麟의 1988年 1학기 대학원 강의는 당시 최신의 연구 성과들을 섭렵함으로써 순전히 남북한의 當代史 연구를 진척시키기 위함에 초점이 맞춰져 있었던 것임이 명확하다. 이는 그 당시에 자신이 심혈을 기울이고 있던 그 분야의 연구 속에서 관련 자료들을 선정하여 제시함으로써 後學들도 남북한 當代史에 대한 인식을 제대로 갖춰서 연구를 심화하여 학계에 기여할 수 있게 되기를 바랐던 데에서 그랬던 것이라 새겨진다.

54　이러한 그의 志向은 〈資料 2 : 李光麟의 大學院 講義 1989年 2學期 Syllabus 親筆本 寫本〉에서도 잘 읽힌다. 李光麟의 1989年 2學期 당시 大學院 講義에는 筆者를 포함하여 10명이 수강하였으므로 10편의 참고문헌 목록을 제시하였다. 그것은 Johanma M. Menzel이 편집한 The Chinese Civil Service‐career open to talent?, 1963과 Ping-Ti Ho의 저서 The Ladder of Success in Imperial China, 1964를 위시하여 H. W. Kang(姜喜雄)의 고려시대 과거제도에 관한 논문과 Yong-ho Choe(崔永浩)의 조선시대 과거제도에 관한 논문 등 英文으로 된 書籍과 논문 7편, 日文으로 된 宮崎市定의 『科擧』 1편, 그리고 한글로 된 서적 2편 등이었다. 이렇듯이 특히 英文 논문 및 서적을 큰 비중으로 설정하여 분담시켜 通讀한 후 그 내용을 要約하여 발표토록 함으로써 장차 韓國史學의 世界化에 대한 안목을 갖추고 그 수준에 부합하는 연구를 해내도록 指導했던 것이다.

李光麟이 이렇듯이 일생 후기에 이르러 한국의 민주주의 수용·발전 연구 및 북한의 역사학·고고학 연구를 當代史 記述의 일환으로 집중하게 되었던 것은 그 자신이 平安南道 龍岡郡 출신의 失鄕民이라는 점과 무관하지 않은 듯싶다. 당시 이북에 고향을 두고 분단된 상황에서 越南하여 소위 '이북 따라지 학생'이라고도 불리던 젊은 시절을 보내고[55] 그러한 위기를 극복하며 학문에 전념하여 한국사를 전공한 學者로서 그 자신이 겪은 當代史의 한 부분을 제대로 서술해두고자 했을 것이다.[56]

---

55 「잊을 수 없는 스승의 은덕」, 대학과 대학생활」, 서강대학교 출판부, 1984 : 『韓國近現代史論攷』, 1999, p.258에, "나도 이북 따라지 학생이었다. 그러나 친구들과는 달리 나는 행복한 학생 생활을 하였다. 부모님을 비롯한 온 가족이 일찍 서울로 와 있었기 때문에, 생활의 여유는 별로 없어도 단란한 가정 속에서 불편 없이 매일 매일 학교에 나갈 수 있었다"라고 기록하였음에서 이러한 당시 사회의 분위기를 알 수 있다.

56 '當代'를 한글·漢字·中國語·日本語·英語('contemporary' 항목) 등의 字典 혹은 辭典에서 찾아지는 일반적인 語意 정리를 토대 삼아서 李光麟이 當面했던 '그 時代'[혹은 그의 학생 중 하나로 학부와 대학원의 석사·박사과정에서 지도를 받았던 이 글의 筆者 자신(1957-)이 當面하고 있는 '이 時代']라고 定義하고, 當代의 역사 상황에 대한 記述을 '當代史'라고 규정할 수 있다고 생각한다. 바꿔말하자면, 이를 그냥 '現代史'라고 지칭하는 경우, 되레 혼란이 초래될 수 있는 것이 아닌가 여겨진다.
李光麟이 當面했던 '그 時代'[혹은 이 글의 筆者 자신이 當面하고 있는 '이 時代']를 後代의 사람들은 되새김질하여 그것이 20세기 및 21세기 초반의 역사일 뿐, 그들이 정작 사는 문자 그대로 '현대'의 상황이 아니기에 한 단계 재해석을 통해 어느 시기의 역사인가를 가늠해서 헤아려야 하겠으므로 그러하다고 하겠다. 따라서 이 논문의 제목을 「李光麟의 韓國現代史研究」이라 하지 않고 「李光麟(1925-2006)의 韓國當代史研究」라고 함이 보다 정확한 표기가 된다고 믿는다.
다만 韓國史學界에서는 여태껏 '當代史'에 관한 심도 있는 고민 또는 논의가 거의 없었던 터가 아닌가 한다. 그러므로 이렇게 표기하면 도리어 혼란을 느낄 수도 있겠다 싶어 여기에서는 이를 전면에 내세우지는 않고자 한다. 단지 제5절의 소제목을 〈李光麟 當代史研究의 比較史的 意義 : [韓]姜晋哲·李基白 및 [宋]司馬光과의 比較〉로 정하여, 일부 담아내고자 하였을 따름이다.

　그리하여 애초에 "도대체 어떻게 해서 이런 지경에 이르게 되었을까? 이 민족은 어떻게 하면 좋을 것인가? 이런 문제들을 끊임없이 되새기면서 역사를 공부하면 무엇인가 풀릴 것 같았다. 다시 말하면 추상적인 문학보다 구체적인 역사학을 공부해야만 어떤 답을 구할 수 있을 것처럼 보였"던 것을 實行하였던 것이었다. 李光麟은 청년 때부터 염원하며 지속하여 관심을 쏟아온 현대사에 대한 열망을 결국 한국의 민주주의 수용과 발전 연구 논문 2편과 북한 역사학·고고학 연구 논문 5편의 작성을 통해 비로소 俱現하였다고 하겠다.

　지금까지 검토해온 李光麟의 저서와 역서를 초기·중기·후기 3시기로 구분하고 그 내용의 성격을 가늠해보았다. 그것을 도표로 작성한 게 〈표 6〉이다.

〈표 6〉 李光麟 著書·譯書 時期 區分과 그 內容의 性格

時期	區分	性格
1960년대 초반·중반	初期	朝鮮水利史 및 朝鮮時代史
1960년대 후반 - 1980년대 중반	中期	近代開化史 및 近代概説書
1980년대 후반 - 1990년대 후반	後期	近代開化史 및 當代南北史

資料 1 : 李光麟의 大學院 講義 1988年 1學期 Syllabus 代筆本 寫眞

(제1면)

Syllabus

과목 : #15-432 한중정치제18세기

학기 : 1989년 2학기

담당 : 이 광 린

1. 과거제도에 대한 여러 논문을 읽고 발표한다.

(1) E. A. Kraike, Jr, Family vs. Merit in the Examination System, Johanna M. Menzel ed., The Chinese Civil Service — Career open to talent? D. C. Heath and Company, 1963.

(2) P'an Kuang-Tan and Fei Hsiao-T'ung, City and Village: The Inequality of Opportunity, Ibid.

(3) Ping-Ti Ho, Family vs Merit in the Ming and Ch'ing Dynasties, Ibid.

(4) Chang Chung-Li, Merit and Money, Ibid.

(5) H. W. Kang, Institutional Borrowing: The Case of the Chinese Civil Service Examination System in Early Koryŏ, Journal of Asian Studies, November 1974

(6) Yong-ho Ch'oe, Commoners in Early Yi Dynasty Civil Examinations: An Aspect of Korean Social Structure, 1392—1600, Journal of Asian Studies, August 1974.

資料 2 : 李光麟의 大學院 講義 1989年 2學期 Syllabus 自筆本 寫眞

(7)　宮崎市定, 科擧, 中央公論社, 東京, 1963.

(8)　歷史學會, 科擧, 一潮閣, 1981.

(9)　許興植, 高麗科擧와 歷史硏究, 一潮閣, 1981.

(10)　Ping-Ti Ho, The Ladder of Success in Imperial China, Science Edition, 1964.

2.　[ ] 的 이 後半部에서는 高麗時代 初期에서부터 1910년 까지 [ ] 各自가 閣心을 갖고 있는 問題를 택하여 發表한다.

칠리 이광린 선생의 인물사 연구의 대상과 특징

조규태 한성대학교 교수

1. 머리말

七里 이광린 선생은 한국의 개화사를 연구한 대표적 학자이다. 이광린 선생은 1960년대부터 1990년대까지 국내의 다양한 자료를 섭렵하고, 일본과 미국의 자료를 발굴하여 80여 편의 개화사에 관한 글을 발표하고, 이를 묶어 8권의 책으로 발간하였다.[1] 이외에 『한국사강좌』(근대편)와 김옥균과 유길준, 언더우드와 알렌과 에비슨에 대한 전기를 발간하기도 하였다.[2] 선생의 연구에 의하여 한국의 개화사상의 형성, 박규수 사후 개화파의 분화, 급진개화파인 개화당의 형성과 온건적 개화운동과 갑신정변, 온건적 개화운동가의 서구의 문물과 기술의 수용, 불교 승려

---

1 이광린, 『한국개화사연구』, 일조각, 1969 ; 『개화당연구』, 일조각, 1973 ; 『한국개화사상연구』, 일조각, 1979 ; 『한국개화사의 제문제』, 일조각, 1986 ; 『개화파와 개화사상 연구』, 일조각, 1989 ; 『개화기의 인물』, 연세대학교 출판부, 1993 ; 『개화기연구』, 일조각, 1994 ; 『한국근현대사논고』, 일조각, 1999.
2 이광린, 『한국사강좌』 V 근대편, 일조각, 1981 ; F. H. 해링튼 저, 이광린 역, 『개화기의 한미관계 - 알렌박사의 활동을 중심으로 - 』, 일조각, 1973 ; 이광린, 『초대 언더우드 선교사의 생애 - 우리나라 근대화와 선교 활동 - 』, 연세대학교 출판부, 1991 ; 『올리버 알 에비슨의 생애』, 연세대학교 출판부, 1992 ; 『유길준』, 동아일보사, 1992 ; 『김옥균』, 동아일보사, 1994.

의 개화운동, 기독교인의 개화운동, 연해주 이주민의 국내 개화운동, 외국 선교사의 개화 활동 등에 관한 많은 사실이 밝혀졌다. 또 1860년부터 1910년까지 우리나라 개화사의 흐름이 정리되어 설명되기도 하였다.

이처럼 이광린 선생이 한국의 개화사 연구에 기여한 바가 크므로, 그의 저작에 대한 여러 번의 검토와 평가가 있었다.[3] 『한국개화사연구』에 대해서는 천관우, 이배용, 정창렬의 서평이 있었다. 국내외의 방대한 사료를 활용하여 사상, 문화, 언론, 교육, 군사, 농업 등 문화사회적인 측면의 온건적 개화운동을 다룬 점을 높이 평가하였다. 그리고 『개화당 연구』에 대해서는 김용구, 신용하, 정구복, 신일철, 이배용, 한철호의 비평이 있었다. 새로운 사료의 발굴과 고증을 통해 개화당의 형성과 갑신정변, 개화당 인물을 규명한 점 등을 연구의 업적으로 평가하였다. 『한국개화사상연구』에 대해서는 노인화의 서평이 있었다. 노인화는 기존에 연구되지 않았던 개화사상가와 개신교·사회진화론 등 외래사상의 수용을 실증적으로 연구하여 밝힌 점에서 한국 개화사 연구의 발전에 도움이 되었다고 하였다.

이광린 선생의 서세 10주년을 기념하여, 그의 개화사 연구의 내용과 특징을 다룬 연구도 있었다.[4] 홍영기는 「이광린의 한국근대교육사 연구」

---

3 이배용, 「서평 : 이광린, 『한국개화사연구』」, 『이대사원』 8, 1969 ; 천관우, 「서평 : 이광린 저, 『韓國開化史硏究』」, 『歷史學報』 42, 1969 ; 정창렬, 「서평 : 이광린 저, 『韓國開化史硏究』」, 『한국사연구』 5, 1970 ; 김용구, 「서평 : 이광린, 『개화당 연구』」, 『역사학보』 56, 1972 ; 신용하, 「서평 『개화당연구』 초기 개화연구의 문제점」, 『신동아』 1973년 4월호 ; 정구복, 「서평 개화당연구」, 『역사교육』 15, 1973 ; 신일철, 「서평 개화당연구」, 『아세아연구』 17-1, 1974 ; 이배용, 「서평 : 이광린, 『개화당 연구』」, 『이화사학연구』 8, 1975 ; 한철호, 「개화파연구의 실증적 초석 쌓기와 그 의의 : 이광린의 『개화당연구』를 중심으로」, 『한국사연구』 148, 2010 ; 노인화, 「서평 : 이광린, 『한국개화사상연구』」, 『이대사원』 16, 1979.

4 홍영기, 「이광린의 한국근대교육사 연구」, 『서강인문논총』 46, 2016 ; 김수태, 「이

라는 글의 '근대학교에 대한 연구'라는 장에서 선생의 육영공원, 관립외국어학교, 鍊武公院, 평양의 대성학교, 배재학당에 대한 글의 내용을 소개하고 평하였다. 이어 '개화파의 해외유학 연구'라는 장에서 선생의 미국 유학시절의 유길준, 한국 최초의 미국 대학 졸업생 변수, 개화 초기 한국인의 일본 유학, 서재필이 유학한 '해리 힐맨' 고등학교에 대한 글의 내용을 소개하고 평하였다. 마지막으로 '근대교육사의 서술 체재'라는 장에서 이광린 선생의 개설사 서술에 나타난 근대교육사의 서술 체재를 검토하였다. 김수태는 「이광린의 한국근대사상사 연구」라는 글에서 선생의 한국근대사상사 연구의 특징을 '개화사상과 유교의 극복', '불교의 재발견과 개신교의 수용', '민주주의와 민족주의'라는 측면에서 검토하였다. 최기영은 「이광린 선생(1925-2006)의 삶과 학문」을 다룬 글에서 서강대학교에 재직하던 1964-1989년이 선생이 개화사를 집중적으로 연구한 시기였다고 주장하였다.

이상의 서평과 연구를 통하여 이광린 선생의 개화사 연구의 특징이 어느 정도 밝혀졌다. 그렇지만, 서구의 문물과 기술을 수용한 것은 결국 사람임에도 불구하고, 인물사의 측면에서 이광린 선생의 개화사 연구를 고찰한 적은 없었다.

「칠리 이광린 선생의 인물사 연구의 대상과 특징」이란 글을 쓴 이유가 바로 여기에 있다. 이 글에서는 먼저 그의 인물사 연구의 이력을 검토하고, 이어 그 대상을 검토하겠다. 그리고 그의 인물사 연구에 나타난 특징을, 첫째 해외 자료의 활용과 현장 답사, 둘째 온건적 개화운동의 역할 존중, 셋째 중간계층의 개화사상 확산과 양반층의 개화운동 주도,

---

광린의 한국근대사상사 연구 - 유교에서 민주주의로 - 」,『서강인문논총』 46 ; 최기영, 「이광린 선생(1925-2006)의 삶과 학문」,『서강인문논총』 46.

넷째 사회진화론과 민주주의 수용 釋明, 다섯째 개화운동기의 희생에 대한 안타까움 토로라는 다섯 가지 주제로 나누어 살펴보려 한다.

2. 인물사 연구의 이력

이광린 선생은 1954년 3월, 「鄕吏에 대한 社會學的 考察」로 연세대학교 대학원에서 문학석사 학위를 받았다. 이 이후부터 1960년대 초까지 선생은 제지업·양잠업·水利를 비롯하여 集賢殿과 四部學堂, 奔兢禁止法, 京主人 등 조선시대의 제도사를 중심으로 정치·경제·사회·문화에 두루 관심을 가졌다.[5]

선생이 개화사에 관심을 갖기 시작한 것은 1960년대 초였다. 4·19혁명과 5·16군사정변을 겪으면서 현대의 사회변동을 연구하고 싶은 마음이 들었으나, 자료의 수집 문제로 현대사는 도저히 불가능할 것처럼 느껴져 전통사회에서 근대사회로 넘어가는 개화기에 눈을 돌렸다고 한다.[6]

이광린 선생이 개화사 중 처음으로 관심을 두었던 주제는 교육기관에 관한 것이었다. 1963년 6월 『동방학지』 6집에 「育英公院의 設置와 그 變遷」을, 1964년 5월 『향토서울』 20집에 「舊韓末의 官立外國語學校」를, 1965년 12월 『진단학보』 28호에 「美國 軍事敎官의 招聘과 鍊武公院」을 발표하였다. 일제 관헌이 '先生風'이라고 평한 풍모,[7] 그리고 이화어

---

5 이광린, 「나의 학문편력」, 『한국사 시민강좌』 6, 일조각, 1990 ; 이광린, 『韓國近現代史論攷』, 일조각, 1999, pp.274-277 ; 최기영, 「이광린 선생(1925-2006)의 삶과 학문」, 『서강인문논총』 46, p.422.
6 이광린, 「나의 학문편력」, 『韓國近現代史論攷』, p.278.
7 이광린 선생의 신분장지문원지.

고 교사와 연세대학교·서강대학교의 교수로 활동한 경력에 걸맞은 주제
였다.

선생의 개화기 인물 연구의 시작은 1966년 12월부터 1967년 11월까
지 하버드대학 燕京學社Havard Yenching Institute에 있으면서 兪吉濬 관
련 사적지를 방문하면서 비롯되었다. 마침 매사츠세즈주 보스톤에서 동
북으로 50여km 떨어진 세일럼Salem과 바이필드Byfield에 유길준 거주지
와 그가 다닌 덤머 아카데미Dummer Academy(The Governor's Academy)
가 있었다. 선생은 세일럼에 가서 유길준의 주소를 찾고, 덤머 거버너스
아카데미에서 유길준의 입학 관련 기록을 확인하였다. 그리고 미국에서
돌아온 직후인 1968년 2월『新東亞』에「美國留學時節의 兪吉濬」이란 글
을 발표하였다.

이광린 선생은 같은 해 6월『歷史學報』37집에「安宗洙와「農政新編」
을, 동년 9월『史學硏究』20호에「李樹廷의 人物과 그 活動」이란 글을
발표하였다.「安宗洙와「農政新編」은 초기 개화운동이 '자강'과 '독립'
에 방향을 두고 있었고, 농학계에서 자강의 일환으로 외국의 선진문물
을 받아들이려는 시도가 있었음에도 학계가 이를 주목하지 않는 것에
대한 문제의 제기였다.[8] 다만 이 글은 안종수의 생애와 활동을 다루기보
다『농정신편』의 저술과 간행과 내용을 다룬 서지학적 연구였다.「李樹
廷의 人物과 그 活動」은『마가福音』을 번역하는 등 초기 한국 개신교의
발전에 공헌한 한국인을 알리려는 의도에서 썼다.[9] 이 두 편의 글과「美
國留學時節의 兪吉濬」은 1968-69년 학보와 잡지에 발표된 9편의 논문과
함께 '개화사상 연구', '개화운동 연구', '개화기의 인물과 그 활동'이란

---

8 이광린,「안종수와『農政新編』」,『한국개화사연구』, p.221.
9 이광린,「李樹廷의 人物과 그 活動」,『한국개화사연구』, p.234.

장으로 묶여『韓國開化史研究』(일조각, 1969.7)로 발간되었다.

1970년부터 1973년 1월까지 선생의 관심은 급진개화파에 두어졌다. 개화당의 형성에 기여한 개화사상가, 개화당의 要人과 참여자를 밝히고, 이들이 전개한 온건적 개화운동과 갑신정변, 그리고 개화당 요인과 관련된 문헌과 유물을 연구하여 학보에 소개하였다. 그리고 이것은 1973년 1월 일조각에서 발행한『開化黨研究』에 담겼다. Ⅰ. '開化黨 研究'에「개화당의 형성」·「숨은 개화사상가 유대치」·「개화승 이동인」이, Ⅱ. '甲申政變 研究'에「김옥균의『갑신일록』에 대하여」·「갑신정변에 대한 일고찰」이, Ⅲ. '開化黨要人과 관련된 文獻과 遺物'에「김옥균의 저작물」·「일 유학생의 서한」·「스미소니안박물관의 한국 유물」이 편재되었다.[10]

이광린 선생은 1974년부터 1978년까지 5년간 姜瑋, 兪吉濬, 徐載弼 등 개화파의 개화사상에 관한 글을 썼다. 1975년 4월『진단학보』39집에「서재필의『독립신문』간행에 대하여」를, 1975년 6월에는『역사학보』66집에「개화파의 개신교관」을 발표하였다. 1976년 12월에는『동방학지』17집에「姜瑋의 人物과 思想 ─實學에서 開化思想으로의 轉換의 一斷面」을, 1977년 12월에는『역사학보』75·76 합집에「유길준의 개화사상」을, 1978년 6월에는『동방학지』18집에「서재필의 개화사상」을 실었다. 이 글들은 1979년 3월 간행된『韓國開化思想研究』(일조각)로 묶여 독자에게 편의를 제공해 주었다.

서강대학교 부총장 시절(1980.1-.1983.12)에는 거의 글을 발표하지 못

---

10 여기에 실린 글의 출처는 다음과 같다.「開化僧 李東仁」,『創作과 批評』, 1970년 가을호. ;「一留學生의 서한」,『史學會誌』17·18합집, 1971 ;「金玉均의「甲申日錄」에 대하여」,『震檀學報』33, 1972 ;「金玉均의 著作物」,『文學과 知性』, 1972년 여름호 ;「開化黨의 形成」,『省谷論叢』3, 1972 ;「숨은 開化思想家 劉大致」·「갑신정변에 대한 일고찰」『개화당연구』수록 신고.

하였으나, 이광린 선생은 1984년 8월부터 6개월간 국제문화교류기금의 지원으로 도쿄대학 문학부에 머물며 일본 외무성 외교사료관, 도쿄도립 대학 도서관, 도쿄대학 명치신문잡지문고 등에서 개화사에 관한 자료를 섭렵하여[11] 개화당과 갑신정변에 간여한 인물 등에 대한 글을 여러 편 발표하였다. 「한국 최초의 미국 유학생 邊燧」(『신동아』 1982년 10월호), 「개화승 李東仁에 관한 새 사료」(『동아연구』 6, 1985), 「갑신정변과 褓 負商」(『동방학지』 49, 1985), 「구한말 노령 이주민의 한국정계 진출에 대하여-金鶴羽의 활동을 중심으로-」(『역사학보』 108, 1985), 「『大韓每日 申報』 刊行에 대한 一考察」, 『大韓每日申報 研究』(서강대학교 인문과학 연구원, 1986.3)이 이에 해당한다. 이글은 新稿인 「김옥균의 '동남제도개 척사 겸 관포경사' 임명에 대하여」와 「개화초기 한국인의 일본유학」과 함께 1986년 4월 발간된 『韓國開化史의 諸問題』(일조각)에 묶여 소개되 었다.

선생은 1986년 4월 이후부터 1989년 2월까지 약 3년간 일본 망명과 유학 시절의 유길준과 윤치호, 그리고 유학자인 운암과 성암 제자의 개 화사상가로의 전회, 講舊會가 선정한 개화파 애국지사, 유길준의 영문서 한 등에 대한 글을 발표하였다.[12] 그리고 이 글은 「미시간대학에 있는 '씰' 공사의 서한」 등과 함께 『開化派와 開化思想 研究』(一潮閣, 1989)에 수록되었다.

---

11 최기영, 「이광린 선생(1925-2006)의 삶과 학문」, 『서강인문논총』 46, p.434.

12 이광린, 「日本 亡命時節의 兪吉濬」, 『新東亞』 1986년 10월호 ; 「舊韓末 關西地方 儒學者의 思想的 轉回-雲菴·誠菴의 弟子를 中心으로」, 『斗溪李丙燾博士 九旬紀 念 韓國史學論叢』, 知識産業社, 1987 ; 「舊韓末 講究會 選定의 '愛國志士'에 對하 여」, 『震檀學報』 65, 1988 ; 「兪吉濬의 英文書翰」, 『東亞研究』 14, 1988 ; 「尹致 昊의 日本留學」, 『東方學志』 59, 1988.

선생은 1989년 2월 서강대학교를 은퇴한 후 1993년 12월까지 발표한 9편의 논문과 1993년 4월 대전 부근에 있는 중부대학의 학장으로 부임하기 전후에 작성한 세 편의 글을 모아, 1994년 10월 『開化期研究』(일조각)를 출간하였다. 여기에는 다음과 같이 9편의 인물사 관련 글이 담겨 있다.

「徐載弼의 思想-영문판『독립신문』*The Independent*을 중심으로」, 『서재필과 한국민주주의』(대한교과서 주식회사, 1990.05).
「昇山峽에 남아 있는 兪吉濬의 墨書」, 『靑丘』 10, 東京 : 靑丘文化社, 1991.10.
「비숍여사의 여행기」, 『진단학보』 71·72 합집, 1991.12.
「閔妃와 大院君」, 『明成皇后 弑害事件』, 민음사, 1992.5.
「馬建忠과 韓·中關係」, 충남대학교 인문과학연구소 인문과학 학술세미나 42회, 1993.6.
「洪英植 研究」, 『學術院論文集』 32, 1993.12.
「李樹廷의 『朝鮮敎育의 槪況』과 『明治字典』의 序」, 『開化期研究』, 일조각, 1994.10. 〈新稿〉
「卓挺植 論」, 『開化期研究』, 〈新稿〉
「開化期의 韓錫晋」, 『開化期研究』, 〈新稿〉

한편 이광린 선생은 1992년 연세대학교 국학연구원에서 주관한 「다산기념강좌」의 다섯 번째 주제인 '開化期人物研究' 강좌를 진행하였다. 1학기에는 유길준, 남궁억, 어윤중, 김홍집, 박영효 다섯 사람을, 2학기에는 서광범, 지석영, 최병헌, 이상재, 김가진, 김옥균 여섯 사람에 대해서 강의하였다. 이 11 인물 중에서 유길준과 김옥균은 분량이 많고, 김가진은 정리가 덜 되어 책에 담기가 여의치 않았다. 그래서 「翰西 南宮檍 (1863-1939)」, 「一齋 魚允中(1848-1896)」, 「道園 金弘集(1842-1896)」, 「春

皐 朴泳孝(1861-1939)」, 「松村 池錫永(1855-1935)」, 「緯山 徐光範(1859-1897)」, 「月南 李商在(1850-1927)」, 「濯斯 崔炳憲(1859-1927)」 8명의 인물에 대한 글을 묶어 1993년 4월 '연세대학교 국학연구원 다산기념강좌 5'의 결과물로 『開化期의 人物』(연세대학교 출판부)을 발간하였다.

이 무렵 이광린 선생은 선교사인 언더우드와 에비슨, 그리고 온건개화파인 유길준과 급진개화파인 김옥균의 전기를 저술하였다. 1989-1990년 연세대학교 박영석 총장과 이희덕 문리대학장으로부터 언더우드와 에비슨의 전기를 써달라는 부탁을 받았다. 두 사람이 연희전문학교와 세브란스의 교장을 역임하였기에 연세대 출신의 개화기 전문가인 선생이 전기를 써 연세의 맥을 더듬어 달라는 의미였다. 의학적 지식이 없어 에비슨의 전기를 쓸 수 없다고 거절하였으나, 역사 전공자가 써주어야 한다는 거듭된 권고에, 선생은 집필을 승낙하고 후회하기도 하였다. 선생은 부탁받은 지 2년이 안 된 1991년 5월『초대 언더우드 선교사의 생애』(연세대학교 출판부)를, 1992년 2월『올리버 알 에비슨의 생애』(연세대학교 출판부)를 발행하였다. 또 동아일보사 주관의 '근대 인물한국사' 평전으로 1992년 10월『유길준』을, 1994년 9월『김옥균』을 간행하였다. 다산기념강좌 5 '개화기인물연구'의 강연 주제였으나『개화기의 인물』에 담지 않은 유길준과 김옥균에 대한 전기를 별권으로 발행한 셈이었다.

중부대학의 총장을 그만둔 1997년 2월 이후 건강이 급격히 나빠진 가운데에도 선생은 이전에 쓴 글을 묶고자 하였다. 그리하여 1999년 12월, 1970년대에 쓴 회고와 1980년대부터 1990년 전후에 쓴 개화사의 주변 주제와 북한의 역사학 연구 등에 관한 글을 모아,『韓國近現代史論攷』(일조각)를 간행하였다. 여기에 담긴 인물사 및 인물의 정치사상과 관련된 연구는 다음과 같다.

「韓國에 있어서의 民主主義 受容」, 『東亞硏究』 12, 1987.9.
「北漢에서의 金玉均 硏究」, 『북한이 보는 우리 역사』(을유문화사,
　　　　1989.10)
「兪吉濬의 文明觀」, 韓日文化交流基金, 『19世紀 韓日兩國의 傳統
　　　　社會와 外來文化』, 1991.1.
「北韓學界에서의 丁茶山 硏究」, 『東亞硏究』 28, 1994.9.
「헐버트의 한국관」, 『한국근현대사연구』 9, 1998.12.

3. 인물사 연구의 대상

인물사 연구 중 이광린 선생이 가장 관심을 두어 연구한 대상은 급진 개화파인 개화당 관련 인물이었다. 이광린 선생은 「개화당의 형성」이란 글에서 김옥균 등이 박지원의 손자인 박규수, 중인 출신인 오경석·유대치 등으로부터 개화사상을 수용함으로써 개화당이 결성될 수 있었다고 하였다. 선생은 개화당의 창립 주역을 劉大致, 金玉均, 朴泳孝, 徐光範, 柳相五라고 보고, 이들의 노력으로 李淙遠·李鼎煥·朴齊絅·吳慶錫·吳慶潤·吳慶林·金永漢·金永汶·韓世鎭·李熙穆 등이 창립 당시 참여하였다고 하였다. 그리고 柳赫魯·邊樹·李東仁·卓挺埴·白春培·吳鑑·朴永昌·李獻遇·吳世昌·尹致昊, 갑신정변에서 행동대로 활동한 李寅鐘·李喜貞·李昌奎·尹景純 등도 일찍부터 개화당의 일원이었던 것으로 판단하였다. 개화당에 참여하지 않았으나 姜瑋·朴泳敎·尹雄烈은 개화당의 취지에 동조하였고, 대원군의 셋째 형으로 당시 영의정이던 興寅君 李最應의 아들 李載兢, 閔泳翊, 영의정 홍순목의 아들 洪英植, 궁중 內寺 柳載賢, 궁녀 顧大嫂도 개화당에 포섭되어 있었다고 보았다. 그리고 1882년 일본의 陸軍戶山學校 사관 교육을 받은 申福模·徐載弼·鄭蘭敎·朴應學·鄭行微·林殷明·

申重模·尹泳觀·李圭完·河應善·李秉虎·申應熙·李建英·鄭鐘振·白樂雲, 陸
軍教導團에서 훈련받은 李殷乭(李殷石), 일본에 유학하여 양잠학과 영어
를 배우고 돌아온 徐載昌, 우두 의학을 배우고 돌아온 南興喆, 김옥균을
수행한 승려 출신 車弘植도 개화당 가입자라 하였다.[13]

개화당 관련 인사 중에서, 이광린 선생이 가장 많이 연구한 인물은
김옥균이다. 「개화당의 형성」에서 김옥균의 개화사상의 형성과 개화당
의 조직, 동지의 규합, 온건적인 활동에 대하여 검토하고, 「갑신정변에
대한 일고찰」에서 그의 갑신정변 전개 과정과 그 후의 동향에 대해서
고찰하였다. 그리고 김옥균 관련 글로 「김옥균의 『甲申日錄』에 대하여」
와 「北漢에서의 金玉均 研究」를 발표하고, 계몽용 도서로 『김옥균』(동
아일보사, 1994)을 발간하였다.[14]

이 외에 개화사상의 형성과 관련하여 유대치와 강위를 연구하고, 김
옥균 외 개화당의 다른 주역인 박영효·서광범·홍영식을 연구하였다. 또
개화당에 참여한 기독교인 윤치호와 승려 이동인·탁정식, 최초의 미국 유
학생 변수, 그리고 갑신정변에 참여한 보부상을 다룬 글을 발표하였다.[15]

---

13 「개화당의 형성」, 『성곡논총』 3, 1972 ; 『개화당연구』, 일조각, 1973, pp.18-31.

14 「개화당의 형성」·「김옥균의 『甲申日錄』에 대하여」·「갑신정변에 대한 일고찰」,
   『개화당연구』, 일조각, 1973 ; 「김옥균의 '동남제도개척사 겸 관포경사 임명」,
   『한국개화사의 제문제』, 일조각, 1986 ; 「北漢에서의 金玉均 研究」, 『한국근현대
   사논고』, 일조각, 1999 ; 『김옥균』, 동아일보사, 1994.

15 「숨은 개화사상가 유대치」·「개화승 李東仁」, 『개화당연구』, 일조각, 1973 ; 「강
   위의 인물과 사상 : 실학에서 개화사상으로의 전환의 일단면」, 『한국개화사상
   연구』, 일조각, 1979 ; 「개화승 李東仁에 관한 새 사료」·「한국 최초의 미국 대학
   졸업생 변수」·「갑신정변과 보부상」, 『한국개화사의 제문제』, 일조각, 1986 ;
   「윤치호의 일본 유학」, 『개화파와 개화사상 연구』, 일조각, 1989 ; 「春皐 朴泳孝
   (1861-1939)」·「緯山 徐光範(1859-1897)」, 『개화기의 인물』, 연세대학교 출판부,
   1993 ; 「홍영식 연구」·「卓挺埴 論」, 『개화기연구』, 일조각, 1994.

다음으로 온건개화파 인물이 이광린 선생의 주요 연구 대상이었다. 온건개화파 중 가장 많이 고찰한 인물은 유길준이다. 이광린 선생은 6편의 연구 논문과 1권의 계몽적 도서를 발표하였다.[16] 그리하여 유길준의 미국 유학, 『서유견문』 등을 통한 유길준의 문명관 등의 개화사상, 일본 망명지에서의 생활과 묵서 등을 소개하였다.

이광린 선생은 유길준 외에 온건개화파 안종수·김학우·윤치호·남궁억·어윤중·김홍집·지석영·김학우·안종수도 연구하였다. 그리고 「『近世朝鮮政鑑』에 대한 몇 가지 문제」라는 글에서 이 책의 저자 朴齊絅과 評者 裵次山(裵典)에 대해 다루기도 하였다.[17]

다음으로 이광린 선생은 실학자, 실학자에서 개화사상가로 전환한 인물, 유학자에서 개화사상가로 전환한 인물에 대해 탐구하였다. 「북한 학계에서의 정다산 연구」를 통해 실학자 정다산을 검토하고, 실학자에서 개화사상가로 전환한 姜瑋에 대해 살펴보았다. 그리고 위정척사적 화서학파 유학자의 제자 중 개화운동가로 전환한 인물에 관심을 가져, 雲菴 朴文一과 誠菴 朴文五의 제자인 朴殷植, 박문오의 아들인 海山 朴東欽, 박문일의 제자인 盧德濟·白禮行 등에 대하여 검토하였다. 또 개화기

---

16 「미국유학시절의 유길준」, 『한국개화사연구』, 일조각, 1969 ; 「유길준의 개화사상 - 서유견문을 중심으로 - 」, 『한국개화사상연구』, 일조각, 1979 ; 「일본 망명시절의 유길준」·「유길준의 영문서한」, 『개화파와 개화사상 연구』, 일조각, 1989 ; 「昇山峽에 남아 있는 유길준의 墨書」, 『개화기연구』, 일조각, 1994 ; 「유길준의 文明觀」, 『한국근현대사논고』, 일조각, 1999 ; 『유길준』, 동아일보사, 1992.

17 「安宗洙와 『農政新編』」·「『近世朝鮮政鑑』에 대한 몇 가지 문제」, 『한국개화사연구』, 일조각, 1969 ; 「구한말 노령 이주민의 한국정계 진출에 대하여 : 金鶴羽의 활동을 중심으로」, 『한국개화사의 제문제』, 일조각, 1986 ; 「윤치호의 일본유학」, 『개화파와 개화사상 연구』, 일조각, 1989 ; 「翰西 南宮檍(1863-1939)」·「一齋 魚允中(1848-1896)」·「道園 金弘集(1842-1896)」·「松村 池錫永(1855-1935)」, 『개화기의 인물-다산기념강좌 5』, 연세대학교 출판부, 1993.

지식인의 실학관과 개화당 인물의 대원군관에 대해서도 검토하기도 하였다.[18]

서재필도 이광린 선생의 주요한 연구 대상이었다. 서재필은 개화당의 일원이었지만, 선생은 그의 개화당 참여와 갑신정변 활동을 다루기보다, 『독립신문』을 통해 그의 개화사상을 추적하였다.[19]

이광린 선생은 개화운동 초기 개화사상을 형성하여 확산한 불교계 인물로 승려 李東仁과 卓挺埴에 대해 연구하였다.[20] 그리하여 이동인의 출신과 외교활동과 말로를 소개하고, 탁정식의 일본행과 동경외국어학교 교사 활동, 그리고 사망에 대하여 알려 주었다.

개신교 선교사와 초기 한국인 개신교 교역자도 이광린 선생이 관심을 둔 연구 주제였다. 선생은 1973년 해링튼Fred Horace Harrington이 저술한 *GOD MAMMON and the JAPANESE*(하나님, 財神, 그리고 일본인)(The University of Wisconsin, 1944)를 『개화기의 한미관계-알렌 박사의 활동을 중심으로-』(일조각, 1973)라는 제목으로 번역하여 출간하였다. 이를 통해 알렌 선교사의 조선에서의 활동을 소개하였다. 이어 선생은 선교사 헐버트의 한국에서의 활동과 한국관을 검토하고, 한국에서 활동한 선교사 언더우드와 에비슨의 생애와 활동을 다룬 전기를 저술하

---

18 「북한학계에서의 정다산 연구」, 『한국근현대사논고』, 일조각, 1999 ; 「姜瑋의 인물과 사상 : 실학에서 개화사상으로의 전환의 일단면」, 『한국개화사상연구』, 일조각, 1979 ; 「舊韓末 關西地方 儒學者의 思想的 轉回」·「개화기 지식인의 실학관」·「개화당의 대원군관」, 『개화파와 개화사상 연구』, 일조각, 1989.

19 「서재필 『독립신문』 간행에 대하여」·「서재필의 개화사상」, 『한국개화사상연구』, 일조각, 1979 ; 「徐載弼의 思想-영문판 『독립신문』 *The Independent*을 중심으로」, 『개화기연구』, 일조각, 1994.

20 「개화승 이동인」, 『개화당연구』, 일조각, 1973 ; 「탁정식 론」, 『개화기연구』, 일조각, 1994.

였다. 한편 선생은 개화기 한국인 개신교 신자로『마가福音』을 한국어로 번역한 李樹廷, YMCA의 종교부위원장과 총무로 활동한 李商在, 감리교 정동제일교회의 최초의 한국인 목사이며 종교학자와 신학자인 崔炳憲, 평양 將泉教會의 목사로 활동한 韓錫晉에 대한 글을 발표하였다.[21]

마지막으로 이광린 선생은 개화파 인물의 개신교관, 개화기 개화운동을 하다가 사망한 한국인, 비숍 여사의 여행기. 그리고 민비와 대원군의 대립과 항쟁을 검토하였다. 또『大韓每日申報』의 刊行에 대해 살피면서, 베델의 약력을 사망 직후인 1909년 5월 7일과 8일의『大韓每日申報』에 실린「裴說公의 略傳」을 원용하여 소개하기도 하였다.[22]

선생이 연구한 개화파 인물은 첫째 한국인의 경우 대체로 일본이나 미국에 유학하거나 파견되어 일본인·미국인과 교류하며 일본과 미국을 통해 근대 문물을 받아들이러 했던 인물이었다. 중국·러시아·독일·프랑스를 통해 서구의 문물을 받아들이러 했던 사람은 다루지 않았다. 그러니까 친해양세력 개화파 연구에 국한된 점이 있었다. 둘째 선생이 연구한 외국인도 미국인·캐나다인·영국인 등 주로 해양세력 국가의 인물에

---

21 F. H. 해링튼 저, 이광린 역,『개화기의 한미관계-알렌 박사의 활동을 중심으로-』초판·중판, 일조각, 1973·1983 :「한말 수난의 증인 헐버트」,『한국의 인간상』6, 신구문화사, 1965 :「헐버트의 한국관」,『한국근현대사논고』, 일조각, 1999 :『초대 언더우드 선교사의 생애』, 연세대학교 출판부, 1991 :『올리버 알 에비슨의 생애』, 연세대학교 출판부, 1992 :「李樹廷의 인물과 그 활동」,『한국개화사연구』, 일조각, 1969 :「李樹廷의『朝鮮教育의 槪況』과『明治字典』의 序」·「개화기의 韓錫晉」,『개화기연구』, 일조각, 1994 :「月南 李商在(1850-1927)」·「濯斯 崔炳憲(1859-1927)」,『개화기의 인물』, 연세대학교 출판부, 1993.
22 「개화파의 개신교관」,『한국개화사상연구』, 일조각, 1979 :「舊韓末 講舊會 선정의 '愛國死士'에 대하여」,『개화파와 개화사상 연구』, 일조각, 1989 :「비숍 여사의 여행기」·「민비와 대원군」,『개화기연구』, 일조각, 1994 :「『大韓每日申報』刊行에 대한 一考察」,『한국개화사의 제문제』일조각, 1986, pp.246-247.

한정되었다. 언더우드Horace Grant Underwood·알렌·헐버트·씰은 모두 미국 출신의 선교사 혹은 공사였고, 에비슨Oliver R. Avison은 캐나다인 선교사, 이사벨라 버드 비숍은 영국의 성공회인 여행가였고, 베델은 영국의 언론인이었다. 셋째 선생이 연구한 종교인은 이동인·탁정식처럼 불교 승려도 있으나 대부분이 기독교인이었다. 외국인은 미국 장로교 선교사인 알렌과 언더우드, 캐나다 장로교 선교사인 에비슨, 미국 회중 교회(청교도) 출신 선교사 헐버트를 연구하였다. 그리고 한국인으로는『마가福音』을 번역한 이수정, 정동제일교회 감리교 목사인 최병헌, YMCA 종교부장·교육부장과 총무로 활동한 이상재, 평양의 장로교 장천교회 목사로 활동한 한석진 등이었다. 장로교 기독교인이 압도적으로 많은데, 이는 이광린 선생이 장로교 계통의 연세대학교에서 수학하고 교수로 생활한 배경과 관계가 깊을 듯하다.

4. 인물사 연구의 특징

1) 해외 자료의 활용과 현장 답사

이광린 선생은 폭넓은 국내의 자료를 활용하였다. 먼저『高宗實錄』·『承政院日記』·『日省錄』·『官報』·『統理交涉通商事務衙門日記』·『舊韓末外交文書』·『修信使記錄』·『推案及鞫案』·『大韓帝國官憲履歷書』·『舊韓國官報』등의 관찬 사료를 활용하였다. 그리고 김윤식의『陰晴史』·『續陰晴史』, 황현의『梅泉野錄』, 박은식의『韓國痛史』, 최남선의『古史通』, 정교의『大韓季年史』등의 사찬 사서와 개인의 일기와 문집을 활용하였다.

또 『漢城週報』·『皇城新聞』·『獨立新聞』·『大韓每日申報』·『大韓民報』·『萬歲報』·『共立新報』, 『大朝鮮獨立協會會報』·『大韓自强會月報』·『畿湖興學會月報』·『神學世界』 등의 신문과 잡지를 활용하였다.[23] 강위의 경우 1873년 12월 冬至使 鄭健朝를 따라 북경에 갔다가 다음 해 5월 돌아올 때까지의 일기인 『北游日記』·『北游草』·『北游談草』·『北游續談草』와 시문집 『古懽堂收草』를 활용하였다.[24] 朴齊絧과 裴此山의 활동을 다루면서 박영효의 『使和記略』과 강위의 시문집인 『古懽堂集』을 활용하였다.[25] 또 「개화당의 형성」에 대한 글에서 『이광수전집』, 『서재필자서전』, 『兪吉濬全書』, 동국대학교 불교사학연구실에서 낸 『臟外襍錄』의 「東師列傳」, 金正喜의 『阮堂集』, 박규수의 『瓛齋集』, 김옥균의 『甲申日錄』, 『尹致昊日記』, 『修信使日記』 등을 활용하였다.[26] 이 외에도 서재필의 개화사상을 알아보면서 『서재필박사자서전』·『윤치호일기』 등을 활용하였고,[27] 윤치호의 일본 유학을 살피면서 『朴定陽全集』을 이용하고, 송촌 지석영을 다루면서 『지석영전집』을 활용하였다.[28]

이뿐만 아니라 이광린 선생은 일본 간행의 자료와 문서, 일본 소재의 문서와 비문 등을 적극 활용하였다. 선생이 인물사 연구에서 활용한 일본어 자료는 첫째 일본 외무성에서 1937년 이후 발간한 『日本外交文書』와 金正明선생이 편집하여 발행한 『日韓外交資料集成』(巖南堂書店, 1966)

---

23 『한국개화사연구』, 일조각, 1969 ; 『開化黨研究』, 일조각, 1973 ; 『한국개화사상연구』, 일조각, 1979 ; 『개화기의 인물』, 연세대학교 출판부, 1993.

24 「강위의 저작물」, 『한국개화사상연구』, pp.11-14.

25 「『近世朝鮮政鑑』에 대한 몇 가지 問題」, 『한국개화사연구』, p.246, 269.

26 「개화당의 형성」, 『開化黨研究』.

27 「서재필의 개화사상」, 『한국개화사상연구』, pp.102-103.

28 「윤치호의 일본유학」, 『동방학지』 59, 1988 ; 『개화파와 개화사상 연구』, 일조각, 1989, p.49 ; 「송촌 지석영」, 『개화기의 인물』, p.168.

등의 외교 관련 자료집, 둘째 『福澤諭吉全集』(岩波書店, 1969-1971), 東京都立大學 圖書館에 있는 『花房義質關係文書』 등 유명 정치인 관련 자료집, 셋째 『朝日新聞』, 『朝野新聞』, 『東京橫濱每日新聞』, 『萬朝報』, 『漢城新報』, 『朝鮮新報』, 『新聞集成明治編年史』 등의 신문과 신문으로 본 편년사, 넷째 興亞會에서 낸 『興亞會報』·『興亞會報告』·『興亞公報』, 고균회에서 펴낸 『古均』, 일본의 기독교에서 낸 『六合雜誌』 등의 잡지를 활용하였다. 다섯째 개인과 기관이 펴낸 단체와 기관 관련 책자를 이용하였다. 마에지마 히소카前島 密가 쓴 『郵便創業談』(日本遞信協會, 1936) 일본 東本原寺의 오쿠무라 엔싱奧村圓心이 쓴 『朝鮮國布敎日誌』(1880), 大谷派本原寺의 朝鮮開敎監督部가 편찬한 『朝鮮開敎五十年誌』(京都： 1927) 등을 활용하였다. 여섯째 당시 한국인 연구자가 거의 이용하지 않던 日本 外務省外交史料館의 「韓國亡命者 金玉均の動靜關係雜件(2)」 (1886. 8. 8)이란 자료를 활용하였다. 일곱째 개화기의 한국인 및 일본인, 그리고 근대 문물과 관련된 연구서와 논문을 활용하였다.[29]

　　일본어 자료 외에 대만에서 간행된 중국 관련 자료를 이용하였다. 「민비와 대원군」을 비교하여 설명하면서, 대만에서 출간된 이홍장 관련 자료인 『李文忠公全集』(臺北：文海出版社, 1921), 『淸光緒朝中日交涉資料』(臺北：文海出版社, 1932)를 활용하였다.[30] 그리고 「김옥균의 저작물」을 검토하면서, 『淸光緒朝中日交涉史料』 권 9(434)의 「北洋大臣來電」의 도움을 받았다.[31]

　　이광린 선생은 국내와 해외에서 간행된 영어 자료를 폭넓게 활용하였다. 선생이 이용한 자료는 첫째 국내와 해외에서 외국인이 발간한 선

---

29 앞서 살핀 이광린 선생의 개화사 관련 저술 8권.
30 「민비와 대원군」, 『개화기연구』, p.149.
31 「김옥균의 저작물」, 『개화당연구』, p.199.

교 관련 영문 잡지이다. 미국 북감리교 한국선교부가 1892년 1월부터 1898년 12월까지 발간한 최초의 월간 영어 잡지 *The Korean Repository*, 재한선교사가 1905년 11월부터 1941년 11월까지 발간한 월간지 *The Korean Mission Field*, 미국에서 발간되던 선교잡지 *The Missionary Review of the World*가 바로 그것이다.[32]

둘째 미국 공사관의 외교문서와 해군 문서 등을 활용하였다. 주한미국공사관 무관 포크George C. Foulk가 미국 국무성의 푸트Foote에게 보낸 *Report of Information Relative the Revolutionary Attempt in Seoul* (1884.12.17.). 해군 대위 버킹엄과 주한미국공사관 무관 퍼크와 해군 장교 월터 맥린이 1882년 7월 3일부터 9월 8일까지 한국 연안, 일본과 한국의 항구, 시베리아를 관찰한 보고서(B. H. Buckingham, George C. Foulk and Walter McLean, *Observation upon Korean Coast, Japanese-Korean Port, and Siberia made during a Journey from the Asiatic Station to the United States through Siberia and Europe, June 3 to September 8, 1882*, Government Printing Office, Washington D. C., 1883.)가 그 사례이다.

셋째 개인의 편지와 회고록과 전기를 활용하였다. 그 예는 다음과 같다.

> Yu Kil Chun's Letters to Edward S. Morse(1884-1896, 19개(유길준)이 모스에게 보낸 편지)
> Edward S. Morse, *Japan Day by Day*, Houghton Mifflin Company, Boston and New York, 1917(모스의 『일본에서의 나날』)
> Percival Lowell, *Chosön, the Land of Morning Calm*, 1885(퍼시벌 로웰의 『조선, 고요한 아침의 나라』)

---

32 앞서 살핀 이광린 선생의 개화사 저술 8권과 언더우드와 에비슨의 전기. 이 문단 이후의 영어 관련 자료에 대한 설명도 동일함.

Isabella Bird Bishop, *Korea and Her Neighbour*(1905 ; reprinted by
　　Yonsei University Press, 1970) (이자벨라 비숍의『조선과 그 이
　　웃 나라들』)

Lillias Horton Underwood, *Fifteen Years Among the Top-Knots*, American
　　Tract Society, New York, 1904(언더우드 부인이 간행한『상투
　　사이에서 보낸 15년』)

Joseph Henry Longford, *The Story of Korea*, London, 1911(영국 영사
　　조셉 헨리 롱포드의『한국이야기』)

George William Gilmore, *Korea from Its Capital*, Presbyterian Board of
　　Publication and Sabbath School Work, Philadelphia, 1892(선교
　　사 조지 윌리엄 길모어의『서울 풍물지』)

O. R. Avison, *Memoirs of Life in Korea*(에비슨의『서울 생활의 추억』,
　　타이프 자료(448페이지), 연세대 백낙준 장서 소장)

넷째, 다음과 같이 타인이 쓴 인물에 대한 전기와 연구서를 활용하
였다.

Channing Liem(임창영), *America's Finest Gift to Korea, The Life of Philip
　　Jaisohn*, The William-Frederick Press, New York, 1952(林昌榮,
　　『서재필의 생애』)

Anna M. Stoddart, *The Life of Isabella Bird*(*Mrs. Bishop*). 1906(안나 M.
　　스토다트,『이사벨라 버드의 생애』(1906)

Lillias H. Underwood, *Underwood of Korea*, Fleming H. Revell Company,
　　New York, 1918(언더우드 부인,『한국에서의 언더우드』)

L. George Paik, *The History of Protestant Mission in Korea, 1832-1910*,
　　Pyeng Yang, Korea, 1929(白樂濬,『한국 개신교 선교사, 1832-
　　1910』)

Clarence Norwood Weems, *The Korean Reform and Independence*

Movement, 1881-1898(Unpublished Dissertation, Columbia University, 1954. (클레어런스 노우드 윔스, 『한국의 개혁과 독립운동, 1881-1898』, 콜롬비아대학 박사학위논문, 1954)

Andrew Malozemoff, *Russian Far Eastern Policy, 1881-1904, with special emphasis on the causes of the Ruso-Japanese War,* University of California Press, Berkeley and Los Angeles, 1958(앤드류 말로제모프, 『러시아의 극동정책, 1881-1904』)

Jerome Ch'en, *Yuan Shih-k'ai*, Stanford University Press, 1961(제롬 첸, 『원세개』)

Oscar Jewell Harvey, *A History of Wilkes-Barre, Luzerne County, Pensylvania*, Raeder Press, 1930. 이광린 선생의 책에는 *A History of Wilkes-Barre and Yoming Valley(1930)*라고 되어 있음.

Knight Biggerstaff, *The Earliest Modern Government Schools in China*, Cornell University Press, Ithaca, New York, 1961. (나이트 비거스태프, 『중국 최근대기 관립 학교』)

Donald N. Clark, *Yanghwajin Seoul Foreigner's Cemetery, Korea, An Informal History, 1890-1984*(도날드 클라크, 『한국 서울 양화진의 외국인 묘지』, 1984)

다섯째 미국의 유학하거나 활동하던 곳에서 발간된 신문을 이용하였다. 유길준이 거주한 미국 매사추세츠주의 세일럼시에서 발간한 신문인 *The Salem News*, 그리고 변수가 메릴랜드대학의 농대를 졸업하고 워싱턴의 농무성에 취업하여 낸 보고서 "Agriculture in Japan"에 대해 평한 *Washington Evening Star*(1891.10.23)가 바로 그것이다.

이광린 선생은 인물사 연구에서 관련 인물이 유학하거나 활동하거나 거주한 장소를 답사하여 현장을 조사하는 내용에 관한 글을 여러 편 발표하였다. 먼저 이광린 선생은 유길준의 유물이 전시되어 있는 세일럼

Salem의 피바디 박물관Peabody Museum과 유길준이 유학한 덤머 아카데미를 답사하였다. 보스턴의 하버드대학교 옌칭연구소에서 연구하던 1967년 2월 말 선생은 보스톤에서 동북으로 30마일 정도 떨어진 세일럼의 피바디박물관에 갔다. 먼저 선생은 그곳에서 1,100개에 달하는 한국 관련 유물 중 유길준에 관한 것을 조사하였다. 이어 장남 萬兼이 쓴 「略傳」에 나오는 '덤마淡馬'라는 발음과 비슷한 학교가 근처에 있는지 피바디박물관의 직원에게 물어서, 수일 후 그것이 바이필드Byfield에 있는 가버너 덤머Dummer의 The Governer's Academy라는 것을 확인하였다. 선생은 그것을 알자마자 바로 덤머 아카데미에 가서 'Yu Kil Chun'이란 서명을 확인하였다.[33] 한편 선생은 피바디박물관에서, 1885년 일본에 유학하고 있던 유길준의 종제 兪亨濬이 유길준에게 보낸 서신을 확인하고 그 내용을 소개하기도 하였다.[34]

이광린 선생은, 유길준이 일본 망명 중(1896. 2-1907. 7) 유배되어 있었던 현장을 답사하였다.[35] 1986년 7월 7-8일 2일간 유길준이 3년간 유배되어 있던 하찌죠우지마八丈島를 찾아 그가 쓴 족자와 비문을 확인하였다. 그리고 유길준이 방문한 오가사와라 쇼도小笠原諸島 하하지마母島의 김옥균 거주지를 답사하였다.

마지막으로 또 이광린 선생은 1987년 피바디박물관에서 발견한 유길준의 서한을 보고, 1988년 1월 피바디박물관에 가서 원본을 확인하였다. 1987년 피바디박물관의 학예관 빈(Susan S. Bean)은 유길준이 1884년부터 1897년까지 피바디박물관 관장 모스에게 보낸 근 20통의 영문 서한을 발견하여 그 복사본을 유길준의 장손인 兪炳德에게 보냈다. 유병덕이

---

33 「미국 유학시절의 유길준」, 『韓國開化史研究』, 일조각, 1969, pp.284-287.
34 「一留學生의 書翰」, 『개화당연구』.
35 「일본 망명시절의 유길준」, 『개화파와 개화사상 연구』, 일조각, 1989.

유길준에 관심 있는 분에게 배부함으로써, 유영익교수가 「유길준과 갑오경장」이라는 논문에서 이 자료를 이용하였다. 이광린 선생은 이 자료의 사본을 얻어 확인하였고, 1988년 1월 미국에 방문하였을 때, 하버드대학 옌칭연구소에 방문교수로 가 있던 김동욱 교수와 함께 피바디박물관에 가서 원본을 확인하였다. 그 결과 사본에 빠진 하나의 편지를 발견하고, 총 19통 서한의 서지사항을 정리하기도 하였다. 이후 돌아와 서한의 내용에 대한 글을 발표하였다.[36]

이광린 선생은 1967년 3월 말 워싱턴의 스미소니언박물관에 가서 350점의 한국 관련 유물을 확인하고 그 수집 경위를 조사하여 소개하였다. 1981년 간행된 『스미소니안박물관보고서』*Report of National Museum*에 의해서, 버나도·알렌·쥬이가 이 유물을 수집한 것을 확인하고, 선생은 유물에 대한 설명을 서재필·서광범·변수가 한 것으로 추정하였다.[37]

이광린 선생은 1984년 미시간 대학을 방문한 김에 1894년 2월부터 1987년 7월까지 駐韓辨理公使 겸 總領事로 활동한 씰John Mahalem Berry Sill(1831-1901)이 채집한 나비 등의 곤충이 보관되어 있다고 하는 박물관을 찾았다. 그곳에서 씰이 기증한 나비는 찾지 못하였으나 '벤트리 역사도서관'에 그의 편지가 있다는 이야기를 듣고 찾아가 '씰 문서'와 누나와 딸에게 보낸 편지를 확인하였다. 또 이스턴 미시간 대학Eastern Michigan University에서 씰이 보낸 나비 등 곤충과 표범 가죽의 소재를 찾아보기도 하였다.[38]

이광린 선생은 1989년 1월 펜실베니아주 월크스베어Wilkes-Barre시

---

36 「유길준의 영문서한」, 『동아연구』 14집, 1988.7, 『개화파와 개화사상 연구』, 일조각, 1989.
37 「스미소니안博物館의 韓國 유물」, 『개화당연구』, 일조각, 1973.
38 「미시간대학에 있는 '씰' 공사의 서한」, 『개화파와 개화사상 연구』.

에 가서 서재필이 다닌 해리힐맨고등학교를 찾아 나섰다. 그는 시립도
서관에서 '*A History of Wilkes-Barre and Wioming Valley*'(1930)라는 책
에서 서재필의 재정보증인이었던 해리힐맨고등학교의 설립자 홀렌백에
대한 사진과 약력을 복사하였다. 또 와이오밍 초급학교Wyoming
Seminary Lower School의 교사로 활동한 숄츠 여사를 통해 홍수로 해리
힐맨 고등학교의 서류가 소실되었다는 이야기를 듣고, 해리힐맨 고등학
교 예비과정(Preparatory Department)의 1887년 4학년 명단에서 'Phlip
Jaisohn, Seoul, Corea'라는 기록을 확인하였다. 또 그녀의 안내로 지금은
아파트로 쓰이는 해리힐맨 고등학교를 답사하였다. 그리고 윌크스베어의
고문서를 소장하고 있는 와이오밍 지질·역사학회Wyoming Geological
and Historical Society에 가서 해리힐맨 고등학교(1891년) 사진을 획득하
기도 하였다.[39]

이광린 선생은 1991년 1월 27일 동경에서 국립교육연구소의 아베 히
로시阿部洋를 만나 그로부터 얼마 전 아사히신문사朝日新聞社에서 야마나
시현山利縣 昇仙峽에 있는 유길준의 유품을 함께 조사하자는 요청이 있어
자신을 추천했다는 이야기를 듣고 수소문하였으나 연락이 없었다. 캐나
다와 미국에 갔다가 귀국한 2월 중순, 선생은 서울의 아사히신문사 지국
에 전화를 걸어 본사에서 연락이 없었음을 확인하고 직접 확인하고자
하였다. 한일문화교류기금의 金秀雄 국장으로부터 昇仙峽에 관한 지도
를 획득하고, 阿部洋의 동행을 얻었다. 이후 선생은 아베와 향토사가 야
자키 카쯔미矢崎勝己, 朝日新聞社 甲府 지국 키미지마 히로시君島浩 기자와
함께 카나자쿠라 신사金櫻神社 아래의 계곡에서 여관과 식당을 운영하는

---

39 「'해리 힐맨' 고등학교를 찾아서」, 『서재필과 한국민주주의』(대한교과서 주식회
　사, 1990. 5), 『개화기연구』, 일조각, 1994, pp.114-122.

아이하라 카쯔히토相原勝仁를 만나 유길준이 머물던 여관 주인인 그의 조부에게 준 "蓬萊洞天 矩堂 兪吉濬"이라고 쓴 액자와 "聞昔六鰲流 不知何處去 今來見此山 疑有遊仙侶 矩堂居士 兪吉濬"이라는 족자를 발견하였다. 그리고 전 과정을 그해 11월 일본 동경에서 발간되던 『靑丘』 10호에 발표하였다.[40]

그리고 이광린 선생은 언더우드에 대한 글을 쓰기 위하여 언더우드가 나온 대학과 신학대학을 답사하였다. 뉴욕대학New York University과 뉴브런즈윅 신학대학New Brunswick Theological Seminary에서 언더우드의 성적표와 학교목록(Catalogue)을 얻은 선생은 1990년 1월 7일부터 13일까지 일주일간 프린스턴 신학교Princeton Theological Seminary 도서관에서 언더우드가 선교잡지에 기고한 글을 수집하였다. 그리고 마펫Samuel A. Moffet, 馬布三悅)목사의 아들인 사뮤엘 H. 마펫Samuel H. Moffett으로부터 초기 선교사 자료를 획득하고, 프린스턴대학에서 박사학위논문을 쓰던 윤병남 교수와 필라델피아에 있는 '장로교 역사 자료관The Presbyterian Historical Association을 방문하여 각종 자료를 획득하였다. 이어 언더우드가 수학한 뉴브런즈윅신학교와 뉴욕대학, 그의 묘지가 있는 그로브 교회Grove Reformed Church와 영결식을 행한 브루클린시 라피에트가의 장로교회를 방문하였다. 그리고 호튼 여사에 관한 자료를 얻기 위해 선생의 동생 이육린과 노스웨스턴대학North Western University의 의과대학 도서관을 찾았다.[41]

---

40 「昇山峽에 남아 있는 兪吉濬의 墨書」, 『靑丘』 10, 1991 : 『開化期研究』.
41 『초대 언더우드 선교사의 생애』, 연세대학교 출판부, 1991, ⅰ-ⅳ, 〈머리말〉.

2) 온건적 개화운동의 역할 존중

이광린 선생은 해외에 留學하거나 시찰하고 외국의 신사상과 신문물을 수용하거나 도입하고, 이를 통해 한국의 개화와 근대화에 기여한 인물을 비중 있게 다루었다. 專稿로 발표한 인물로 유길준, 윤치호, 변수, 서재필, 안종수, 이수정, 김학우가 있다.

이광린 선생은 유길준이 1883년 報聘使의 隨員으로 도미하여 보스턴 동북 50여km 떨어진 바이필드에 위치한 거버너스 아카데미The Governor's Academy, Dummer Academy에서 유학한 내용에 대하여 발표하였다.[42] 보빙사 수행원인 유길준이 전권대신 민영익의 도움으로 국비유학생에 선정되고, 피바디박물관 관장 에드워드 모스Edward Sylvester Morse (1838-1825)에게 영어를 지도받고, 1884년 9월 중순 유명한 기숙학교인 거버너스 아카데미에 입학하여 갑신정변 다음 해인 1885년 6월까지 수학한 내용을 밝혔다.

또 1881년 신사유람단의 일원으로 일본에 가서 후쿠자와 유키치福澤諭吉가 경영하는 慶應義塾에서 수학한 兪吉濬, 柳正秀와 달리 나카무라 마사나오中村正直가 경영하던 同人社에서 유학한 尹致昊의 일본유학에 대해서 연구하였다.[43] 그리하여 윤치호가 1881년 同人社에서 일본어를 배웠고, 1882년 다시 일본에 가서 일본인 간다 나이부神田乃武 등으로부터 영어를 배우고 공리주의와 기독교 사상을 수용하였으며, 귀국하여 주한미국공사관 푸트Louis H. Foote의 통역관으로 활동하였음을 알려주

---

[42] 「美國 留學時節의 兪吉濬」, 『한국개화사연구』 : 「유길준의 영문서한」, 『개화파와 개화사상 연구』.

[43] 「尹致昊의 日本留學」, 『개화파와 개화사상 연구』, 일조각, 1989.

었다.

미국에 유학하여 최초로 농업 분야 학사학위를 취득한 邊燧도 이광린 선생의 연구 대상이었다.[44] 이광린 선생은 중인 출신인 변수가 갑신정변 가담 후 일본에 망명하였다가 도미하여 1887년 9월 메릴랜드주 농과대학에 입학하여 1891년 6월 졸업한 후, 미국 농무부에서 「일본의 농업」(Agriculture in Japan) 등에 관한 조사를 하다가 불의의 교통사고로 1891년 10월 22일 사망한 사실을 소개하였다.

이광린 선생은 서재필이 1883년 6월 일본 戶山陸軍學校에 입학하여 1년간 군사기술을 배우고 돌아와 操鍊局을 설치하여 군인을 양성한 것을 究明하였다. 그리고 갑신정변 후 미국에 가서 Y.M.C.A.에서 노동을 하며 영어를 배우고, 1886년 9월 펜실베니아 윌크스베어 소재 '해리 힐맨' 고등학교에 4학년으로 입학하여 1889년 6월 졸업하고, 1889년 9월 펜실베니아주 이스튼Easton시에 있는 라피엣Lafette 대학에 입학하여 1년간 교양과정을 밟고, 1890년 9월 워싱턴에 가서 컬럼비아의과대학(오 현재의 George Washington 대학교의 의과대학) 야간부에서 의학교육을 받고 졸업한 과정을 소개하였다.[45]

안종수가 1881년 신사유람단 趙秉稷의 隨員으로 東京에 가서 농학자 쯔다 센津田仙을 만나 그의 저작『農業三事』등을 통해 서양농법을 배우고 돌아와 農書를 발간한 내용도 소개하였다.[46] 이 글에서 이광린 선생은 안종수가 귀국하여 1885년 廣印社에서 발간한『農政新編』은 작물의 특성과 토양의 성질과 비료를 활용한 재배법 등 서양의 근대농법을 소개한 최초의 책이란 점에서 한국의 농업기술사에 있어 가치가 높다고

---

44 「韓國 最初의 美國大學 卒業生 邊燧」,『韓國開化史의 諸問題』, pp.64-90.
45 「서재필의 개화사상」,『한국개화사상연구』, pp.101-108.
46 「安宗洙와 農政新編」,『한국개화사연구』, pp.226-233.

평가하였다.

그리고 이광린 선생은 일본 시찰단으로 일본에 가서 기독교에 입교하여 성경 번역 활동을 한 종교·문화적 선도자 李樹廷의 출신과 활동을 소개하고 그 의미를 평가하였다.[47] 이 글에서, 선생은 이수정이 1882년 수신사 일행인 閔泳翊의 隨員으로 일본에 가서 농학자이며 기독교 지도자인 쓰다 센津田仙을 만나 기독교를 수용하고, 1883년 '露月町敎會'에서 야스카와安川 목사의 주재하에 세례를 받고, 『懸吐漢韓新約聖書』(1884)와 『마가福音』(1885)의 번역·발간에 도움을 주었다고 하였다. 그리고 그의 이 활동은 기독교 선교사에 길을 닦아주고 다리를 만들어줌으로써 기독교 포교에 기여한 것이라고 의미를 부여했다.

또 함북 경흥 출신으로 노령 연해주로 이주한 金鶴羽가 우리나라 전기통신기술의 도입과 발전에 기여한 사실을 연구하였다. 그리하여 함북 경흥에서 1862년에 출생한 김학우가 1871-1872년 연해주에 이주하여 생활하다가 1876년 9월에서 1878년 4월까지 일본에서 무급 어학교사로 활동하였고, 1884년 조선의 기기국 위원에 선임되어 일본에 가서 전신기술을 배우고 돌아와 전신부호 등 전신기술의 확산에 기여하고, 서울-인천, 서울-의주 간의 전선 가설에 이바지했음을 밝혔다.[48]

이 외에 이광린 선생은 일본에 유학한 한국인에 대한 관심에서, 아베 히로시阿部洋가 이미 다룬 갑오경장 뒤 일본에 유학한 한인을 제외하고, 「개화초기 한국인의 일본유학」에 대하여 연구하여 발표하였다. 이 글에서 1881년에서 1884년까지 4년간 일본에 파견된 67명의 이름과 이들이

---

47 「이수정의 인물과 그 활동」, 『사학연구』 20, 1968. 9., 『한국개화사연구』, pp.235-250.

48 「구한말 노령 이주민의 한국정계 진출에 대하여 : 金鶴羽의 활동을 중심으로」, 『역사학보』 108, 1985 : 『한국개화사의 제문제』.

유학·견학·시찰·연마·습득한 분야를 알려주었다.[49]

　이광린 선생은 급진개화파인 개화당의 갑신정변 전 국왕의 신임획득, 문화사업, 외교활동과 차관교섭 같은 활동에 주목하였다. 문화사업으로 행한 유학생파견, 신문 발간의 계획과 도로정비, 치안 제도의 개혁과 군대양성, 우정사업의 개설 등의 활동을 보여주었다. 외교활동으로 균세론에 입각한 외국과의 수교와 외국 시찰과 외교사절과의 교류 등을 제시하였다. 또 재정난을 해결하기 위해 일본 정부와 미국 무역상사로부터 차관을 도입하려고 한 노력을 보여주었다.[50] 그러니까 이광린 선생은 급

---

49 「개화초기 한국인의 일본유학」, 『한국개화사의 제문제』, 일조각, 1986. 1881년 신사유람단으로 일본에 유학한 사람으로 兪吉濬·柳定秀·尹致昊 외에, 魚允中 수행원 金亮漢, 조사 金鏞元, 朴定陽의 수행원 王濟膺, 김용원의 수행원 孫鵬九, 李元會의 수행원 宋憲斌·沈宜永이 있었다. 김용원 외 5명은 시나가와(品川)공작 분국(硝子製造所)에서 약병과 화병의 제조술을 견학하고, 오사카(大阪)제조국에서 금은분석술을 연구하였다. 7월에는 사인 鄭重羽와 通事 金采吉이 세관 규칙을 배우기 위해 나가사키에 유학하였고, 11월에는 張大鏞·申福模·李銀乭(李銀石)이 하사관교육을 받기 위해 유학하였다. 1882년 4월 김옥균이 처음 도일할 때 權昌植·李宜果(李允果)·金東樟·邊燧 등도 일본에 갔는데, 이 중 변수는 화학과 양잠학을 공부하였다. 이해 8월 김옥균이 두 번째 일본에 갈 때 함께 간 金東檍 등 10명 중 朴命和는 慶應義塾, 朴裕宏은 육군사관학교, 金華元은 製革社 西村組, 金和善은 造鑿所에 유학하였다. 이해 5월에는 徐載弼·申應熙·林殷明·鄭行徵·申重模·白樂雲·李秉虎·李建英·李圭完·尹泳觀·鄭蘭敎·朴應學·河應善·鄭鍾振 등 17명이 도야마(戶山)육군학교에 입학하여 1년간 군사교육을 받고 귀국하였고, 8월에는 白喆鏞과 玄暎雲, 11월에는 兪性濬·徐光轍·全良默·李鳳弼·李圭禎 등이 유학하였다고 한다. 1883년 김옥균이 세 번째 도일할 때 兪亨濬·徐載昌·南興喆이 함께 가서 서재창은 양잠학과 영어를, 남흥철은 의학을 공부하였다. 그리고 1884년 4월 具然壽가 일본에 가서 동경제국대학에 들어가 탐광과 야금을 전공하고, 7월에 朴泳斌이 법률을 공부하기 위해서, 8월에는 徐景弼·安駉壽 등 2명이 오사카에 가서 포병공장에 가서 총포주조법을 배우려고 하였음을 밝혔다. 이외에도 高長德·卞聲淵·高永憲·金益昇·趙昶敎·鄭勳敎·朴泳祐·兪頌默·李啓弼·金浩然·金漢琦 등의 유학생도 있었다.

진개화파도 급진개혁에 앞서 온건적 개화운동에 주력했음을 보여주고자 하였던 것이다.

이광린 선생은 1992년 연세대학교 국학연구원에서 '개화기인물연구'라는 대주제로 1학기에 유길준·남궁억·어윤중·김홍집·박영효를, 2학기에 서광범·지석영·최병현·이상재·김가진·김옥균을 강연하였는데[51] 김옥균과 박영효와 서광범을 제외하면 모두 온건개화파였다. 개화운동에 있어서 온건적 개화운동의 역할이 더 큼을 단적으로 보여주는 징표라 생각된다. 이광린 선생은 "개화파라 하면 김옥균·박영효 등의 급진파만을 생각하기 쉽지만 어윤중과 같은 온건파도 있었다. 개화기에는 온건파가 더 오래 실권을 장악하고 일을 추진하였던 것이다."[52]라고 하여 온건적 개화운동의 역할을 존중하였다.

3) 중간계층의 개화사상 확산과 양반층의 개화운동 주도

이광린 선생은 개화사상의 형성과 전파에 있어서 무엇보다 중인의 역할에 주목하였다. 韓醫 劉大致(劉鴻基, 1831-?)와 譯官 吳慶錫(1831-1979)이 오경석이 중국에서 갖고 온 『海國圖志』·『瀛環志略』 등 서구의 사정을 알려주는 각종 신서를 읽고, 자국의 풍전등화와 같은 현실을 자각하고 일대 혁신의 필요성을 인식하였다. 그리고 개혁을 성공시키기 위해서 북촌의 양반자제 중에서 동지를 구하여 혁신의 기운을 일으키고자 하였다는 것이다.[53]

---

50 「개화당의 형성」, 『성곡논총』 3, 1972 : 『개화당연구』, pp.33-65.
51 『개화기의 인물』, 연세대학교 출판부, 1993, p.3 〈머리말〉.
52 「一齋 魚允中(1848-1896)」, 『개화기의 인물』, p.64.
53 「숨은 개화사상가 유대치」, 『개화당연구』, pp.72-73.

　이광린 선생이 초기의 개화사상가로 주목한 다른 인물은 무반 출신의 姜瑋(1820-1884)였다. 강위가 武班 출신으로 武科에 합격하여 무관을 할 자격이 있으나, 무관은 대체로 가난하듯이, 그의 집안도 가난하였다고 보았다. 또 강위가 유배 중인 실사구시적 실학자 김정희를 찾아가 師事하였다고 하였고, 세상을 돌아다니면서 현실문제를 자각하고, 1860년대 특히 병인양요를 겪은 후 국가의 현실문제에 대해 비상한 관심을 가지기 시작한 것으로 보았다. 그리고 1873년 12월과 1874년 12월 중국을 방문한 후 사상적 전환을 하여 화이관에서 탈피하여 '諸國平行之權'에 따라 국제사회 속에서 한국의 위치를 찾으로 하였다고 하였다.[54] 이광린 선생은 當世之務, 時務를 開化로 인식한 강위가 摠戎使 申櫶에게 방위대책을 건의하고, 강화도조약의 체결 시 신헌과 박규수를 보좌하고, 1880년 金弘集이 수신사로 일본을 갈 때 서기로 수행하였다고 하였다.[55] 이러한 점을 토대로 이광린 선생은 姜瑋와 같은 한미한 武班 출신의 인물이 신헌·김홍집 등 문반 출신 고관과 俞吉濬·邊燧 등의 개화사상 형성에 도움을 주었다고 주장하였다. 다만 이광린 선생은 강위의 개화사상 형성이 독자적인 것으로 보기보다 중인과의 접촉·영향이 작용된 것으로 보았다.[56] 일본에서는 후쿠자와 유키치福澤諭吉(1835-1901)와 요시다 쇼인吉田松陰 등 하급 무사 출신의 인물이 일본의 개화에 공헌한 사실이 분명함에도, 이광린 선생은 한국의 경우에 그 부분을 드러내어 강조하지 않았다.

　또, 이광린 선생은 당시 한국사회의 신흥중산계층 상인이 외래사상

---

54 「한국에 있어서의 『만국공법』의 수용과 그 영향」, 『동아연구』 1, 1982 : 『한국 개화사의 제문제』, p.151.
55 「강위의 인물과 사상」, 『개화사상연구』, pp.3-32.
56 「강위의 인물과 사상」, 『개화사상연구』, pp.41-44.

을 받아들이는 데 적극적이었다고 하였다. 그 대표적 인물은 서울의 상인 출신으로 일본에서 기독교에 입교하고 『마가福音』을 번역하여 국내에 전파한 종교적 개화사상가 李樹廷(1842-1886)이었다. 이광린 선생은 이수정에 대한 연구에서 "양반이 권위의식에 사로잡혀 낡은 전통에 얽매여 있는 데 반하여, 商人은 당시 한국사회의 신흥 중산계층이었던 만큼, 대담하게 외래종교를 받아들이게 되었을 것이다"라고 보았다.[57]

이광린 선생은 개화운동 초기에 개화사상을 지니고 개화사상을 고취한 인물로 불교 승려인 李東仁과 卓挺埴을 특별한 관심으로 고찰하였다. 이광린 선생은 이동인이 김옥균의 심부름꾼이 아니라 "衣衿頭髮 모두 顯堂之官吏 또는 書生과 같고" 새로운 사상을 갖고 있고, 한국이 나아갈 방향에 대하여 하나부사 요시모토花房義質에게 당당하게 말해주는 사상가 혹은 경략가라고 하였다.[58] 그리고 이동인이 1879년 일본 승려의 안내로 일본에 가서 교토 혼간지本願寺에 머무르며 일본어를 배우고 일본사회를 관찰하며 부단히 김옥균·박영효에게 서적을 보내었고, 민영익과 교류하고 국왕을 알현하여 국정과 세계 각국의 정세에 대하여 상주하였다고 하였다.[59] 또 백담사 승려 출신의 밀사 탁정식이 1880-81년 일본 교토의 혼간지에 가서 이동인 및 오쿠무라 엔신奧村圓心과 이야기를 나누고, 고베 영국영사관 영사 애스턴W. G. Aston과 도쿄 영국영사관 서기관 사토E. N. Satow 등과 교류하고, 청국공사관의 何如璋을 예방하였다고 하였다. 또 탁정식이 1881년 이후 東京外國語學校의 한국어교사로 활동하면서 김옥균 등에게 일본의 실정을 알려주고, 김옥균의 차관 교

57 「이수정의 인물과 그 활동」, 『사학연구』 20, 1968 : 『한국개화사연구』, p.243.
58 「개화승 이동인에 관한 새 사료」, 『동아연구』 6, 1985.10, 『한국사의 제문제』, p.14.
59 「개화승 이동인」, 『창작과 비평』, 1970년 가을호 : 『개화당연구』, pp.93-97.

섭을 도와주는 등의 활동을 하다 1884년 사망하였다고 하였다.[60] 요컨대 불교 승려였던 이동인과 탁정식이 새로운 사상을 지닌 사상가 혹은 경략가로 김옥균·박영효, 그리고 고종에게 세계의 정세를 알려주고, 조선의 나아갈 방향에 대해서 알려주었다는 것이다.

이처럼 이광린 선생은 개화사상의 형성과 고취에 있어서 중인, 하급 무반 출신의 무인, 신흥상인, 기독교인과 승려 등 종교 지식인에 관심을 두어 살폈다. 그런데 그 역할에 있어 이광린 선생은 중인을 특별히 강조하고, 가난한 무인과 신흥상인과 기독교인·승려는 참작하였다. 요컨대 이광린 선생은 중인 중심의 중간계층이 개화사상을 형성하고 고취하였다고 보았다. 이런 점에서 이광린 선생은 '중간계층의 개화운동 선도'라는 사관을 가졌던 것 같다.

다만 '개화운동의 主導'에 대한 생각은 다르지 않았나 싶다. 선생이 1992년 연세대학교 국학연구원에서 '개화기 인물연구'라는 주제로 강연한 유길준·남궁억·어윤중·김홍집·박영효(1학기), 서광범·지석영·최석영·이상재·김가진·김옥균(2학기)은 모두 양반 출신이었다. 유길준은 조부 俞致弘이 靑松府使, 부 俞鎭壽가 承政院 同副承旨였다. 남궁억은 아버지 南宮泳이 종5품의 中樞都事인 무인 집안 출신이었다. 어윤중은 아버지가 가난한 선비였으나 1869년 3월 과거에 병과로 합격한 양반이었다. 김홍집은 아버지 李永爵이 이조판서를 지낸 서울 북촌의 소론 명문가 출신이었다. 박영효는 양반으로 1872년 철종의 딸 永惠翁主와 결혼한 부마였다. 서광범은 증조부 龍輔가 영의정, 조부 戴淳이 예조판서, 부 相翊이 이조참판을 지낸 명문가 출신이었다. 지석영은 가난한 선비 池翼龍의 4남이었고, 최병헌도 몰락한 양반 崔永來의 아들이었다. 이상재도 아버

---

60 「탁정식 론」, 『개화기연구』, pp.70-82.

지 李義宅이 繕工監 監役을 지낸 양반 출신이었다. 김가진도 그 아버지가 예조판서를 지낸 양반이었다. 그리고 김옥균은 안동김씨로 생부가 서당 훈장이고 양부가 음직으로 강릉부사를 지냈으나 자신이 1872년 장원급제한 양반이었다.[61]

위의 11명의 인물 중 대부분은 1894-1995년 내각의 각료를 지냈다. 유길준은 내부대신, 어윤중은 군국기무처 위원과 탁지부대신, 김홍집은 영의정과 군국기무처 총재관, 박영효는 내부대신, 서광범은 법부대신, 이상재는 법부협판, 김가진은 농상공부대신을 지냈다. 이들은 갑오개혁 이후 국가의 법령을 제정하고 정책을 실시함으로써 근대적 개혁운동을 추진한 주역이었다. 이 외에 김옥균은 갑신정변에 실패하여 소기의 성과를 거두지 못하였으나, 지석영은 우두의 보급과 의학교 운영과 한글 연구 및 보급으로, 이상재는 황성기독교청년회의 교육부·종교부 위원장과 총무, 전진학교의 교장과 경신학교의 교사로, 최병헌은 정동교회의 전도사와 목사 및 배재학당·협성신학교의 교사와 교수, 그리고『제국신문』의 주필로 한국의 근대화에 기여하였다.[62] 그러니까 이광린 선생은 양반계층이 정부 내각의 각료로, 또는 의술·한글의 연구와 보급·교육·언론·종교 등 각종 분야의 주역으로 한국의 개화운동을 주도하였다는 견해를 가졌던 것으로 판단된다.

---

61 『개화기의 인물』, 연세대학교 출판부, 1993 ;『유길준』, 동아일보사, 1992 ;『김옥균』, 동아일보사, 1994. 김가진은 강연 내용이 확인되지 않아 신동준의「김가진」,『개화파열전』, 푸른역사, 2009을 참고하여 출신과 약력을 조사하였다.

62 『개화기의 인물』:『유길준』:『김옥균』.

4) 개화파의 사회진화론과 민주주의 수용 釋明

　　이광린 선생은 개화파의 개화사상을 소개하였다. 선생이 개화파의 사상을 알아보기 위해 선택한 인물은 유길준과 서재필이었다. 「유길준의 개화사상」, 「유길준의 문명관」, 「서재필의 개화사상」, 「서재필의 사상 - 영문판『독립신문』*The Independent*을 중심으로 - 」, 「구한말 진화론의 수용과 그 영향」, 「한국에 있어서의 민주주의 수용」 등을 통해, 선생은 개화파의 개화사상의 요체를 풀어서 설명하였다.

　　이광린 선생은 개화파가 수용한 사상의 핵심을 '社會進化論'으로 보았다. 다윈Chares Darwin(1809-1882)이『種의 起源』*The Origin of Species*(1859)에서 발표한 진화론은 동식물계의 부단한 생존경쟁에서 우승열패로 自然淘汰와 進化가 일어난다는 것이었는데, 스펜서Herbert Spencer(1820-1903)와 헉슬리Thomas Huxley의 사회진화론은 인간사회에서도 가혹한 생존경쟁과 적자생존이 이루어진다고 보는 설이었다. 구한말 사상계의 동향을 구명하는 작업으로, 선생은 사회진화론의 수용과 그 영향에 대하여 살펴보았다.[63] 이것은 사회진화론의 수용이 사회를 '大同社會'에서 '競爭社會'로 보는 패러다임의 혁명적 변화를 수반하였기 때문이다.

　　이광린 선생은 유길준이 일본과 미국에서 진화론자인 모스의 지도를 받고, 문명개화론자인 후쿠자와 유기치의 사상을 수용하여 사회진화론을 수용하였다고 보았다. 선생은 유길준이 쓴 「경쟁론」의 "집안에서 국가에 이르는 인간 만사가 경쟁을 통해 진보한다"는 주장, 그리고 유길준

---

63 「구한말 진화론의 수용과 그 영향」,『世界韓國學論叢』1, 1977 :『한국개화사상연구』, pp.256-257.

의 『西遊見聞』의 「開化의 等級」에 보이는 사회가 未開(야만)→半開→文明(開化)의 방식으로 진보하다는 견해가 바로 유길준이 사회진화론을 수용하고 있었음을 보여주는 것이라고 하였다.[64]

개화의 개념에 대해, 이광린 선생은 1880년대의 개화파 인물들이 대체로 "개화를 외국의 기술수용"으로 생각한 데 반하여, 1890년대의 서재필이 "개화란 만사를 실상대로, 그리고 공평하고 정직하게 생각하며 행동하는 것", 또 "개화란 새로운 것이나 특별한 것을 가리키는 것이 아니라, 기강과 질서가 잘 잡혀져 있는 사회상태"로 보고 있었다고 하였다.[65] 또 유길준이 개화의 개념을 '변혁과 진보'로 보기도 하지만, "인간의 모든 현상이 지극히 좋고, 지극히 아름다운 지경에까지 발전하는 것", 다시 말하면 "인간사회가 도덕적으로, 학문적으로, 정치적으로, 기술적으로 완성되는 것"으로 보았다고 하였다.[66] 그리고 유길준이 개화를 외국문화를 자기 나라의 실정에 맞게 섭취하고 소화할 뿐 아니라, 자기 나라의 우수한 문화도 계승 발전시키는 데 있다고 주장하였다고 하였다. 이런 점에서 이광린 선생은 유길준이 주장한 개화의 방식은 서양의 새 문화를 자기 나라의 현실과 실정에 적합하게 받아들일 뿐 아니라, 자기 나라의 우수한 전통문화를 계승 발전시켜 새로운 문화를 창조하려던 것이라고 하였다.[67]

이광린 선생은 민주주의의 수용에 대해서도 주목하였다. 사회진화론이 지배하는 사회에서 국가 간의 경쟁에서 이기기 위해서는 국민 모두의 실력양성이 필요하므로, 개화파 인물의 '민주주의' 수용에 주목한 것

---

64 「구한말 진화론의 수용과 그 영향」, 『한국개화사상연구』, pp.258-259.
65 「서재필의 개화사상」, 『동방학지』 18, 1978 : 『한국개화사상연구』, p.137.
66 「유길준의 개화사상」, 『역사학보』 75·76, 1977 : 『한국개화사상연구』, pp.80-81.
67 「유길준의 개화사상」, 『한국개화사상연구』, pp.82-83.

은 너무나 당연하였다. 이광린 선생은 동양의 가치 속에도 민주적 요소가 있지만, 민주주의는 내부에서 발달되지 못하고 1876년 개항 이후 외부에서 들어왔다고 보았다.[68] 또 갑신정변 정강의 "문벌을 폐지하고 인민평등의 權을 제정하고 재능에 의해 인재를 등용할 것", 김옥균 상소문의 "방금 세계가 상업을 주로 하여 서로 생업의 多를 競할 시에 당하여 양반을 除하여 그 弊源을 芟盡할 사를 務치 아니하면 국가의 패망을 기대할 뿐이오니"라는 내용을 통하여 김옥균이 민주주의를 수용하였음을 밝혔다. 그리고 1880년대 후반 자유와 민주주의를 상징하는 미국의 교육자와 의사들이 입국하여 자유와 평등 개념에 입각한 민주주의의 생활과 정신을 고취한 것으로 이해하였다. 또 1894년 갑오개혁에서 신분 차별이 철폐됨으로써 민주사회로 나아가는 데 걸림돌이 되는 장애가 척결되었다고 하였다.[69]

이광린 선생은 1896년 독립협회가 설립되어『독립신문』등을 통해 계몽운동을 전개함으로써 민주주의 사상이 확산되었다고 보았다. 이광린 선생은 서재필이『독립신문』1897년 3월 9일자 논설에서 전통시대에 국왕과 양반이 교육을 받아 나라를 통치하는 특권을 누렸다면, 개화된 사회에서는 그 나라에 사는 모든 사람을 의미하는 '國民' 혹은 백성이 '천부인권'에 따라 권리를 누려야 한다고 주장하였다고 하였다.『독립신문』1897년 2월 20일자 논설에서, 서재필이 내 천생권리와 사람마다 가진 자유권을 지켜야 한다고 주장하였다고 하였다. 그리고 서재필이 국민의 권리를 지키기 위해서 만민이 평등하다는 원칙 아래에 법치주의가 시행되어야 한다는 견해를 가졌다고 보았다.「서재필의 개화사상」의 結

---

68 「한국에 있어서의 민주주의 수용」,『동아연구』12, 1987 :『한국근현대사논고』, 일조각, 1999, pp.77-78.
69 「한국에 있어서의 민주주의 수용」,『한국근현대사논고』, pp.78-80

語에서, 이광린 선생은 서재필이 미국의 민주주의 이념을 체득하고『독립신문』의 논설과 기사를 통해 자유, 평등, 권리의 중요성을 가르쳤다고 하였다. 서재필이 1890년대 후반 전개한 이러한 민주주의 확산과 같은 개화운동을, 이광린 선생은 대중적, 즉 시민적 차원의 개화운동으로 이해하였다.[70]

유길준과 서재필이 미국에서 유학하였으므로, 이광린 선생은 이들이 개인의 자유와 권리를 보다 존중하는 자유민주주의 사상에 공명한 것으로 이해한 듯하다. 서재필이『독립신문』1896년 4월 21일자 논설에서 남성이 여성을 천대하는 조선의 현실을 비판하고 여성은 당연히 지위를 향상하여야 한다고 주장한 것,『윤치호일기』1897년 7월 2일자의 "자기의 권리를 옹호하기 위해서는 국왕이나 아버지까지도 죽일 수 있다"고 한 사례를 제시한 점에서 그렇게 생각된다.[71] 그러나 이광린 선생은 이 부분을 드러내어 주장하지 않았다.

이광린 선생은 1894년 독립협회가 해체되고, 1904년 러일전쟁 후 일본의 침략이 가속화됨으로써 민주주의가 쇠퇴하고 도리어 국가주의가 대두하였다고 하였다.[72] 그 근거를, 선생은 1907년 고종황제 퇴위와 군대해산 이후, 개화파 인물들이 양계초의 '新民說'을 수용하여『대한매일신보』1909년 6월 4일자의「한국의 신국민」, 1910년 7월 5일 자의「금일 我韓은 新民이 危急」이라는 글을 실어 의뢰적·유순적 국민이 아니라 맹장적·용진적 국민을 만들려고 한 데에서 찾았다.[73] 또 선생은『대한

---

70 「서재필의 개화사상」,『한국개화사상연구』, p.149.

71 「서재필의 개화사상」,『한국개화사상연구』, pp.144-145

72 「한국에 있어서의 민주주의 수용」,『동아연구』12, 1987.9 :『한국근현대사논고』, 일조각, 1999, pp.85-88.

73 「구한말 진화론의 수용과 그 영향」,『한국개화사상연구』, p.271, 274-278.

매일신보』 1909년 5월 28일자 「제국주의와 민족주의」, 11월 21일자 「개인주의로 생을 구치 말지어다」라는 기사를 근거로 개인주의가 배격되고 민족주의가 고취되었다고 하였다.[74]

5) 개화운동기의 희생에 대한 안타까움 토로

이광린 선생은 개화운동과 관련하여 희생된 사람을 안타깝게 여겨 그 사망자를 발굴하여 소개하였다. 선생은 「舊韓末 講舊會 선정의 '愛國死士'에 대하여」라는 글을 통해, 1908년 2월 7일 유길준·張博 등이 강구회를 결성한 배경을 서술하고, 강구회에서 선정한 愛國死士에 대해 기술하였다. 그는 먼저 취지서의 "甲申으로부터 甲辰에 至하여 나랏일에 죽은 자가 전후에 적지 아니하되 혹은 埋沒하여 성명이 傳치 못한 자도 있으니 從來에 다시 精査하기를 기다려 알려니와 금차 백여섯 사람은 其 剛毅卓落한 氣像과 高尙奮勵한 精神이 나라 있음은 알되 그 몸 있음은 알지 못하여 백번 꺾이되 흔들리지 아니하고 만 가지 어려움을 물리쳐 앞으로 나아갈 새…… 지금 강구회에 다소 관계있는 20년간의 同志先士를 炯炯懷想함이오. 이는 우리의 취지하는 바이라고 하였다"라는 내용을 통해, 강구회가 1884년 갑신정변부터 러일전쟁이 발생한 1904년까지 자신을 돌보지 않고 나랏일을 하다가 죽은 애국사사를 찾아내어 기리기 위해 조직되었음을 설명하였다. 그리고 추도식에서 제시된 숫자는 106명이나 『대한매일신보』와 『황성신문』의 광고란에서 확인되는 103명을 사망 경위에 따라 분류해 보여주었다.[75]

---

74 「구한말 진화론의 수용과 그 영향」, 『한국개화사상연구』, p.271.
75 「舊韓末 講舊會 선정의 '愛國死士'에 대하여」, 『진단학보』 65, 1988 ; 『개화파와

이광린 선생은 개화기의 인물을 다룬 연구에서 희생자의 사망 경위를 서술하고, 그에 대한 자신의 생각을 논평하였다. 먼저 「개화승 이동인」이란 글에서, 승려 이동인이 1881년 3월 경 민영익의 집에 머무르며 신사유람단의 향도로 갈 준비를 하던 중 시위병이 불러 나간 뒤 행방불명되었으나, 이광린 선생은 그가 누군가에 의해 피살되었다고 보았다. 그리고 그의 죽음에 대해 "다만 30세 전후의 혈기 왕성한 이동인이 자기의 재능과 지식을 충분히 발휘할 기회를 갖지 못했던 것은 못내 섭섭한 일이다. …… 사회는 아직 개화사상을 완전히 펼칠 만큼 성숙되지 못하고 있었다"라고 평하였다.[76]

다음으로 갑신정변을 주도하였다가 희생된 홍영식에 대한 글에서, 홍영식의 사망 경위를 살피고 그 죽음에 대해서 논평하였다. 이광린 선생은 홍영식이 1884년 12월 6일 오후 청군의 진입 후 국왕을 창덕문까지 배종하였다가 희생되고, 그의 부친 洪淳穆과 형 洪萬植은 관직이 삭탈되고, 부친이 자살하였음을 밝혔다. 그리고 이에 대한 논평에서, "한국인들은 홍영식을 비롯한 개화당 인사들을 높이 평가하지 않았으나 100년 훨씬 전에 한국이 앞으로 나아갈 길을 제시해주었고, 또 문벌이 좋고 유능한 인물들이 자기들 일신상의 안위를 생각지 않고 용감히 정면에 나섰다는 점을 우리들은 기억해야 한다"고 하였다. 또 장지연의 「과거의 상황」이란 글의 "갑신정변은 너무나 과격하게 일으켰기 때문에 실패했고 관련자들에게도 큰 희생이 되었으며 외세가 더욱 뻗치게 되었으니 그들의 죄라고 할 수 있으나, 오늘날의 관점에서 보면 그들만의 죄라 할 수 없다"는 내용을 통하여 홍영식의 사망이 그의 죄만이 아니라는 견해

개화사상 연구』.
76 「개화승 이동인」, 『개화당연구』, p.103, 108.

를 피력하였다.[77]

또 초기 기독교 입교자 이수정을 다룬 글에서, 이광린 선생은 이수정이 언더우드와 아펜젤러의 자유로운 선교 활동을 보고 1886년 5월에 들어왔다가 체포되어 처형되었음을 밝혔다. 그리고 그의 죽음에 대해, 이광린 선생은 "이수정이 한국에 돌아와서 아무런 활동도 할 수 없었음은 못내 섭섭한 일이라 하지 않을 수 없다"고 평하였다.[78]

이어 이광린 선생은 법무협판이었던 金鶴羽가 대원군의 인사청탁을 들어주지 않아 1894년 10월 31일 대원군의 지시를 받은 7-8명의 자객에게 살해되었음을 고찰하였다. 이 희생에 대해, 이광린 선생은 "제도의 개혁에 앞서 의식의 개혁이 선행되어야 한다는 김학우의 생각을 保守 政客이 이해할 수 없어서 발생한 것"이고, "불과 33세, 한참 일을 할 수 있는 젊은 나이에 애석하게 희생되었다"는 견해를 밝혔다.[79]

이광린 선생은 법무대신이면서 고등재판소 소장인 서광범이 동학농민운동의 발생에 책임이 있는 趙秉式과 趙弼永을 재조사하게 하고, 동학농민운동에 직접 참가하였던 曺龍承·高宗柱, 동학농민운동을 사주한 李埈鎔을 체포·조사하게 하고, 동학농민운동의 지도자 전봉준·손화중·최경선·성두한·김덕명 등을 체포하여 교수형에 처하였음을 밝혔다. 그런데 그는 전봉준 등 동학농민군 지도자를 체포·처형한 것은 큰 잘못이었다고 평하였다.[80]

또 이광린 선생은 아관파천 후 어윤중과 김홍집의 죽음에 대해서도

---

77 「홍영식 연구」, 『개화기연구』, pp.65-68.

78 「이수정의 인물과 그 활동」, 『한국개화사연구』, pp.249-250.

79 「구한말 노령 이주민의 한국정계 진출에 대하여」, 『한국개화사의 제문제』, pp.196
   197, 201.

80 「緯山 徐光範(1859-1897)」, 『개화기의 인물』, 연세대학교 출판부, 1993, p.228.

안타까움을 표시하였다. 이광린 선생은 어윤중이 1896년 2월 아관파천 후 관직을 빼앗기고 동대문을 빠져나가 고향 보은으로 가던 중 17일 용인에서 지방민에 의하여 타살되었다고 보았다. 그리고 황현의 『매천야록』의 "그가 죽음을 당하자 개화할 사람이 없다고 한탄하였다"고 하는 기록을 들어, 선생은 개화운동을 전개할 인물이 죽어 개화할 사람이 없게 된 데 대한 아쉬움을 표명하였다.[81]

또 이광린 선생은 김홍집이 아관파천 뒤 고종의 포살령에 따라 농상공부대신 趙秉夏와 함께 순검에게 체포되어 광화문 부근의 경무청으로 끌려가던 도중 군중들의 손에 무참히 희생되었고, 을미사변의 책임까지 졌다고 서술하였다. 그리고 그의 죽음에 대해 "죽을 때에도 처참하였는데, 죽은 뒤에도 을미사변의 책임까지 떠맡게 되었으니 진실로 슬픈 일이라 하지 않을 수 없었다. 물론 김홍집 내각에서 왕비의 폐위조치를 공포한 것은 잘못이었다"라고 논평하였다.[82]

요약하면, 이광린 선생은 개화운동가가 자신의 뜻을 펼치지 못하고 요절한 것을 인재의 상실이란 점에서 매우 안타깝게 여겼다. 그리고 그 죽음이 한편으로 개화운동가가 개화운동을 외세를 끌어들여 급진적으로 성급하게 타협 없이 추진하려 한 것이 한 원인이지만, 다른 한편으로 보수 집권세력과 대중이 이들의 견해와 정책을 이해하여 호응해주지 않은 것도 하나의 요인이라고 하였다. 그리고 장지연의 말을 인용하여 "남의 허물을 공격하기에 앞서 우리들이 반성해야 된다"는 견해를 밝혔다.[83] 이는 정치적 대립과 갈등, 탄압과 보복의 시대를 살아가는 우리에게 던지는 작은 메시지였다.

---

81 「일재 어윤중」, 『개화기의 인물』, pp.62-63.
82 「도원 김홍집」, 『개화기의 인물』, pp.90-91.
83 「홍영식 연구」, 『개화기연구』, 일조각, 1994, p.68.

5. 맺음말

이광린 선생은 1960년대 중반부터 1990년대 중반까지 한국 개화사에 대해 집중적으로 연구한 대표적 개화사 연구자이다. 한국의 개화사에 대한 논문과 글을 묶어 낸 책이 『한국개화사연구』(1969), 『개화당연구』(1973), 『한국개화사상연구』(1979), 『한국개화사의 제문제』(1986), 『개화파와 개화사상 연구』(1989), 『개화기의 인물』(1993), 『개화기연구』(1994), 『한국근현대사논고』(1999) 등 8권이나 된다.

이 책에서 이광린 선생의 열정이 가장 드러나는 분야는 인물사 연구였다. 선생은 개화사상의 선각자인 유홍기와 강위, 김옥균·박영효·홍영식·서광범·서재필 등의 급진개화파, 유길준·김홍집·어윤중·윤치호 등의 온건개화파를 두루 고찰하였다. 개화운동을 전개한 불교 승려 이동인과 탁정식, 기독교인인 이수정·이상재·최병헌도 선생의 연구 대상이었다. 또 선생은 우리나라의 개화에 큰 영향을 미친 외국인 선교사 언더우드·에비슨·알렌·헐버트와 주한미국공사 씰과 영국인 여행가 이사벨라 비숍에 대해서 검토하였다. 그런데 이광린 선생이 연구한 한국인은 대체로 미국과 일본을 통해 선진 문물과 기술을 수용하려 했던 사람이고, 외국인은 대체로 미국인·캐나다인·영국인이었다. 중국·독일·러시아·프랑스를 통하여 이를 수용하려 한 사람은 없었다. 그러니까 이광린 선생의 연구 대상은 친해양세력과 해양세력의 인물에 국한되어 있었다.

이광린 선생의 인물사 연구에서 누구나 쉽게 확인할 수 있는 특징은 광범위한 국내 및 해외 자료의 활용과 현장 답사이다. 선생은 국내의 관찬 사료와 사찬 사서 외에 개인의 일기와 문집 등을 두루 활용하였다. 더욱이 해외여행이 자유롭지 않던 1960년대부터 미국과 일본에 가서 문서보관서와 도서관 등을 뒤져 일본어와 영어로 된 자료를 수집하여 활용하였다. 그리고 김옥균, 유길준, 서재필 등 개화파 인물들의 유학처, 활동지, 유배지를 찾아 그 인물의 개화에 대한 열정과 뜻을 이루지 못한 고뇌를 느껴보고 그 내용을 소개하였다.

다음으로 이광린 선생은 온건적 개화운동의 역할을 존중하였다. 개화당과 그들이 일으킨 갑신정변에 대해서 일찍 연구하였지만, 선생의 연구의 중심은 온건적 개화운동에 있었다. 선생은 개화기에는 온건적 개화파가 더 오래 실권을 장악하고 개화운동을 추진하였다고 보았다. 그래서 선생은 일본과 미국에 유학하거나 시찰하여 서구의 문물과 사상을 받아들인 인물에 대하여 훨씬 많은 관심과 열정을 바쳤다.

어어 이광린 선생은 개화사상의 형성과 확산은 중간계층이 선도하고, 개화운동은 양반층이 주도하였다는 견해를 가졌다. 중인 출신인 유대치, 무인 출신인 강위, 부유한 상인 출신인 이수정, 불교의 지식인인 이동인과 탁정식 등 신분의 한계를 느낀 중간계층의 지식인이 개화사상을 형성하고, 이를 양반층에 확산시켰다고 보았다. 그렇지만 개화운동의 주도는 김옥균·박영효, 김홍집·어윤중·유길준 등의 양반층이 이끌었다는 시각을 견지하였다.

그리고 이광린 선생은 개화사상의 핵심을 사회진화론과 민주주의로 보았다. 왜냐하면 사회진화론은 사회를 '大同社會'에서 '競爭社會'로 보는 패러다임의 혁명적 변화를 가져왔기 때문이다. 그리고 생존경쟁과 적자생존의 사회진화론적 질서 속에서는, 국가의 전 구성원인 '國民'의 실력양성이 중요하기에 '국민'의 권리를 존중하는 '민주주의' 사상도 자연스럽게 수용되었다고 보았다. 이광린 선생은 미국을 통해 수용한 민주주의에 개인의 자유와 권리를 보다 중시하는 자유민주주의의 요소가 있었음을 이해하였다. 그런데 이광린 선생은 국권이 상실되어 가던 한국에서 민주주의와 개인주의가 쇠퇴하고 도리어 국가주의와 민족주의가 대두되었다고 주장하였다.

　마지막으로 이광린 선생은 개화운동기의 희생에 대하여 안타까움을 토로하였다. 이광린 선생은 갑신정변과 아관파천 등의 사건 시 정치적 입장이 달랐다고 하여 희생된 사람을 발굴하고, 대표적 인물의 사망 경위를 조사하여 소개하였다. 그리고 개화운동가뿐 아니라 보수적 인물과 동학농민군 지도자의 죽음을 애도하고 아쉬워했다. 인재의 손실에 대한 안타까움도 있지만, 하나의 국민과 민족이 서로 죽이는 역사적 과오를 통탄하였던 것이다.

개화파연구의 실증적 초석 쌓기와 그 의의
—이광린의 『개화당연구』를 중심으로—

한철호 전 동국대학교 교수·작고

1. 머리말

우리나라는 1876년 개항을 계기로 세계자본주의체제로 편입된 후 전통사회의 모순을 극복하고 근대적 국민국가를 수립함과 동시에 외세의 국권침탈을 막아내고 자주독립을 유지해야 되는 역사적 과제를 안게 되었다. 이 과제를 해결하기 위해 국내에서는 다양한 세력들이 각각의 계급기반과 사상을 바탕으로 다양한 운동을 펼쳤지만 외세의 간섭과 침탈, 국내의 개혁조건 미숙과 세력들 간의 갈등으로 좌절되었다. 그 결과 일본의 식민지로 전락하는 치욕을 겪었으며, 해방과 동시에 민족과 국토의 분단을 맞이하고 말았다.

이처럼 제대로 된 근대를 경험하지 못한 후유증으로 말미암아 우리는 현재까지 근대 국민국가의 수립이란 화두를 떨쳐버리지 못한 처지에 놓여 있다. 따라서 전근대에서 근대로 넘어가는 시기의 여러 움직임 가운데 개화파와 갑신정변 등 위로부터의 개화·개혁운동은 한국근대사의 전개과정과 그 성격을 밝히는 데 관건이 되며, 왜곡·굴절되었던 일제강점기와 한국현대사의 실상을 조감하는 데에도 적지 않은 시사를 던져준다.

개화파에 관해서는 지금까지 남·북한은 물론 일본에서도 수많은 연구가 축적되어 왔다. 그 결과 개화파·개화사상·개화운동의 형성·발전과정과 그 특징 및 역사적 의의·한계 등이 소상히 밝혀졌지만, 여전히 다양한 시각과 평가가 존재하고 있다. 개화파는 해방 후 식민사관의 극복을 위한 내재적 발전론과 '조국근대화'를 배경으로 삼은 근대지상주의로 말미암아 과대평가되었고, 민중사학이 주류를 이루면서 지나치게 한계성이 부각되었으며, 최근에는 고종에 대한 재평가와 맞물리면서 형편없이 폄하되기도 하였다.

그런데 개화파를 공부할 경우 이광린의 연구성과를 피해갈 수 있는 확률은 거의 없다. 개화파와 직간접적으로 연관있는 90여 편의 논문과 10여 권의 저서를 남길 정도로 그의 업적이 단순히 양적으로 방대하고 주제 역시 광범위하기 때문만은 아니다. 무엇보다도 그는 개화파에 대한 자료를 국내외에서 새롭게 발굴·섭렵하였으며, 이를 토대로 치밀하게 실증적으로 분석·정리함으로써 개화파 혹은 개화사 전반에 대한 연구의 초석을 놓아주었기 때문이다.

이광린은 조선시대 수리사를 연구하다가 개화사에 관심을 갖게 된 동기에 대해 4·19혁명과 5·16군사쿠데타 등 '한국사회의 대변동기'를 겪으면서 "외견상 조용히 공부만 하고 있는 것처럼 보일지라도 역사를 공부하는 사람으로 사회의 대변동에 눈을 감을 수 없었다"고 회고하였다. 하지만 그는 "현대사는 자료의 수집관계로 도저히 불가능할 것처럼 느껴져 개화기, 즉 구한국시대에 눈을 돌렸다." "사실 이 시기도 전통사회에서 근대사회로 넘어 가는 대 변동기"였기 때문에, 이 시기에 "지식인들이 어떤 생각을 갖고 있고, 또 어떤 태도를 취하였는지 알고 싶었다"고 한다.[1] 한마디로, 4·19혁명과 5·16군사쿠데타를 직접 목격한 것을 계기로 변화하는 시대의 모델을 역사에서 찾아야 할 필요성을 절실히 느꼈고, 전통사회에서 근대로 넘어가는 대 변동기에 지식인—'개화파'—의 사상과 활동을 연구하게 되었다는 것이다.

이렇게 해서 '육영공원'을 필두로 시작된 이광린의 개화사연구는 1966년 12월부터 1년간 미국 하버드대학 옌칭연구소에서 공부할 기회를 가지면서 그 바탕이 더욱 확대되었다. 당시 그는 한국 최초의 미국 유학생 유길준이 처음 생활·수학했던 세일럼시와 담마 아카데미를 답사한 것을 계기로 온건·급진개화파에 대해 본격적으로 연구하기 시작하였다. 그 결과 국내외에서 새로 발굴한 사료를 토대로 전자에 관해서는 『한국개화사연구』(1869)를, 후자에 대해서는 『개화당연구』(1973)를, 양자의 운동을 뒷받침하는 사상에 관해서는 『한국개화사상연구』(1979)를 각각 연구결과물로 세상에 내놓았다. 이후에도 그는 한국근대사 개설서인 『한국사강좌―근대편―』(1981)를 비롯해서 『한국개화사의 제문제』(1986)·『개화파와 개화사상연구』(1989)·『개화기의 인물』(1993)·『개화기연구』(1994)·『한국근현대사논고』(1999) 등을 저술하였다.

이 저작들은 서로 밀접하게 연관되어 있기 때문에 단순히 한 편의 저서만으로 이광린의 개화사연구에 대한 성과를 일목요연하게 평하기는 쉽지 않다. 그럼에도 수많은 저서들 가운데 『개화당연구』를 주목하는 이유는 개화사연구에 대한 그의 시각과 방법론 및 특징이 잘 드러나 있기 때문이다. 따라서 이 저서는 개화사연구의 새로운 지평을 연 역작으로 평가되면서 발간 직후 여러 편의 서평이 나왔다. 한국사연구자뿐만 아니라 외교학자·사회학자·철학자 등 서평자들의 전공분야만 살펴보더라도 이 저서가 얼마나 당대의 주목을 받았는지 알 수 있다. 평자들

---

1 이광린, 「나의 학문편력」, 『한국사 시민강좌』 6, 1990, 일조각 ; 『한국근현대사논고』, 일조각, 1999.

은 "한국근대사연구는 『개화당연구』로부터 시작되지 않을 수 없고 본 연구로써 이런 터전이 마련된 것은 斯界에 큰 공헌임에 분명하다"든가,[2] "연구자까지 친일파로 오해받을 위험을 안은 이 난제를 치밀하게 실증적으로 분석하면서 많은 새로운 사실을 발견하고 새로운 해석을 정립하여 근대사를 자주적으로 체계화하는 데 선구적인 공헌을 하고 있는 것이다"는 평가를 내렸다.[3] 또 "연구방법은 대체로 자료에 따라 추론해가는 실증적인 방법을 쓰고 있어 역사적 성격규정이나 해석의 면에 있어서는 신중을 기하고 있"다거나[4] "결벽증을 지녔다고 할 정도로 탈이론 신앙적"이어서 "너무 실증사학적이라는 흠을 면하기 힘들 것"이지만 "철저한 실증적 검토를 추구한 본저는 이 문제의 연구사적 단계에 있어서는 높이 평가될 수 있다"[5]고 평하였다. 아직 개화당의 "기본문제도 해결되지 못한 실태를 감안"하여 "여러 방면에 걸친 실증적 검토와 아울러 새로운 사료의 발굴과 문헌비판에 많은 비중"을 둠으로써 새로운 문제의식을 심어줄 토대를 마련하였다는 것이다.[6] 이들 서평들은 『개화당연구』에서 드러난 특징을 다양한 측면에서 잘 지적하고 있다.

따라서 이 글에서는 선학들의 평가를 토대로 삼되,[7] 먼저 개화파연구

---

2 김용구, 「서평 개화당연구」 『역사학보』 56, 1972, p.100.

3 신용하, 『신동아』 1973년 4월호, p.340.

4 정구복, 「서평 개화당연구」 『역사교육』 15, 1973, p.183.

5 신일철, 「서평 개화당연구」 『아세아연구』 17-1, 1974, pp.333-334, p.338.

6 이배용, 「소개 개화당연구」 『이화사학연구』 8, 1975, pp.50-51.

7 위의 서평 외에 이광린의 저서를 포함해서 개화파에 대한 연구사를 정리한 글로는 김영호, 「개화사상·갑신정변·갑오경장」, 『한국사연구입문』, 지식산업사, 1981 ; 김경태, 「개화사상 개화파 개화운동」, 『한국학연구입문』, 지식산업사, 1981 ; 槽谷憲一, 「甲申政變·開化派硏究の課題」, 『朝鮮史硏究會論文集』 22, 1985 ; 유영열, 「척사운동과 개화운동」, 『제2판 한국사연구입문』, 지식산업사, 1987 ; 서영희, 「개화와 척사」, 『한국역사입문③ 근대·현대편』(한국역사연구회 엮음),

의 흐름 속에서 『개화당연구』가 저술되는 배경과 그 의의를 살펴보고, 저서의 내용을 중심으로 그 연구방법과 내용의 특징이 어떻게 관철되고 있는가를 검토하고자 한다. 그리고 이 저서에서 제시된 개화사연구의 쟁점들이 그후 어떻게 비판적으로 계승·극복되고 있는가를 분석해 볼 것이다. 이를 통해 앞으로 개화사연구의 다양한 시각이 재정리되고 한국근대사에서 개화파의 사상과 운동을 올바로 자리매김하는 데 도움이 되기를 기대한다.

2. 개화당에 관한 실증적 연구의 성과

해방 이후 학계에서는 일본식민학자들의 외인론·타율성론 등 식민사관을 극복하고 자주적·내재적 발전론과 근대화론적 시각에서 개화사연구가 활발하게 진행되었다. 특히 1960년대부터 남한에서는 조선후기 북학파인 박지원·박제가, 개화운동의 선구자인 박규수·오경석·유대치, 개혁운동의 실천자인 김옥균·박영효 등을 계통적으로 파악해서 실학사상과 개화사상의 연관성에 주목하였고, 개화당이 청·일로부터 자주적으로 근대사상과 과학기술을 수용하면서 근대국가의 형성을 촉구하는 자강독립의 개혁운동을 펼쳤으며, 갑신정변은 근대화운동의 자주적인 선구라고 평가하는 연구가 주를 이루었다.[8]

풀빛, 1996 ; 왕현종, 「개화와 척사」, 『한국역사입문③ 근대·현대편』, 1996 ; 권오영, 「개화와 척사」, 『새로운 한국사 길잡이』 하(한국사연구회 편), 2008 ; 왕현종, 「근대화 운동의 전개―갑신정변과 갑오개혁」, 『새로운 한국사 길잡이』 하, 2008 등이 있다.
8 이선근, 『한국사―최근세편―』, 을유문화사, 1961 ; 조지훈, 「개화사상의 모티

북한에서도 개화사상의 발생과 개화당의 형성 및 갑신정변의 추진을 당시 조선사회의 사회경제적 변화에 상응한 역사발전의 합법칙적 현상으로 바라보는 시각에 입각해서 그 의의를 긍정적으로 평가하였다. 그 결과 처음에는 김옥균 개인의 역할에 초점을 맞춰 갑신정변을 '위로부터의 부르주아개혁운동'으로 규정하였고, 이후 이를 비판하면서 갑신정변이 본질상 주권문제를 무장정변의 방법으로 해결하려 한 혁명적 성격을 띠고 있다는 '부르주아혁명운동'을 내놓았다. 갑신정변은 내재적 근대화의 발전과정에서 봉건제도의 부패와 민족적 위기를 해결하려는 진보적·애국적인 개혁 내지 혁명의 최초의 본격적인 시도였다는 것이다.[9] 또 이러한 연구는 재일 한국인학자와 일본인학자들에 의해 더욱 진전되었다.[10]

브와 그 본질」, 『한국사상』 6, 1963 ; 한우근, 「개항기의 위기의식과 개화사상」, 『한국사연구』 2, 1968 ; 김영호, 「유길준의 개화사상」, 『창작과비평』 11, 1968 ; 김영호, 「실학과 개화사상의 연관문제」 『한국사연구』 8, 1972 ; 이완재, 「박규수의 생애와 사상」 『사학논지』 3, 1975 ; 김영작, 『韓末ナショナリズムの硏究』, 東京大出版部, 1975.

9 리나영, 『조선민족해방투쟁사』, 조선로동당출판사, 1958 ; 사회과학원 력사연구소 편, 『조선근대혁명운동사』, 사회과학출판사 1961 ; 주진오, 「북한에서의 '갑신정변' 연구의 성과와 문제점―『김옥균』을 중심으로―」, 『김옥균』(북한 사회과학원 역사연구소), 역사비평사, 1990 ; 하원호, 「부르주아민족운동의 발생·발전」 『북한의 한국사인식』, 한길사, 1990.

10 朴宗根, 「朝鮮における近代的改革の推移」 『歷史學硏究』 300, 1965 ; 梶村秀樹, 「朝鮮近代史と金玉均の評價」 『思想』 510, 1966 ; 姜在彦, 『韓國近代史硏究』, 東京 : 日本評論社, 1970 ; 『近代朝鮮の變革思想』, 東京 : 日本評論社, 1973 ; 『朝鮮の洋夷と開化』, 東京 : 平凡社, 1977 ; 『朝鮮の開化思想』 東京 : 岩波書店, 1980 ; 安秉珆, 「朝鮮近代史硏究上の問題點」 『思想』 570, 1971 ; 「1884年甲申政變の社會經濟的基礎」, 『朝鮮史硏究會論文集』 12, 1975 ; 原田環, 「朝鮮におけるブルジョア革命運動ついて」 『朝鮮史硏究會論文集』 10, 1973 ; 青木功一, 「朴泳孝の民本主義·新民論·民族革命論」(一)·(二) 『朝鮮學報』 80·82, 1976·1977.

이들 연구는 시각과 방법만 달랐을 뿐 대체로 개화사상의 자생적 발전, 개화파의 자주적 형성, 갑신정변의 자율적 추진 등을 강조하였다. 그 결과 개화사상은 조선후기 실학의 전통을 계승하였으며, 개화당은 1870년대에 형성되어 1880년대에 이미 독자적으로 개혁작업에 착수하였고, 전술적 차원에서 일본의 군사력을 활용코자 했으며, 갑신정변은 일본측의 배신과 민중의 지반 결여 등으로 실패했으나 그후 갑오개혁·독립협회·애국계몽운동 등으로 이어지는 한국근대 민중운동의 선구적인 의의를 지닌다고 평가되기에 이르렀다.

『개화당연구』 역시 크게 이러한 연구의 커다란 흐름에서 벗어나지 않는다. 오히려 개화파의 내재적 발전과정을 더욱 확실하게 보강하는 데 기여하였다. 그렇다면 이 저서의 특징은 무엇인가? 이는 저자가 개화당에 관해 적지 않은 연구가 이뤄져 왔으나 여전히 근본적인 문제들이 해결되지 않았을 뿐 아니라 "최근 사회과학의 발달과 더불어 문제의식이나 관점은 거시적으로 보려는 경향이 있으나, 이에 앞서서 실증적인 검토가 있어야 된다는 생각"으로 저술에 임했다고 밝힌 데 잘 나타나 있다.[11] 한마디로, 거시적인 이론과 관점에 입각한 사회과학의 방법을 지양하고 기존 문헌에 대한 비판과 새로운 사료발굴을 토대로 역사적 사실 자체를 실증적으로 검토함으로써 개화파연구의 미해결과제를 究明하겠다는 것이다.

이를 위해 첫째, 저자는 실증적 연구를 위해 개화파 관련 자료를 새로 발굴·해석하는 데 전력을 기울였다. 개화파연구의 어려움 중의 하나가 갑신정변의 실패로 말미암아 관련 당사자들이 남긴 일차사료가 거의 없었기 때문이다. 현존하는 김옥균의 『갑신일록』과 박영효의 「개화건백

---

11 이광린, 『개화당연구』, 일조각, 1973, p.2.

서」도 정변 이후에 작성되었다는 한계가 있었다. 그나마 개화파와 정변의 실상을 가장 상세하게 살필 수 있는 『갑신일록』은 "처음부터 끝까지 믿을 수 없는 것"이라고 비판받을 정도로 그 신빙성 자체도 부정되는 실정이었다.[12]

이러한 상황에서 저자는 국내외에서 사료를 널리 섭렵·발굴하려고 노력하였다. 피바디박물관에 있는 유길준의 종제 유형준의 서한, 스미소니안박물관에 소장된 홍영식·서광범 등 개화당요인의 사진과 유물을 발견·소개한 것도 흥미롭지만, 무엇보다『윤치호일기』등 일급 사료를 다수 찾아낸 점은 주목할 만하다. 지금도『윤치호일기』는 개화사연구에 가장 기본적인 사료 중의 하나로 손꼽히지만, 이 일기가 없었더라면『개화당연구』가 도저히 이뤄질 수 없었다는 저자의 말처럼 당시에는 더욱 획기적인 중요성을 지닌 사료로 평가받았다. 저자가 이 일기를 토대로 자신이 추구하던 실증적인 연구방법의 백미를 보여주는 글들 중의 하나는 「김옥균의『갑신일록』에 대하여」이다.

이 글에서 저자는『윤치호일기』를 비롯해서『통리교섭통상사무아문일기』·『대역부도죄인희정등국안』과 『伊藤博文秘書類纂 朝鮮交涉資料』 등 한·일 양측의 사료를『갑신일록』과 치밀하게 대조·분석함으로써 그 신빙성을 입증해냈다. 비록 김옥균이 정변이 실패한 지 1년 후쯤 기억에만 의존한 탓에 날짜가 뒤바뀌거나 사실에 맞지 않는 등 사소한 착오와 오류를 범했지만, 갑신정강 14조 등을 포함한 전체적인 내용의 줄거리는 뒤엎을 수준이 아니라는 것이다. 특히『갑신일록』과『윤치호일기』에서 우정국 개국축하연 당시 참석자 수를 18명으로 적은 잘못을 19명으

---

12 山邊健太郎,「甲申日錄の硏究」『朝鮮學報』17, 1960 ;『日本の朝鮮倂合』, 東京 : 太平出版社, 1966.

로 바로잡고, 다른 기록을 바탕으로 좌석배치도에서 빠진 서광범의 위치를 최초로 찾아낸 대목에서는 저자의 치밀한 실증적 분석 수준을 잘 엿볼 수 있다. 그 결과 『갑신일록』의 사료적 가치와 신뢰성에 대해서는 더 이상 재론의 여지가 없는 단계에 이르게 되었다.

저자의 치밀한 실증적 연구방법은 거의 동일한 제목으로 쓰인 북한 측 김사억의 글을 보면 그 특징이 확연하게 드러난다. 예컨대, 『갑신일록』에서 김옥균과 미국공사의 면담사실이 '허위적'이라는 야마베의 주장에 대해 그는 "김옥균이 미국공사뿐만 아니라 당시 영·독영사들과는 수차 내왕하면서 여러 가지 문제를 토의한 일이 있음을 우리들은 알고 있다"는 식으로 반박하였다. "당시 미국공사는 갑신정변의 수행과 관련하여 형언하기 어려울 정도로 교활한 태도로 임하면서 이에 대한 지대한 '관심'을 가지고 있었"기 때문이라는 것이다. 여기에서는 사실을 정확히 고증하거나 객관적으로 분석하려 한 흔적이 잘 나타나지 않는다. 나아가 그는 정변의 역사적 의의를 정당하게 평가하기 위해 왜곡된 견해를 배격하여야 하며 『갑신일록』의 가치를 인정·보호해야 하며, "이것은 '감정'이 아니라 과학성과 계급성 그리고 역사주의적 원칙의 요구"라고 주장하였다.[13] 이는 저자가 왜 거시적인 관점과 문제의식에 기반을 둔 사회과학적 방법에 거리를 두고 실증적인 검토에 역점을 두었는지 극명하게 보여준다.

둘째, 저자는 이러한 실증적 연구를 통해 미해결상태로 남아 있던 개화사연구의 근본적인 문제들을 밝혀냈을 뿐 아니라 그동안 잘 알려지지 않았던 유대치·이동인의 실체를 파악함으로써 연구범위의 외연을 넓히

---

13 김사억, 「『갑신일록』에 대하여」, 『김옥균』, 사회과학원출판사, 1964 ; 『김옥균』, 역사비평사, 1990, pp.323-336.

는 데 크게 기여하였다. 저자가 개화사상과 김윤식 등 온건개화파를 다룬 『한국개화사연구』의 '속편 내지 자매편'이라고 지적했듯이, 이 저서는 급진개화파를 일컫는 개화당과 그들이 추진했던 갑신정변의 미해결 문제들을 집중적으로 다루고 있다. 그 주요한 성과만 살펴보면 다음과 같다.

먼저, 저자는 개화당의 형성과정에서 유대치의 역할과 사상이 커다란 영향을 끼쳤다는 새로운 견해를 제시하였다. 저자는 김옥균 등이 유대치와 본격적으로 접촉한지 2-3년이 경과되었고 이동인을 일본에 파견했다는 점 등을 근거로 1879년에 일종의 비밀정치결사인 개화당이 형성되었다고 주장하였다. 개항 직후인 1877년과 1879년에 잇달아 박규수·오경석이 사망한 뒤 김옥균 등은 '백의정승'으로 알려진 유홍기의 지도를 받으면서 사상의 폭을 넓혀갔으며, 하루빨리 서구의 근대적 문물과 제도를 받아들여 조선을 개혁하고 부국강병을 이룩하기 위해 일본에 동지를 파견할 정도로 정치적 조직을 갖추고 있었다는 것이다.

또한 저자는 개화당의 과정에서 김옥균 등이 김윤식 등과는 달리 유대치를 통해 불교에 접하게 됨으로써 국가의 근본적인 개혁을 요구하는 급진개화사상가가 될 수 있었다는 주장을 펼쳤다. 김옥균 등은 처음에 박규수로부터 해외에 대한 식견과 실학의 비판정신을 배워 개항과 개혁의 필요성을 알고 있었지만, 이 단계에서 머물렀다면 온건적인 개화사상가의 범주에서 벗어나지 못했을 것이라고 추론하였다. 유대치는 '佛教國益觀'을 내세워 불도를 현실에 접근시킴으로써 사회개혁론을 주창했는데, 김옥균 등이 그에게 불교의 '좀의 논리'를 배움으로써 비로소 유교지상주의적인 조선의 지배체제를 부정하고 정치개혁을 추진하는 데까지 이르게 되었다는 것이다.

저자는 초기 개화당의 핵심인물을 유대치를 비롯해 김옥균·박영효·

서광범·유상오 등을 꼽으면서 정변을 일으킬 때까지 약 30명의 동지를 규합해나갔는데, 그 중에는 양반뿐 아니라 오경윤·변수·유혁노·이동인·윤경순 등 중인·무인·승려·상민 등이 포함될 정도로 신분의 구애를 받지 않았다고 밝혔다. 이들 중에는 유대치의 제자들도 많이 포함되어 있었다. 김옥균 등은 근대적인 정치의식을 갖고 양반정치체제를 타도하려는 입장을 취했던 만큼, 사회신분을 문제로 삼지 않았다는 논리이다.

이처럼 김옥균 등이 자신보다 낮은 신분인 유대치의 영향을 받아 '급진'개화파로 성장할 수 있었다는 주장은 김옥균 등과 박규수의 관계에 초점을 맞추었던 기존연구의 틀을 벗어나 개화당의 형성과정과 그 성격을 새롭게 밝혔다는 점에서 주목할 만하다. 여기에는 개화당이 일본의 영향을 받기 전에 이미 자주적으로 형성되었다는 점을 강조하는 내재적 발전론의 입장이 담겨져 있다. 그러나 김옥균 자신이 정변을 단행하기 10년 전인 1874년경에 이미 독자적인 정치결사를 의미하는 '吾黨' 혹은 '忠義契'의 존재와 활동을 기록한 사실로 미루어 1879년 개화당 형성설은 여전히 논쟁거리로 남아 있다. 또 개화당요인이 유대치로부터 배운 불교를 바탕으로 유교적 양반체제를 개혁하려는 단계로 도약했다는 주장 역시 개화당이 지닌 사상의 성격을 참신하게 규명한 것으로 평가되지만, 아쉽게도 그 내용이 구체적으로 무엇인지가 제시되지 않았다. 아울러 당시 이미 유포되었던 서양소개 서적이나 일본의 영향을 받은 측면에 대해서도 좀더 치밀하게 분석하지 못한 한계도 지닌다.

다음으로 저자는 개화당요인의 활동을 비롯해서 갑신정변의 전과정을 치밀하고도 객관적으로 분석·정리해놓았다. 개화당요인들이 하루빨리 서구의 근대적 문물과 제도를 받아들여 근대적 개혁과 부국강병을 이룩하기 위해 국왕의 신임을 획득하는 동시에 유학생파견·신문발간계획·도로정비·치안제도개혁·군대양성·우정사업개설 등 내치에 힘쓰는 한편 외교의 중요성을 인식하고 외교사절단과 활발하게 접촉하면서 외국시찰·차관교섭을 벌여나갔다는 것이다. 특히 그들이 특정 국가에만 의존하려고 전혀 생각하지 않은 채 독립국가의 체면을 살리면서 대등한 입장에서 동서양 각국과 친교를 맺으려 했다는 사실을 부각시켰다. 이는 개화당이 일본의 계략이나 지시가 아니라 자주적·적극적으로 독립보존과 제도개혁을 위해 외교활동을 전개하였으며, 갑신정변의 추진과정에서도 전략적으로 일본을 이용하려 했던 측면을 입증하려는 의도와 무관하지 않다고 여겨진다.

이어 저자는 개화당이 승산이 별로 없던 정변을 일으킨 원인에 대해 그들이 신봉하고 있던 이상을 정치현실에 적용해보려는 데 있었다고 파악하였다. 국내의 모순을 극복함과 동시에 외세의 침략에 대응하여 국가의 명맥을 유지하기 위해서는 개화당이 자신들의 이상을 조속히 실천해야 한다고 믿었다는 것이다. 그 이상은 국민주의 혹은 민족주의적인 정치의식을 바탕으로 청과의 사대관계를 청산하여 자주독립권을 되찾고, 자체 내의 실력을 갖추어 진정한 독립국을 만드는 것이었다. 이를 위해 개화당은 구미세력을 끌어들여서라도 청을 견제해야 하며, 특권을 유지하는 데 급급했던 집권층에 대해 '정치의 일대개혁'을 도모해야 한다고 생각하기에 이르렀다. 당시 집권층이 주도했던 개화정책은 서구의 군사력과 근대적 생산력을 수용하려 했지만, 이를 추진할 수 있는 재정과 인재를 충분히 확보하지 못한데다가 관리들의 무능과 부패로 말미암아 실효를 거두기는커녕 각종 폐단을 낳고 있었기 때문이다. 더군다나 청국의 간섭이 심화되고 민씨척족의 견제로 정치적 입지가 좁아지자 개화당은 위기의식을 느끼지 않을 수 없다고 보았다. 결국 개화당의 정변 동기에 대해 긍정적인 평가를 내린 셈이다.

저자는 김옥균 등이 정변을 계획·준비했던 그 시기를 김옥균이 차관

을 얻기 위해 일본에 건너가 있었던 1883년경이라고 추정하였다. 그 근
거로는 김옥균이 일본 체재 중 정변에 필요한 화약을 구입하고 일본의
정치가 고토後藤象二郎에게 정변의사를 비친 개혁의견서를 보냈으며, 귀
국한 뒤 미국공사 푸트에게 정변을 일으킬 의향을 밝혔다는 사실 등을
꼽았다. 이 시기문제는 정변의 추진주체와 성격을 가늠하는 중요한 잣
대가 되는 만큼, 김옥균 등이 자율적으로 정변을 준비·추진해나갔던 측
면을 강조하고 있음을 알 수 있다. 김옥균이 차관교섭에 실패하고 귀국
한 뒤 미국공사 및 공사관원에게 정변계획을 토로하고 적극적으로 도움
을 요청한 사실을 치밀하게 파헤친 의도 역시 이와 무관하지 않다고 여
겨진다.

마지막으로 저자는 갑신정강의 존재에 대한 의구심을 완전히 불식시
키는 성과를 거두었다. 개화당의 개혁구상을 가장 잘 엿볼 수 있는 갑신
정강은 갑신정변의 성격과 의의를 규명하는 데 관건이 된다는 점에서
주목을 받아왔지만, 일부에서 『갑신일록』에 들어있는 14조가 실제로 공
포된 것이 아니라 김옥균이 뒷날 자신의 생각을 적어 넣었다는 주장이
제기되어 있었다. 이에 저자는 「신기선국안」을 발굴·분석함으로써 정변
마지막날에 김옥균 등이 정강의 조목들을 협의·결정한 뒤 신기선으로 하
여금 기초토록 지시하였고, 이를 전교로 공포하였다는 사실을 밝혀냈다.

이를 토대로 저자는 정강 14조가 1880년대 개화사상가 대부분이 주
장했던 부국강병의 사상과 일치하며, 개화당 요인들은 한 단계 더 나아
가 국가의 자주독립과 인민평등권을 주장했다고 분석하였다. 특히 자주
독립과 인민평등권 사상은 당시 사회질서와 사상에 대한 일대 도전이자
한국사회가 나아가야 될 방향을 옳게 명시한 것으로서 독립협회운동으
로 계승되었던 점을 높이 평가하였다. 비록 개화당요인들이 자신들을
지지할 사회적 여건이 성숙하지 못한 상황에서 치밀하게 정변을 준비하

지 못한 채 성급하게 급진적인 구상을 실천하려다 '하나의 비극'을 빚어 냈지만, 갑신정변을 '근대민족주의nationalism의 선구적인 운동'으로 자리매김했던 것이다. 이처럼 저자는 내재적 발전론의 관점에 입각해서 사료 발굴과 실증적 분석을 통해 갑신정변의 자주성·자율성·주체성을 부각시켰다.

3. 개화파연구의 한계와 비판적 계승

1960~70년대 내재적 발전론과 근대화론적 관점에서 풍성한 연구가 이뤄지는 상황 속에서 저자는 개화파 자료를 광범위하게 새로 발굴하고 사실을 정확히 밝히는 실증적 연구의 전범을 보여주었다. 단순히 자료에 충실한 데 머무르지 않은 채 주제에 관련된 모든 사실들을 종합적·구체적으로 분석함으로써 "事實로써 史實을 말하게 하는 원숙한 경지의 방법"을 구사하였으며, 이를 토대로 개화사의 기본적이고 본질적인 맥락을 짚어냈던 것이다.[14] 이는「육영공원의 설치와 그 변천에 대하여」(1963)부터「평양과 기독교」(1999)에 이르기까지 30여년 가까이 저자가 개화사를 연구하는 과정에서 일관되게 견지해온 특징이라 할 수 있다. 그 결과 개화사 전반에 걸쳐 새로운 사실들이 밝혀졌고 적지 않은 오류가 수정되었으며, 개념이 정리되고 난제들을 해결할 수 있는 실마리가 주어짐으로써 개화사연구의 튼튼한 토대가 마련되었다. 아직까지도『개화당연구』를 비롯한 저자의 글들이 연구자들의 주목을 받고 후학들의 귀감이 되는 이유이기도 하다.

---

14 정창열,「서평 한국개화사연구」『한국사연구』4, 1970, p.199.

하지만 아쉬운 점도 없지 않다. 개화사 전체를 꿰뚫고 있었던 저자의 역량을 고려하면, 실증적 연구를 통해 얻어진 성과를 바탕으로 충분히 거시적인 관점 혹은 문제의식에서 개화사 혹은 개화파 전체의 실상을 종합적으로 조감·제시해줄 수 있었다고 여겨지기 때문이다. 물론 저서 발간 당시 개화사의 기본 사실이나 윤곽조차 밝혀지지 않은 실정에서 사료발굴과 문헌비판에 기초해서 실증적으로 분석하는 데 주력할 수밖에 없었던 사정도 이해된다. 그러나 이 점을 감안하더라도, 저자는 사료를 적극적으로 해석·평가하거나 역사적 성격을 거대담론의 틀 속에서 규정하는 데 지나치게 신중을 기하였다고 판단된다. 여기에서는 저자가 제시하여 지금까지도 널리 사용되고 있는 온건개화파와 급진개화파의 용어 및 개념, 갑신정변의 성격과 의의에 대한 평가를 중심으로 저자의 연구성과가 어떠한 한계를 지니며 또 어떻게 비판적으로 계승·극복되고 있는가를 살펴보고자 한다.

첫째, 저자가 "사회과학적 개념화에 얼마나 결백한가"를 단적으로 드러내고 있는 대표적인 사례로 개화파를 단지 급진과 온건의 차이로 두 개화세력을 구별한 점을 꼽을 수 있다.[15] 개화파는 개화정책의 추진 방법과 청일에 대한 외교문제 등을 둘러싸고 의견을 달리 하여 두 파로 갈라지게 되었는데, 전통적인 체제를 유지하면서 점진적으로 개화를 이룩해야 된다는 온건론을 주장했던 김윤식·김홍집·어윤중 등을 온건개화파로, 국가의 모든 체제를 전면적으로 철저하게 개혁해야 된다는 급진론을 주장했던 20·30대 청년들인 김옥균·박영효·서광범·홍영식 등을 급진개화파로 각각 명명하였던 것이다. 그러나 급진과 온건이란 개념은 개화파가 품은 사상의 내용을 포괄적으로 고려한 것이 아니라 개혁의

---

15 신일철, 앞의 논문, p.334.

방식 혹은 추진 속도의 차이를 기준으로 삼은 단순하고도 편의적인 분류에 지나지 않는다. 두 파가 지향하는 개혁사상의 차별성과 내용성이 담겨져 있는 용어로는 보기 힘들다.

따라서 개화파의 구분문제와 용어를 둘러싸고 지금까지 많은 논쟁이 벌어져 왔다. 북한에서는 수구파와 청군에 관해 '혁명적'으로 대하는 김옥균 등을 '적극적이며 혁신적인' 개화파, '타협적'으로 대하는 김윤식 등을 '소극적이며 온건적인' 개화파로 각각 구분하였다. '혁신파'와 '온건파'는 임오군란 때 청군의 흥선대원군 납치를 둘러싸고 분열되기 시작하여 국가의 변혁을 위한 방도문제로 확대되었다는 것이다. 이 구분의 기준 역시 개혁의 방도와 외세―청국―에 대한 태도에 역점을 둔 것으로 사상적 기반과 개혁의 지향에 대한 차별성을 보여주지 못하기는 마찬가지였다. 다만, 이러한 대립과 분열은 김윤식 등 온건파가 청군과 수구파의 편으로 넘어갔다는 것이 아니라 정치적 입장과 기본이념에서 여전히 '개화파'의 입장을 취하고 있다고 봄으로써 양자의 친연성을 강조한 점은 주목할 만하다.[16]

강재언은 청국의 양무파와 변법파의 사상적 차이를 원용해서 '개량적' 개화파와 '변법적' 개화파로 분류하였다. 이는 청국과의 사대관계에 대한 입장과 개혁 모델의 설정, 집권층인 수구파와의 대결의지, 전통유교를 계승한 동도서기에 대한 수용 여부 등을 기준으로 삼았다는 점에서 나름대로 설득력을 지니지만, 무술변법운동을 개량파의 개량주의적 운동이라고 간주하는 견해도 있는 만큼 선뜻 받아들이기 쉽지 않다.[17]

靑木功一는 김윤식 등이 박규수 등 개화선각자들의 중국 양무론의

---

16 이국순, 「임오군인폭동 이후의 개화파 활동」, 『김옥균』, 1964 : 『김옥균』, 1990, pp.142-143.
17 姜在彦, 『朝鮮の開化思想』, 1980, p.211.

범주에 머무른 '양무개화파'였던 데 반해 김옥균 등은 일본 후쿠자와福
澤諭吉의 영향을 받아 진보적인 '변법개화파'로 나아갔다고 파악함으로
써 양파의 분화를 단순히 대립관계가 아니라 역사발전의 한 과정으로
이해하였다. 그러나 조선의 역사적 조건을 고려하지 않은 채 중국의 '양
무'와 '변법'이라는 용어를 그대로 채용하고, 외인론에 입각해서 변법개
화파로 성장하였다고 규정하는 한계를 지닌다.[18] 중국의 변법자강론자
는 오히려 조선의 변법개화파보다 시기적으로 늦으며, 김윤식 등도 청
국의 양무운동론자들과는 달리 서양이 아니라 청국을 모델로 삼고 있기
때문이다.

그런가 하면 하원호는 역사학적 입장에 선 사상적 실체와 그 실천적
행위를 담보해야 한다는 전제 아래 '時務'개화파와 변법개화파로 나누
었다. 그는 김윤식의 「시무설」에 나오는 '시무'를 전환기나 사회적 위기
에서 개혁론으로 자주 언급된 초 역사적 개념이 아니라 개항 후 사회체
제의 변화가 아니라 근대적 생산력의 수용과 국제간의 세력균형에 의
한 통상론에 국한된 소극적 대세론의 개화라고 규정하였다. 또 김옥균
의 「치도약론」에서 채용한 '변법'은 조선의 정치·경제체제를 일본의
明治維新처럼 근대적인 입헌군주제·자본주의경제체제로 적극 개혁하는
지향성을 지닌다고 보았다. 아울러 그는 '온건'·'급진' 등 기존의 개념이
개화파 내부의 대립적 측면을 강조한 데서 비롯되었다고 비판하였다.
김윤식 등이 동도서기론적인 초기사상의 한계를 그대로 안고 여전히
'시무' 단계에 머물렀던 반면, 김옥균 등은 역사적 조건의 변화에 따라
사회체제의 급속한 개혁을 정치적으로 실천하는 '변법'으로 나아갔다는
것이다.[19] 시무가 과연 변법과 짝을 이룰 만큼 사상의 지향성을 내포한

---

18 青木功一, 「朴泳孝の民本主義·新民論·民族革命論」(二), 1977.

개념인지에 관해서는 논란의 여지가 남아있지만, 그의 견해는 개화파 자신들이 직접 남겨놓은 기록 속에서 그 사상의 지향성을 상징하는 용어를 찾아냄과 동시에 당시의 상황을 염두에 두면서 개화사상의 성립과 발전과 그 변화의 전 과정을 유기적으로 파악하려 했다는 점에서 주목할 만하다. 이러한 관점의 연장선상에서 앞으로도 개화파의 특징이 잘 드러날 수 있는 용어와 개념이 정립되기를 기대해본다.

둘째, 저자는 갑신정강의 신빙성을 비롯해 갑신정변의 전 과정을 실증적으로 검토했음에도, 개화당의 정변 동기를 긍정하고 정강의 일부 조항 및 실패원인에 근거해서 갑신정변을 한국사상 근대 민족주의의 선구적인 운동으로 평가하였다. 정변에 대해 일본의 침략정책에 편승한 정권탈취 음모에 불과할 뿐 개혁적인 요소를 찾아볼 수 없다는 부정적 평가와 기존체제를 타도하고 국민주권주의를 지향한 최초의 정치개혁운동으로서 위로부터의 부르주아개혁 혹은 혁명이라고 규정한 긍정적 평가가 제기되어 있던 당시의 학계에서 양자를 절충한 평가를 내렸던 것이다. 이러한 저자의 평가는 약간의 견해차가 있지만 지금까지도 일반적으로 받아들여지고 있다고 여겨진다.

그런데 저자는 정강 14조 가운데 중국과의 전통적인 관계 단절 및 자주독립, 인민평등권을 주장한 제1·2조에 대해 "당시의 다른 개화사상가로서는 상상할 수 없는" 개화당만의 진보적인 사상으로 높게 평가했을 뿐, 다른 조항에 관해서는 달리 의미를 부여하지 않았다. 잘 알려져 있듯이, 정강에는 이들 외에 왕권제한을 통한 통치체제의 혁신, 근대적 자유산업의 장려와 국가재정의 일원화, 근대적인 경찰·사법·군사제도

---

19 하원호, 「개화사상과 개화운동의 역사적 변화」, 『한국근대 개화사상과 개화운동』, 신서원, 1998.

등 개화당의 근대국가체제 개혁안이 담겨져 있었다. 이 정강은 김옥균을 비롯한 개화당요인들의 장기간에 걸친 개혁구상이 반영된 것인 만큼, 각각의 조항은 그 구상이 형성되는 배경과 과정을 염두에 둠과 동시에 정강 전체에 담긴 개혁구상의 틀 속에서 유기적인 관련성을 고려하면서 분석하지 않으면 안 된다.

특히 대신과 참찬으로 하여금 의정소에서 회의하고 정령을 의정·집행토록 한다고 규정한 제13·14조는 개화당의 정체구상을 엿볼 수 있는 점에서 갑신정변의 성격을 이해하는 데 중요한 관건이 된다. 이 조항에 대해 저자는 국왕의 전제를 폐지하고 내각회의의 권한을 확대함으로써 개화당이 이 기관을 장악하여 자신들의 이상을 실현해보려는 데 목적을 두었다고 해석하였다. 개화당이 국왕의 전제권을 제한하고 권력을 장악·독점하려 했다는 점은 대체적으로 받아들여지고 있다.

그러나 이 조항은 정치권력을 장악한 문벌을 타파하고 전제군주제를 제한하며 의정소를 통해 입헌군주제의 초기형태인 입법권과 행정권을 가진 내각제도를 창설함으로써 근대적 정치체제를 확립할 기초를 마련하려 했던 것으로 평가할 수 있다. 이미 『한성순보』 등에 서구의 입헌정체와 헌법, 의회 운영방식에 대한 기사들이 게재된 적이 있으며, 김옥균도 『치도약론』(1882)에서 明治維新이 일본의 근대적 개혁을 가능하게 한 근거로 파악하였으며, 홍영식·서광범 등은 보빙사(1883)로 미국 등 서구의 근대적 정치제도를 직접 견문한 경험을 갖고 있었기 때문이다. 이처럼 입헌정체를 지향해왔던 그들의 정치개혁구상은 정변을 통해 자연스럽게 표출되었다고 보는 것이 더 타당하다고 판단된다.

다음으로 저자가 갑신정변의 실패원인으로 지적한 민중의 지지기반 결여와 외세의존 등에 대해서도 당시 조선이 처했던 역사적 조건을 토대로 면밀히 검토해야 할 필요가 있다. 갑신정변은 청군의 강력한 무력

진압, 개화당의 치밀한 정변 준비 및 역량 부족, 일본군 차병의 실책과 일본군의 배신적 철병, 개화정책을 지지할 시민층의 미성숙 및 민중의 지지 결여 등으로 말미암아 실패하고 말았다는 것이 통설로 자리잡고 있다. 그들은 '위로부터의 개혁'을 추구한 탓에 당연히 민중과 긴밀한 연대를 갖기 힘들었으며, 일본 혹은 서구열강의 침략에 대한 인식이 부족하여 전략적이라 할지라도 외세를 끌어들였기 때문이다. 따라서 갑신정변을 제국주의 침략에 대항하는 근대 민족주의의 선구적 운동으로 파악하는 관점은 한정적으로 사용되어야 한다거나 일본의 침략을 제대로 읽어 내지 못한 미완의 부르주아 개혁이었다는 사실관계 내에서 평가해야 한다는 주장은 나름대로 설득력을 갖는다.[20]

그러나 개화당의 주도적 역량 혹은 갑신정변의 주체성을 지나치게 강조하는 것도 문제지만, 민중의 기반을 제대로 갖추지 못한데다가 일본의 침략성을 제대로 파악하지 못한 한계성을 과도하게 부각시키는 것도 바람직스러운 태도로 보기 힘들다. 세계사적으로 보더라도 '위로부터의 개혁'을 도모하는 세력이 민중의 기반을 확대한 뒤 부르주아개혁에 성공하는 사례는 찾아보기 힘들며, 당시 조선에 가해졌던 최대의 외압은 일본보다는 청국이었다는 현실적 상황도 고려하지 않으면 안 되기 때문이다.[21] 따라서 갑신정변은 실패로 끝났지만 전근대에서 근대로 넘어가는 역사적 단계에 부응해서 국민국가의 건설을 추구하였다는 점에

---

20 왕현종, 「개화와 척사」, 1996, p.72 ; 「근대화운동의 전개」, 2008, p.63.
21 이러한 의미에서 조소앙이 일제강점기인 1930년 한국독립당을 창당한 직후 당의 기원을 '갑신혁명'으로 설정하고, '귀족분자의 선각자'인 김옥균 등 소장 벌열파가 '聯日反淸'을 기치로 내세운 궁극적인 목적은 '해방을 自求'하고 '국가독립의 보전을 도모'하려는 데 있었다고 평가한 것은 시사해주는 바가 있다. 한철호, 「개화·일제강점기 김옥균에 대한 역사적 평가」 『호서사학』 38, 2004, pp.48-53.

서 한국근대변혁운동사상 커다란 의미가 있다고 평가할 수 있다. 실제로 외압이 점증하는 조건 속에서 위로부터의 변혁의 가능성은 시간이 흐를수록 희박해져갔기 때문이다.

이처럼 갑신정변의 평가문제는 단순히 개화당을 비롯한 정치 혹은 개혁세력의 성격을 규정하는 차원에 머물지 않고 한국근현대사의 전체상을 조감하는 작업과 직결되어 있다는 점에서 중요한 의미를 지닌다. 따라서 무엇보다도 역사적 사실을 정확히 밝힘과 동시에 당시의 역사적 조건을 정확히 고려한 전제 아래 갑신정변에 대해 객관적이고 과학적인 평가를 내리지 않으면 안 된다. 그래야 비로소 개화파와 갑신정변의 실상뿐 아니라 그 한계와 역사적 의의도 올바로 밝혀질 수 있을 것이다.

4. 맺음말

필자는 '개화기' 연구에 발을 들여놓은 때부터 지금까지도 궁금한 사항이 있거나 새로운 주제를 찾고자 할 때, 이광린의 논저를 다시금 펼쳐 들곤 한다. 그 이유는 무엇보다도 풍부한 사료를 바탕으로 역사적 사실을 정확하게 서술해놓았을 뿐 아니라 개화사 혹은 개화파 전반에 걸쳐 다루었던 각각의 주제들이 중요한 시사점을 던져주기 때문이다. 아직도 그의 논저를 접하면 접할수록 자신의 부족함을 절실히 깨닫고 있는 필자가 그 연구의 진면목을 올바로 전달하고 한계를 지적해야 하는 처지에 서게 되니 난감하기 그지없었다. 그럼에도 개화사연구가 한 단계 더 발전해나가기 위해서는 『개화당연구』를 비롯한 그의 연구성과를 다시금 음미하고 재평가할 필요가 있다는 생각에서 서평을 쓰기로 용기를 내보았다. 여기에서는 앞의 논의를 중심으로 향후 개화사연구의 과제를 제시함으로써 결론을 대신하고자 한다.

먼저, 이광린의 사료 발굴 노력과 철저한 문헌 비판은 개화사연구가 활성화되지 않은 상황에서 그 초석을 놓아주는 데 크게 기여하였다. 이는 역사연구자 모두가 갖추어야 할 가장 기본적인 태도이기도 하지만, 과연 얼마만큼 후학들이 전력을 기울이고 있는지 되짚어보아야 할 필요가 있다. 개화기는 중국·일본뿐만 아니라 미국·영국·러시아·프랑스·독일 등 구미 열강이 정도의 차이가 있지만 한국에 대해 꾸준히 관심을 갖고 각축을 벌이면서 정책을 펼쳤던 시기이다. 따라서 국내뿐만 아니라 일본·중국측의 자료 발굴도 지속되어야 하지만, 구미측의 자료는 상대적으로 발굴해야 할 여지가 많이 남아 있다. 다행히 최근에 들어 일부 한국사·서양사전공자들이 관련국가의 사료를 새롭게 발굴·정리하는 작업을 활발히 벌이고 있다. 이러한 귀중한 성과를 바탕으로 단순히 외교관계사에 초점을 맞추는 데 한정시키지 말고 개화사 전체의 실상을 밝히는 데까지 나아가기를 기대해본다.

다음, 이광린은 치밀한 실증적 연구를 통해 개화파에 관련된 중요 문제들을 밝혀줌으로로써 개화사연구의 외연을 넓혀주었지만, 역사적 해석과 평가에 신중을 기하는 바람에 상대적으로 그 내연을 심화하지 못한 한계를 지닌다. 역설적이게도 이러한 한계는 후학들의 연구를 촉발시키는 자극제가 됨으로써 개화파·개화운동의 성격과 의의를 둘러싼 논쟁이 활발하게 진행되고 있다. 하지만 개화파가 사관의 흐름에 따라 극단적으로 과대평가 혹은 과소평가되어 왔다는 점에서 문제의 심각성이 존재한다. 따라서 당시 한국이 처했던 역사적 조건을 객관적으로 파악한 전제 아래 개화파·개화운동에 대한 의의와 한계를 정확히 평가하는 자세가 절실히 요구된다.

마지막으로 이광린은 개화사에 관해 가장 해박한 지식을 지녔음에도 개화사 혹은 한국근대사의 전체상을 명확하게 제시해주지 못한 아쉬움을 남겼다. 물론 그는 자본주의 열강의 침략에 초래된 위기를 극복하기 위해 전개된 위정척사운동·개화운동·동학운동을 중심으로 한국근대사를 일목요연하게 정리·개괄한 역저『한국사강좌 : 근대편』를 저술하였다. 그러나 이 저서에서도 그는 운동 각각의 전개과정과 그 특징을 자세하게 서술하는 데 치중했을 뿐 운동 간의 유기적·종합적인 관련성을 천착하거나 한국근대사를 아우르는 성격을 규정하는 차원까지 나아가지 않았다. 이는 개설서라는 한계에서 비롯된 것이기도 하지만, 오히려 개설서를 통해 그가 지니고 있었을 한국근대사의 전체상과 그 특성을 적극적으로 표현할 수 있었을 것이라고 여겨진다. 그 과제는 이제 후학들의 몫으로 남겨진 셈이다. 일본의 한국병탄 100년을 맞이한 올해, 한국근대사의 실상이 좀더 올바르게 밝혀지는 계기가 되기를 기대해본다.

[『한국사연구』 148, 2010]

이광린 선생(1925-2006)의 삶과 학문

최기영 서강대학교 명예교수

1. 칠리 선생 10주기를 맞아

七里 이광린 선생이 세상을 뜨신 것이 2006년 4월 11일이었다. 10주기가 되는 올해(2016) 선생의 학문을 돌아보는 학술회의가 제자들을 중심으로 마련되어, 필자가 개괄적으로 선생의 생애와 학문을 소개하는 일을 맡았다. 상식적인 수준을 벗어나지 못하는 논의가 되겠지만, 이 기회를 통하여 선생 在世 시에 받은 학은에 감사드리며, 추모하고자 한다.

선생의 생애와 학문에 대한 기본적인 자료는 선생이 발표한 「나의 학문편력」(『한국사시민강좌』 6, 1990 ; 『한국근현대사논고』, 일조각, 1999 수록)이다. 이 회고는 서강대학교를 정년퇴직하던 1989년, 李基白 선생이 주재하던 『한국사 시민강좌』의 청탁으로 집필되었는데, 40년에 가까운 대학교수 생활을 마무리하면서, 당신의 학문을 돌아본 것이었다. 아울러 선생의 약력과 연구목록도 유용하게 사용될 것이다.[1]

---

1 이광린 선생의 약력과 연구목록은 2002년 3월 용재상 특별상 수상시 작성된 것이다. 고 元裕漢 선생이 선생의 와병으로 庸齋賞 수상이 어렵다고 연세대학교 당국에 특별상을 제정하게 하여, 필자에게 학교에 제출할 약력과 연구목록을 작성하도록 하였다. 선생의 퇴직기념논총인 『동아연구』 17, 1989에 수록된 내용을 기본으로 하여, 보완한 것이다.

이광린 선생의 생애를 시기적으로 구분한다면, 편의상 직장 중심으로 수학기(1925-1954), 연희·연세대학교 재직기(1954-1964), 서강대학교 재직기(1964-1989), 정년 이후(1989-2006)로 나눌 수 있지 않을까 한다. 학문적으로는 조선사에 관심을 두던 연세대학교 재직시기와 개화사에 집중한 서강대학교 재직기로 나눌 수 있을 것이다. 선생의 생애와 별도로 학문을 논의하는 것이 필요하겠지만, 이 글에서는 선생의 삶을 살피면서 학문적 궤적과 관심을 따라가는 정도의 언급에 그치고자 한다. 학문적 성격의 접근이라기보다 행장 정도로 이해를 구한다.

2. 평양과 서울에서 수학 : 1925-1954

칠리 이광린 선생은 1925년 2월 9일 평안남도 龍岡郡 陽谷面 新柳里 201번지에서 李斗完 공과 李謙玉 여사의 3남으로 태어났다.[2] 진남포 근처의 이곳은 연안이씨의 집성촌이었고, 집안은 기독교를 믿으며 과수원을 경영하였다. 선생의 호 '七里'는 바로 고향 마을의 다른 이름이었다. 고향에서 보통학교를 다니다가 평양 上需里로 옮겨 종로공립보통학교에 전학하여 1939년 3월 졸업하고, 평양 제2공립중학교(평양고등보통학교 후신)에 진학하여 1944년 3월 제32회로 졸업하였다. 중학교를 마친 선생은 평양 시내의 초등학교 촉탁교사로 있다가 해방을 맞은 것으로 언급하였는데,[3] 실은 평양형무소에 수감되었다가 출옥하였다. 일제의 경찰 자료에 따르면 선생은 해방 직전 평양경찰부에서 조사를 받고 1945년

---

2 선생은 호적에 1924년생으로 기록되어 있지만, 1925년생이 맞다. 뒤에 소개할 「身分帳指紋原紙」, 국가보훈처 소장에도 생년이 '大正 14년'으로 되어 있다.
3 이광린, 「나의 학문편력」, 『한국근현대사논고』, 일조각, 1999, p.267.

5월 19일 치안유지법 위반으로 평양형무소로 이감되었는데, 직업은 '無業'으로 기록되었다.[4] 선생이 생전에 이 사건에 대하여 언급하지 않아 자세한 내용은 확인할 수 없지만, 선생은 형님인 李正麟 선생의 학병입대에 반대한 활동으로 경찰서에 끌려가 고문을 받았으며, 친구가 사상범으로 체포되면서 가택수색을 받아 반일적인 편지 등이 발견되어 평양형무소에 수감되었다는 증언이 있다.[5] 아무튼 해방이 되어 형무소에서 석방된 것은 확실하지만, 선생은 평양 시절을 회고하는 글을 남기지 않았다.

해방 직후 서울을 다녀온 부친이 연희전문학교에서 학생을 모집하니 응시하라고 하여, 선생은 부친과 함께 월남하여 연희전문학교 영문과에 입학하였다. 1945년 10월부터 1년 정도 전문부 영문과에서 수학한 뒤, 1946년 9월 대학으로 승격한 연희대학교 학부에 진학하며 사학과로 전과하였다. 영문과에서 사학과로 전과한 이유를 선생은 암담한 현실을 고민하며, 추상적인 문학보다 구체적인 역사학을 공부하면 어떤 답을 구할 수 있을 것으로 생각하였다고 한다.[6] 사학과에는 趙義卨·廉殷鉉(서양사), 李仁榮·洪淳赫(한국사), 閔泳珪(동양사) 교수 등이 재임하였는데, 선생은 특히 민영규·이인영 교수의 지도를 받았다. 민영규 선생에게서는 격조 높은 학문과 글을, 이인영 선생에게서는 문제를 정면으로 대결하는 태도와 논리를 배웠다고 밝힌 바 있다.[7] 특히 선생이 한국사를 전

---

4 「身分帳指紋原紙」, 국가보훈처 소장. 延安光麟이라는 창씨명으로 작성된 이 자료는 2000년대 초 국가보훈처 연구원으로 재직하던 曺圭泰 한성대학교 교수가 발견하였다.

5 국가보훈처 소장 「이광린 공적조서」. 형 이정린과 친구 金貞武(예비역 육군소장)의 증언이 기재되어 있다. 고인이 된 사모님 權五慶 여사는 1956년 선생이 도미할 때 미국대사관의 비자발급 과정에서 이 사건이 문제가 되었다고 기억하였다.

6 이광린, 「나의 학문편력」, p.270.

7 이광린, 「잊을 수 없는 스승의 은덕」, 『한국근현대사논고』, p.263 ; 「나의 학문

공하게 된 계기는 이인영 선생의 지도 때문이었다. 2학년 '한국사개설' 수업의 과제로 제출한 三品彰英의 『朝鮮史槪說』에 대한 서평이 담당교수 이인영 선생의 칭찬을 받으면서, 선생은 한국사에 관심을 가지고 국내외에서 간행된 많은 한국사 관계 저서를 읽었다. 이인영 선생의 한국사강독 수업에서 『고려사』食貨志를 읽으며 한문에 대한 자신을 얻었으며, 뒤에는 주말마다 이인영 선생 댁에서 열린 『조선왕조실록』 강독에도 참석하였다.[8] 당시 연희대학교에서는 학부 졸업논문이 선택으로 20학점이 배정되어 있어, 졸업학기를 논문만 쓸 수도 있었고 20학점을 이수할 수도 있었다. 선생은 학점이수를 하면서 별도로 논문을 준비하여, 200자 원고지 250매 정도의 「號牌考」를 작성하였고, 졸업 직전에 사학과 후배들의 요청으로 발표하기도 하였다.[9]

선생은 1950년 6월 사학과를 제1회로 졸업하고 대학원에 진학하였다. 그러나 대학원에 진학하자마자 6·25가 일어나, 한국사를 강의하던 이인영·홍순혁 선생이 납북되고 말았다. 선생은 대학원 재학 중인 1952년부터 부산 임시교사 사학과 조교의 일을 맡으며, 학부의 한국사 강의도 맡아야 하였다. 이 시기에 이화여자고등학교에도 강사로 출강하였다.[10] 부산에서 서울대학교 음악대학에 재학 중인 바이올리니스트 安容九 씨와 3평짜리 방에서 하숙을 하였는데, 안용구 선생의 회고에 따르면 선생은 쌀가마니에 책만 가득 넣어 메고 하숙집으로 왔다고 한다.[11]

편력」, pp.273-274.

8 이광린, 「잊을 수 없는 스승의 은덕」 ; 「나의 학문편력」, pp.272-273.

9 이광린, 「학문의 길을 결정했던 졸업논문」, 『한국근현대사논고』, pp.252-255.

10 정확한 시기는 확인되지 않지만, 서강대학교 명예교수 李普珩 선생도 1951년 경 부산에서 이화여자고등학교에 강사로 출강하였는데, 이때 두 분이 처음 만났다고 한다.

11 안용구, 『한마리 새가 되어 : 바이올리니스트 안용구의 77년 음악일기』, 한길아

1952년 5월 14일 연희대학교 부산임시교사에서 개최된 연희대학교 사학연구회 제9회 발표회에서 「高麗朝에 來朝한 回回人에 대하여」를 발표하였고, 그해 10월에 '제1차 사학대회'로 교수와 대학원생이 준비한 제10회 연구발표회에서 「호패고」를 발표하면서 연구자로의 길을 내딛었다.[12]

3. 연희동산에서의 조선시대사 연구 : 1954-1964

1954년 3월 선생은 「鄕吏에 대한 社會史的 고찰」로 연희대학교 대학원에서 문학석사 학위를 받았는데, 주심은 서울대학교의 이병도 선생, 부심은 민영규, 이홍직 선생이었다. 3월 20일 연희대학교 제1회 석사학위 수여식에서 선생은 서양사 전공의 李玉 등과 함께 첫 문학석사 학위를 받고 사학과 전임강사로 발령을 받았다.[13] 선생이 주로 맡은 강의는 고려시대사였지만,[14] 주된 학문적 관심은 조선 초기사로 1954년부터 학술지에 논문을 발표하였다. 1960년대 중반까지 발표된 조선 초기사를 다룬 10여 편 논문의 주제는 제지업과 양잠업을 비롯하여, 集賢殿과 四部學堂, 奔競禁止法이나 京主人 등 조선 초기의 제도사를 중심으로 정치·경제·사회·문화에 두루 관심을 가졌음을 알 수 있다.

1956년 3월 20일 權五慶 여사와 결혼하였다. 연희대학교 문과대학 학장이던 鄭錫海 선생이 주례를 섰다. 권오경 여사는 3·1운동 당시 천도

트, 2004, pp.77-81.

12 『연세사학의 발자취 : 1946-2006』, 혜안, 2006, p.19.

13 『경향신문』 1954년 3월 19일자 「延大碩士學位授與」.

14 『연세대학교백년사 : 1885-1985』 3, 연세대학교출판부, 1985, p.31.

교 대표로 33인의 한 분이신 權秉悳 선생의 손녀로 숙명여자대학교 영문학과 출신의 재원이었다. 장남 春國이 1957년에, 장녀 春喜가 1959년에, 그리고 2남 春建이 1961년에 출생하였다. 결혼한 지 반년이 되지 않은 8월 선생은 하버드대학교 옌칭연구소의 초청으로 출국하여, 1년간 방문교수로 미국에 체류하고 1957년 6월 귀국하였다. 이때의 미국생활과 연구에 대해서는 뒤에 특별한 언급이 없다. 아마도 이 시기의 옌칭도서관에 한국자료가 4,000권 정도에 그쳐 연구가 크게 만족스럽지 못하였던 것으로 짐작된다.[15]

연희대학교는 1957년 3월 세브란스의과대학과 통합하여 연세대학교로 교명을 바꾸었고, 선생은 하버드대학교에 가있는 동안 조교수로 승진하였다. 1959년 한국연구도서관(한국연구원의 전신)의 연구비 10만원을 수령하여 1961년『李朝水利史研究』라는 저작을 간행하게 된다. 조선이 농업국가였으므로 농업사 연구의 필요성을 느끼고, 수전농업과 관련하여 수리사업 문제를 정리한 연구였다.

> 대학을 졸업할 때 쓴 호패법 때문인지 몰라도 나는 1950년대에 줄곧 『朝鮮王朝實錄』을 비롯한 조선 초기의 사료를 읽었다. 그리고 얻어진 사료를 토대로 製紙業 등의 논문을 써 보았다. 그러나 조선은 농업국가였으므로 장차 농업사를 연구해야 될 것으로 생각하였다. 한편으로 조선시대의 농업은 水田農業이 대종을 이루고 있었으니까 물에 관계되는 문제를 우선 살펴야 될 것으로 느꼈다.[16]

---

15 이광린, 「나의 학문편력」, p.279 ; 「韓末과는 다른 韓國의 국력과 대응력 : 실종된 기록정신 되찾는 역사의식 있어야」(李光麟-崔起榮 인터뷰), 『自由公論』 1993년 8월호, p.133.

16 이광린, 「나의 학문편력」, p.276.

연구비로『조선왕조실록』과『備邊司謄錄』등을 구입하고 1년 동안 200자 원고지 900매를 집필하여 간행된 이 저작은 선생의 첫 저서였다. 그러나 기간에 쫓겨 완성한 이 저술에 대해서 선생은 만족하지 못하여, 30년 뒤 일본에서 번역될 때에도 내용이 부족하다고 하며 기회가 되면 다시 정리하고 싶다는 의사를 밝히곤 하였다.[17]

1960년 4·19혁명이 일어났고, 4월 25일의 대학교수단 데모가 큰 계기가 되어 李承晩 대통령이 하야하였다. 선생의 은사인 연세대학교 철학과의 鄭錫海 선생이 교수단 데모 주도자 가운데 한 분이었다.[18] 연세대학교에서도 白樂濬 총장의 전횡을 비판하는 학원민주화운동이 전개되었는데, 백낙준 총장은 참의원에 출마하여 정계로 진출하여 참의원 의장에 선출되었다. 그러한 과정에서 8월 24일 재단이 민주화운동에 열성적이던 張庚鶴·張德順·朴斗鎭 세 교수의 파면을 결의하는 사태가 일어났다. 이에 대하여 문과대학 교수 29명이 9월 12일 반대성명을 발표하였는데, 사학과에서는 선생과 高柄翊·閔錫泓 선생이 서명하였던 것이다.[19] 학원민주화를 요구하는 이 성명은 金允經·정석해·梁柱東·沈仁坤·權五惇 등 원로교수들부터 소장교수들까지 두루 참여하고 있었다. 학생들의 동맹휴학과 교수들의 농성 등이 계속되었으나, 재단의 무성의로 사태가 해결되지 않다가 1961년 5·16 군사쿠데타로 말미암아 학원민주화운동은 중단될 수밖에 없었다. 이러한 사회의 대변동 속에서 선생은 그간 진행해 온 농업사 연구보다, 전통사회가 근대사회로 옮겨가는 변혁기에

---

17 이광린,「나의 학문편력」, pp.276-279. 일본어 번역은 李光麟(坪井伸廣·車洪均·松本武祝 譯),「李朝水利史硏究」1-7,『水利科學』162-168, 1985·1986, 水利科學硏究所였다.

18 朴相圭,『西山 鄭錫海』, 연세대학교출판부, 1989, pp.163-195.

19 『동아일보』1960년 9월 13일자「敎授團動搖」.

대하여 관심을 가지게 되었다. 선생이 개화기에 관심을 가지게 된 배경이었다. 선생의 소회를 그대로 인용해 본다.

> 1960년과 1961년은 한국사회의 대변동기였다. 1960년에는 4·19 혁명으로 자유당정권이 무너졌고, 1961년에는 군사정권의 출범으로 민주당정권이 무너졌다. 외견상 조용히 공부만 하고 있는 것처럼 보일지라도 역사를 공부하는 사람으로 사회의 대변동에 눈을 감을 수 없었다. 특히 이승만 대통령이 물러날 때 대학교수들의 데모가 결정적인 역할을 하였는데, 이 데모를 주동한 교수 중에는 내가 대학을 다닐 때 가르친 선생님도 끼어 있었다. 두 혁명을 겪으면서 나는 사회변동에 관심을 쏟았다. 현대사는 자료의 수집관계로 도저히 불가능할 것처럼 느껴져 개화기, 즉 구한국시대에 눈을 돌렸다. 사실 이 시기도 전통사회에서 근대사회로 넘어 가는 대변동기였다. 도포를 입고 상투를 튼 사람들이 서양의 문물을 받아들여 나라의 자주독립을 지켜보려고 하였던 때였다. 이런 시기에 지식인들이 어떤 생각을 갖고 있고, 또 어떤 태도를 취하였는지 알고 싶었다. 비록 현대사에 손을 대지 못할망정 이런 변동기는 손을 대 볼만하다고 느꼈다.[20]

선생은 역사의 격동기에 주목하여, 사회변동의 시기로 전통사회에서 근대사회로 이행되던 '개화기'에 대한 연구에 착수하였다. 개화기하는 용어도 선생이 育英公院과 관립외국어학교, 鍊武公院 등 근대식 교육기관에 관한 연구가 그 시작이었다. 모두 외국인 고문관을 고빙하여 한국에 근대교육을 실시하였던 기관이었다. 근대교육 연구로 선생의 개화사연구가 시작되었던 것이다.

---

20 이광린, 「나의 학문편력」, p.278.

4. 서강언덕에서 개화사를 밝히며 : 1964-1989

1962년 10월 부교수로 승진한 선생은 1964년 3월 모교인 연세대학교를 사직하고, 1960년에 개교한 신설대학인 서강대학으로 자리를 옮겼다. 1961년부터 강사로 출강한 서강대학으로 옮긴 정확한 이유를 선생이 밝힌 적은 없지만 몇 가지 짐작되는 일을 찾을 수 있다. 하나는 연세대학교 사학과의 교수충원문제와 관련하여, 선생이 교수충원을 위하여 용퇴하였다는 것이다.[21] 또 4·19와 5·16을 거치면서 학원민주화운동이 전개되며 연세대학교 내부의 갈등이 크게 표출되어 선생이 존경하던 정석해·권오돈 선생과 같은 분들이 학교를 떠나게 되었는데, 이 일이 선생에게도 영향을 미쳤던 것으로 이야기되기도 한다.[22] 당시 서강대학의 교수 월급은 다른 대학에 비하여 매우 높았는데,[23] 이러한 점도 이적의 한 이유였을 것이다. 그리고 한 학기 전에 이화여자대학교에 재직하면서 선생과 함께 출강하던 이기백 선생이 서강대학으로 옮겨와 있던 사실과, 서강대학 측의 적극적인 초빙의사도 고려되어야 할 것 같다.

서강대학에 부임한 다음 해, 즉 1965년 3월부터 1966년 11월까지 교무처 차장을 역임하였다. 당시 교무처장이 미국인 신부였으므로, 실질적인 교무처장직을 수행한 셈이었다. 1965년은 한일회담문제로 정국이 요동치고 있었는데, 7월 12일 재경대학교수 370여 명이 서명한 한일협정 비준반대선언문이 발표되었다.[24] 선생은 사학과의 吉玄謨·李普珩·이기

---

21 원유한, 『통일부활의 꿈 : 칠리이광린선생희수기념』, 혜안, pp.10-13.

22 朴相圭, 『西山 鄭錫海』, p.200. 실제 이분들은 군사정권이 교원의 정년을 60세로 줄여, 정년에 해당되기도 하였다.

23 『서강대학교 40년사 : 1960-2000』, 서강대학교, 2000, p.101.

24 『동아일보』 1965년 7월 12일자 「在京大學敎授團 韓日協定批准反對宣言文」 ; 『경

백 선생과 함께 이 선언문에 서명하여, 굴욕적인 한일협정에 반대한다는 것을 보여주었다. 교무처 차장을 마치면서 선생은 1966년 12월부터 1년간 두 번째로 하버드대학교 엔칭연구소에서 연구할 기회를 가졌다. 이때에는 엔칭도서관의 장서도 크게 늘었고, 특히 중국·일본·한국의 자료를 함께 볼 수 있어 개화사 연구의 기초를 닦을 수 있었다.[25] 이보다 앞서 1966년 8월 근대사연구회를 조직하여 洪以燮 선생을 대표간사로, 孫寶基·金成俊 선생과 함께 간사를 맡은 바 있었으나,[26] 크게 활동하지는 않았다. 또 1967년 12월 한국사연구회가 발족되자 연구간사를 맡았고,[27] 1968년 한국서지연구회 창립에도 참여하였다.[28]

1968년부터 1년간 발표된 논문들은 兪吉濬과 李樹廷과 같은 개화기 활동한 인물도 있었지만, 『海國圖志』와 『易言』을 비롯하여 『農政新編』이나 『近世朝鮮政鑑』 등 주로 개화운동에 영향을 미친 서적들이며 『漢城旬報』·『漢城周報』와 같은 신문에 주목하고 있었다. 1969년 7월에 간행된 『韓國開化史研究』(일조각)는 선생이 그 '서문'에서 언급한 대로 1880년대 개화문제를 온건개화파의 움직임을 통하여 밝히고자 한 것이었다. 물론 개화사상에 대한 전반적인 논의를 함께 하고 있지만, 이후 선생은 많은 사료를 동원하여 개화기의 개별적 사실을 밝히는 연구에 매진하였다.

1880년대에 개화를 추진한 사람들, 이른바 개화파에는 온건파와 급

향신문』 1965년 7월 12일자 「大學敎授들 批准反對 선언」.
25 이광린, 「나의 학문편력」, p.279.
26 『동아일보』 1960년 9월 13일자 「敎授團動搖」.
27 『韓國史研究』 1, 1968, p.174.
28 『경향신문』 1969년 7월 9일자 「國學 발전에 디딤돌」.

진파가 있었음을 알게 되었다. 급진파는 자기들을 개화당이라 부르고 온건파를 수구당 혹은 사대당이라고 불러 배척하였다. 급진파는 일본의 明治維新을 모방하여 체제까지 바꿔보려는데 대하여, 온건파는 중국에서처럼 사상이나 제도를 예전대로 지키면서 부족하다고 느끼는 기술만을 서양에서 받아들이려는 생각을 갖고 있었다. 나는 이 두 파에 대하여 고루 관심을 가지고 논문을 써 보았다. 그리하여 온건개화파에 속하는 인물이나 활동에 대하여 쓴 논문을 묶어 1969년『韓國開化史研究』라는 책을, 1973년에는 급진개화파에 대해 쓴 논문을 묶어『開化黨研究』라는 책을 냈다. 그 뒤 1979년에 이르러 온건·급진 개화파의 운동을 밑받침하는 사상을 다루어『韓國開化思想研究』라는 책을 냈다.[29]

선생의 회고대로 개화파를 중국의 洋務運動처럼 서양의 기술문명만을 수용하고자 하는 온건개화파와, 일본의 明治維新과 같이 서양의 기술뿐 아니라 사상과 제도도 받아들이자는 급진개화파로 구분하였다.『한국개화사연구』에서는 바로 온건개화파에 대하여 검토하였던 것이다. 이어 1973년 2월에 간행된『開化黨研究』(일조각)는 甲申政變과 金玉均 등 급진개화파에 대한 천착이었다. 劉大致와 李東仁과 같이 알려지지 않았던 중인이나 승려 출신의 개화당 인사를 밝힌 것도 큰 성과였다.『한국개화사연구』는 1969년 11월 한국일보사에서 주관한 한국출판문화상 저작상을,[30]『개화당연구』는 1973년 10월 경향신문사의 경향양서출판문화상 저술부분 금상을 수상하였다.[31]『한국개화사연구』는 3부로 구성되었는데, '개화사상 연구'·'개화운동 연구'·'개화기의 인물과 그 활동'이 그

---

29 이광린,「나의 학문편력」, pp.279-280.
30 『한국일보』 1969년 11월 22일자「제10회 한국出版文化賞 受賞圖書 결정」.
31 『경향신문』 1973년 10월 31일자「金賞 開化黨研究」.

것이었다. 이 구분은 선생의 개화사 연구의 기본적인 시각이라고 볼 수 있다. 선생의 개화기 이해는 바로 개화사상과 개화운동, 그리고 인물을 통하여 전개되기 때문이다. 이후 개화와 관련된 많은 저서들은 바로 이 분야 안에서 이루어지고 있었다.

선생은 개화를 實學의 이용후생학파를 계승한 것으로 이해하였으며, 개화파들은 이를 서양화 혹은 문명화로 파악하였다고 보았다. 부국강병을 강조한 선각자 중심의 초기 개화파와는 달리 1890년대 후반기에는 개화사상과 개화운동이 대중에게 확산되었고, 러일전쟁 이후에는 국권회복 의지로 나아갔다고 보았다.[32] 특히 1896년 독립협회의 결성을 하나의 분기점으로 이해하여, 독립협회 이전과 이후를 '開化前期'와 '開化後期'로 규정하기도 하였다. 그것은 '위로부터의 개혁'이 '아래로부터의 개혁'으로 질적인 변화가 이루어져 가고 있음을 의미하는 것으로 이해해도 좋지 않을까 한다.

아울러 한국을 다룬 외국인의 영문서적을 번역하였는데, 맥켄지 Frederick A. McKenzie의 *Korea's Fight for Freedom*을 『韓國의 獨立運動』(일조각, 1969)이라는 제목으로 출간한 것이 그 처음이었다. 이어 해링턴 Fred Harvey Harrington이 알렌 Horace Allen을 다룬 *God, Mamon and the Japanese*를 『開化期의 韓美關係 : 알렌 博士의 活動을 中心으로』(일조각, 1973)라는 제목으로 간행하였다. 두 책 모두 한국근대를 이해하는 데 적절한 외국서적이며, 인문과학연구소의 '人文飜譯叢刊'으로 간행되었다. 뒤에 선생은 언더우드 Horace Grant Underwood의 *Call of Korea*를 『韓國改新敎受容史』(일조각, 1989)으로 번역한 바 있다.

---

32 이광린, 「開化思想의 形成과 그 發展」, 『開化派와 開化思想 硏究』, 일조각, 1989 에 잘 정리되어 있다.

1970년대 대학가는 유신독재체제에 저항하는 대학생들의 반정부 시위가 계속되고 있었다. 선생은 교내에서 1972년 3월부터 1974년 8월까지 인문과학연구소장을 맡았고, 이어 1975년 9월부터 2년간 사학과장을 맡았다. 이 시기 학과장은 무엇보다도 학생지도에 진력하지 않을 수 없었는데, 특히 사학과 학생들이 시위 등에 적극적이었다. 교외에서는 1973년부터 2년간 震檀學會의 대표간사로 일하였다. 진단학회는 1972년 4월 대표간사제를 채택하여 이기백 선생을 대표간사로 선임하였는데, 선생은 평의원으로 간사를 맡아 이기백 선생을 돕다가 차기 대표간사가 되었던 것이다.[33] 그리고 1977년부터 2년간 歷史學會 회장을 맡았으며, 閔賢九·金稔子·文明大·崔泳保 선생이 간사로 선생을 도왔다. 또 1974년 7월 국사편찬위원으로 위촉되었다.[34]

그리고 『韓國開化思想研究』(일조각, 1979)를 출간하였는데, 개화운동의 바탕이 되는 사상을 다룬 것이었다. 姜瑋·兪吉濬·徐載弼의 개화사상과 함께, 개신교 문제와 사회진화론을 다루고 있었다. 이 저서는 1984년 9월 대한민국학술원 저작상을 수상하였다.[35] 선생은 개화사 연구에서도 특별히 유길준과 서재필, 그리고 김옥균에 대해서는 이후에도 여러 차례 논문을 발표하여 지속적인 관심을 보였다. 선생은 개인을 통한 개화운동이나 개화사상을 밝혀 개화사의 발전을 보고자 하였는데, 이들이 대표적이면서도 다양한 모습을 보여주었다고 보았기 때문이 아닐까 한다. 또 개신교와 개신교 지도자들에 대해서도 역시 지속적으로관심을 가지고 있었다. 한국에 있어서 개신교의 발전은 관서지방을 중심으로 이루어졌고, 선생도 관서의 독실한 개신교 집안 출신이었다. 사실 선생

---

33 『震檀學會六十年誌』, 진단학회, 1994, p.83.
34 『경향신문』 1974년 8월 17일자 「西江大 李光麟 교수 國史편찬위원 위촉」.
35 『동아일보』 1984년 7월 21일자 「學術院賞 수상자 6명 선정」.

의 부친과 형제들이 장로로 교회를 세우기까지 하였으나, 선생 자신은 학문적으로 한국기독교사에 주목하면서도 교회에는 출석하지 않았다.[36]

한국학과 관련된 국제회의가 1970년대부터 많아졌는데, 선생은 파리에서 열린 제24차 동양학회(1973)와 하와이대학에서 열린 한국학회(1975), 호주 캔버라 소재 호주국립대학에서 개최된 한국학회(1978) 등에 참석한 바 있었다.

1979년 제2학기에 들어서 모교인 연세대학교에서 선생을 교수로 초빙하고자 하였다. 국학연구원장을 오래 맡았던 민영규 선생이 1980년 2월로 정년을 맞게 되자, 연세대학교에서는 선생을 국학연구원장으로 모실 계획이었다고 알려져 있다. 국학연구원은 1950년대 동방학연구소로 출발하였으나 1970년대 초까지 학술활동이 크게 않다가, 1970년대 중반 이후 국학연구원으로 개편하고 기관학술지인 『東方學志』의 간행을 정례화하면서 다양한 학술활동을 전개하고 있었다. 선생도 이러한 점을 고려하여 연세대학교로 옮기는 것으로 결정하였으나, 이 소식이 알려지자 동료 교수들 뿐 아니라 제자들이 적극적으로 만류에 나섰다. 대학원생 등을 중심으로 개인 혹은 단체로 서교동의 선생 댁에 찾아가 연세대학교로 옮기는 일을 재고해주기를 청하며 연좌하였던 것이다. 여러 날 계속된 제자들의 만류로, 선생은 연세대학교로 옮기고자 하던 일을 접었다.

1979년은 유신정권이 무너지고 민주화운동이 전개되던 격동기였다. 10·26과 12·12 등으로 정국이 안개 속에 놓여 있던 바로 이 시기, 1980년 1월 선생은 서강대학교의 행정책임을 맡는 부총장에 임명되었다. 『서강타임스』1980년 1월 22일자에 따르면, 선생의 부총장 취임이

---

36 2000년대 사모님은 일산은혜교회에 열심히 출석하였으며, 선생의 장례도 은혜교회에서 주관하였다. 선생은 와병 중이어서 교회에 출석하지 않았다.

그 전해 12월 20일자로 문교부에서 승인이 나서 1월 4일 경주에서 열린 교수회의에서 취임식을 가졌다고 한다. 당시 총장은 미국인 예수회원인 스킬링스태드 신부Rev. M. Delma Skillingstad, S.J.로 학교재정을 오래 맡아온 분이었고, 한국어가 능숙하지 못하였다. 따라서 한국인 부총장의 역할은 교무와 학생 뿐 아니라 교내외 전반을 총괄해야만 하였다. 전임 부총장의 사의로 공석이 되기는 하였지만, 연세대학교로 옮기는 일을 그만두자마자 갑작스럽게 부총장에 임명된 것은, 선생과 가까운 교수들이 학교당국에 적극 추천한 결과가 아닌가 한다. 특히 서강을 일시나마 떠나기로 생각하였던 상황에서의 미안함과 책임감이 보직에 특별한 관심을 보이지 않던 선생으로 하여금 부총장 제의를 받아들이게 하지 않았을까 짐작된다.

그러나 1980년부터 1983년 12월까지 만 4년에 걸쳐 부총장을 연임한 선생은 정국과 학교내부 사정으로 인하여 적지 않은 어려움을 겪었다. 1980년 5월 '서울의 봄'이 군부의 개입으로 무너지며, 광주민주화운동을 비롯하여 정국은 혼돈 자체였다. 정부의 강경한 학생문제 대처를 교내에서 책임져야 하는 위치가 부총장이었기 때문에, 선생은 본의 아니게 학생문제에 강경하지 않을 수 없었다. 아마도 청년시절 일제에 항거하다가 감옥에 수감되었던 경험은 학생들이 일시적인 감정으로 일생을 어렵게 만들 수 있다는 우려를 가졌던 것으로 짐작된다. 학생문제에 있어서 선생은 보수적으로 대처하였다.

선생은 또 재학생의 애교심과 자부심을 고양하고 통합의 구심점으로 삼기 위하여 배구단을 창단하였다. 선생과 가까운 신문방송학과 李根三 선생을 단장으로 한 이 배구단은 학문과 운동을 병행한다는 학교방침이 있었지만, 서강대학교가 추구해 온 학문일변도의 교육체제와 재정문제 등에 상치되는 부분이 없지 않다는 교내여론도 컸다.[37] 재학생들의 의견이 수렴되지 않은 조치였던 이 문제에 대하여 특히 사학과 학생들의 반대가 심하자, 선생은 불쾌한 심기를 감추지 않았다. 배구단은 1985년 5월에 학생운동부로 개편의 순서를 밟아, 사실상 해체되고 말았다.[38]

1981년 3월 『韓國史講座 : 近代篇』(일조각)이라는 한국근대사 개설서가 간행되었다. 한국사를 시기별로 고대·고려·조선 전기·조선 후기·근대·현대로 나누어 시대사를 정리하고 연표를 추가하고자 한 이 기획은 이기백 선생이 이기동 선생과 함께 저술한 '고대편'과 선생의 '근대편'만이 출간되고 말았다. 선생은 정치사 중심의 운동사를 통하여 한국근대를 조감하였다. 쇄국과 개항·개화-척사운동·동학농민운동과 갑오개혁·독립협회의 활동·일제의 주권침탈과 의병항쟁의 5장으로 구성된 이 개설서는 열강의 침략으로 야기된 위기를 극복하고자 한국인들의 움직임에 주목하였으며, 특히 동학농민운동과 독립협회의 활동을 장으로 독립시켜 설명하였다. 이 집필은 1978년 7월부터 만 2년에 걸쳐 이루어졌다. 부총장직을 수행하면서도 강의와 집필을 계속하였던 것이다.[39]

선생은 개화 나아가 근대화를 중시하고 강조해 온 것으로 나타나지만, 그것은 선생이 관심이 그 부분에 집중되었기 때문이라고 생각된다. 한 좌담회에서 선생이 한국근대의 중요인물 18인을 추천한 적이 있는데, 崔益鉉·李恒老·柳麟錫·李南珪·金玉均·黃玹·閔宗植·朴珪壽·全琫準·徐載弼·李東仁·閔泳煥·孫秉熙·李範允·安重根·李儁·張志淵·河蘭史가 그들이었다.[40] 최익현·이항로·유인석·이남규·민종식·전봉준·이범윤 등이 개화에 반대한 척사론자이거나 의병장 또는 농민지도자였으므로, 선생은

---

37 『서강학보』 1981년 4월 16일자 「본교 배구단 창단」.
38 『서강학보』 1985년 5월 10일자 「배구단 개편, 사실상 해체」.
39 『한국사강좌 : 근대편』, 일조각, 1981, 「머리말」.
40 이광린 외, 『勇氣있는 사람들』, 중앙일보사, 1978, p.151.

개화와 척사가 모두 한국근대사에서 중요한 역할을 하였다는 사실을 인정하였던 것이다. 다만 선생은 개화의 중요성에 더 비중을 두고 있었고, 그 부분에 관심을 집중시켰다고 하겠다.

아울러 선생은 1981년 8월 학술원 회원에 선임되어,[41] 한국사학계를 대표하는 학자의 한 분으로 알려졌다. 인문과학(뒤에 인문·사회) 제3분과에 소속되어 돌아갈 때까지 재임하였는데, 당시 서강대학교 사학과의 全海宗 선생과 이기백 선생이 학술원 회원으로 재임 중이었다. 1981년 11월에는 전해종 선생을 소장으로 교내에 동아연구소를 설립하는 일을 적극 지원하였다.

1982년 1월 선생은 부총장에 연임되었다. 그해 12월 국민교육헌장 선포 14주년을 맞아 정부에서는 선생에게 국민훈장 모란장을 수여하였다.[42] 아마도 이 시기 선생이 가장 진력한 문제는 졸업정원제 실시로 학생수가 급증하여 교내시설이 크게 부족하자 추진된 새로운 교사 건립이었다. 김대건관이라고 명명된 이 교사를 짓는데 문교부와 건설부, 그리고 서울특별시의 건축허가를 얻는 것이 쉽지 않았다. 결국 1983년 7월 5일에야 기공식을 가질 수 있었고, 준공은 선생이 부총장을 마친 1984년 8월에 가능하였다.[43] 또한 이 시기를 전후하여 서강대학교를 운영하는 천주교 예수회 내부에서는 한국화가 진행되고 있었다. 예수회 위스컨신 관구 소속이던 한국예수회가 독립지구를 만들고자 하였던 것이다. 이 일은 한국인 예수회원과 미국인 예수회원 사이에 큰 간극을 가져왔고, 나아가 서강대학교 구성원 특히 교수 사회도 양분되기에 이르렀다.[44]

---

41 『동아일보』 1981년 8월 13일자 「學藝術院 회원명단」.
42 『동아일보』 1982년 12월 4일자 「국민헌장선포 14주년 3千 7百 16명 훈장·표창」.
43 『서강대학교 40년사 : 1960-2000』, p.257.
44 『서강대학교 40년사 : 1960-2000』, pp.158-159.

1983년 7월 스킬링스태드 총장의 후임으로 메이스 신부Rev. John D. Mace, S.J.가 선임되었는데, 결국 메이스 신부는 예수회의 한국화 과정에서 1985년 1월 총장직에서 물러나고 말았다. 이때 선생은 서강대학교를 발전시켜온 미국인 예수회원들이 얼마만큼 더 학교를 운영해야 한다고 생각하여, 미국인 예수회원들을 지지하였다. 선생은 1983년 12월 임기만료로 부총장직을 그만 두었지만, 이후 한국인 예수회원들이나 학교당국과 우호적인 관계를 유지하기 어려웠다. 실제 예수회의 한국지구는 1985년 2월 25일에 설립되었다.[45]

부총장직을 4년간 수행하는 동안 선생은 학교 행정에 진력을 다하였다. 보직자나 직원들이 해야 할 일도 직접 지시하고 챙기는 일이 많아, 주위에서 선생의 별명을 '좁쌀영감'이라고 불렀다. 보기에 따라서는 보좌하는 분들에 대한 신뢰가 모자라서 선생이 가능한 일을 직접 챙기는 것 같았지만, 일을 맡으면 그 일에 최선을 다하는 선생의 성격 때문이었다. 대만 중앙연구원에서 개최된 한중관계사연토회(1981)과 미국 워싱턴 월슨센타에서 열린 한·미 수교 100주년기념학술회의(1982), 미국 캘리포니아 대학 한국학연구소 주최 국제회의(1984) 등의 국제학술회의에 참석하였다.

1984년 8월 선생은 일본 도쿄대학 문학부 초청으로 6개월간 도쿄에 머물렀다. 국제문화교류기금의 재정적 후원을 받은 이 체류에서 일본외무성 외교사료관과 도쿄도립대학 도서관, 도쿄대학 明治新聞雜誌文庫 등에서 개화사에 관련된 많은 자료를 섭렵할 수 있었다. 1986년 4월에 간행된 『韓國開化史의 諸問題』(일조각)은 바로 이때 수집한 자료들을 이용하여 작성한논문들을 묶은 것이었다. 이 저서는 1987년 3월 3·1문화

---

45 『예수의 벗 : 한국에서의 50년』, 예수회 한국관구, 2005, pp.157-160.

상 학술부문을 수상하였다.[46] 그리고 그 속편이라고 할 수 있는 『開化派와 開化思想研究』(일조각)을 3년 뒤인 1989년 6월에 출간하였다. 기행문이 포함되었다고 하나 16편의 논문을 1986년 4월부터 1989년 2월까지 3년에 걸쳐 완성한 것이었다. 선생은 개화기를 개화사상이 드러나는 1860년대부터 일제에 국권을 빼앗기는 1910년까지의 시기로 규정하고, 1896년 독립협회의 창립을 기준으로 전기와 후기로 구분하였다. 따라서 개화 전기에는 정부 주도의 개화운동이 적지 않았고, 개화 후기에는 민간 주도의 개화운동이 두드러지는 양상을 보이기도 한다. 그 '머리말'에서 선생은, "본서에서도 하나의 문제를 체계적 혹은 깊이 천착하기보다 개화사에서 의당 다루어야 할 문제들을 살펴보았다"고 하였는데, 선생의 개화사 연구가 다양한 개별사실의 발굴에 큰 공헌을 하면서도 그 체계화에 이르지 못한 점을 스스로 인정하고 있었음을 확인할 수 있다. 사실 선생이 개화와 관련하여 많은 업적을 내면서 개별적인 사건이나 문제, 인물에 대해서 다양한 시각으로 밝혀왔다. 후학들은 선생이 밝힌 많은 개별사실들을 엮어 체계화된 이론을 기대하였던 것도 사실이다.[47] 그리고 개화기 또는 개화사라는 용어가 한국근대사의 한 부분이 강조되어 전체상 구축을 그르칠 위험이 있다는 지적도 없지 않았다.[48] 그러나 개화의 다양한 양상을 통하여 근대지향의 의지를 확인한 것이 선생의 몫이었고, 그것을 기반으로 개화사의 체계화를 이루는 일은 후학에게 남겨진 일이라고 생각된다.

---

46 『동아일보』 1987년 2월 3일자 「3·1文化賞 학술부문 受賞한 李光麟 교수」.

47 한철호, 「개화파 연구의 실증적 초석 쌓기와 그 의의 - 李光麟의 『開化黨研究』를 중심으로-」, 『한국사연구』 148, 2010.

48 金敬泰, 「韓國開化史研究」, 『현대한국의 名著 100권』, 동아일보사, 1985(『新東亞』 1985년 1월호 별책부록), p.116.

정년을 전후한 시기에 선생은 북한 초기 학술사에 주목하였다. 金錫亨이나 朴時亨, 都宥浩 등 대표적인 학자들을 검토하여 북한 초기의 학술적인 동향을 살폈다. 아울러 북한에서 金玉均이나 丁若鏞과 같은 인물과 고조선과 같은 문제를 어떻게 이해하고 평가하는지도 살펴보았던 것이다.[49] 1980년대 후반만 해도 북한연구가 일부 소장학자들이 관심을 가질 때였는데, 선생은 학술과 관련된 부분이기는 하였지만 북한사 연구의 초석을 놓았던 것이다.

5. 정년 이후의 대학운영과 투병생활 : 1989-2006

1989년 2월 선생은 서강대학교 사학과에서의 25년 교수생활을 마치고 정년을 맞았다. 사학과의 이보형 선생과 함께 정년을 하였고, 연세대학교에서의 10년 교수생활을 더하면 35년간 대학에 재직하였던 것이다. 제자들은 '칠리 이광린교수 퇴직기념 한국사논문집'(『東亞研究』 제17집)을 정년논총으로 만들어드렸는데, 선생에게 직접 배운 27명이 논문을 실었다. 정부에서는 국민훈장 모란장을 수여하였다.[50] 정년을 하면서 선생은 世宗大學校 역사학과 초빙교수로 1991년 2월까지 재직하였다. 세종대학교에 재직하던 제자 吳星 교수가 선생을 모셨던 것이다. 이어 1991

---

49 선생이 북한사 논문으로는 다음과 같은 것이 있다. 「北韓의 歷史學」, 『東亞研究』 16, 1988 ; 「北韓에서의 金玉均研究」, 『북한이 보는 우리 역사』, 乙酉文化社, 1989 ; 「北韓學界에서의 '古朝鮮' 研究」, 『歷史學報』 124, 1989 ; 「北韓의 考古學 --특히 都宥浩의 研究를 中心으로--」, 『東亞研究』 20, 1990 ; 「北韓學界에서의 丁茶山 研究」, 『東亞研究』 28, 1994.

50 『동아일보』 1989년 2월 22일자 「퇴직 教員 千2百 32명 훈·표창」.

년 3월부터 2년 동안 충청남도 서산시 해미에 위치한 韓瑞大學에 재직하였다. 서강대학교 대학원의 강의와 논문지도는 정년 이후 1992년까지 맡았고, 이후에는 鄭杜熙 교수가 논문지도를 맡았다. 선생을 지도교수로 하여 박사학위를 받은 제자는 정두희·李培鎔·鄭求福·吳星·河宇鳳·尹熙勉·李勛相·崔起榮·朴桓·金東洙·金世潤·尹炳喜·洪英基 등이고, 申虎澈·白賢淑·白承鍾·朴贊殖·徐鍾泰·金惠貞·韓圭茂·河永輝·徐珍敎·曹圭泰·宋萬午 등은 석사논문만을 지도받았다.

선생은 『開化派와 開化思想硏究』를 정년 직후인 1989년 6월에 출간한 뒤에, 연세대학교의 요청으로 언더우드Horace G. Underwood와 에비슨Oliver R. Avison의 전기를 집필하였다. 자료 수집을 위하여 미국을 방문하는 등 전기 집필에 전념한 결과, 『초대 언더우드 선교사의 생애』(연세대학교 출판부, 1991)와 『올리버 알 에비슨의 생애』(연세대학교 출판부, 1992)를 간행할 수 있었다. 이어 동아일보사에서 기획한 근대인물전기의 하나로 유길준을 맡아, 1992년 10월 『유길준』(동아일보사)도 출간하였다. 정년 이후 선생의 연구가 청탁에 의하여 인물전기가 주가 된 셈이었다. 아울러 연세대학교 국학연구원에서는 1988년대부터 매년 '다산기념강좌'를 개최하였는데, 선생은 1992년 이 강좌를 맡아 두 학기동안 '개화기 인물 연구'라는 주제로 강의를 하였다. 그 결과가 1993년 4월 연세대학교 출판부에서 간행된 『開化期의 人物』이었다. 사실 '유길준'도 이 강의에 포함되었으나, 별도의 책으로 간행된 것이었다.

1993년 4월 선생은 충청남도 금산에 신설된 中部大學 학장으로 부임하였다. 충청남도 금산군 추부면 마전에 설립된 이 신설대학은 서울 중구 저동 소재 영락병원을 재단으로 하고 있었다. 1984년 신학교로 출발하여 중부사회산업학교로 운영되던 학교를 영락병원이 인수하여 단과대학으로 개교하였던 것이다. 중부대학에서 선생은 4년을 재임하였는데,

2년은 단과대학인 중부대학 학장으로, 이어 2년은 종합대학교로 확장된 중부대학교 총장으로 학교를 대표하고 있었다. 당시 선생은 서교동을 떠나 경기도 고양시 일산의 아파트에 거주하였는데, 일산에서 금산까지 매주 출퇴근을 하였다. 즉 일산에서 매주 월요일 아침 영등포역으로 가서 기차 편으로 대전에 도착하면, 모시러 나온 승용차로 금산의 대학에 출근하였다. 금요일 오후 역순으로 일산에 돌아왔다. 금산에는 학장 관사가 학교 앞 아파트에 마련되어 있어 그곳에서 혼자 생활하였다. 건강에 자신이 있는 선생이었지만 70의 나이에 매우 힘이 드는 일이었던 것으로 생각된다. 선생의 건강이 크게 나빠진 다음 주위의 의견들이지만, 중부대학에서의 4년이 선생의 건강을 해쳤을 것으로 이야기된다. 홀로 객지생활을 하는 것도 한 이유였겠지만, 중부대학의 재정횡령 문제로 실제와는 무관한 선생이 수사를 받기도 하였는데,[51] 전반적으로 신설대학을 안정시키는 일에 진력하며 건강이 악화되었을 것으로 짐작되는 것이다.

1995년 3월 선생은 종합대학으로 승격한 중부대학교의 초대 총장으로 취임하였다. 그리고 5월 13일 연세대학교 개교 110주년 기념식장에서 명예문학박사 학위를 받았다.[52] 사실 선생에게 명예박사학위를 드리자는 논의는 정년 전후 서강대학교에서 있었지만, 일부 학교 보직자의 반대로 무산되었던 것으로 알려져 있다. 중부대학교에서 선생은 열성을

---

[51] 중부대학은 1994년 강의를 배정하지 않은 교수들에게 강의료를 지불한 것으로 서류를 꾸며 불법전용하였다는 고소로, 선생이 업무상 횡령혐의로 수사를 받기까지 하였던 것이다(『한겨레신문』 1994년 10월 15일자 「유령교수 급여지급 중부대학 비리의혹」).

[52] 『동아일보』 1995년 5월 14일자 「연세대 개교 110주년 기념식 金成洙씨 등 4명에 명예학위」.

다하여 학교발전에 진력하여 지방 신설사립대학으로 발전의 기틀을 잡았다. 그러나 당시 지방사립대학의 대부분과 마찬가지로 대학의 인사권과 재정권에서는 배제된 명예직으로서 책임만을 지는 총장이었기에 더욱 건강문제를 야기하지 않았나 생각되는 것이다. 기실 선생의 건강은 중부대학에 내려가지 전부터 조심할 필요가 있었던 것으로 보이나, 병원 가기를 싫어한 선생은 제대로 진단조차 받지 않았던 것 같다. 그러한 환경에서도 선생은 『開化期研究』(일조각)라는 연구서를 1994년 10월에 출간하였다. 서강대학교를 정년퇴직한 이후에 작성한 논문 등 12편을 모은 것이었다.

서강대학교를 정년한 뒤 중부대학교 총장으로 재임하던 6년 동안 선생은 3권의 연구서와 3권의 전기를 간행하였다. 『개화파와 개화사상연구』는 정년 이전에 발표한 논문들을 모은 것이지만, 언더우드와 에비슨, 유길준에 대한 전기는 정년 이후에 시작한 글이었다. 또 『개화기의 인물』과 『개화기연구』도 마찬가지였다. 정년 이전보다 오히려 정년 이후 몇 해 동안에 발간한 연구서가 더 많은 셈이었다. 그리고 그 주된 관심은 인물 연구에 있었는데, 개화운동과 그 사상을 개별 인물을 통하여 밝혀내는 작업이었다. 그 대상은 온건개화파와 급진개화파 그리고 기독교 지도자에 이르기까지 광범위하였으며, 한국근대화에 기여한 외국인에까지 미쳤던 것이다. 개인 연구는 개인의 긍정적인 측면에 빠지기 쉬운 위험도 없지 않으나, 개인이 변혁기에 어떠한 움직임을 보였는가 하는 관점에서 드러나는 다양한 모습을 정리하고 체계화할 수 있을 것이다.

1997년 2월 중부대학교 총장을 마치고 4년간의 금산생활을 마무리했다. 선생은 일산에서 은퇴생활을 하였는데, 이 시기부터 눈에 띠게 건강에 문제가 있는 것으로 보였다. 결국 파킨슨병으로 진단되었다. 파킨슨병은 뇌의 신경세포 손상으로 초기에는 손과 팔에 경련이 일어나고, 점차 보행이 어려워지는 진행형 신경 퇴행성 질환으로 알려져 있다. 더욱이 1997년 8월 괌 비행기 추락사고에 선생의 사위와 외손이 포함되어 있어 그 충격 또한 컸다. 사실 선생의 가계는 부모님이 90세 넘게 사셔서, 선생 뿐 아니라 주위에서도 선생의 건강에 대해서는 별다른 걱정을 하지 않았었다.

1998년 北京大學 韓國學硏究中心에서 '한국학총서'의 하나로 선생의 『한국개화사연구』를 번역하여 발간하겠다는 뜻을 전해왔다. 고려대학교 국어국문학과 丁奎福 선생의 주선이 있었고, 오성 교수가 나서서 일을 추진하였다. 먼저 한국어판을 새로 간행하기로 하고 필자가 서강대학교 대학원생들을 동원하여 컴퓨터에 원고를 입력하고 교정을 보았다. 1999년 1월에 간행된 『全訂版 한국개화사연구』가 그것이고, 그 해 12월 香港社會科學出版社에서 출판된 陳文壽 번역의 『韓國開化史硏究』는 그 원고를 가지고 번역한 것이었다. 아울러 필자는 선생의 허락을 얻어 선생의 발표원고 가운데 그간 발간된 연구서에 빠진 원고를 정리하여, 1999년 1월 『韓國近現代史論攷』(일조각)로 출간하였다. 그 서적에 수록된 「헐버트의 한국관」(『한국근현대사연구』 9, 1998.12)과 「平壤과 기독교」(『한국기독교와 역사』 10, 1999. 4)는 선생이 약간 마무리가 남은 초고를 1998년 중에 필자에게 주어, 한규무 교수가 부분적으로 보충하여 원고를 마무리하였다. 건강이 좋지 않은 상태에서도 평소에 관심을 가지고 있던 주제를 원고로 작성한 선생의 모습에서 학문에 대한 의지를 볼 수 있었다. 사실 그 두 글이 선생이 집필한 마지막 원고였다. 즉 선생은 건강에 이상이 온 뒤에도 1998년까지 원고를 집필하였던 것이다.

2000년 전후까지 선생은 일산의 아파트에서 가까운 전철역까지 지팡이를 집고 산책을 하였다. 선생 댁에서 길 하나 건너 500m 정도에 사는 필자는 한국교회사연구소 출근길에 선생을 여러 차례 뵈었는데, 얼굴이

나 손에 상처가 있는 경우가 있었다. 파킨슨병이 진행되면서 몸의 중심을 잡기 어려워 넘어지는 경우가 적지 않았던 것이다. 점차 선생의 건강은 악화되어 2000년대에는 운신이 어려워, 거실에 환자침대를 두고 누워있기에 이르렀다. 권오경 여사의 희생적인 간병이 있었지만, 선생의 병은 깊어만 갔다. 2001년 말 동국대학교 역사교육과 元裕漢 선생은 필자에게 선생의 이력과 연구업적을 정리해서 보내달라는 연락을 해왔다. 연세대학교에서 백낙준 선생을 기리며 시상하는 庸齋賞에 특별상을 만들어 선생에게 드리기로 해서 필요한 서류라는 것이었다. 선생의 건강이 본상을 수상하고 수상연설을 할 수 없는 상황에서 본래 없던 특별상을 만들었던 것으로 안다. 2002년 3월 8일 연세대학교 루스채플에서 열린 용재상 시상식에 선생은 참석할 수 없었다.[53] 이즈음 국가보훈처에 연구원으로 재직하던 제자 조규태 박사가 일제자료를 검토하며 선생이 일제 말기에 치안유지법 위반으로 평양형무소에 수감되었던 사실을 발견하였다. 선생 사후 독립운동사공적심사위원회에 부의된 선생의 공적심사 결과는 입증자료의 미비로 서훈이 이루어지지 않았다.[54]

선생의 병환은 더욱 악화되어 체내에 호스로 영양분을 공급하였으며, 의식이 없는 상태가 계속되었다. 그러한 투병생활이 여러 해 계속되다가, 2006년 4월 11일 오후 4시 경 선생은 일산 댁에서 눈을 감았다. 세브란스병원 영안실에 빈소가 차려졌으며, 4월 13일 오전 8시 영결예배를 마치고, 천안공원묘원에 마련된 유택에 모셔졌다.[55] 향년 81세였다.

---

53 『조선일보』 2002년 3월 9일자 「연세대 '용재상' 시상식열려」.
54 국가보훈처 공훈심사과-1729(2008. 8. 5) 「2008년도 광복절 계기 독립유공자 공적심사 결과 안내」.
55 『조선일보』 2006년 4월 12일자 「학술원회원 이광린씨 별세」.

6. 칠리 선생을 기억하며

선생의 장점을 원유한 선생은 약속을 잘 지키고, 제자에 대한 배려가 깊고 자상함을 들었다.[56] 선생을 아는 모든 이들에게 선생과 시간약속과 관련한 기억들을 가지고 있을 만큼, 선생은 항시 약속시간보다 15분 정도 일찍 약속장소에 나왔다. 항상 5분 전에 강의실에 와 수강생들을 기다리다가 정시에 수업을 시작하였다. 부지런하고 꼼꼼하였다. 원고청탁을 받으면 약속한 원고가 늦는 법이 없었다. 정년논총을 만들 때 사양하던 선생은 제자들에게 세 가지를 언급하였다고 알려져 있다. 제자들이 간행비용을 내서는 안 되고, 선생에게 직접 가르침을 받은 제자들만의 논문을 싣고, 논문 제출이 늦는 경우는 선생의 제자가 아니라고 하였다는 것이다. 그러한 이유에서 정년논총은 학교 부설연구소인 동아연구소의 학보로 시간적 여유를 가지고 만들 수 있었다.

선생은 연구에서나 생활에서나 항상 부지런하여, 학교 보직을 맡으면서도 논문과 저서를 낼 정도였다. 새로운 자료를 찾기 위하여 선생이 바친 노력도 부지런하고 꼼꼼한 성품에서 비롯되었을 것이다. 일찍 자고 일찍 일어나는 생활이 몸에 배었고 산책을 거르지 않았다. 학교 보직을 맡기 전에는 특별한 날이 아니면 술을 즐기지 않았다. 학교 보직을 맡은 뒤에는 종종 술을 들었다. 잠이 오지 않을 때 양주 1잔씩을 들고 취침한다고 말씀하였는데, 아마도 평소에 술을 들지 않는 선생에게 건강에 영향을 끼치지 않았을까 생각된다. 담배는 젊어서 피웠지만 일찍 끊었다.

선생은 제자들에게 부드럽고 너그러웠으며, 학계에서 활동하는 제자

---

56 원유한, 『통일부활의 꿈 : 칠리이광린선생희수기념』, pp.7-8.

들만큼이나 사회에서 활동하는 제자들에게도 지속적인 관심을 가지고 있었다. 항상 사학과 졸업생에 대한 자부심을 드러냈고, 소문난 총기로 제자들의 이름이나 출신 고교부터 집안 사정까지 많이 알아 제자들을 놀라게 하였다. 대학원에 진학한 제자들에게 석사논문 지도를 엄격하게 하며, 첫 번째 논문의 중요성을 강조하였다. 여러 차례 초고를 고치게 하여 무엇이 잘못되고 부족한 가를 스스로 깨닫게 하는 방식으로 지도하여, 석사논문을 쓰고 나면 자신의 글을 쓸 수 있게 하였던 것이다. 박사과정생들에게는 너그러웠고 학문에 대한 격려를 아끼지 않았다. 선생이 몸소 공부의 즐거움을 알려주었다고 하겠다. 대학원 학기말 리포트를 제출하면, 얼마 되지 않아 제자들을 호출하여 문제점을 지적하여 제자들을 놀라게 하였다. 정년 뒤 10년 가깝게 한국사 전공 대학원생을 대상으로 매 학기 장학금을 내놓은 일은 선생의 제자사랑의 한 모습이었다.

선생과 관련된 일에 매우 엄격하였다. 부모님의 상이나 자녀의 결혼까지도 주위에 알리지 않았다. 특히 모친상은 주위에 전혀 알리지 않아, 서강대학교에서 가장 가깝게 지낸 국민학교 후배 이근삼 선생은 무척 서운해 한 기억이 있다. 자녀의 혼사도 개혼 때만 청첩을 냈고, 그 다음부터는 주위에 알리지 않았으며, 알아도 참석하지 못하게 하였다.

선생은 글을 쓰며 문장에 크게 매이지 않았는데, 막상 발표된 글을 읽으면 생동감이 흘렀다. 논문을 쓰고 나면 꼭 제자들에게 교정을 겸하여 읽혔다. 선생이 먼저 초고를 잡은 다음, 사모님이 정서를 한 원고를 제자들이 읽었던 것이다. 제자들의 의견에 수긍하면 그 자리에서 수정을 하였다. 선생은 새로운 사료를 찾는데 많은 노력을 쏟았다. 특히 하버드대학교 옌칭연구소와 도쿄대학에서 연구하는 기회에 많은 자료를 보고 읽고 수집하여, 그 자료를 기반으로 많은 논문을 쓸 수 있었다. 여러 차례 선생은 논문을 자료로 말하게 하라는 지도를 하였다. 선생 자신도, "역사란 자료로 하여금 이야기시킨다는 명제가 있다. 저자는 이 명제를 충실하게 지키려고 노력하고 있으나 제대로 지켰는지 걱정이 앞선다"라고 하였다.[57] 이어 남이 보기에는 땅에 떨어진 이삭처럼 보이는 개화기의 작은 문제들이 선생에게는 중요하다고 생각된다고 밝히며, 그 이유로 오래 자료를 수집하고 검토한 결과라는 점을 밝히고 있었다. 그만큼 자료문제에 엄격하였으며 자신을 가졌음을 짐작할 수 있다. 선생은 자신의 공부를 발로 한 것처럼 느껴진다고 하였다. 연구실에서 공부하기보다, 새로운 자료와 사실을 발굴한다고 보낸 시간이 많음을 회고하였던 것이다.[58]

선생은 좌우명으로 『論語』의 구절을 고쳐 李丙燾 선생이 써준 "爲人之學 不如爲己之學"을 삼고 있었다.[59] 남을 위한 학문은 자신을 위한 학문보다 못하다는 좌우명을 선생은 지키지 못하였다고 하였지만, 선생의 학문은 자신 뿐 아니라 남을 위한 것이었다고 생각한다. 선생의 제자들은 선생과의 인연을 자랑스러워하고 소중해 한다. 학문에서도 그렇지만 인품과 격조가 높던 선생을 기리고 따르고 닮고자하기 때문이다.

[『서강인문논총』 46, 2016]

---

57 이광린, 『開化期研究』, 일조각, 1994, 「머리말」.
58 이광린, 「나의 학문편력」, p.282.
59 이광린, 「나의 학문편력」, p.283.

제2부

회고

짧은 만남, 긴 여운

권연웅 경북대학교 명예교수

올해가 칠리선생 탄신 100주년이다. 후배들이 기념출판을 준비하며 내게 회고담을 요청했다. 나는 1965년 서강대학 사학과에 입학하고, 1969년 대학원에 들어가 한국근대사를 전공했다. 이를테면 선생의 첫 제자가 되었다. 미국에 유학할 때는 원격지도를 받았다. 이제 80대 중반이 되어, 그 젊고 패기 넘치던 시절을 돌아본다.

나는 늦깎이로 역사 공부를 시작했다. 1959년 서울대 법학과에 들어가서 2학년 때 4·19를 겪고, 이듬해 입대해서 5·16을 겪었다. 제대한 뒤 법대를 중퇴하고, 전공을 역사학으로 바꿨다. 서강대학이 1960년에 개교한 것을 모르다가, 소문을 늦게 들었다. 왠지 이 작은 대학에 큰 매력을 느껴, 사학과에 입학했다.

처음에는 서양사를 전공할 생각이었고, 독문학을 부전공했다. 한국사에는 관심이 적었지만, 고적답사는 정말 좋아했다. 참가자가 20명 정도로 단출했다. 강진 고추밭에서 고려청자 파편을 줍고, 해군 함정을 타고 충무공 전적지를 찾고, 달밤에 부여 정림사지 탑을 다시 보고, 안동 도산서원에는 남자들만 들어간 일이 생각난다.

입학할 때는 궁금한 것이 참 많았다. 역사학은 활짝 열린 학문이다.

답답한 법학보다 훨씬 좋았다. 그러나 당시 국내에는 역사 연구서가 드물었다. 다행히 서강대학 도서관은 국내 첫 개가開架식이고, 미국 책과 학술잡지가 꽤 많았다. 이것저것 구경하며 갈증을 풀었다. 특히 브리태니커 백과사전을 자주 이용했다.

3년이 후딱 지나가고 4학년이 되었다. 마침 석사과정이 개설되어, 전공을 결정할 차례였다. 서양사는 어느새 내 마음에서 멀어졌다. 한동안 중국근대사로 기울어, 페어뱅크·라이샤워의 동아시아 개설서도 좀 읽었다. 마침내 2학기 말에 전공을 한국사로 정했다. 우리 역사를 너무 푸대접하는 세태에 의분 같은 것을 느꼈다.

당시 우리는 전쟁의 폐허 속에서 자기비하가 심했다. 우리 모두 '엽전'이고 '신화 없는 민족'이었다. 이어령이 쓴 『흙 속에, 저 바람 속에』(1963)는 그 뼈아픈 증언이다. 교양과목 국사를 개설하는 대학은 드물었고, 강사 자리는 하늘의 별 따기였다. 한국사 전공자는 고생문이 훤했다. 객기든 운명이든, 나는 막판에 전공 분야를 바꿔서 본격적인 공부를 시작했다.

1969년, 나이 스물아홉에 대학원 석사과정에 진학했다. 한국사 전공은 이때 처음 개설되었다. 입학시험 과목은 전공과 한문(사료번역)이었고, 첫 입학생은 나와 이기남 동문이었다. 교과과정도 간단해서, 세 학기 동안 전공 여섯 과목을 듣고 나서, 석사논문을 쓰는 것이다. 종합시험이나 외국어 시험이 따로 없었다.

그래서 학기마다 이기백·이광린 선생의 세미나를 하나씩 수강했다. 시간은 월·수·금 오전 한 시간씩, 장소는 두 분 연구실(옆방). 이기남 씨와 나는 각각 지도교수 연구실에 '입주'했다. 칠리선생은 대개 대학원과 학부 수업이 있는 월·수·금 사흘만 나오셨다. 덕분에 나는 매일 밤늦도록 거기서 공부할 수 있었다.

첫 학기가 제일 힘들었다. 세미나는 두 과목, 매주 여섯 시간이고, 우리 두 명이 세 시간씩 교대로 발표했다. 두 분은 각각 하버드대학에 머무실 때, 와그너 교수 세미나를 참관하신 것 같다. 모두 처음이라 그냥 최선을 다했다. 한 시간 발표를 스무 시간쯤 준비했다. 공부하는 보람은 컸고, 체중은 첫 학기에 3키로쯤 줄었다.

둘째 학기는 한결 수월했다. 이배용 씨가 세미나에 합류한 덕분이다. 학적은 이화여대로 합반 수업을 한 셈이다. 세 명이 수강하자, 매주 세 시간 발표가 두 시간으로 줄었다. 기초실력도 늘고, 준비요령도 생겼다. 이듬해 김정화 씨가 새로 입학하자 세미나가 더 수월해졌다. 그러나 논문주제 때문에 마음은 늘 바빴다.

세미나는 두 과목이 특히 생각난다. 하나는 이기백 선생의 『고려사』 「선거지選擧志」 "전주銓注" 강독이다. 발표자가 원문을 한 구절씩 번역하며 핵심 용어들을 정리했다. 이를테면 역주譯註 작업이었다. 그래서 「백관지百官志」 등에서 관련 기사를 검색하고, 관련 논문들을 샅샅이 뒤졌다. 선생님은 늘 차분히 들으시다가, 한 대목이 끝난 다음에 말씀하셨다. "그게 맞을까요?" 하시면 진땀이 났다.

칠리선생의 세미나는 사료 공부보다 연구서 강독이 더 기억에 남는다. 교재는 *Changing Japanese Attitudes toward Modernization* (Princeton U. Press, 1965). 이 책은 하버드대학의 라이샤워 교수가 이끄는 '일본 근대화' 공동연구의 대표작이다. 당시 선생의 개화사開化史 연구가 무르익어, 제도에서 인물과 사상으로 확장되고 있었다. '근대화'는 개화 연구의 틀이고 오늘의 화두였다.

이 책을 읽으면서 얻은 바도 많고 실망도 컸다. 앞서 길현모 선생의 학부 세미나를 수강한 적이 있다. 학생이 네 명이었나? 주제는 영국 산업혁명에 관한 '생활수준' 논쟁. 교재는 경제사 논문(영문) 열 편 정도로,

낙관론(보수)과 비관론(진보)이 반반이었다. 이 치열한 논쟁을 읽고 나니, 산업혁명의 명암明暗이 선명하게 보였다. 그러나 일본 근대화론은 군국주의라는 어두운 면을 철저히 외면했다.

선생님 심부름도 좋은 공부였다. 연구논저의 교정을 맡기시면, 인용문을 원문과 꼼꼼히 대조하며 사료와 친해졌다. 자료 발굴에도 따라갔다. 1901년 무렵 한성 감옥의 도서대출부(치부책)였다. 이승만·신흥우 등 죄수 이름과 『턴로력정』 등 책 제목이 어렴풋하다. 장충동에서 자료를 빌려 사직동 사진관에서 촬영했다. 복사기가 들어오기 직전이었다. 맥켄지가 쓴 *Korea's Fight for Freedom*을 번역하실 때는 그 일부를 내게 맡기셨다. 여름 방학에 해드리고 번역료를 두둑이 받았다.

석사논문 주제를 찾는 일은 정말 어려웠다. 선생께서 윔스Clarence N. Weems Jr의 박사논문(컬럼비아대학, 1954)을 읽어보라고 하셨다. 주제가 독립협회였다. 그의 아버지(Sr)는 1909년 개성에 와서 32년간 선교와 교육에 헌신했고, 아들 4형제 모두 여기서 자랐다. 서대문에 있던 한국연구원에 가서 마이크로필름을 읽어보니, 더 보탤 것이 없었다. 내 생각에 개화사 연구는 선생님 한 분으로 충분한 것 같았다.

원래 내 관심 분야는 20세기(전반)였다. 지금 우리의 삶은 일제의 식민지지배와 직결된다. 당시 사람들이 이 큰 도전에 어떻게 대응했는지 궁금했다. 그래서 '소작쟁의'나 '조선 프롤레타리아 예술가동맹'(KAPF) 같은 주제들을 조금씩 조사했다. 그런데 이 역사적 사건들의 큰 배경이 깜깜했다. 일본과 중국의 현대사가 몹시 궁금한데, 강의도 책도 없어서 답답했다.

해결책은 미국 유학이고, 선생님도 권장하셨다. 마침 미국 국무부 산하 동서문화센터East-West Center 장학생으로 선발되어, 1970년 9월 하와이대학 사학과 석사과정에 들어갔다. 2년 공부하고 돌아와 석사논문을 쓸 셈이었다. 그러나 일본·중국 근대사를 속성으로 배울 수는 없었다. 석사과정을 마치고, 바로 박사과정(동아시아사)에 들어갔다. 결국 서강대 석사과정은 논문을 못 쓴 채 끝났다.

1971년 6월, 하와이대학에서 한국학 국제학술회의가 열렸다. 한국학연구소 창립을 기념하는 행사였다. 분야는 역사학·고고학·종교학·미술사·언어학 등이고, 한국 학자들이 주제를 발표하고, 영어권 학자들이 논평하는 방식이었다. 국내에서 이광린·이기백·김원룡·손보기·이기문·이기영 등 여러분이 오셨다.

발표요지는 일찌감치 받아서 한국 유학생들이 영어로 번역하고, 미국인 교수들이 감수하여 논평자에게 보냈다. 나는 김원룡·김정배 두 분의 원고를 배정받았다. 학부 때 진홍섭 선생의 한국미술사 강의를 들어, 미술사 쪽은 쉽게 번역했는데, 주제어 '멋'의 번역이 힘들었다. 고고학 쪽은 다뉴세문경多鈕細文鏡 번역이 문제였다.

심포지엄이 열리자, 발표와 지정토론이 흥미롭게 전개되었다. 가령 이기영 교수가 한국불교의 특징은 원효가 밝힌 화쟁和諍과 회통會通이라고 주장하자, 캐나다에서 온 불교학자가 짧게 논평했다. 그것은 불교의 보편적 속성이고, 주장은 엉터리다. 이에 발표자가 멋지게(?) 응수했다. 국내 한국학이 세계와 소통하는 첫 대목이었다.

행사 마지막 날, 참가자들이 삼삼오오 관광에 나섰다. 나는 이광린·이기백·이우성 세 분을 모셨다. 초보운전에 고물차까지 말썽이라, 한나절을 허둥댔다. 바닷가(하나우마)에서 점심을 먹었는데, 아내가 집에서 만든 김밥을 드렸다. 두 분은 시장하셨는지 곧 손으로 드셨고, 이우성 교수님은 꼿꼿이 앉아계셨다. 아차 하고 뒤늦게 젓가락을 꺼내드렸다. 우리 내외는 가끔 그 일을 얘기하고 웃는다.

4년 뒤 하와이에서 칠리선생을 한 번 더 뵈었다. 서신 왕래는 가끔 있었는데, 선생님 편지를 먼저 받고 답장할 때가 많아서 면구스러웠다. 1977년에는 '사회진화론' 논고의 별쇄를 보내주셨기에, 독후감을 써서 보냈다. 전에 벤저민 슈워츠가 쓴 옌푸嚴復의 『천연론天演論』 연구를 읽었기에, 관점과 방법론을 비교한 것 같다.

가장 큰 숙제는 박사학위 논문의 주제였다. 내 관심은 늘 일제의 식민지지배와 지식인들의 대응이었다. 그 세계사적 맥락이 궁금해서 일본·중국·유럽의 근현대사를 부전공했다. 중국공산당 세미나(두 학기)를 가장 즐겼고, 『인민일보』·『홍기紅旗』 등을 검색하여 보고서도 썼다. 일본근대사 연구서들은 근대화 일색이어서 좀 따분했다. 유럽사상사 세미나에서는 G. 비코와 M. 푸코 등을 읽느라고 진땀을 뺐다.

종합시험이 끝나고 논문주제를 모색했다. 목표는 식민지의 사상지도를 그리는 것이고, 그 기준점인 최남선을 분석할 참이었다. 그의 전집(1975)도 구했다. 마침 하와이에 오신 칠리 선생께 여쭈었더니 단연 반대셨다. 국내 학계는 변절자에 대한 재평가를 허용하지 않았다. 더구나 사회주의를 논의하면, 반공법에 걸리기 마련이다. 식민지시대는 이념갈등과 민족감정의 지뢰밭이었다. 고민 끝에 주제를 바꾸기로 했다.

그래서 평생의 연구과제를 '근대화'에서 '유교화'로 바꿨다. 사상사 방법론은 같고, 시간 폭은 천년으로 확 늘었다. 새로운 도전에 신바람이 났다. 반년쯤 『조선왕조실록』을 읽다가, '경연經筵'이란 주제를 찾아냈다. 그 원형을 찾느라고 중국의 유서類書들과 『속자치통감』, 『고려사』와 문집 등도 검색했다. 선생님도 격려해주셨다.

1979년 1월에 박사논문이 통과되어, 3월 초에 귀국했다. 8년 반 만에 돌아오니, 모든 것이 낯설었다. 강남 허허벌판에 강북을 압도하는 신흥도시가 생겼고, 사람들은 모두 바빴다. 역사학계도 활기가 넘쳤고, 특히 한국사 연구성과가 놀라웠다. '국사' 과목이 모든 대학에서 필수였고, 강사 자리는 어디서나 지천이었다.

나는 경북대 사학과에서 강의하며 낯선 환경에 조금씩 적응했다. 그러나 충격은 계속되었다. 그해 10·26과 12·12, 이듬해 광주 민주화운동 등으로 온 나라가 요동쳤다. 곧 역사학계도 이념 논쟁에 휩쓸렸다. 특히 '식민지 근대화' 논쟁은 마치 사생결단하는 것 같았다. 가끔 서울에 갈 때는 칠리 선생을 댁으로 찾아뵈었다.

딱 한 번, 선생께서 내게 큰 과제를 주셨다. '근세 한일 양국의 정치와 문화'라는 심포지엄에서 발표할 논문인데, 주제를 조선후기의 경연으로 지정하셨다. 나는 「조선 영조대의 경연」을 열심히 써서 도쿄에 가서 발표했다. 바로 칠리선생 정년기념 논문집(1989)에 실린 글이다. 덕분에 오래 미루었던 작업을 끝낼 수 있었다.

역사 공부를 시작한 지 어느새 60년이 지났다. 되돌아보면 칠리선생은 중요한 고비마다 내게 큰 가르침을 주셨다. 1969년 석사과정을 시작하자, '근대화'라는 이론 모델과 자료탐구 방법을 알려주시고, 마구 설치는 나를 바깥으로 풀어주셨다. 1975년 박사논문 주제로 고민할 때는 '유교화'로 방향을 전환하도록 도와주셨다. 지금도 그 큰 가르침의 여운을 가끔 느낀다.

회고담을 쓰면서 혼자 묻고 대답했다. 나는 어떤 제자인가? 어떤 동문인가? 비유로 대답해보자. 장남은 멀리 외국에 가서 살고, 아우들이 부모를 지성으로 모신다. 부모는 멀리 떠난 장남이 보고싶고, 무던한 아우들은 불평 한마디 없다. 내가 그 장남이고, 아우들에게 늘 미안하다.

칠리 이광린 선생의 역사학

정구복 한국학중앙연구원 명예교수

1. 머리말

이광린 선생님(1925-2006)은 평남 용강군 양곡면 칠리 출생으로 아호를 '칠리七里'로 썼다. 칠리 선생에 대한 기초연구는 그 수제자인 최기영 교수에 의해 잘 정리되어 있다(『서강인문논총』 46, 2016).

역사가의 연구업적은 저서나 논문 그 자체로서 후대에 남을 수 있지만 오랜 시간이 지난 후에는 최종적으로 사학사의 정리로 요약된다고 할 수 있다. 사학사를 두 영역으로 나누어본다면 하나는 자료학[史料學]과 다른 하나는 역사 방법론을 포함한 역사관이라고 할 수 있다. 자료학은 자료의 진위문제, 새로운 자료의 발굴, 자료에 대한 해석 등을 말하고 역사관은 역사방법론을 포함하여 역사에 대한 철학적 인식 등을 뜻한다.

필자는 칠리 선생의 모든 연구를 논할만한 능력을 갖추지 못했음을 자인하면서도 이 글을 씀은 후일의 연구자에게 조그만 안내의 역할을 할 수 있기를 바라는 마음에서 출발하였다.

2. 선생님과의 인연

필자는 1973년 전북대학교 사학과 전임강사로 재직하면서 사학사를 전공하고자 하여 대학원 박사과정을 밟기로 마음을 먹은 것은 그 다음 해부터이다. 내가 서강대학교를 선택한 것은 학문이 뛰어난 이기백, 이광린 두 선생님이 계셨기 때문이었다. 칠리 교수로부터 박사과정 입학시험 응시를 허락받았다. 대학원 입학시험은 영어만을 치렀다. 입학 후 나는 1977년까지 3년간 금요일에 상경하여 오전 오후 두 가지 수업을 받고 고속버스로 전주로 돌아왔다. 대학원 수업은 석사, 박사 과정 생이 함께 수강했는데 보통 4-5명 내외이었다. 강의는 세미나 형식으로 교수님의 연구실에서 수강자들이 주제발표를 했다.

금요일에 나의 마음은 대단히 흡족함을 느꼈다. 이는 선생님들의 친절한 가르침과 고고한 언행 등의 인품에서 많은 감명을 받았기 때문이다. 또한 서강대의 사학과 분위기에서 온정의 힘을 느꼈다. 예컨대 도서관은 자유개가식이었다. 이런 방식은 지금은 많은 대학에서 행해지고 있지만, 70년대에는 서울대나 전북대 도서관 보다 모든 도서를 자유롭게 뽑아 볼 수 있는 점에서 선진적이었다. 그리고 사학과의 도서는 잘 갖추어져 있었다. 이는 교수님들의 관심이 있었기 때문이라고 생각한다.

1975년부터 3년간 매주 금요일에 상경하였다. 전주에서 서울까지 고속버스로 3시간이 걸렸다. 마지막 학기인 1977년에는 희한한 일이 있었다. 금요일 새벽에 일어나 집을 나서려면 잠든 세 아이의 모습을 본 것이 마지막인 될 것 같은 느낌을 가졌다. 이는 한 학기 내내 반복되었다. 그러나 이는 기우이겠지 하는 생각으로 극복했다. 당시 고속도로에서 대형사고가 자주 일어났다.

2학기 마지막 수업이 11월 11일에 있었고 이 날의 귀가 편은 고속버스를 이용하지 않고 기차편을 이용하기로 했다. 서울역에서 오후 6시에 출발하는 통일호의 표를 예매했다. 이리역에서 하차키로 되었다. 기차가 논산역을 지나 이리역에 도착하려는 순간 기차가 멈췄다. 철도공무원이 1킬로를 뛰어와 내가 탄 기차를 정지시켰다. 이것이 유명한 '이리역화약 폭발사고'였다. 기차가 정차한지 10여분이 지나도 안내 방송이 없기에 나는 기차에서 내려 이리 역 쪽으로 걸어 전주 오는 버스 정류장으로 나오는데 도로의 양쪽에는 마치 전쟁의 포탄을 맞은 것처럼 건물의 유리창이 깨져 도로에 깔려 있고, 많은 사람들이 담요를 두르고 철로위에 나와 서 있었다.

밤에 집에 돌아와 "아휴 이제는 안심이다!" 하였다. 그런데 그 다음 날 아침 나는 연구실에 나와 있는데 10시 쯤 5살 먹은 큰 아들이 자동차 사고가 났다는 연락을 받았다. 도로에서 놀다가 자동차에 치어 정강이가 부러져 3주를 입원 치료를 받았다. 나는 병원에서 기브스 붕대를 한 아들을 보면서 "내가 그토록 겪은 한 학기 동안 교통사고에 대한 트라우마가 내가 당하지 않고, 기가 약한 네가 나 대신 당했다"고 혼자 생각했다.

그 후 6년이 지나 지도 교수인 이광린 교수가 불러서 찾아 뵈웠다. 박사학위 논문을 제출하라는 말씀을 하셨다. 그래서 '조선 초기의 사학사 연구'로 쓰겠다고 말씀드렸더니 국내 학계에서 같은 제목으로 두 개의 학위 논문이 동시에 나오는 것은 문제가 있지 않겠느냐고 하셨다. 그래서 시대를 조금 올려 잡았다. 나는 1년 만에 『고려시대 사학사연구—사론을 중심으로』라는 부끄러운 논문을 제출했다.

3. 이광린의 역사학-개화기 연구-

칠리 선생이 어떻게 역사학자가 되었는가에 대하여는 자신의 글로
남긴 글에서 확인할 수 있다.『한국근현대사논고』에 부록으로 실린 세
편의 글, 즉 「나의 학문편력」(1990 :『한국사시민강좌』 6집)과 「잊을 수
없는 스승의 은덕」(1984), 「학문의 길을 결정했던 졸업논문」(1976)에서
역사를 전공하게 된 과정을 소상히 저술하였다. 선생의 스승으로는 연
세대학교 사학과의 민영규 교수와 이인영 교수를 지목했다. 선생의 졸
업논문은 연세대학교 사학과의 학부졸업논문이었다. 얼마 후에 출간되
었다(『백낙준박사 환갑기념논문집』에 실린 「호패고― 그 실시 변천을
중심으로―」 1955).

이들 글은 자신의 직접적 술회이므로 진솔한 내용을 전해주고 있지
만 이를 문면 그대로 이해해서는 안 될 것이다. 이를 근거로 보다 합리
적인 사정을 추리해내야 한다고 생각한다.

선생의 초기 연구 분야는 조선시대 전기 부분이었다(윤희면, 「이광린
선생의 조선시대사 연구」,『서강인문논총』 46, 2016). 이 시대에 쓴 연
구업적은 그 후 전집 체제로 정리되지 못했다.

선생은 1964년부터 정년퇴임 시 까지 25년을 개화기 시대인 1860년
대부터 1910년까지의 50년간의 역사연구에 집중하였다. 특히 개화기의
역사는 선생이 가장 정력을 들여 개척적인 연구를 한 시기이다(최기영,
김수태, 홍영기의 글,『서강인문논총』 46 참조).

'개화'라는 용어는 영어의 'enlightenment'의 번역어이다. 이는 깨우
침, 계몽이라는 뜻이다. 우리나라 문헌에서 '개화'라는 용어를 최초로 사
용한 것은 박정양(1841-1905)의 「일본문견조건日本聞見條件」에서이다(『개
화파와 개화사상연구』, p.25).

‘개화’라는 용어는 ‘개물성무 화민성속開物成務 化民成俗’이란 구절의 두 말을 따서 칭한 것이며, 이 중 ‘개물성무’는『주역』에 나오는 말로 이 뜻은 사람이 사물을 개발함을 업무로 삼는다는 뜻이고, 화민성속은 백성을 교화하여 그 방향으로 이끈다는 뜻임을 선생이 밝혔다(앞의 책, p.27).

그런데 이 말을 부연하여 풀이하면 대상에 대해 열린 마음을 가지고 개발에 힘쓰고 이런 태도를 백성이 가지도록 만든다고 할 수 있다. 여기서 대상(物)이란 우리가 접하는 객체이다. 활동의 주체는 우리의 마음이다. 객체를 대하여 선입견을 버리고 닫힌 우리의 마음을 연다는 뜻이고 이를 모든 국민이 실천하도록 함이라 해석할 수 있다. 이는 이기론 중심의 성리학 이론과는 근본적으로 큰 차이를 가진 것이다.

개화사상을 가졌던 유길준에 의하면 문명사회를 야만, 반개화, 개화의 세 단계로 구분하여 본 점에서 개화는 문명사회로 나간 것으로 해석한 예도 발견할 수 있다.

선생은 우리나라의 개화사상을 시기별로 구분하여 다음과 같이 규정했다. 첫째 닫힌 나라를 외국에 대하여 문호를 열어야 한다는 1870년대의 개항론. 둘째 정치 경제 사회개혁론을 제기한 1800년 8-90년대의 개혁의 개화론, 셋째 기술혁신과 산업화를 주장한 자강론적 개화론(1890), 넷째 백성이 자유권과 국가의 자주권을 가지도록 한 계몽사상으로서의 개화론이다.

‘개화’는 성리학 사회에서 근대화를 가져오는 시기의 역사 즉 19세기 후반의 문화동향을 지칭하는 역사학적 용어이다.

선생이 개화론과 개화사상을 집중적으로 연구한 목적은 현재의 우리 역사의 진행 방향과 일치한다고 생각한 데에 있다고 여겨진다. 현대를 연구하고 싶었지만 현대의 모체인 이전의 시대의 역사연구로 올라 간 것이라고 할 수 있다. 우리나라의 개화기 역사는 개항기의 개화세력과 조선조의 지도이념인 성리학 중심의 보수사상과의 경쟁, 대립하는 과정이었다. 19세기 후반은 조선왕조이면서도 근대로 시기를 구분할 수 있는 역사상 큰 변혁기이다. 이를 선생은 "위기의 시대"로 이해하였다(『한국사강좌 근대편』 머리말 참조).

이 시대의 사료는 국내 것만이 아니라 중국, 러시아, 일본, 미국 등으로 넓게 확대된다. 이는 종래 자국 중심의 자료에서 새로운 자료원으로 확대되었음을 뜻한다. 서재필이 다닌 고등학교의 숨겨진 자료를 찾기 위해서 노력한 글이 「해리 힐만 고등학교를 찾아서」(『개화기연구』, 일조각, 1994)이다. 이는 선생이 새로운 자료를 찾기 위하여 얼마나 지극 정성으로 노력하였는가를 보여주는 대표적인 것이다. 이 밖에 선생은 독립협회, 개화기의 개화파의 인물들, 개화에 영향을 준 서적들, 개화기의 새로운 교육기관, 언론의 신문발간, 개혁추진의 기구 등에 대한 많은 연구를 개척적으로 수행했다.

4. 선생의 개화사 연구 성과-『한국사강좌 근대편』

이처럼 엄청나게 많은 새로운 자료발굴과 해석에도 불구하고 선생의 업적은 조동걸의 『현대한국사학사』에서는 거의 주목을 받지 못하였다. 또한 이 책에 대한 서평이 아직 한 편도 없는 것으로 알고 있다.

선생은 역사나 역사학에 대한 정의를 내린 기록은 찾기 어렵다. 단지 "역사는 자료로서 말하게 한다"고 해서 크게 보면 실증사학의 범주에 속할 수 있다. 이는 주어진 제목에 대한 서술 내용을 자료의 인용을 통하여 밝힌다는 뜻이다. 그래서 선생의 역사학을 실증사학이라고 함은 틀린 평가는 아니나 정곡을 찌르는 평가는 아니라고 생각한다(한철호

논문 참조).

『한국사강좌 근대편』은 보수파인 수구파와 개혁파인 개화파의 대립을 서술한 시대사라고 할 수 있다. 이 책은 1860년 대원군 집권에서부터 1910년 조선왕조의 멸망까지의 역사를 다루었다. 이 50년간의 역사에서 주목한 것은 이 시대가 '위기의 시대'로서 단순한 정치사가 아니라 당시의 문제를 해결하려는 운동으로서 이해하였다(이 책의 머리말 참조). 운동이란 추세를 말하는 것으로, 이에는 '위정척사운동' '개화파의 정치개혁운동' '동학농민운동' '애국계몽운동'이 있었다.

유학자의 사상을 '위정척사운동의 발전'이라 하여 근대화에 대해 보수주의자들의 노력도 상당히 긍정적으로 다루고 있다. 그 뿐이 아니라 그들의 사상이 비록 근대화의 관점에서는 보수적, 수구적이지만 주체성을 가진 사상운동으로 이후의 의병활동을 통한 구국운동의 기본이었다고 하여 그 운동의 역사적 가치를 인정하고 있다. 이는 19세기 후반 지식인들의 지적풍토의 주류를 이루고 있었기 때문이다. 이에서 선생의 중도적 역사관을 찾을 수 있다.

이에 대하여 한편으로는 새로운 사회의 건설이란 기치를 내세운 유학자들의 개화운동, 그리고 사회저변의 농민들이 일으킨 동학농민운동, 교육과 언론을 통한 애국계몽운동에서 근대성을 찾으려 하였다. 개화의 개혁운동이 실패한 원인을 밝힘에 여러 가지로 찾지 않고, 갑신정변이 외국의 힘에 의존했다는 점 만을 강조한 것은 자료를 통한 서술에 집중한 결과였다고 할 수 있다.

그러나 저자가 애국계몽운동의 영향으로 심은 사상의 싹이 이후 3·1운동과 현대의 대한민국으로 연결시킴을 적극 강조하지 않은 것은 그 의미에 대한 인식의 문제가 아니라 다루는 내용과 시기를 엄격하게 제한했기 때문으로 이해된다. 따라서 이런 문제는 이 책이 아닌 다른 저술을 통해 찾아져야 할 것이다.

저자는 『한국사강좌 근대편』에서는 1860년부터 1910년의 테두리에서 넘어서지 않으려고 애쓴 흔적을 찾을 수 있다. 이 책은 시대사로서 정치사 중심으로 짜여져, 사회, 경제 문화 예술면에 대한 서술은 만족스럽지 못하다고 할 수 있다.

저자의 개화운동에 대한 깊은 연구 성과가 이 책에 깊숙이 깔려 있으면서도 보수적인 사상도 균형 잡히게 서술한 점은 한편으로는 높이 평가되어야 할 것이나 다른 한편으로는 비판을 받을 소지도 있다.

특히 '위정척사'란 보수적인 유학자들이 유일한 문명으로 인식하고 주장한 유교를 지키기 위해서는 야만적이고 사특한 서양문명을 배척하여야 한다고 주장한 성리학자들의 주관적, 배타적 용어이다. 이는 심지어 서양 사람은 인간이 아니라 금수라고 단정하는 오류를 띠고 있다. 서술 상 저자가 이 용어를 그대로 사용하면 그들의 의견에 동조하는 격이 된다. 물론 선생이 이 용어를 사용하였다고 이에 동조하였다고는 생각하지 않는다.

조선의 개항에 대하여는 중국과 일본 등의 개항의 역사를 서술하여 당시 역사를 세계사적 관점에서 서술하려한 점을 발견할 수 있다. 이 책은 많은 각주를 달고 있어 자료의 출처와 연구성과를 일일이 밝히고 있다. 『한국사강좌 근대편』은 진단학회에서 출판한 이선근의 『한국사 최근세편』을 크게 뛰어 넘는 시대사라고 평할 수 있다.

그러나 시대사는 전후 시대와 연계하여 그 시대가 가지는 특수성에 대한 심각한 문제의식이 있었어야 한다고 생각한다. 이전의 시대에 대한 정확한 상황파악이 보이지 않고 있으며, 그 시대가 해결하지 못한 것이 이후의 시대에 주는 심각한 문제점에 대한 깊은 문제의식이 보이지 않는 점은 이 책이 가지는 한계점이라 하지 않을 수 없다.

5. 선생의 역사관

선생의 역사관은 일생동안 산출한 연구업적을 통해서 찾아져야 할 것이다. 먼저 조선 시대에 관한 초기 연구에서는 단행본으로 저술된『이조수리사 연구』를 들 수 있다. 이에는 농업이 우리나라의 주 산업이고, 농업에 있어서는 가장 중요한 부분이 수리부분이라고 하면서, 수리를 위한 제언의 축조, 권농정책, 농민의 동원 등에 관한 자료를 고대, 고려 시대의 것을 뽑아 서술하고 조선 초기의 자료는 왕조실록자료를 통해 정리했다. 그러나 현종 대의 비변사등록에 보이는 제언절목과 그 이후의 법령, 법제 등은 광무년간까지의 자료를 부록으로 실었다.

역사학에서 가장 중요한 것이 무엇인가를 찾고 이에 관한 연구에 집중했다는 것은 선생의 역사관이 실용적 역사학이라고 규정할 수 있을 것이다.

또한 19세기 후반 개화기 시대의 연구도 한국의 현대사를 이해하기 위한 방편으로 이 시대를 연구한 것으로 판단된다. 이는 현재의 우리의 역사가 개화기 시대의 근대화의 연속이라는 인식에서『한국사강좌 근대편』를 집필했다. 이에도 선생의 역사의 실용성을 강조한 역사관을 읽을 수 있다. 더구나 개화기의 외국선교사들이 쓴 자료를 번역한 것도 역사의 실용성을 의미한다고 할 수 있다. 선생이 북한 학계의 연구 성과를 소개함에도 적극성을 보였는데 이는 분단시대를 살아간 역사가의 고민의 반영이라 할 수 있다. 이 또한 실용적 역사관의 범주에 속한다고 할 수 있다.

또한 선생은 보수와 진보의 개혁사상을 어느 한쪽에 치우치지 않는 중도적 역사관을 가졌음을 확인할 수 있다.또한 선생은 기독교 가정에서 태어나 평생 직장을 기독교 계통의 학교인 연세대와 서강대에서 연구와 교육에 헌신했다. 그러나 종교에 대한 편향된 관점을 가지지 않았다고 여겨진다. 종교적 측면에서도 선생은 중도적인 역사관을 견지하였음을 확인할 수 있다.

6. 맺음말

광복 후 선생의 온 가족이 남하하여 평생토록 고향을 그리워하며 살았다. 아호를 고향마을의 이름인 '七里'라 했다. 북한에 갈 수 있는 기회를 잡으려 하지 않은 점에서 북한의 공산주의 체제의 부조리와 그 정권의 속성을 철저히 체험했기 때문으로 이해된다. 말년에 중병에 걸려 10여년 간 거동이 불편했던 점이 선생의 역사학의 결과를 총정리하지 못한 중요한 이유였다고 생각한다.

선생이 70평생 찾아낸 자료와 이를 유려한 문장으로 서술한 근대사를 '개화기' '개화파' '개화사상' '개화운동' 등 개화기로 개념화한 것은 선생이 이룩한 커다란 학문적 성과이다.

선생의 역사관은 실용적 역사관과 중도적 역사관이라고 규정할 수 있을 것이다. 그리고 자료는 국내만이 아니라 일본, 미국 등 국외에서도 관련 자료의 확보에 온 힘을 쏟았다고 할 수 있다. 아직 자료의 정리가 철저하게 되지 않은 상황에서 19세기 후반 우리의 근대사를 체계적으로 파악한 공로는 한국사학사에서 중시되어야 할 것이다.

"『화랑세기』는?" 하고 물으신 선생님께 감사드린다

이종욱 서강대학교 명예교수

다들 그렇겠지만 나 또한 선생님께 감사드리며 많은 생각이 난다. 1985년 1학기 수업이 끝나갈 무렵 선생님께서 만나자는 연락을 주셨다. 주말에 대구에서 올라와 선생님 댁으로 찾아뵀다. 그때 선생님께서 서강 사학과에서 이종욱 선생을 모시고자 한다고 말씀하셨다. 사실 그 학기에 이기백 선생님께서 서강을 떠나셨기에 자리가 비어 있었다. 그런 사실을 알며 다른 훌륭한 분들이 있기에 나와 서강은 인연이 없다고 생각하고, 1984년 12월 대구에서 아파트를 마련해 이사를 했다. 그런데 뜻밖의 말씀을 하신 것이다. 커다란 부담이 되었지만, 그렇게 1985년 2학기부터 서강에서 이광린 선생님을 곁에서 모시게 되었다.

선생님께서는 문장을 잘 써야 한다는 말씀을 여러 번 하셨다. 그때는 그 말씀이 어떤 것인지 몰랐으나 시간이 지나며 역사 논문이나 책들은 읽는 사람이 있어야 의미를 가진다는 사실을 깨닫게 되었다. 특히 나처럼 새로운 주장을 펼치는 경우 나의 주장을 읽는 독자들을 위해 문장을 잘 써야 한다는 것을 생각하게 된 것이다. 그런데 지금까지 나는 문장에는 신경을 쓰지 않고 나의 주장을 펼치는 데만 집중해 온 것이다.

1966년 내가 서강에 입학한 후부터 지금까지 선생님과 많은 인연이

줄줄이 떠오른다. 그런데 20년쯤 전 선생님께서 하셨던 한 질문에 대한 답을 드리지 못한 것이 지금도 마음속에 맴돌고 있다. 선생님께서 편찮으셨을 때 문병을 간 적이 있다. 누워계신 선생님의 손을 잡고 이종욱입니다 하니 눈을 감으신 채 손을 꼭 잡으시며 선생님께서는 "『화랑세기』는?" 하시며 물으신 것이 그것이다. 당시 선생님은 이종욱을 학계에서 『화랑세기』 때문에 어려움을 당한다는 사실을 아시고 안스러워 하신 것이 아닌가 생각해 본다. 그때 제대로 답을 드리지 못한 것이 오랜 시간 부담이 되어 왔다.

나는 1995년 4월 22일 역사학회 월례 발표회에서 「『화랑세기』 연구 서설―사서로서의 신빙성 확인을 중심으로―」라는 발표를 했다. 그때 반응은 거의 모두가 화랑세기가 위작이라는 것이었다. 발표가 끝나고 나는 한 연구자에게『화랑세기』관련 무엇인가 있다는 데 그것이 무엇인가 물었다. 그때 그는 자기가 5년 전에 내가 발표한『화랑세기』의 모본에 해당하는『화랑세기』를 구해 검토해 왔는데 위작이라는 것이다. 그 안에 순국무사로서 화랑이 안 나오고, 향가 한수가 있는데 위작이고, 상급자가 하급자의 처를 빼앗는 일이 나온다는 것이다. 그런 것들이 위작의 증거라 했다. 그 순간 발표회장은 정적이 휩쓸었다. 그때 나는 가슴이 뛰었다. 내가 발표한 p.32의『화랑세기』가 위작일 수 없는데, p.162의 모본을 발췌한 것이라면『화랑세기』연구는 새로운 길을 가게 된 것을 생각한 것이다.

그러나 많은 연구자들은『화랑세기』를 위작이라 생각하고 이종욱을 학계에서 퇴출시켜야 한다는 이야기도 나왔다고 한다. 어떤 분은 이종욱을 살려달라고 부탁을 했다는 말도 들었다. 그런가 하면 서강의 교수인 이종욱이 위작인『화랑세기』를 진본으로 보았다는 사실이 부끄럽게 여기거나『화랑세기』를 진본이라고 하며 불안하지 않느냐 하는 동료 연구자도 있었다.

그런 사정을 알고 계셨던 선생님께서 나를 걱정하시어 나의 발표 10년 무렵 『화랑세기』는 어떻게 되어 가는지 물으신 것이라 생각된다. 그 질문을 받고 나는 갑자기 무슨 말씀을 드려야 할지 당황했다. 그렇게 선생님의 질문에 답을 못했던 것이다.

나를 위해서라도 이에 대한 답을 할 기회가 아닌가 한다. 특히 이광린 선생님께서 1954년에 발표하신 「기인제도의 변천에 대하여」(『학림』 3)를 보면 선생님께서 삼국유사 "문무왕 법민"조에 나오는 문무왕의 서제 차득공에 대한 사료를 보셨던 것을 알 수 있다. 선생님께서는 신라인의 남녀관계에 대한 다음과 같은 이야기를 보셨던 것을 짐작할 수 있다.

> 문무왕이 어느날 서제 차득공을 불러 재상이 되어 백관을 통설하고 천하를 다스리라 하자, 차득공이 국내를 잠행하며 민간 요역의 가벼움과 무거움 등을 알아본 뒤 관직을 맡겠다 하고 거사 차림을 하고 아슬라를 시작으로 무진주에 이르러 촌락을 돌아다녔다. 그때 州吏 안길이 그를 비범한 인물인 줄 알고 자기 집으로 맞아들여 성심껏 대접했다. 그날 밤에 안길은 妻妾 세 사람을 불러 "오늘 밤 거사 손님을 모시고 자는 사람은 나와 한평생을 같이 늙을 거요." 두 아내는 말했다. "차라리 당신과 같이 살지 못할지언정 어찌 남과 동침할 수 있겠습니까?" 다른 아내가 말했다. "당신이 만약 종신토록 함께 살기를 허락한다면 명령을 받들겠습니다." 그 여인은 그대로 시행했다. 이튿날 일찍 거사는 떠날 때 말했다. "나는 서울 사람인데 나의 집은 황룡사와 황성사 두 절 중간에 있고 내 이름은 단오요, 주인이 만약 서울에 오거든 내 집을 찾아주면 좋겠소."(『삼국유사』 2, 「기이」 하, 문무왕 법민)

차득공은 서울로 돌아가 재상이 되었다. 나라의 제도에 매번 외주外

州의 리吏 한 사람을 서울의 제조諸曹에 오려 보내 상수上守토록 했는데 안길이 차례가 되어 상수를 하러 서울에 갔다. 안길은 어렵게 차득공의 집을 찾아 대접을 받았다. 차득공은 왕에게 아뢰고 무진주의 상수리의 소목전燒木田 등을 주어 대우를 해 주었다.

위의 기록은 인류학에서 말하는 아내 빌려주기wife lending를 보여주는 것이다. 이런 아내 빌려주기는 『화랑세기』에도 나온다. 신라인의 아내 빌려주기는 고려 사람들도 알고 있었던 것이다. 이를 무시하고 『화랑세기』에 나오는 아내 빌려주기를 위작의 근거로 삼을 수는 없다.

여기서 『화랑세기』에 나오는 마복자 제도가 또 다른 아내 빌려주기의 예가 된다고 볼 수 있다. 신라의 마복자 제도를 포함한 아내 빌려주기는 문란한 성적인 문제가 아니라 사회적·정치적 의미를 지닌 제도로 보아야 할 것이다. 아내 빌려주기가 『화랑세기』 위작의 증거가 될 수는 없는 일이다. 더하여 신라인의 저술인 『화랑세기』를 현재 한국인이 가지고 있는 남녀관계의 윤리 등을 기준으로 부정할 수는 없는 일이다. 신라인에게는 신라인이 살아가는 도리인 신국神國의 도道가 있었기 때문이다.

한편 『화랑세기』를 부정하는 데에는 또 다른 이유가 있다. 근현대 한국 사학이 만들어낸 신라의 역사를 기준으로 화랑세기를 부정한다는 것이다. 신라 건국 신화시대부터 681년 흠돌의 난까지 기간 동안 크게 여섯 가지 문제를 들 수 있다. 『화랑세기』에 나오는 역사는 근현대 한국사학이 만들어낸 역사와 벌이는 역사 전쟁 그 자체라는 사실을 주목할 필요가 있다. 『화랑세기』의 신라인가 아니면 근현대 한국 사학이 만들었고 현재 한국사 교과서에 실린 그 신라가 정말 신라인가 하는 역사 전쟁이다.

역사 전쟁은 일제 식민사학에서 출발했다. 일본의 쓰다 소키치津田左

右亩는『삼국사기』「신라본기」의 내물왕까지 기록을 날조된 것으로 주장했다. 그런 주장을 실증사학의 산물이라 생각하여 쓰다 소키치의 제자 이병도 선생이『삼국사기』「신라본기」 내물왕 이전 기록을 부정하고 중국 사서인『삼국지』「한조」를 근거로 하는 역사를 만들었다. 이것이 한국 역사 학계가 공인한 학설이 되었기에 화랑세기의 역사 전쟁의 출발점이 된 것이다. 이 역사 전쟁을 보겠다.

첫째, 통설은 신라 건국 신화에 나오는 서라벌 6촌 단계와 6촌을 통합한 서라벌 소국 단계를 구별하지 않고 있다. 그와 달리『화랑세기』에는『삼국사기』나『삼국유사』에 나오는 서라벌 소국 형성 이전 서라벌 지역에 있던 6촌 중의 한 촌인 고야촌, 그 촌장 호진에 대한 기록이 나온다. 건국 신화를 보면 호진은 혁거세가 등장할 때 그를 군주로 추대한 6촌장 중의 한 촌장이다. 여기서 촌장들이 다스리던 6촌 단계와 6촌을 통합한 소국 단계를 구별해야 하는 것을 알 수 있다.

둘째, 이병도 선생이 주장한 삼한론에는 서라벌 소국이 진한 소국을 정복한 시기를 늦추어 보고 있다. 이에 통설은 4세기 내물왕 때 신라가 낙동강 동쪽 진한 지역을 거의 차지했다고 한다. 그와 달리『삼국사기』에는 1세기 중반부터 3세기 중반까지 진한 소국을 모두 정복한 것으로 나온다.『삼국사기』에는 185년에 구도 등이 조문국을 정복한 것으로 나온다.『화랑세기』에는 조문국의 왕녀인 운모공주가 구도에게 시집가 낳은 운모공주에 대한 기록이 나온다. 화랑세기에는 이병도 선생의 삼한론과 다른 신라 역사가 나온다.

셋째,『화랑세기』에는 17대 내물왕을 모신 내물신궁奈勿神宮이 나온다. 이는 내물왕 자체가 신궁의 주인공이 된 것이고 그 뒤를 이었던 김씨 왕들이 부의 세력이 아니라 왕국 전체의 왕들이었던 것을 보여준다. 신라의 왕들은 건국할 때부터 6촌이나 6부와 관계가 없었다. 부체제설

은 눌지왕 또는 늦어도 소지왕 대에 성립해 530년대에 6부체제가 해체
될 때까지 이어진 것으로 보고 있다. 부체제설에서는 왕경 6부에 각기
부장이 있어 그들 중 왕이 나왔다는 주장을 한다. 그런데 『화랑세기』에
나오는 내물신궁을 보면 이 같은 부체제설은 잘못 만들어진 주장이라
하겠다.

넷째, 통설의 성골은 견해들이 엇갈리고 있다. 이병도 선생은 부모
양쪽이 왕족이면 성골이라고 했지만 이는 잘못된 주장이다. 『화랑세기』
를 보면 용춘공이 "골품이란 것은 왕위와 신위를 구별하는 것이다"라고
한 것으로 나온다. 이를 가지고 신라 중고 시대에 왕을 배출한 집단을
추적해 보면 왕과 그의 형제 그리고 그들의 가족들이 성골이었던 것을
추측할 수 있다. 왕족이더라도 성골의 범위를 벗어난 세력은 진골이 된
것이다.

다섯째, 통설에서는 신라의 삼한통합을 민족 통일로 보고 있다. 그러
나 『화랑세기』에서는 김유신이 한 말 중에 고구려와 백제를 평정하게
되면 곧 나라에 외우外憂가 없어질 것이니 가히 부귀를 누릴 수 있다고
한 것을 볼 수 있다. 김유신을 포함한 신라인들에게 민족은 존재하지 않
았던 것이다

여섯째, 통설에서는 김흠돌의 난을 진압하여 신라의 전제왕권이 형
성된 것으로 이야기한다. 그러나 『화랑세기』를 보면 흠돌난은 그의 만
행으로 벌어진 난일 뿐이다. 통설과 전혀 다른 이야기를 화랑세기가 담
고 있는 것이다.

이렇게 이야기하면, 『화랑세기』가 『삼국사기』나 『삼국유사』를 보고
위작을 했기 때문이라고 할 것이다. 그러나 한 가지만 말자면, 『삼국유
사』 「가락국기」에 나오는 김유신의 세계世系와 『화랑세기』에 나오는 김
유신의 세계를 비교해 보기 바란다. 『화랑세기』의 세계에는 다른 사서

가 은폐해 버린 김유신에게 피를 전해준 세계 속에 여러 대의 왕들이 신라 여자를 왕비로 삼았다는 기록이 나온다. 이 기록은 신라인 그들에게는 필요했던 것이다. 그러한 계보 관계를 통해 김유신의 고조 김구충이 그의 세 아들을 거느리고 532년 신라에 항복해 올 때 어떤 이유로 그들이 진골로 편입되었는지도 알 수 있다.

『화랑세기』에 나오는 여섯 가지 역사는 통설과는 근본적으로 다른 것이 사실이다. 건국 신화 시대부터 681년 흠돌난까지 신라사를 다시 써야 하는 것이다. 『화랑세기』는 기본적으로 삼국사기나 『삼국유사』와 통하는 역사를 담고 있다. 주목할 사실은 『화랑세기』에는 두 사서에서 고려인들의 역사관 때문에 은폐된 이야기들이 들어 있다. 『화랑세기』는 신라 당대의 관점에서 바라보아야 하는 책이다. 지금까지 한국사 연구자들은 현재의 관점에서 『화랑세기』를 바라 보기에 부정을 하게 된 것이 사실이다.

서강대 교수인 이종욱이 모두 위작이라고 하는 『화랑세기』를 진본의 필사본으로 주장하는 것이 서강 사학을 부끄럽게 만드는 것으로 생각하는 연구자도 있는 모양이지만, 그렇지 않다. 신라를 신라의 시각에서 보는 연구자 중에는 이종욱의 주장에 주저하지 않고 동참한다고 한 연구자도 있다(이영훈, 「삼국사기에서의 노와 비—삼국시대 신분제 재론—」, 『역사학보』 176, 2002, p.38). 그런가 하면 "… 이종욱이 사료로서 신빙할 만한 근거를 내세운 것은 모두 수긍이 가는 것이지만, 다른 한 연구자가 위작의 근거로 삼은 것은 지나친 기우일 뿐 단 하나도 수긍할 수 없는 무리한 것임을 알게 되었다"고 한 연구자도 있다(김학성, 「필사본 화랑세기와 향가의 새로운 해석」, 『성곡논총』 27, 1996, p.75). 시간이 지나면 지동설이 천동설을 대체했듯 『화랑세기』도 그 가치를 인정받을 날이 올 것이다.

선생님 탄신 100주년 기념 문집을 통해 이제야 "『화랑세기』는?" 하고 물으신 선생님께 보고드리며 감사드린다.

내 인생에 학문의 참된 길을 가르쳐주신
고마우신 스승님

이배용 국가교육위원회 위원장·전 이화여대 총장

지금도 이광린 선생님을 떠올리면 가슴 벅찬 따뜻한 울림이 있다. 역사 공부의 진정한 길을 가르쳐주시고 살아가는데 귀중한 지혜와 긍정의 힘을 심어주셨다.

우리가 인생에서 가장 소중한 인연은 부모와의 인연, 부부의 인연, 또 자식과의 인연 거기에 또 빼놓을 수 없는 인연은 스승과 제자 간의 인연이다. 인생에서 누구를 만나느냐에 따라 길이 달라질 수 있다.

나는 어려서부터 기억력이 좋아 동화책이든 위인전을 읽으면 다 외워서 남들에게 이야기를 들려주는 것이 기쁨이었다. 가장 잘 경청해주는 대상은 할머니였다. 어머니는 칠남매를 키우시고 집안일 하시느라 바쁘시니까 이야길 할 기회가 많지 않지만 할머니는 밤에 혼자 주무시고 할 일이 없으시니까 가장 중요한 청중이 된다. 또 역사 이야기를 해드리면 흥미있게 들으시고 동네방네 손녀딸을 자랑하고 다니셨다.

칭찬은 고래도 춤추게 한다고 신나게 역사를 이야기로 풀어내는 재주가 날로 발전해서 6학년 국사 시간에 빛을 발하게 되었다. 더욱이 담임 선생님을 잘 만나서 "너는 연대도 잘 외우고 이야기도 재미있게 잘하니 커서 역사 선생님이 되라"고 꿈을 심어주셨다.

이후 우리나라 여성 교육의 효시로 근대교육의 뿌리가 깊은 이화여중, 이화여고를 다니면서 진로는 고민할 것 없이 이화여대 사학과를 선택하고 과대표를 하면서 내가 가진 능력을 물 만난 듯이 최대로 발휘할 수 있었다.

당연히 1969년 학부를 졸업하고 미래 교수가 되는 꿈을 가지고 대학원에 진학하였는데 그 당시 이화여대 사학과에 한국사 담당 교수님이 한 분밖에 안 계셨다. 더구나 대학원 과정에서 한국사를 전공하는 학생도 나 하나였다. 당시에는 여학생들의 대학 진학률도 그리 높지 않았고 다른 대학 대학원 과정에도 남학생이 그리 많지 않은 시기였다. 그런데 내가 전공하고 싶은 한국사 영역은 조선 후기 실학사상에 관심을 가졌는데 이대 사학과에 한 분이신 한국사 선생님은 고려시대 전공이셨다. 선생님께서는 제 바람을 들으시고 당신의 스승인 서강대에 계신 이광린 선생님께로 인도하셨다. 바로 인생의 참스승 이광린 선생님을 만나게 된 첫 순간이었다.

처음 뵌 이광린 선생님께서는 여학생이 학문을 지속할 수 있겠냐는 미심쩍은 마음으로 저를 맞아주셨다. 당시 서강대 대학원 사학과 석사 과정 한국사 전공에는 나까지 합쳐 오로지 세 명만 있었다. 이로부터 입학은 이화여대 대학원 사학과에 했지만 수업은 거의 서강대 대학원에서 받았는데 당대의 역사학계 최고의 석학이신 이기백 선생님께는 고대사와 고려시대사, 그리고 이광린 선생님께는 조선시대사와 근대사 수업을 본격적으로 사사받게 되는 행운을 가지게 되었다. 두 분 선생님께서는 밤늦게까지 공부하는 우리 대학원생들을 위해 연구실까지 내주시면서 지극한 사랑을 베풀어주셨다.

지도교수를 맡아주신 이광린 선생께서는 그동안 역사연구는 주로 조선시대까지를 중심으로 이루어졌을 뿐 근대사 연구는 아직 본격적으로 진행되지 않은 상태니 차세대 역사학자는 계획적으로 근대사를 탐구해야 한다고 지도해주셨다.

첫 학기는 학문을 지속할 수 있겠는가의 테스트 기간으로 엄청 난 분량의 원전(영어, 한문)을 읽어가는 고난도의 수업을 강행하셨다. 그때는 밤에 잠을 두세 시간밖에 못 자면서 실망시켜드리지 않기 위해 억척같이 온 힘을 다해 목표를 달성해갔다. 한편으로는 이렇게 힘든 공부를 포기해야 하나 하는 고민도 없지 않았다. 그러나 선생님께서는 엄격하게 또 때로는 자상하게 이끌어주시면서 말 없는 응원을 해주셔서 한 학기를 겨우 이겨내니 그동안 열심히 해서 하나의 관문을 넘었다시면서 칭찬과 격려를 아끼지 않으셨다.

그 이후 석사논문 주제를 찾는데 도움을 받으라고 가르쳐 주신 곳이 서대문에 있는 한국연구원이었다. 개화기의 신문, 관보 등 원본 자료가 많으니 그 속에서 문제의식을 찾아보라 일러주셨다.

수업이 없는 날은 매일같이 가서 구한말에 발행된 『황성신문』, 『대한매일신보』 등의 원본을 읽었다. 그때 유독 눈에 띄는 것이 '운산금광'이라는 단어였다. 그에 대해 더 자세히 파고드니 우리나라가 일본에 경제주권을 어떻게 빼앗기게 되었는지 단서가 잡히기 시작했다.

당시 열강들이 금본위제로 가기 위해 지하자원에 눈독을 들이는 과정에서 한국에는 양질의 금이 많이 매장되어 있다는 정보를 입수하고는 광산탐사와 아울러 이권 획득에 너도나도 덤벼들었다. 그중 가장 유명한 광산이 미국이 최초로 개발권을 획득한 평안북도 정주에 있는 운산금광이었다. 소위 "노다지" 금광으로 알려진 곳이다. 전통적인 방식으로 채굴하던 광산에 서양의 근대식 최신설비가 갖추어지니 금이 마구 쏟아져 나온다는 소문이 퍼졌다. 이 소문을 들은 운산금광과 주변의 주민들이 마구 모여들자 금광구역을 지키던 미국인 경비원들이 더 이상 접근하지 말라는 표현으로 노터치, 노터치를 연발했다. 그때 영어를 못 알아듣는 주민들이 "아, 금이 막 쏟아져나오는 것이 노다지로구나"했던 것이 바로 노다지란 말의 유래가 된 것이다.

이렇게 해서 나는 「미국의 운산금광 채굴권 획득에 대하여」라는 주제로 석사학위 논문을 썼고, 당시 역사학계에서 이 논문에 큰 관심을 보였다. 후에 박사학위 논문을 쓸 때는 미국의 사례를 기점으로 이후 영국(은산), 독일(당현), 일본(직산), 프랑스(창성), 러시아 등 광산이권을 획득한 모든 열강으로 관심을 확대하였고 그 결과물은 박사학위 논문으로 작성되어 『한국근대 광업침탈사 연구』(일조각, 1989)로 간행되었다.

석·박사 논문을 쓸 때 선생님께서 정성껏 세심하게 지도해주셨던 기억을 잊을 수 없다. 늘 학문하는 용기를 주시고 실증을 토대로 정확성을 강조해주셨다. 석사학위 논문을 200자 원고지 500매를 써서 가져다드렸더니 기뻐하시면서 거의 하루 만에 다 읽으시고 일일이 꼼꼼하게 체크해 주셨다. 선생님의 정성 어린 지도와 칭찬에 하늘을 나는 듯이 기뻤고 이후 계속 역사학도로서 또 교수로서 임하는데 큰 힘이 되었다. 1971년 역사학회에서 보기 드문 여학생으로서 발표했는데 고매한 석학들이 오셔서 칭찬과 격려를 아끼지 않으셨다. 특히 토론자로 신용하 교수님이 맡아주셨으니 그러한 영광된 자리에 기회를 열어주신 이광린 선생님께 다시 한번 머리 숙여 감사드린다.

또 선생님께서는 근대사의 자료 추적에도 많은 혜안을 주셨다. 당시 근대사는 자료가 공개되지 않거나 또 읽히지도 않는 자료가 많아 자료 추적에 많은 시간을 할애해야 하였다. 그래서 학자들 사이에 고대사는 머리로 쓰고 근대사는 발로 뛰어다니면서 써야 한다는 말이 회자되기도 하였다. 자료를 추적하고 찾아다니는 일은 초년병 학도로서 힘겨운 과정이었다. 그러나 선생님께서는 필요한 자료다 하면 국내는 물론 일본으로 미국으로 가서도 끈질기게 추적해내시는 열정에 제자들에게 귀감이 되었고 한편으로는 용기가 생겼다.

그래서 「미국의 운산금광 채굴권 획득에 대하여」 석사논문을 쓸 때도 운산금광 채굴권을 획득한 광업회사가 미국 코네티컷주에 본사를 두고 있었는데 그 인근 예일대학 도서관에 주주총회 문서가 보관되어 있다는 정보를 입수하게 되었다. 마침 예일대학에 유학 가 있는 친구에게 부탁하여 주주총회 문서를 대출하여 한국에 국제우편으로 부쳐서 복사한 후 다시 반송해서 논문을 썼던 기억이 새롭다.

한편으로 이광린 선생님께서 특별히 가르쳐주신 것은 전통문화유적지에 현장답사와 함께 스토리텔링을 동반한 해설이었다. 선생님께서는 한국사의 가장 중요한 장점은 현장이 있다는 점을 일깨워주시고 당시에는 교통상으로 쉽게 가지 못했던 역사문화 현장을 손수 인솔해 주셨다. 관련 문헌을 일일이 살펴보고 또 구전으로 내려오는 비사도 곁들인 재미있고 명쾌한 해설로 전통문화를 보는 안목을 높이고 혜안을 넓힐 수 있었다. 그래서 지금도 그때의 가르침으로 나름대로 우리의 자랑스러운 문화유산 사찰과 서원을 유네스코 세계유산으로 앞장서서 만들 수 있었던 지혜와 자긍심의 토대가 되었다.

또한 선생님께서는 학자로서뿐 아니라 학교 행정에서도 탁월한 능력을 발휘하셔서 서강대 부총장, 중부대 총장을 역임하시면서 한국사립대학 발전에 기여하셨다. 저도 선생님을 뒤따라 이화여대 13대 총장, 한국사립대학총장협의회 회장, 한국대학교육협의회 15대 회장, 대통령 직속 국가브랜드위원장, 한국학중앙연구원 16대 원장, 현재 국가교육위원회 위원장 일을 하면서 선생님께서 보직을 역임하실 때 리더십을 표본으로 삼아 임하고 있다.

무엇보다도 학문적, 교육적 업적들은 누구도 따라갈 수 없는 특별한 능력을 발휘하셨지만 더 우리가 존경하는 스승으로서 사표가 되는 위상은 지극히 제자들을 사랑하는 자상하시고 따뜻한 가슴이 있으시다는 점이다. 제가 석사학위를 받자 선생님께서 하시는 말씀이 우선 결혼을 하고 계속 공부를 해야 한다고 아버지 같은 말씀을 해주셨다. 저의 약혼식, 결혼식에도 부모같이 기뻐하시면서 다 참여해주셨고 결혼 후에도 혹시 공부의 끈을 놓을까 봐 간간이 역사 분야 신간 서적을 보내 독려해주셨다.

흔히들 이광린 선생님을 칭할 때 인간 컴퓨터라고 일컫는데, 왜냐하면 기억력이 누구보다도 특출하시고 분석력이 예리하시다는 점이다. 학문도 아주 세심하게 파고들어 근대사의 개척자로서 수많은 독보적인 업적을 많이 남기셨다. 일조각에서 편찬한 '한국사 강좌' 시리즈에 근대편을 집필하셨는데 근대사의 지평을 여는 입문서이자 필독서이다. 연이어 『개화기 연구』, 『한국개화사상 연구』, 또한 많은 개화기 인물의 평전을 쓰셨는데 언더우드, 유길준, 에머슨 등 수많은 저작은 후학들에게 근대사 연구에 길잡이가 되었다.

또 한편으로 선생님께서 우리에게 모범을 보여주신 것은 화목한 가정을 이끌어가시는 모습이었다. 언제 찾아뵈어도 늘 따뜻하게 맞아주시는 사모님 권오경 여사님을 잊을 수 없다. 항상 훌륭한 인물 뒤에는 훌륭한 여성이 있다고 선생님의 교수로서 학자로서 당당함과 온화한 인격은 한편으로는 사모님의 내조 덕분이라고 생각한다.

늘 자상하시고 모든 일에 부지런하시고 세심하신 영원하신 고마우신 스승님 이광린 선생님께 지극한 존경과 감사를 드립니다.

『한국사강좌 근대편』 독후감

김당택 전남대학교 명예교수

선생님의 탄신 100주년을 기념하는 책에 명색이 대학교수를 지냈다는 자가 서평 아닌 독후감이라는 제목으로 글을 쓴다는 것이 실소를 자아내게 할 일이 아닌가 싶다. 그런데 서평이라고 하면 그 분야에 대한 전문가여야 한다는 생각이 들어, 비전공자인 나로서는 이러한 제목을 택할 수밖에 없었다.

선생님으로부터 『한국사강좌 근대편』을 우편으로 받은 것이 1981년 3월이었으므로, 꼭 43년 만에 독후감을 쓴다. 책을 받은 부담감에서가 아니라, 나만큼 이 책을 열심히 읽은 사람도 흔치 않으리라는 생각 때문이다. 고백하는데, 『우리 한국사』와 『한국 대외교류의 역사』의 근대 부분은 이 책을 거의 베끼다시피 했다. 최근 검도에 관한 책을 쓰면서는 경무청이 설치된 배경이나 애국계몽운동 시기의 학교 교육에 관해서 크게 참고했다.

이 책은 1860년대 서양세력에 대한 조선의 대응으로부터 대한제국이 일제의 식민지가 된 1910년까지 약 50년간의 역사를 다루었다. 당시의 사정을 지나치다 싶을 만큼 자세하게 언급하여, 성급한 독자는 지루함을 느낄 법도 하다. 특히 사건이 일어난 년 월은 물론이고 날짜까지 기술한 경우가 적지 않다. 굳이 이렇게까지 밝힐 필요가 있을까 하는 의문이 들기도 하지만, 사건이 일어난 시간의 순서를 무시하고 앞뒤를 뒤바꾸어 놓으면, 전혀 다른 결론에 도달하게 된다. 거짓이 사실이 되며, 잘못한 주체도 뒤바뀌게 된다. 이러한 혼란을 막기 위해서는 시간의 전후를 분명히 할 필요가 있었을 것이다.

이 책에서 다룬 시기는 나라가 망하기 직전이었다. 그러한 만큼 나라가 망한 원인을 나름대로 찾아, 주관적인 해석이나 잘 이해가 되지 않은 관념적인 서술로 이 시기를 설명하려는 연구서들이 적지 않다. 그러나 이 책은 당시의 사실들을 객관적이고 성실하게 기술하였다. 내가 다른 서적들을 외면하고 굳이 오래된 이 책을 참고한 이유는, 객관적 사실에 대한 구체적인 이해가 필요한 나에게 관념적 서술로 일관하거나 주관적 해석을 앞세우는 책들은 적합하지 않았기 때문이다.

저자는 당시의 정치적 사건의 전개를 소홀하게 다룬 것은 아니지만, 그러함에도 이를 전면에 내세우지는 않았다. 장이나 절의 제목으로 정치적 사건이 등장하는 경우를 찾아보기 어려운 것이다. 대한제국의 성립마저 독립협회의 활동을 다룬 장 절 속의 소제목으로 다루었다.

대한제국은 아관파천 직후에 선포되었다. 좀처럼 자신의 견해를 드러내지 않던 저자도 아관파천에 대해서는 실망감을 감추지 않았다. "국왕이 궁성을 버리고 남의 나라 공사관으로 피난갔다는 것은 떳떳한 일이 못되었다"거나, "주권국가의 군주로서는 상상조차 할 수 없는 큰 실책이었다"고 서술한 것이다(p.383). "국왕 자신은 공포와 위험에서 벗어나 평안하였을지는 몰라도 나라의 체면은 말이 아니었다"는 점을 덧붙이기도 했다(p.438).

고종이 외국군대에 의존한 것이 이때가 처음은 아니었다. 그는 일찍이 임오군란 직후 청에 군대의 파병과 대원군을 압송해갈 것을 요청하였다. 이에 대원군을 잡아간 청은 조선과 商民水陸貿易章程을 체결했는데, 여기에는 청이 종주국이고 조선이 속국임을 명기했다. 파병에 대한 대가였다. 고종은 동학란이 일어나자 또 청에 파병을 요구했다. 자국의 농민들이 일으킨 난을 진압하기 위해 외국의 군대를 불러들인 것이다. 이로써 일본도 조선에 군대를 파견하여, 조선은 양국의 전쟁터가 되었다. 저자는 이러한 고종에 대한 불만을 아관파천을 계기로 드러낸 것이 아닌가 생각한다.

아관파천에 대한 국민의 비난이 비등하자, 고종은 경운궁(덕수궁)으로 옮겨왔다. 그가 경복궁 아닌 경운궁으로 돌아온 것은 이를 에워싼 러시아와 미국 등 외국공사관의 보호에 의지하기 위함이었다. 그 직후 성립한 대한제국은 헌법에 해당하는 「대한국 국제」를 제정했다. 그런데 여기에는 국민의 권리나 의무에 관한 규정이 언급되지 않고, 황제에게 모든 권한을 집중시키는 내용이 대부분이었다. 따라서 저자가 장이나 절을 설정하여 대한제국을 다루지 않은 것은, 국민의 권리를 존중하지 않은 대한제국에 기대할 것은 없었다고 판단한 결과로 여겨진다.

고종정권의 변화나 대한제국에 큰 비중을 두지 않은 것과는 달리, 당시에 전개된 위정척사운동, 개화운동, 동학농민운동에 대해서는 구체적으로 언급하였다. 이 책은 이 세 운동에 초점을 맞추어 서술된 것이다. 특히 개화운동과 그 연장으로 전개된 갑오개혁, 독립협회운동, 애국계몽운동은 매우 상세하게 다루었다. 저자의 전공이 개화사상이기도 하지만, 이러한 운동이 한국사의 흐름을 바꾸어 놓았다고 믿었기 때문이다.

김옥균 등 개화파 인사들은 일찍이, 설사 오랑캐의 문물이라도 훌륭하면 배울 것을 설파한, 박지원을 공부했다. 일본을 견문하고 그 발전상에 큰 감동을 받은 그들은 조선이 청의 속박에서 벗어나 일본처럼 부강한 국가가 되기를 원했다. 그런데 양반의 힘만으로 나라를 부강하게 하는 것이 불가능하므로, 국력을 기르기 위해서는 신분제를 폐지가 선행되어야 한다는 사실을 깨달았다. 양반인 개화파 관리들이 양반제 폐지를 주장한 이유가 여기에 있었다.

양반제에 대한 비판은 일찍이 일부 실학자들에 의해 제기된 바 있었다. 예컨대 박지원은 『양반전』 등을 통해 일하지 않는 양반을 비꼬았다. 그러나 양반 대부분은 여전히 변화보다는 기존질서의 유지에 집착하고 있었다. 대원군이 萬東廟를 철폐하자 斥邪로 이름이 높은 이항로가 반발했고, 그의 제자 최익현도 이의 復設을 주장한 사실로 알 수 있다. 그들은 만동묘의 철폐가 '군신의 윤리를 무너뜨리는' 것이라고 했다. 우리나라는 중국의 신하인데, 그러한 질서를 어지럽혀서는 안 된다는 것이었다. 김옥균 등의 주장이 양반의 반발에 부딪쳤음은 물론이다.

개화파 관리들의 양반제 폐지 주장은 결국 갑오개혁에 반영되었다. 갑오개혁에서는 양반과 상민의 차별을 없앴으며, 공사노비의 소유를 금지하였다. 이로써 천년이 넘게 지속해 온 신분제도가 완전히 철폐되었다. 갑오개혁은 비록 개화파 관리들이 참여하기는 했지만, 일본의 주도 아래 이루어진 것이었다. 그러함에도 불구하고, 개화파나 농민 등이 바라던 양반제 폐지와 같은 현안이 반영되었다는 점에서, 근대적 개혁으로서 커다란 역사적 의미를 지닌다.

1896년 서재필 등이 결성한 독립협회는 국가의 자주독립과 자강, 그리고 민권의 신장을 목표로 활동하였다. 독립협회는 또한 만민공동회를 개최하였는데, 여기에는 상인과 신식학교 학생을 비롯하여 평민과 천민 출신 등 다양한 계층이 적극적으로 참여하였다. 갑오개혁으로 신분제가 폐지되었기에 가능한 일이었다. 또한, 개화사상가들은 학교를 설립하여 서양의 사정과 우리나라의 역사 지리를 교육하였다. 애국정신과 민권사상을 고취하기 위함이었다.

　결국, 개화파와 그들의 개혁운동이 국민의 정치 사회의식을 향상시켜, 양반에 대신한 새로운 사회주도세력의 형성을 이끌었다는 것이 이 책의 주된 내용이다. 이 책에 민권의 신장, 인민 평등, 양반제 폐지, 문벌 폐지, 신분제 폐지 등이 빈번하게 등장한 이유가 여기에 있다. 저자의 관심이 여기에 집중되었기 때문이다. 시종 객관적 서술 태도를 유지한 저자가 이례적으로 「대한국 국제」에 국민의 권리에 관한 조항이 없음을 비판한 것도 이와 궤를 같이한다. 그의 이러한 태도는 대원군의 서원철폐에 관한 서술에서도 엿보인다. 서원철폐에 대해 유생들이 반발하자, '진실로 국민에게 해가 있으면, 공자가 다시 살아난다 해도 용서하지 않을 것이다'라고 했다는 대원군의 말을 빌려(p.26), 무엇보다 중요한 것은 국민의 행복이라는 저자의 생각을 은연중에 드러냈다.

　한편, 학계 일각에서는 친일과 반일의 구도로 이 시기의 역사를 설명하려는 경향이 있다. 그리하여 개화파, 그 가운데서도 김옥균은 일본군대의 힘을 빌려 권력을 잡으려 했다는 점에서 '조국을 외세에 판 반역자'라고 매도된다. 일본의 야욕을 눈치채지 못한 점을 탓하기도 한다. 독립협회 역시 친일적인 단체로 비판받고 있다. 이와는 달리, 청의 군대를 두 번이나 끌어들였고 러시아 공사관에 피신한 적이 있는 고종에 대해서는, 그가 개명군주였으며, 그의 대한제국은 근대화 개혁을 추진했다고 평가한다. 이러한 주장은 일제의 식민주의사학을 의식한 측면이 크다. 일제 식민주의사학이 고종의 무능과 대한제국의 무력을 강조하여 일제의 한국침략을 정당화했기에, 대한제국 정부나 고종을 정당하게 평가해야 한다는 문제의식이 깔린 것이다. 나라가 망해가는 시기였고 후일 나라를 멸망시킨 것이 일본이었음을 고려하면, 이해가 안 되는 것은 아니다. 그러나 역사적 사실이 어떠했든, 일제 식민주의사학에 반대해야만 옳은 것인지 의문이다. 자신의 바람을 역사적 사실로 착각해서도 곤란하다.

　일찍이 신채호는 外勢와 타협한 인물에 대해 부정적으로, 그리고 외세를 배척한 인물에 대해서는 긍정적인 평가로 일관했다. 한국인들에게 불행한 현실을 안겨준 것이 외세라고 인식한 결과였다. 일제 강점기를 살았던 그였고 보면, 당연해 보인다. 그러나 신채호의 역사 인식을 오늘날 고집한다면, 시대착오적이라고 할 수밖에 없다. 외세배척이 오늘날 우리의 당면과제는 아니기 때문이다.

　개화파 인물 가운데는 일본의 선진문물을 동경한 인물이 많았다. 독립협회에서 활동한 지석영도 그러했다. 그의 집안은 대대로 한의사였다. 1879년 조선에 천연두가 만연하자 지석영은 한의학으로는 그것을 치료할 수 없다는 것을 알았다. 당시 천연두는 매우 무서운 병이었다. 부산에 일본인을 위한 병원이 설립되었다는 소식을 들은 지석영은 20일을 걸어서 부산에 도착하여, 그곳에서 종두법을 배워 많은 어린이를 구했다. 痘苗를 얻을 수 없자, 1880년 제2차 수신사 김홍집을 따라 일본에 가서 이를 배웠고, 이후 위정척사를 주장한 유생들의 상소에 맞서 개화 상소를 올렸다. 그는 일본을 배척하기보다는 그들의 선진문물을 수용할 것을 주장한 인물이었다. 한편 그는 민족의 언어인 국어연구에도 큰 족적을 남겼다. 이처럼 국민을 위하는 일에 헌신한 그를 친일, 반일의 잣대로 평가할 수는 없는 일이다. 국민을 억압하는 것은 그것이 외세이건 자국의 국가권력이건 용납되어서는 안 되며, 국민의 행복에 도움이 되었다면, 설사 그것이 事大로 여겨지는 것이라도 높이 평가되어야 한다고 생각한다.

칠리 이광린 선생님을 추억하며

하우봉 전북대학교 명예교수

1. 서강대학교 대학원에 진학하다

1980년 봄 서강대학교 사학원 박사과정에 입학하였다. 당시 나는 육군사관학교 교수부 사학과에서 교관으로 재직 중이었다. 생도들을 교육하는 임무를 맡았는데, 동시에 군 복무를 겸하는 것이었기에 행운이라고 할 수 있다. 1977년 6월에 육사에 부임했는데, 그때까지 진로를 정하지 못하다가 제대가 다가올 무렵이 되어서야 비로소 학문의 길로 가기로 결심하였다. 그러기 위해서는 공부를 위해서도 취직을 위한 경력을 추가하기 위해서도 대학원 박사과정에 진학할 필요성이 있었다. 당시 육사 교수부에서는 의무복무 중인 교관들에게 일주일에 하루의 자유일정, 즉 외출이 허용되었다. 이 좋은 기회를 이용해 대학원에 진학하기로 하였다. 그런데 국립대학교는 규정상 군 복무기간 중에 대학원에서 수업받는 것을 허용하지 않았다. 이에 비해 사립대학은 상대적으로 허용해 주는 편이었다. 내가 서강대학교 대학원을 선택한 이유는 사학과에 자타공인 최고의 교수진을 구성하고 있었고, 내가 공부하고 싶었던 분야를 지도해 주실 교수님이 계셨기 때문이었다.

당시 서강대 사학과의 교수진을 살펴보면, 한국사에서는 이기백, 이광린 교수님, 동양사에는 전해종, 길현익 교수님, 서양사에는 길현모, 차하순, 김영한 교수님이 계셨다. 한국 역사학계에서 기라성 같은 분들로 최고의 선생님들이었다. 각자 뚜렷한 연구업적뿐 아니라 역사이론 면에서도 사학계를 주도하셨다. 그런 점에서 사학과는 서강대학교 안에서도 인문학 분야를 대표하는 학과로서 서강대의 간판이라는 평가를 받았다. 당시 한국의 경제성장을 이론적으로 뒷받침했던 서강대 경제학과 교수들을 세칭 '남덕우 사단' 혹은 '서강학파'라고 부르곤 했다. 사학과 또한 다른 의미에서 '서강학파'라고 불려졌다. 그만큼 뚜렷한 학풍을 형성하면서 학계를 선도해 나갔기 때문이다.

사학과 교수님들은 역사학의 학문적 엄격성에 대한 철저한 추구, 당시의 과제였던 식민사학론의 극복과 민족사학의 체계화, 동시에 비교사와 교류사를 중점적으로 연구하면서 세계사적 보편성을 추구했다는 점에서 공통적이었다. 이를 통해 한국사뿐만 아니라 한국학 전반에 걸쳐 견인차 역할을 하였다. 해방 후부터 20세기 후반기에 이르기까지 '한국학'이 한국의 인문사회 학계를 주도해갔다고 할 수 있는데, 서강학파는 그 중심에 서서 선도적 역할을 담당하였다.

3년간에 걸친 대학원 수업을 통해 이기백, 이광린 교수님으로부터 평생 잊을 수 없는 학은學恩을 입었다. 두 분의 역사학 연구에 대한 엄격성은 유별났다. 실증적 엄격성을 통해 '역사는 과학이다'이라는 점을 강조하였고, 궁극적으로는 '진리는 하나이다'라는 확고한 신념을 가지신 것으로 보였다. 역사적 진리에 대한 신념을 넘어 신성시하는 차원이라고까지 느껴졌다. 두 선생님의 이같은 가르침은 대학원생들에게 깊이 새겨졌다. 또 스스로 모범을 보여주셨으므로 우리들은 심득心得을 넘어 체득體得하게 되었다.

2. 대학원의 동학들과 분위기

1980년대 초반 당시 사학과 대학원에서 같이 강의를 들은 동학 가운데는 역사학계에서 활발한 활동과 업적을 남긴 분들이 많다. 선배로는 이종욱 교수(서강대 총장), 이배용 교수(이화여대 총장), 김영자 교수(이화여대), 김당택 교수(전남대), 김용선 교수(한림대), 신호철 교수(충북대) 등이 있었고, 동료 및 후배로서는 오성 교수(세종대), 윤희면 교수(전남대), 김세윤 교수(부산여대), 최기영 교수(서강대), 김수태 교수(충남대), 조인성 교수(경희대), 노용필 교수(한국사학연구소) 등이 있었다.

대학원 세미나에서 처음에는 낯선 느낌이었고, 군 복무 중이라 발표 준비에도 충실하지 못해 허둥댄 적이 적지 않았다. 그런데 여러분들이 친절하게 배려해주고, 가르쳐주어서 대학원 생활에 적응하는데 큰 도움이 되었다.

1981년 6월 말 전역을 하고, 가을 학기에 전북대학교 사학과에 근무하게 되었다. 이때부터 1983년 겨울까지 대학원 수업을 위해 전주에서 서울까지 왕복하였다. 강행군이라고 할 수 있었지만 돌이켜 보면 그때가 매우 보람 있고 충실했던 시기라고 여겨진다. 당시 전북대 사학과에 근무하셨던 정구복 교수님과 정두희 교수님, 그 후에 합류한 김용선 교수님도 서강대 대학원에서의 생활과 연구 등에 대해 많은 조언을 해주셨다.

당시 서강대 사학과 대학원의 분위기는 최고의 선생님들의 지도 아래 자유롭고 활발한 토론을 하면서 아주 좋았다. 대학원 과정의 기말 리포트 가운데 우수하다고 평가를 받으면 교수님들이 바로『역사학보』를 비롯해 유수한 학술지에 발표하도록 추천해 주셨다. 선생님들은 선

후배를 가리지 않고 오직 논문의 질만으로 평가하셨다. 이것이 대학원
생들에게 선의의 경쟁을 일으키는 동력이 되었다. 그만큼 대학원생들
의 학회지 논문 발표는 다른 어떤 대학보다 서강대 사학과가 가장 활
발하였다. 그 결과 대학교수로 자리잡는 데에서도 유리하게 작용해 당
시 서강대 사학과 출신자들은 빠른 시기에 연구자로서의 길을 찾는 행
운을 누렸다. 교수님들이 적극적으로 추천해 주신 것도 주요한 원인이
었다. 그런 만큼 당시 대학원 분위기는 매우 활발하였고 자긍심도 높
았다.

3. 박사학위논문 주제와 에피소드

서강대학교 대학원 박사과정에 진학한 후 이광린 선생님을 지도교수
로 모시게 되었다. 한 학기가 지난 후 교수님께서 박사학위논문 주제를
무엇으로 할 것인지 문의하셨다. 아직 그것에 대한 고민을 구체적으로
하지 못한 채 막연하게나마 석사논문 주제인 "다산 정약용의 서학 관계"
를 발전시켜 나가는 방향으로 생각하고 있다고 대답하였다. 그래서 다
음 학기 한국근세사 강좌의 기말 리포트에서 "다산 정약용의 일본관"을
제출하였다. 이에 교수님이 재미있는 주제이고, 새로운 분야일 수 있다
고 평가해주셨고, 후에 논문으로 발표하였다. 이후부터 실학자들의 문집
을 대상으로 일본에 관한 기록을 집중적으로 찾아 분석하는 작업을 이어
나갔다. 미수 허목, 성호 이익, 순암 안정복, 다산 정약용과 북학파 실학
자들을 대상으로 하면서 계속 논문으로 발표하였다. 꽤 오랜 시일이 경과
한 뒤 1989년 3월 "조선 후기 실학자의 일본관 연구"라는 주제로 박사학
위논문을 제출하였고, 같은 해 일지사에서 단행본으로 출간하였다.

이광린 선생님은 학문적 측면뿐 아니라 논문 지도에서도 엄격하셨다. 당신 스스로 매우 꼼꼼하고 정밀한 고증을 중시하는 역사학자라고 할 수 있다. 개화기를 중심으로 발표한 수많은 논문과 저술을 통해 그러한 면모가 약여하였고, 한국근대사 연구의 태두로 평가받으셨다.

한편 인간적인 차원에서는 자상하고 따뜻한 배려심의 소유자이셨다. 그런데 나는 대학원 박사과정에서 처음 뵈었기 때문에 학술적인 일 외에 사적인 문제에 관해 대화할 수 있는 기회가 적었다. 개인적인 상담이나 인간적인 교류는 상대적으로 적었다는 점이 아쉽게 느껴진다. 그런만큼 개인적인 차원에서의 에피소드도 별로 없었다. 그런 가운데 한 가지 추억처럼 기억나는 것이 있어서 소개하고자 한다.

1981년 무렵인가 논문의 주제에 관해 이야기할 때, 내가 바둑을 좋아한다는 사실을 누군가에게 들으셨는지 김옥균(1851-1894)이 일본의 혼인보本因坊 슈에이秀榮(1852-1907)와 친분관계를 유지하며 대국한 기보도 있다는 사실을 말씀하시며, 그 부분에 대해 조사해 보라고 권유하셨다.

일본의 혼인보는 본래 초대 혼인보 닛카이日海가 머물던 적광사寂光寺의 암자 이름이었다. 도쿠가와 이에야스德川家康는 1612년 닛카이를 에도로 초빙해 산사算砂라는 이름을 하사하고 고도코로碁所라는 관직에 임명하였다. 고도코로는 당대 바둑의 최고실력자로 막부가 인정하는 관위였으며 쌀 20석과 10명분의 급여를 지급하였고, 전국의 기사를 통솔하고 승단 등을 관리하며 어람기御覽棋(막부 장군 앞에서 두는 바둑) 등 바둑대회를 주관하는 역할을 담당하였다. 이후 산사는 혼인보 가문을 개창하고 1세 혼인보가 되었다. 이로부터 혼인보는 막부로부터 봉록을 받으며 세습적 권력을 지니는 바둑가문으로서 1936년 일본기원이 창설되기까지 유지되었다. 고도코로는 바둑계에서는 막강한 권력과 권위를 지닌 자리인 만큼 이를 둘러싸고 혼인보, 이노우에井上, 야스이安井, 하야시林 네 가문이 치열한 경쟁을 벌였다. 그 과정이 바로 일본바둑의 역사가 되었고, 중국과 한국보다 우수한 실력을 갖추게 되는 배경이 되었다.

메이지유신明治維新 이후 고도코로제가 폐지되고 재정적 지원이 중단되자 바둑계는 위기를 맞이하였다. 이 당시 혼인보 가문을 관장한 이가 17세 혼인보 슈에이였다. 그는 역대 혼인보 중에서도 기풍이 깨끗하고 인품도 고매하다는 평가를 받았다. 18세 혼인보인 슈호秀甫가 요절하자 주위의 추대로 19세 혼인보로 다시 취임했을 정도로 슈에이는 기계의 신망이 두터웠다. 또 정치인 등 각계의 명사들과의 교류관계도 활발하였는데, 그 가운데 조선에서 건너온 망명객인 김옥균이 있었다.

한국근대사의 풍운아인 김옥균은 1884년 갑신정변의 실패 후 일본으로 망명하였다. 그는 일본에서도 조선의 개화를 위해 동분서주하였으나 별다른 성과를 얻지 못한 채 정처 없이 유랑하던 처지였다. 그러나 일본에서는 김옥균에 대해 혁명가라는 이미지도 있었고, 그의 뛰어난 연설과 사상을 흠모하는 인물이 적지 않았다. 김옥균은 10년간의 일본 체재 기간 중 뛰어난 사교력으로 일본의 정치인과 외교관, 개화파지식인 등 수많은 지인과 추종자를 만들었다.

슈에이는 김옥균을 만나자 바로 서로 흠모하는 친구가 되었으며, 암암리에 그를 지원하였다. 슈에이뿐만 아니라 마지막 혼인보인 슈사이秀哉(1874-1940)도 김옥균이 슈에이에게 부탁을 해 혼인보가에 들어가는 등 깊은 인연이 있었다. 김옥균은 일본 바둑계에 적지 않은 인연과 함께 영향을 끼쳤다고 할 수 있다.

김옥균과 슈에이는 나이 한 살 차이로 처음 만난 이후부터 서로 존중하며 일생 동안 우정을 유지했던 것으로 보인다. 당시 곤궁한 처지에 있었던 조선의 망명객이었지만 슈에이는 김옥균을 알아보고 국사國士로서 존중하며 대우했던 것이다.

그런데 김옥균에 대해 조선정부의 압력과 암살 위협이 계속 이어지자 그를 지원하였던 일본의 정부와 개화파 인사들도 꺼려하게 되었다. 결국 김옥균은 1886년 7월 도쿄에서 1천km나 떨어진 오가사와라 섬으로 유배당하였다. 이때 슈에이는 위험을 무릅쓰고 유배지를 방문하였다. 당시 절해고도였던 오가사와라로 가는 선편은 1년에 네 차례밖에 없었으며 21일이나 걸렸다 한다. 김옥균은 여기서 위장병으로 고생하면서 독서와 바둑으로 소일하였고, 섬의 어린이들을 가르치면서 돌아갈 날을 기다리고 있었다. 이런 상황에서 당시 일본 바둑계의 최고수이자 권위자였던 슈에이가 김옥균을 찾아가 만사를 제쳐두고 3개월 동안을 같이 보내면서 위로하였다고 하니 두 사람의 우정이 얼마나 깊었는지 알 수 있다.

김옥균은 1886년 오가사와라에 2년간 유배되었다가, 이어 1888년 홋카이도로 이배되어 다시 2년간 연금생활을 하였다. 슈에이는 이때도 김옥균을 배웅하러 갔다가 그대로 배를 타고 홋카이도까지 가서 6개월을 머물면서 함께 보냈다고 하니, 슈에이의 배려심과 의리가 감동적이다. 이 사실이 알려지자 홋카이도의 많은 유지들이 참여하였고, 바둑모임이 성행하는 계기가 되었다고 한다. 그런 만큼 이 일은 일본사회에 충격을 준 사건이기도 하였고, 미담이라고 할 수 있다.

김옥균은 바둑을 좋아하였고, 요즈음으로 치면 아마추어 4단 정도의 실력을 지니고 있었으며, 슈에이에게 5점을 접고 두었다고 한다. 1886년 2월 20일 슈에이와 5점 접바둑으로 둔 기보가 1992년 발견되었는데, 230수 만에 김옥균이 불계승한 것으로 나와 있다. 이 기보는 현재 전해지는 한국인의 기보로는 가장 오래된 것이어서 더욱 의미가 있기도 하다.

슈에이가 오가사와라를 떠날 때 김옥균이 써준 글이 『좌은담총坐隱談叢』 제2권(1904)에 남아 전한다. 두 사람의 교류와 우정을 진솔하게 담은 글로 품격이 느껴지며, 감상하기에 충분하다.

> 혼인보 슈에이는 나의 스승이요 벗이다. 바둑의 스승일 뿐 아니라 의리로는 벗이다. 병술년(1886) 가을 남쪽 바다 오가사와라 섬에 버려졌는데, 절해고도의 생활이 비할 수 없이 괴롭다는 것은 세상 사람이 다 아는 바이다.
> 이듬해 봄에 그대가 홀연히 이곳에 왔다. 나홀로 궁벽한 섬에 있는 것을 염려한 때문이리라. 그 남다른 의기를 어찌 나만이 느끼겠는가. 3개월을 머물렀는데 기거하는 곳이 어려운 산속이라 종일 사람을 볼 수 없었다. 날마다 흙을 옮기고 풀을 베어 아담한 정원을 하나 만들었으니 그대와 나의 소일거리였다.
> 초여름에 배가 와서 그대가 도쿄로 돌아가려 하니, 글을 써서 다음에 손잡고 웃을 일 하나 만들어 남긴다.

김옥균은 1890년 홋카이도에서의 유배생활을 마치고 도쿄로 돌아와 조선의 개화를 위해 활발한 활동을 재개하였다. 1894년 청나라의 이홍장李鴻章과 담판하기 위해 상하이로 갔다가 자객 홍종우에게 암살당해 파란만장한 일생을 마감하였다.

이러한 사실을 아신 선생님은 내게 일본 근대의 바둑과 근대화 과정, 김옥균과의 연관성 등을 찾아 분석해 보면 재미있는 논문감이 될 것이라고 하셨다. 당시 웃으면서 약간 가벼운 투로 권유하셔서, 당시에는 심각하게 생각하지 않았다. 또 내가 일본근대사나 일본바둑의 역사에 대해서 잘 알지 못했기 때문에 그 제안을 제대로 수용할 자신이 없기도 하였다. 그래서 결국 이 제안은 하나의 해프닝으로 끝나버렸지만, 돌이

켜 보면 선생님의 제자를 생각하는 배려심을 느낄 수 있는 소중한 에피
소드로 기억된다.

　옛 기억이 나서 김옥균과 슈에이의 이야기를 좀 더 살펴보니 흥미로
운 요소가 많고 학술적인 가치도 높다는 사실을 알 수 있다. 동시에 선
생님의 혜안을 새삼 느꼈다.

박사학위논문 잡설

윤희면 전남대학교 명예교수

1976년에 서강대 대학원에 입학하였다. 면접날 학부성적표를 보시면서 선생님들이 막 웃으시고 나는 고개도 못 들고 전전긍긍하던 일이 생각난다. 군대를 제대하고 대학원에 복학을 하였지만 논문제목을 못 정해 고민이 계속되었다. 그러던 어느 날 이광린 선생님께서 연구실로 호출하셨다. 『소수서원등록』을 펼쳐 "유향소, 사마소는 (서원)원장에게 겸손할 것"이란 구절을 손으로 집으시면서 초기서원과 사림파에 대해서 살펴보라고 당부하셨다. 그리고 서원을 설립부터 철폐까지 통사적으로 연구해야 할 필요가 있다는 말씀도 잊지 않으셨다.

논문 주제를 받아들고 고민은 더 깊어져만 갔다. 그래도 선생님의 명령을 받은 것이기에 서원 논문들을 꼼꼼히 읽고, 주세붕의 글을 구해 정독하였다. 자료와 논문들을 보면서 소수서원의 설립이 당시 풍기사림들에게는 그다지 환영받지 못한 일이었음을 알게 되었다. 그리고 선조 초까지 세워진 서원이래야 기껏 10여 군데밖에 안되는데 서원이 사림파의 재기에 과연 얼마나 기여를 했을까 하는 의문이 들었다. 초기 서원의 설립은 사림파가 아니라 지방 사림들에게 초점을 맞추어야 하며, 서원은 성리학의 확산, 정착과 관련지어야 하는 학교기관이면서 향촌기구로의 역할도 톡톡히 했다는 점을 줄거리로 하여 졸업논문을 겨우 작성하였다.

1981년에 박사과정에 진학하였고, 전남대학교에 내려와 강의를 시작하였다. 1981년도 2학기 대학원 페이퍼가 서원의 경제기반에 대한 것이었다. 서원의 경제를 다룬 논문은 민병하 선생의 것이 당시로는 유일하다시피 하였는데, 서원의 경제기반은 서원과 노비이고 면세와 면역의 특권을 지녀 서원들이 각 지역에서 거대한 농장과 노비를 가지고 있었다는 내용으로 개설서에 그대로 인용되고 있었다. 그 때 내가 가진 의문은 지극히 단순하였다. 예로 들은 소수서원, 도산서원은 유명한 서원이기에 그렇다 치더라도, 후기에는 각종 사회적 폐해가 지적되어 규제와 철폐의 대상이 되는데 과연 1000여개가 넘는 서원들이 면세, 면역의 특권을 온전히 누릴 수 있었을까, 노비제가 해체되어 가고 있었는데 과연 노비를 많이 소유하였을까 하는 의문이 생겼기 때문이었다. 그래서 서원지, 민정자료, 실록기록들을 미흡한대로 모아 서원의 경제기반은 영세한 토지와 노비보다는 사회적 권위를 이용한 액외원생, 원보, 서원촌, 식리전 등이 더 큰 비중이었다고 설명해 보았다. 논문을 발표한 뒤에 선생님께서 결혼식 주례사에서 논문 내용을 직접 거론하시면서 칭찬해 주셨기에 듣는 신랑으로 등줄기가 따갑고 한편으로는 기쁘기도 한 기억이 아직도 새롭다.

서원 논문을 두 편이나 발표하였기에 박사논문 주제도 당연히 서원으로 잡아 자료를 하나씩 모으기 시작하였다. 그런데 중간에 주제를 향교로 바꾸었다. 그 연유는 다음과 같다.

1982년 봄 대학원 시간에 선생님께서 주신 논문 주제가 경주에 있는 사마소였다. 당신께서 경주에 갔더니 사마소 바로 옆에 '9대 진사 10대 만석꾼'이라는 경주 최부잣집이 있어 서로 깊은 관련이 있겠다는 설명이셨다. 사마소라 함은 유향소와 대립하여 사림파계열의 생원, 진사들이 별도로 세운 기구라는 정도의 이해가 당시에는 고작이었다. 대학원 수업이 끝나자마자 고속버스를 타고 경주로 내려와 계림 근처에 있는 최부잣집을 찾아갔더니 과연 거대한 한옥이었다. 근처에 있는 사마소를 찾아갔다. 최부잣집이 지은 병촉헌이라는 정자도 나란히 있는데, 몇개의 기문만이 걸려있을 뿐이었다. 카메라 준비를 안 해갔기에 첨성대 근처의 아무 사진관이나 찾아가 주인에게 출장사진을 부탁하였다. 사마소에 걸린 기문을 촬영하고, 옆에 있는 경주향교의 기문들도 촬영하였다. 사진으로 찍은 기문을 읽으면서 논문이 가능하겠다는 생각이 들었다. 사마소는 성균관에서 수업할 수 없는 형편의 생원, 진사들이 자기 고을에서 세운 지방의 성균관같은 것이었다. 그리고 명단을 기록한 것이 사마안이었다. 서원이 발달하면서 사마소가 없어졌다가 17, 18세기에 각 고을에서 중건되고 사마안이 다시 작성되었다. 경주 사마소도 영조 때에 복설되었다. 이는 조선후기 신분제 변동에 대응하여 양반사족들이 자기 신분을 유지하기 위한 목적으로 짐작할 수 있다. 사마소를 다루면서 읍지에 주목하였다. 읍지가 지방사 연구에 더할 수 없는 자료임을 알았다. 규장각에 있는 8도읍지를 영인한 것이 마침 간행되었기에 읍지 속에서 사마소 관련 기록을 많이 찾아낼 수 있었다. 그리고 양사재의 기록도 꽤 많이 찾아냈다. 양사재는 조선후기 향교의 교육기능을 대신하고자 만들어진 교육시설이었다. 그런데 사마소와 양사재가 향교와 매우 밀접한 관계를 맺고 있었음을 알게 되었다. 대부분이 향교 안이나 향교 근처에 세워져 있었기 때문이었다.

사마소 논문 이후에 연구주제를 향교로 바꾸었다. 문집 자료를 뒤지고, 향교에 찾아다니면서 많은 고문서를 열람하고 자료들을 모아 향교 논문을 차례로 발표하였다. 그러던 중 연구실로 선생님을 찾아뵙고 박사논문으로 서원은 다음으로 미루어두고 향교로 준비하고 있다고 말씀드렸다. 그런데 선생님께서 대뜸 "그거 되겠어?"하고 말씀하셨다. 그도 그럴 것이 향교에 대해서 당시에는 관심이 매우 열악하였다. 조선초기의 향교에 대해서는 교육제도사적인 연구가 이루어졌을 뿐이고, 후기는 군역을 피하는 소굴로, 그리고 춘추로 공자에게 제사만 지내는 유명무실한 존재로 비춰지는 정도였다. 개설서에 조선 초기의 교육제도에서 잠깐 언급하는 것이 고작이었기에, 연구자들은 향교보다 정치사회적 상황과 밀접하게 연계되어 있는 서원에 더 깊은 관심을 기울이고 있었다. 선생님 반응에 당황하였지만 향교에 대해 잠시 설명 드리고 향교에 소장되어 있는 고문서와 논문 방향도 간단하게 말씀드렸더니 마지못해 그러라고 허락해 주셨다.

1989년 봄에 서강대에서 파는 600자 원고지에 발표하였거나 발표를 준비하고 있는 향교논문들을 몽땅 모아 7편으로 구성된 학위논문 초고를 들고 선생님 연구실로 찾아뵈었다. 두툼한 원고지에서 목차만 보시더니 고생했다고만 말씀하셨다. 그날 오후 사학과 대학원 모임이 교수식당에서 있었는데 선생님께서 "다른 대학에서 진학한 윤모씨가 말이죠, 학위논문 초고를 가지고 왔는데 말이죠, 여러분들도 말이죠" 하시면서 제 이름을 언급하셔서 안절부절했던 일이 기억난다. 학위논문은 당시 전북대에 계시던 정두희 선배님과 자세히 상의해보라는 말씀이 계셔서 전주로 찾아뵙고 하루 묵으면서 지도를 받았다. 4편으로 줄이고 나머지 경제기반은 나중에 책으로 낼 때 넣으라고 충고를 해주셔서 그대로 하였다. 그해 여름 학위논문 심사를 받았다.논문은 심사 맡으신 분들에게 미리 전달해 드렸기에 여러 번 모임없이 한번에 끝낼 수 있었다. 나뿐만 아니고 오성, 하우봉 교수도 그날 함께 받은걸로 기억한다. 교육기능이 미흡하다는 따가운 지적 이외는 별다른 어려움없이 무난히 진행되었다. 심사가 모두 끝나고 저녁에 중국집으로 가서 심사하신 선생님들과 식사하는 것으로 하루 일정이 지나갔다. 걱정 근심도 선생님이 수고했다고 따라주신 고량주 한잔에 모두 날려 보냈다. 학위논문은 홍승기 선배님이 소장으로 있으시던 서강대 인문과학연구소에서 주선해 주셔서 일조각에서 다음해 봄에 『조선후기 향교연구』라는 제목으로 간행되었다. 서원, 향교, 사마소, 양사재 등이 내가 평생 연구해온 주제이다. 그런데 이 모든 것이 선생님의 언질과 지도에서 비롯된 것이었다. 이것이 학은이 아니고 무엇이겠는가라고 생각하고 있다.

박사학위논문과 관련해서 한마디 덧붙여본다. 대학에서 논문 심사를 하면 원칙은 5심이라고 한다. 학교의 주변 동료나 선임 교수들의 경험담을 들어보면 믿을 수 없는 이야기들이 쏟아져 나온다. 5심인데 지도교수와 싸우다시피 하여 4심으로 줄였다, 심사위원들이 고급호텔을 요구한다, 심사 한차례 할 때마다 비용이 많이 들었다. 끝날 때마다 여흥이 많다 등등. 그리고 나서도 논문이 표절이네, 재심사네, 1년 유예네 등의 뒷얘기가 나오는 것은 모두 지도교수가 지도를 제대로 안했기 때문이 아닐까 한다. 그러니 "yuji"라는 것이 학위 통과가 되는 일이 생겨나는 것이라 생각한다. 심사를 한번만 받고 끝낸 나는 선생님의 지도를 흉내 내어 적어도 내가 지도교수인 경우는 심사 붙이기 전에 논문 내용을 미리 손을 보아 한번 내지 두 번 정도로 끝을 내려고 하였으나 선생님의 명망에 훨씬 미치지 못하기에 3심으로 하는 것으로 결정을 볼 때가 많았다. 그래도 논문 심사 이야기가 나오면 "이 몸은 한 번에 끝낸 사람이야" 하고 주변에 자랑 아닌 자랑을 하곤 하였다.

선생님과 관련해서 여담 한 가지 더. 2005년 수능이 끝나고 홍익대 미대를 목표로 하는 딸아이를 데리고 상경하였다. 수시 시험을 끝내고 미술학원은 미리 제휴를 맺은 곳에 맡겼으니 문제는 숙소였다. 여기 저기 다녀보아도 믿음직하지 않았다. 그러던 중 우연히 발견한 전봇대 벽보. 학교 코앞이라 바로 찾아갔더니 골목길에 하얀 2층 양옥집. 초로의 주인 내외도 인상이 그리 나쁘지 않아 2층 작은 방으로 정했다. 광주에서 같이 올라온 여학생도 있어 2명이 쓰기엔 좀 옹색해 보이기는 했다. 이불도 마련해 주고 다가올 추위를 대비해서 전기장판도 사서 넣어 주었다. 일을 끝내고 집 대문을 나서는데 뭔가 기억이 나는데 분명하지는 않았다. 한주에 한 번씩 딸을 보러 주말에 올라 다니다가 세번째인가 가는데 생각이 났다. 바로 선생님 댁이었다는 기억이. 홍대 정문쪽으로 가다가 중간에 오른쪽 골목길으로 꺾어 올라가면 양옥집 몇채가 있는데 「이광린」이라는 문패가 달린 2층 하얀 양옥집. 대학원때 두세 번, 결혼 전후로 인사차 두어번 들렀던 집이었다. 그때는 길 아래에서 올라갔고 이때는 위에서 찾아갔으니 기억이 안났던 것이다. 주인에게 선생님이 지도교수라고 이야기를 드렸더니 크게 놀라면서 뭔가 감추는 분위기였다. 아무튼 방이 춥다고 징징대는 딸아이가 용케 수시에 합격하여 두어 달여 만에 광주에 데리고 내려왔지만 기연이라 할 수밖에 없는 일이었다. 그 추운 2층방에서 선생님과 자제분들은 어떻게 공부를 하셨을까 하는 생각이 들기도 했다. 선생님의 음덕이 자식 대까지 미쳤다고 생각하니 선생님의 은혜를 곱절이나 받은 느낌이 들었다. 선생님이 돌아가시고 나중에 일산 사모님께 이 이야기를 말씀드렸더니 그 때엔 세를 주었던 상태였다고 하셨다. 나중에 저승에서 선생님을 뵙고 이때의 기연을 말씀드리면 뭐라고 대답하실지. "그거 재밌구만" 하실지, 아님 "세상 인연 간단치 않아요, 그거 간단치 않아요" 하실지.

(2024년 6월 씀)

약이 독하지 않으면, 병은 낫지 않는다

하영휘 가회고문서연구소장

사학과 일일답사를 강화도로 갈 때였다. 나는 우연히 이광린 선생님 옆자리에 앉게 되었다. 선생님께서 나에 관하여 이것저것 물으셨다. 그러다가 내가 부산고등학교를 졸업했다고 말씀드리자, 선생님의 얼굴이 더 밝아지고 목소리도 커졌다. 초대 교장 김하득 선생님을 언급하시고, 건너 자리에 앉아 계신 전해종 선생님께서 6·25전쟁 때 부산 피난 가서 부산고등학교에서 가르쳤다고 말씀하셨다. 선생님께서 편한 분위기를 만드시는 바람에, 나는 하시는 말씀에 부담없이 넙죽넙죽 대답했다.

1987년 대학원 첫 학기 이광린 선생님 수업. 나는 직장생활도 하고 한문공부도 하고 게다가 대학원 입시에 3수까지 하느라, 석사과정 입학이 많이 늦어버렸다. 이광린 선생님의 대학원 수업은 학기 초에 논문제목을 제출한 후 수업시간에 주제발표를 하고 학기말에 논문을 제출하는 방식으로 진행되었다. 당시 내가 제출한 논문제목이 기억나지 않는데, 개화파의 유학에서 그 이전 유학자와 다른 점을 찾아보려는 시도였던 것 같다. 제목을 제출할 때는 아무 말씀도 않으셨다. 발표 때 나는 많이 헤맸다. 발표를 하면서도 스스로 무슨 말을 하고 있는지도 모르고 버벅거렸다. 선생님의 기분이 좋지 않다는 것을 표정으로 느낄 수 있었다.

기말논문을 제출하는 날. 나는 이틀 밤을 하얗게 새면서 원고지 20장도 채 쓰지 못했다. 생각이 앞으로 나아가지 못하고 한 곳에서 뱅뱅 맴돌기만 했다. 초라한 '논문'을 제출하고 학과사무실에서 선생님의 호출을 기다렸다. 드디어 내 차례. 문을 열고 들어서자, 선생님의 눈에서 불꽃이 튀는 것 같았다. 이어서 선생님의 말씀이 속사포처럼 쏟아졌다. 대략 이런 말씀을 하신 것으로 기억한다. "우리는 하영휘 씨가 한문공부까지 하고 대학원에 와서, 뭔가 할 걸로 기대를 했어요. 그런데 이런 걸 글이라고 써서 읽어 달라고 하니, 뻔뻔해요. 우리도 바쁜 사람이에요." 눈앞이 캄캄하고, 땅속으로 꺼지고 싶은 심정이었다.

대학원 첫 학기에 나는 그야말로 바닥을 친 셈이었다. 하루 종일 선생님의 말씀이 귀에 맴돌았다. 나는 뭐가 잘못 된 걸까? 자질도 없이 대학원에 괜히 온 걸까? 어떻게 해야 할까? 그러다가 오기가 나기도 했다. 어차피 시작했으니 끝장을 봐야 하지 않겠는가! 나는 흐리멍덩한 정신과 결기없는 자세를 반성했다. 실천으로 옮기지는 못했지만, 각오를 다시 다지고 새로 시작하는 자세로 공부에 임해야겠다고 마음먹었다. 그렇게 차츰차츰 적응해 나갔다. 나는 10학기 만에 간신히 석사논문을 제출했다. 심사가 끝나자, 선생님께서 수고했다고 하시며 밥을 사주셨다.

1989년부터 나는 아단문고라는 곳에서 일하게 되었다. 모 재벌에서 고서, 고문서, 근대잡지를 많이 수집해 놓고, 그 자료들을 정리하고 사업계획을 세울 사람을 추천해 달라고 임창순 선생님께 의뢰했고, 임 선생님께서 나를 추천했던 것이다. 작업환경이 별로 좋지 않았다. 수집된 자료들이 대부분 박스에 담긴 채로 있었다. 박스를 풀면 헛간의 먼지 냄새가 나고 쥐똥도 나왔다. 오래된 먼지를 많이 마시다보니 비염이 고질병이 되어, 지금도 자주 코를 훌쩍인다. 자료정리가 어느 정도 되자, 1994년에 나는 박사과정에 입학했다.

1994년 선생님께서 중부대학교 총장으로 가셨다. 그리고 대학원 수업도 하셨다. 선생님께서 아단문고의 자료가 필요할 때는 내가 복사하여 수업시간에 드린 적이 있었다. 대학원 수업을 그만 두신 후에는, 미리 전화를 하시고 토요일 오후에 서울역에 내려 시청 앞에 있는 아단문고에 자료를 가지러 오셨다. 나는 선생님을 모시고 잘 가시던 시청 옆 남포면옥에 갔다. 어복쟁반 시켜놓고 소주 서너 병을 마셨다. 나중에는 자료와 상관없이 오신 적도 두어 번 있었다. 나는 선생님께서 외로우시다는 것을 느꼈다. 선생님의 주량도 많이 줄었다.

몇 년 후 선생님께서 편찮으시다는 것을 알았다. 정두희 선생, 최기영 선생과 함께 병문안을 갔다. 선생님께서 누워계셨다. 무슨 말씀을 드려야 할지 생각이 나지 않았다. 멍하니 앉아 있는데, 지난 날 선생님의 모습이 주마등처럼 지나갔다. 강화도 답사 갈 때 청년처럼 씩씩하던 모습이 떠올랐다. 내 석사 첫 학기 때 기말논문 내던 날의 영상이 지나갔다. 남포면옥에서 소주를 마시던 선생님의 모습도 생생했다.

그 후 한 번 더 병문안을 갔다. 선생님은 말씀도 거의 못하고 누워계셨다. 그냥 우두커니 병상을 지키고 앉아 있었다. 선생님께서 누굴 부르시는 눈치였다. 정두희 선생이 무슨 말씀을 하시는지 들으려고 귀를 가까이 가져갔다. 아니었다. 최기영 선생이 다가갔으나, 역시 아니었다. 내가 가까이 다가가자, 입술을 움직여 '논문'이라고 말씀하셨다. 눈빛으로도 강력하게 말씀하시는 것 같았다. 아! 내게 박사논문을 쓰라고 말씀하시는구나. 나는 울컥하고 치미는 것을 억지로 누르며 대답했다. "예, 선생님 쓰겠습니다."

당시 나는 19세기 유학자 趙秉悳이 쓴 1700여 통의 편지를 아단문고의 자료더미에서 발굴하고, 그것을 박사논문으로 만들기 위하여 몇 해 동안 씨름하던 중이었다. 그러나 편지를 논문으로 만들기가 쉽지 않아

지친 채, 논문작업은 교착상태에 빠져 있었다. 게다가 박사논문 제출기한이 몇 달 남지 않은 상황이었다. 지도교수인 정두희 선생님께서 답답하신 나머지, 휴지에다 써와도 된다고 말씀하실 정도였다.

신기하게도 선생님의 말씀을 듣고부터 내 논문작업이 활기를 띠기 시작했다. 퇴근하고 귀가하여 새벽까지 논문을 썼다. 컴퓨터를 사용할 줄 몰랐기 때문에 연필로 써놓으면 후배들이 가져가 입력해 주었다. 두세 달 동안 이런 작업을 계속하여, 박사논문을 기한 내에 겨우 제출할 수 있었다. 지금 생각해보면, 이광린 선생님이 아니었으면 게으르고 놀기 좋아하는 내가 석사학위와 박사학위를 받는 것은 불가능했을 것이다.

『孟子』에 이런 말이 있다. "약을 먹어 현기증이 나지 않으면, 그 병은 낫지 않는다若藥不瞑眩 厥疾不瘳." 滕 나라 文公이 世子였을 때 맹자의 충고에도 불구하고 흐리멍덩한 상태로 머뭇거리자, 약소국 등 나라가 살아남기 위해서는 가깝고 쉬운 길이 없다며 맹자가 맹렬한 각성을 촉구한 따끔한 한 마디였다. 나는 초등학교 때 회충약을 먹고 하늘이 노래졌던 경험이 있지만, 이광린 선생님은 평생 두고 효험을 발하는 약을 내게 주신 것이다. 선생님의 말씀은 두고두고 내게 약이 된 것이다.

잊을 수 없는 사학과와 이광린 선생님

서종태 해미국제성지 신앙문화연구원장

1. 나에게 최상의 선택이 된 사학과

스물네 살 때 76학번으로 대학에 입학한 나는 외교학과에서 두 학기를 보내고 사학과로 전과했다. 막연히 신문기자가 되고 싶다는 생각에 선택한 외교학과가 나와 잘 맞지 않았기 때문이다. 중학교 과정과 고등학교 과정을 검정고시로 마친 나는 대학의 여러 학과의 특성에 대해 아는 게 거의 없었다. 게다가 어느 학과로 옮기는 게 적합할지를 상의할 동문이나 선배도 없었다. 그래서 혼자 고민하다가 그래도 서당에서 2년 동안 한문을 공부하며 『대학』까지 읽은 나에게 사학과가 가장 잘 맞지 않을까 하는 소박한 생각에 사학과로 전과했다.

중간에 방위 근무를 한 탓에 나는 77학번 학생들과 주로 수업을 들었다. 나이가 많이 차이 나고 사학과에 아는 사람이 아무도 없어서 한동안 겉돌았다. 그러나 동료와 선배들이 진솔하고 친절하게 대해줘 이내 잘 적응하게 되었고, 학과 공부도 다행히 나에게 잘 맞아 대학 생활을 즐겁고 행복하게 보낼 수 있었다. 그중에서도 선생님들을 모시고 매년 봄 학기와 가을 학기에 선후배가 함께 떠나는 고적 답사는 매번 기다려지는 제일 풍성하고 즐거운 시간이었다. 현장을 통해 생생하게 학습할 수 있었을 뿐만 아니라 선배들과 두루 친교를 나누며 즐거운 추억들을 많이 쌓을 수 있었다.

이전에는 학생들을 인솔하던 이광린 선생님이나 이기백 선생님께서 답사 중에 마주치는 유적이나 유물에 관해 설명해 주셨다. 그러나 73학번 최병찬 선배가 과 대표를 맡아 고적 답사를 준비하면서부터 불탑과 부도, 건축, 불상 등의 분야로 나누어 학생들이 맡아 해당 유물을 공부하여 설명하는 방식으로 바뀌었다. 당시 나는 불탑과 부도를 맡아 공부하여 답사 때마다 해당 유물을 설명했다. 이를 계기로 불탑과 부도에 대해 꾸준히 공부하게 되었고, 그 덕분에 지금도 어디에 가든 불탑과 부도에 대해서는 조금 아는 척을 할 수 있다.

이광린 선생님을 모시고 어느 지역인가 답사갔을 때의 일이다. 학생 중 누군가가 사학과를 졸업하고 나면 어떤 사람이 될 수 있느냐고 여쭙자, 선생님께서 대통령까지 모두 다 될 수 있다고 말씀해 주셨다. 그 당시는 그 의미를 잘 이해하지 못했지만, 역사학에는 다양한 분야의 학문이 포괄되어 있으니, 역사학을 공부하고 나면 여러 다양한 분야에 종사할 수 있다는 뜻으로 말씀해 주셨다고 나중에 이해하게 되었다.

이기백 선생님을 모시고 경주에 답사갔을 때도 기억에 남는 일이 있다. 어느 왕릉 앞에 그 용도를 잘 알 수 없는 석물이 놓여 있는 것을 보고 학생들이 저마다 각기 다르게 그 용도를 추측하여 주장했다. 이러한 광경을 물끄러미 보고 계시던 선생님께서 모르는 것은 모른다고 말하는 게 가장 잘 아는 것이라고 일러 주시어 귀중한 깨우침을 주셨다.

사학과로 옮겨 공부하면서 가장 행복했던 시간은 선생님들의 명강의를 들을 때였다. 매번 강의 내용을 성실하게 준비하여 열정적으로 가르쳐 지적인 즐거움과 행복을 누리게 하시고, 수업 중에 제기한 학생들의 의견이 타당할 경우 하찮게 여기지 않고 존중하여 주시는 선생님들의 모습은 존경스럽고 아름답기 그지없었다. 나는 강의를 듣는 동안 내내 행복해하면서 이다음에 나도 선생들처럼 살고 싶다는 마음을 가슴에 품게 되었다. 이러한 사학과 선생님들의 명성을 전혀 모르고 사학과로 전과했지만, 그것은 결과적으로 나에게는 가장 좋은 선택이 되었다.

2. 논문의 생명은 독창성임을 일깨워 주신 선생님

이광린 선생님은 학기마다 대학원 수업을 전반기와 후반기로 나누어 진행하셨다. 전반기에는 조선시대를 이해하는 데 크게 도움이 되는 특정 주제에 관한 주요 논문들을 선정하여 돌아가며 정리해 발표하게 하셨다. 그러면서 대체로 조선시대 이후의 시기에서 각자 발표할 주제를 스스로 정하여 지정한 날짜까지 제출하게 한 다음 해당 주제에 관해 각자 연구하게 하셨다. 그리고 후반기에는 각자 정한 주제에 관해 연구한 결과를 차례로 발표한 다음 그것을 보완하여 학기 말 리포트로 제출하게 하셨다.

각자 준비하여 발표할 연구 주제를 스스로 찾아 정할 때 선생님께서 요구하신 가장 중요한 기준은 독창성이었다. 만약 독창성이 있는 연구가 될 수 없는 주제를 정하여 제출하면, 선생님께서 몇 번이고 다시 주제를 새로 정하여 제출하게 하셨다. 그리고 각자 정한 주제를 연구하여 발표할 때 아무리 체계적으로 잘 구성하여 발표해도, 새로운 면이 없으면 곧 중단당하여 5분 이상 발표할 수 없었다. 반면에 연이어 새로운 연구가 가능한 주제이면, 발표문이 거칠고 엉성해도 많은 칭찬과 격려를 받을 수 있었다. 이렇게 선생님께서는 수업을 통해 연구 논문의 생명은 독창성에 달려 있음을 누누이 일깨워 주셨다.

　나의 석사 과정 첫 번째 학기 이광린 선생님 수업 때의 일이다. 고종 때 유재건이 저술한 『이향견문록』에 대한 연구를 주제로 정하여 제출했다. 이 책은 정사에 오르지 못한 중인 이하의 신분 계층 중에서 뛰어난 업적을 남긴 각 방면 인물들의 전기를 집대성한 것으로, 아직 연구가 없었기 때문에 발표까지는 무난히 마쳤다. 그러나 기말 리포트를 작성하여 제출하지 못하여 문제가 발생했다. 번역본이 없는 자료인데다 양이 많아 그 전체를 한 학기에 다 다루는 것은 감당하기 어려운 일이었다. 따라서 연구의 범위를 좁혀 그중 일부만을 다루었어야 했는데, 요령이 없어 그 전체를 체계적으로 분석하여 연구하려 하다가 기말 리포트를 제출하지 못하여 낙제점인 C 학점을 받았다. 당시 이광린 선생님께서는 저에게 집에 가서 상의하여 진로를 바꾸라고 조언해 주셨다.

　그러나 선생님의 조언에 따라 그만두면 실패자라는 굴레를 벗을 수 없고, 그러한 상태로는 다른 일을 한다고 해도 잘할 수 없을 것 같았다. 그래서 한 학기 더 등록하여 나의 능력을 확인해 보기로 했다. 두 번째 학기 이광린 선생님 수업 때는 박주대의 『나암수록』(국사편찬위원회, 1980)에 실려 있는 「남촌해혐일기」라는 자료를 찾아 그에 관한 연구를 발표 주제로 정하여 제출했다. 이 자료는 홍선대원군이 노론에 대항할 정치적 기반을 구축하기 위하여 벽파와 시파, 공서파와 신서파로 갈라져 반목하던 근기 남인을 화해시키려 했던 내용으로 양이 적고 아직 연구가 없었기 때문에, 발표를 잘 마치고 기말 리포트도 제때 제출했다. 그리하여 선생님께 잘 썼다는 칭찬과 더불어 A 학점을 받아 추락한 명예와 신뢰를 일부나마 회복할 수 있었다. 당시 제출했던 리포트는 훗날 수정 보완하여 학술지에 게재했다.

　세 번째 학기 이광린 선생님 수업 때는 마침 안정복의 『순암전집』(여강출판사, 1984) 영인본이 간행되었다. 선생님께서 안정복에 관한 연구가 부진하여 아직 박사학위 논문이 한 편도 안 나왔다고 하시면서 『순암전집』에 실려 있는 자료 중에서 발표 주제를 찾아 정하라고 하셨다. 이때 안정복의 『동사강목』의 부록에 실려 있는 역사 고증에 관한 사론인 「고이」에 관하여 연구해 발표한 강세구 선생께서는 훗날 안정복의 동사강목에 관한 연구로 박사학위를 받아 선생님의 기대에 부응하셨다.

이때 나는 안정복의 『순암집』에 수록된 서한 전체를 연구 대상으로 삼아 발표 주제를 정하여 제출했다. 조금 무모한 시도였지만 다행히 그 안에 이기양 등 소장학자들이 경전을 자주적으로 해석한 것을 안정복이 비판한 내용이 들어 있어서, 이러한 문제를 연구하여 발표한 뒤 보완해 기말 리포트로 제출하여 칭찬과 더불어 A 학점을 받았다. 그리고 이에 관한 연구를 더욱 진전시켜 「복암 이기양의 양명학 수용—성호학파와의 관련을 중심으로—」라는 논문으로 완성해 석사학위를 받았다. 이어 관련 연구를 성호학파의 천주교 수용까지 확대하여 마침내 1996년에 「성호학파의 영명학과 서학」이라는 논문으로 박사학위를 받았다.

이렇게 이광린 선생님의 지도를 받아 성호학파의 양명학과 서학에 관해 연구하면서 나는 선생님의 각별한 사랑을 넘치게 받고 격려해 주시는 말씀도 누차 들었다. 한번은 선생님께서 대학원생들과 함께 식사하는 자리에서 나를 불러 당신 옆자리에 앉게 하시더니, 성호학파의 실학자들이 양명학을 거쳐 천주교를 수용하기에 이르렀다고 보는 나의 연구 방향이 참신하다고 칭찬하시면서 잘 연구해 보라고 격려해 주셨다.

그런데 이광린 선생님께서는 나뿐만 아니라 지도하는 제자들 누구에게나 각별한 사랑을 넘치도록 베풀어주셨다. 이러한 선생님의 남다른 사랑과 훌륭한 지도 덕분에 다들 연구자로 당당히 성장해 나갈 수 있었다.

3. 겸손과 배려의 모범을 보여주신 선생님

내가 이광린 선생님께 배운 건 학문만이 아니었다. 선생님께서는 인격적으로도 여러 모범을 보여주셨다. 도서관에 가서 자료를 복사해 오라는 심부름을 시키실 때가 가끔 있었는데, 아무리 적은 양이라도 반드시 복사비를 챙겨 주셨다. 또한 잡지사에 원고를 갖다주라는 심부름을 시키실 때도 역시 토큰 2개를 꼭 챙겨 주셨다.

아울러 공부를 겸해서 심부름을 시키실 때도 있었다. 한번은 서울대학교 중앙도서관 소장 자료인 정약용의 『여유당집』에 「전론」이란 글이 실려 있는지 확인해 보고, 수록되어 있으면 복사해 오라는 심부름을 시키셨다. 그래서 『여유당집』을 한 장 한 장 넘기면서 그 안에 어떤 글들이 실려 있는지 살피며 덤으로 자료에 관한 공부를 할 수 있었다. 선생님께서 필요로 하는 글은 수록되어 있지 않아서 아무런 도움도 드리지 못했지만, 대신 흑산도에서 유배 생활하던 정약전이 강진에서 유배 생활하던 동생 정약용에게 보낸 서한들 가운데 아직 학계에 소개되지 않은 일부 서한들이 실려 있는 것을 확인할 수 있었다. 뒤에 나는 정약전의 실학사상을 연구할 때 그 서한들을 자료로 활용하면서 학계에 소개했다.

또한 1988년 한국교회사연구소에서 『이원순교수 화갑기념 한국교회사논문집』 봉정식을 거행할 때, 선생님께서 봉투를 하나를 주시면서 행사장에 가서 제출하고 책을 받아오라는 심부름을 시키셨다. 내가 연구하는 주제가 천주교와 관련이 있고, 한국교회사연구소에 천주교 관련 자료가 많이 소장되어 있기에, 한국교회사연구소에 드나들며 공부하라고 일부러 나에게 심부름을 시키신 것이 아닌가 한다. 훗날 나는 한국교회사연구소의 연구실장으로 재직하던 최기영 선생의 추천으로 한국교회사연구소에 책임연구원으로 근무하면서 한국천주교회사를 본격적으로 공부하게 되었다.

선생님께서는 당신의 손님이 연구실을 방문할 때, 손수 차를 타서 손님을 대접하셨다. 혹 일이 있어 선생님의 연구실에 갔을 때, 탁자에 놓여 있는 찻잔들을 씻어 드리려고 해도, 못하게 하고 당신께서 직접 씻으셨다. 또한 선생님 연구실에 있는 쓰레기통을 비워 드리려고 해도, 역시 못하게 하고 당신께서 직접 비우셨다. 아울러 선생님과 함께 어디를 갈 때, 선생님 가방을 들어 드리려고 해도, 거절하고 절대 맡기지 않으셨다.

선생님께서는 또한 남에 대한 배려가 남다르셨다. 결혼식 때 혼주의 가족이 운전하는 승용차로 주례를 보실 선생님을 모시고 예식장으로 갈 때, 선생님께서는 운전하시는 분을 배려하여 그분과 줄곧 대화하시고, 모시고 가는 제자들과 학문에 관한 이야기는 한마디도 하지 않으셨다. 이러한 선생님의 남에 대한 남다른 배려는 설날 세배하러 선생님 댁에 갔을 때, 학문을 전공하는 제자들뿐만 아니라 회사에 다니는 제자들도 다수 찾아뵙고 세배드리는 것을 통해서도 엿볼 수 있었다.

이렇게 이광린 선생님께서는 제자들에게 학문적인 면에서뿐만 아니라 인격적인 면에서도 훌륭한 사표가 되어 주셨다. 그리고 다른 선생님들도 이광린 선생님과 마찬가지로 학문적으로나 인격적으로 모두 훌륭하셨다. 서강대 사학과가 '서강학파'의 별칭을 얻은 학과로 성장할 수 있었던 것은 선생님들께서 학문과 인격 양면에서 모두 뛰어나셨던 결과가 아닐까 한다.

선생님은 앞에서 걸어가시고

김세윤 신라대학교 교수 퇴임

평생 어려운 분이셨다. 1974년에 대학을 입학하여 선생님을 뵌 지 꼭 50년이 흘렀다. 살아생전에도 마주 뵙는 일은 참으로 힘들었다. 돌아가신 지 20년 가까이 되는 지금도 선생님을 생각하면 그 모습과 음성이 생생하게 떠오른다. 바로 앞에 계신 듯하니 고개가 들어지지 않는다.

선생님은 앞에서 걸어가시고, 나는 뒤에서 따라갔다. 3학년인 76년 가을학기의 어느 날, 총장실 행사에 참석하기 위해 학과장이신 이광린 선생님의 뒤를 따랐다. 일곱 걸음 떨어져서 가야 하는 줄 알았다. 얼마 되지 않는 A관까지의 길이 한참이나 멀게 느껴졌다. 행사를 마치고 돌아올 적에는 다소 가까워졌다. 선생님께서 옆으로 오라고 하시면서 여러 격려의 말씀을 자상하게 해주셨다. 몇 개월 전에 돌아가신 아버지 생각이 났다. 그 학기 선생님의 한국사강독 수업에서 「全琫準供草」를 읽었는데, 이를 계기로 졸업논문의 주제를 東學으로 하여 선생님의 지도를 받았다. 동학혁명에서의 南接의 중심적 역할을 다루었는데, 새로운 자료를 찾아보겠다고 천도교회관까지 가서 문의한 기억이 난다. 여담이지만 졸업한 뒤인 대학원 첫학기에, 뒤늦게 졸업하는 양희은 선배가 찾아와서 나의 졸업논문 복사를 요청하였다. 동학혁명 당시의 농민가로 졸업

논문을 준비 중인데, 선생님이 김세윤의 논문을 참조하라고 말씀하셨다는 것이다. 기꺼이 해드렸는데. 학기말에 도서관 앞에서 양희은 선배를 마주치니, 내 이름을 부르면서 고맙다는 인사를 한다. 고등학생 때 우상이었던 가수 양희은에게 직접 그런 말을 듣다니.

4학년 2학기 말, 선생님에게 대학원 진학을 말씀드리니 허락해주셨다. 석사과정 입학시험을 치르고 나서의 일이다. 사학과 대학원의 정원이 감소되어 다수가 불합격된다고 하였다. 합격통지를 받기 전까지는 떨어졌으면 좋겠다는 심정이었다. 공부를 감당할 수 없을 것 같았다. 얼마 뒤 후배 최기영 군으로부터 내가 역사학회 조교를 맡을 것이라는 이야기를 들었다. 조교로 있는 오성 선배는 논문 준비 때문에 그만둘 것이라는 것이다. 학부생이 그런 일을 어떻게 알까 싶어 별로 귀담아듣지 않았다. 최기영 군의 정보력과 분석력이 대단하다는 것은 금세 알게 되었다. 곧 선생님께서 부르시더니 학회 조교를 맡으라고 하였다. 사람 앞에 서는 것을 두려워하는 나로서는 무척이나 난감한 일이었다. 몇 번이나 그런 업무를 할 능력과 자격이 없다고 말씀드렸지만, 선생님은 계속 웃으시면서 나가보라고 하였다.

"난데 말이야." 아침 7시면 선생님이 하숙집으로 전화를 하신다. 잠결에 누구인줄도 모르고 "네, 네"라고만 하다가 그날의 학회업무를 쭉 불러주시면 그때사 선생님인줄 알았다. 항상 일찍 전화하시고 내용은 간결하고 전달은 빠르셨다. 매일같이 서대문 소재 한국연구원의 역사학회 사무실로 출근하였다. 조교의 가장 큰 업무는 학보편집이었다. 『역사학보』는 季刊이었는데, 발간일 한 달 전부터는 편집간사 김염자 선생님의 연구실이 있는 이화여대 C관으로 매우 빈번하게 다녔다. 후문 수위실에 신분증을 맡기고 건물의 복도를 지나서 계단으로 오르자면 수많은 여학생 사이를 지나가야 했다. 지금 생각하니 어떻게 그랬나 싶다. 간행기일 엄수는 회장 이광린 선생의 철칙이었다. 시간 관계상 원고와 교정지의 집필자·인쇄소·이화여대로의 전달은 조교가 직접하고, 집필자의 교정도 초고만 허용되었다. 재교부터는 김영자 선생님이 맡으시고 조교는 거들었다. 논문편집의 업무는 김영자 선생님이 친절하게 가르쳐주셨다. 인쇄된 학보가 사무실로 도착하면 사학과 학생들의 도움을 받아 발송한다. 선생님들께 발송완료 전화를 드리면 일이 종료된다. 그리고 학생들과 독립문 부근의 도가니탕 집에서 저녁을 먹고 헤어졌다.

이광린 선생님은 학보 편집에 직접 간여하지 않으셨지만 영문제목에 관해서는 선생님 나름의 원칙을 강조하셨다. 영문제목은 반드시 역사를 전공한 원어민에게 감수를 받아야 한다는 것이다. 제목은 축약된 영어 작문이기 때문에 아무리 영어에 능숙한 한국인이라도 원어민이 볼 때 어색한 경우가 많고, 또 역사전공자라야 적절한 역사용어로 잘 표현할 수 있다고 하였다. 마침 서강대학 사학과에는 예일대학에서 학위를 취득하고 서양고중세사를 담당하고 있는 미국인 진모덕James Murdock 신부님이 계셨다. 찾아뵙고 여쭈어보면 언제든 고쳐주셨다. 그런데 집필자의 허락을 받는 일이 문제였다. 김영자 선생님이 집필자에게 전화를 걸어 영문제목의 감수과정을 설명하면, 고친 제목이 좋다고 하는 분도 있고 절대로 고치지 말라는 분도 있었다. 수정해도 좋다는 분이 조금 더 많았던 것 같다. 재미있는 점은 수정된 제목을 받아들이는 분 가운데는 해외유학파가 많았고, 한 글자도 고치지 말라는 분은 대개 국내에서 공부한 분이라는 것이다. 나중에 이광린 선생님께 말씀드리니, "허허" 웃으셨다. 1년 동안이었지만 이광린 선생님과 민현구·김영자·문명대·최영보 등 여러 간사 선생님을 모시면서 학회운영의 업무를 익히고 배웠다. 모든 분들이 나와 같이 아둔한 사람을 대하고는 얼마나 답답하셨을까. 그나마 내가 조금 깨우친 것은 미리 알고 조교로 삼으신 선생님 덕분일 것이다.

"자네, 왔어?" 하숙집 근처의 공중목욕탕 욕조에 들어와 눈을 감고 앉자마자 갑자기 누군가가 나에게 말을 하는 것 같았다. 안경도 쓰지 않았고, 주위는 수증기가 자욱하고, 조명도 어두웠다. 두리번두리번 하니, 바로 옆에 계신 분이 다시 "왔어?" 하신다. 아차. 선생님이시구나. 벌떡 일어나 인사를 드리니, "이 근처 산다고 그랬지. 먼저 가네" 하더니 욕조를 나가신다. 잠시 뒤 욕조를 나가서 선생님을 찾으니 계시지 않았다. 그 뒤에도 뵙게 되었는데, 선생님이 목욕탕에서 학생을 만나는 것을 불편해하시는 것 같았다. 계속 목욕탕에 계셨더라면 등도 밀어드리고 했을텐데. 선생님의 서교동 댁은 하숙집과 버스 한 정거장 거리였다. 역사학회 편집회의를 마치고 돌아올 때는 언제나 선생님과 함께 버스를 탔다. 오는 동안 선생님은 많은 이야기를 들려주셨다. 해방 이후 형제들이 월남한 이야기, 연세대학 대학원 학번이 1번이라는 사실, 연세대학 재학 때의 은사와 재직 당시의 일, 서강대학으로 옮겨온 이야기 등등. 이런 말씀을 나 혼자 직접 듣는 기회를 가질 수 있었다니.

"자네, 왜 왔어?" 이 말씀을 들은 두 번의 장면이 생각난다. 79년 겨울, 선생님이 연세대학으로 옮기신다는 이야기가 들리자 모든 제자들이 일제히 저지운동을 벌였다. 선생님 가족분도 찬반이 반반이었다고 한다. 부모님은 독실한 개신교 신자이기에 연세대학으로 다시 돌아가는 것을 찬성하시고, 자제들은 서강대학 출신이라서 반대하고 있다는 것이다. 어느 날 여러 선배들이 저녁 늦게 선생님 댁을 불시에 방문하면서 가까이에 사는 나를 호출하였다. 선생님은 먼저 도착한 선배들에게 꾸짖듯 말씀하고 계시다가 나중에 들어오는 나를 보시고는 더욱 고성으로 "자네, 왜 왔어? 논문 안쓰고"라고 나무라신다. 평소 같으면 한 마디도 답하지 못하였을텐데, 그 날은 기어들어가는 목소리로 "선생님이 떠나시면 제가 어떻게 논문을 어떻게 쓸 수 있나요"라고 말씀드리니, 잠시 주춤하신다. 그리고 1987년 봄, 선생님이 부친상을 당하셨다는 소식을 듣고 상가에 도착해 빈소에 들어가니, 대뜸 그렇게 말씀하신다. 문상을 온 젊은 제자에게 미안한 마음이 들어서 그렇게 하시는가 하는 생각이 들었다. 간단하게 인사드리고 나와서 장남과 이야기를 나누었다.

"자넨 말이야." 석사과정에 입학하면서부터 뒤늦게 박사학위를 받을 때까지 선생님으로부터의 꾸지람은 항상 그렇게 시작되었다. 발표와 리포트나 논문초고가 부실할 때면 엄준하게 질책하셨다. 석사학위 논문주제 '대원군의 서원철폐'는 선생님이 정해주셨는데, 참고하라면서 曺直亮 선생의 *The Rule of the Taewongun*(Harvard University, 1972)와 제임스 팔레James Palais 교수의 *Politics and Policy in Traditional Korea*(Harvard University, 1975)을 건네셨다. 두 책 모두 대원군의 정치를 다루고 있는데, 팔레 교수의 책이 분량면에서나 내용면에서나 압도적이었다. 팔레 교수의 저서 전부를 복사하여 매우 꼼꼼하게 읽었다. 이 책에 너무 몰두하는 바람에 초고 작성에 공을 들이지 못하였다. 나중에 글 내용에 대해서는 물론, 쓸데없이 번역에 시간을 허비하였다고도 야단맞았다. 논문은 해를 넘겼다. 선생님은 연세대학으로 가는 것을 단념하셨다. 곧 부총장이 되셨다. 못가시게 학교에서 직책을 맡겼다는 소문이 파다했다. 논문지도를 받기 위해 자주 부총장실에 갔다. 어느 날 들어가니, 창가에서 담배를 피우고 계시다가 얼른 끄셨다. 마치 학생이 피우다가 선생에게 들킨 듯이 하셨다. 목욕탕에서의 일이 생각났다. 원래 담배를 하지 않으셨는데, 술자리도 잦아지셨다고 주위에서 걱정이 많았다. 논문지도를 마치면 시국 이야기를 자주 하셨다. 광주에서 5.18민주항쟁이 일어났을 때였다. 학군단 단장에게 들으셨다면서, 모든 것이 김대중이 사주했기 때문이라고 말씀하셨다. 전쟁 때 월남하신 아버지의 이야기를 듣는 것 같았다.

그 해 여름에 석사학위를 받았다. 논문은 힘들게 통과되었다. 기존 견해와 시각을 달리하려고 했는데, 여의치 않았다. 심사는 이기백, 유영익, 이광린 선생님 세 분이 맡으셨다. 주심인 이기백 선생님이 처음에 "임자, 논문을 스스로 평가해 보게" 하셨다. 이것저것 이야기하다가, 매우 피상적인 논문인 것 같다고 답변하였다. 이기백 선생님이 "그래 피상적이야" 하셨다. 유영익 선생님이 제일 많이 지적하셨다. 일일이 답변하기 어려웠다. 선생님은 중간중간 저를 변호해주셨다. 수정을 마치고 도장을 받으러 고려대학에 갔을 때, 유영익 선생님은 처음부터 다시 꼼꼼하게 읽고는 질문을 하셔서 매우 힘들었다. 얼마 뒤에 이기백 선생님의 부탁으로 하버드대학의 와그너Edward Wagner 선생을 안내해서 신촌로타리의 열쇠가게에 가는 일이 있었다. 오가는 도중에 논문심사 때 유영익 선생님에게서 많은 비판을 받았다고 말씀드리니, 하버드 다닐 때부터 학문적으로 매우 엄격하였다고 한다. 그런 분에게 심사를 받았으니.

심사를 마치고 얼마 지나지 않아 선생님이 부르셨다. 함께 졸업하는 윤희면 선배와 함께 다음 학기 한국사 강의를 하나씩 맡으라고 하신다. 이 말씀을 듣고 너무 놀란 나머지 아무 대꾸도 못하였다. 우리 둘은 연구실을 나와서도 한동안 서로 얼굴만 쳐다봤다. 조금 전까지만 해도 졸업 걱정을 했는데, 강의라니. 당시 서강대학은 시간강사에게도 우편함이 배정되었는데, 그걸 아는 김용선 선배가 축하 엽서를 일부러 학교로 보내주었다. 선생님의 배려 덕분에 연속해서 세 학기를 강의했다. 수업능력을 키우고 강의경력을 쌓게 해주신 것이다. 선생님은 대학의 취직에도 적극적으로 나서주셨다. 1981년 가을, 부르시더니 청주대학에서 교원 초빙을 한다니까 미리 가서 김양수 선생을 만나보라고 하셨다. 그러시고는 명함에다가 작은 글씨로 간략하게 추천의 글을 써주셨다. 걱정 반,

기대 반의 심정으로 가서 김양수 선생을 만났다. 명함을 자세히 들여다 보시고는 나이를 물으신다. 답을 드리니, "여기는 보수적인 지역이라서" 라고만 하셨다. 선생님께 복명하니, "젊은 사람이 나을텐데" 하신다. 얼마 뒤 다시 부르셨다. 수원대학에서 사람을 필요로 하는 모양인데, 생물학과 장진 선생을 찾아뵈라고 하셨다. 대학원장실에 들어가니 불 꺼진 사제관 같았다. 인사를 하고 이력서를 드리니, 아무 말씀도 안하시고 이력서를 천천히 꺼내보셨다. 고개만 한번 끄떡하셔서 나왔다. 선생님께 말씀드리니, "수원대학은 천주교와 가까워서 그 양반한테 이야기한 건데, 기다려봐"라고 하셨다.

1980년 2학기에 선생님께서 『한국사강좌 근대편』(일조각, 1981)의 교정을 윤희면 선배와 나에게 맡기셨다. 학부 강의에서 배운 근대사의 내용이 더욱 풍부하게 나와 있었다. 공부 삼아 열심히 읽으면서 교정을 보았다. 서양 도시명의 일본어식 표기나 다소 어색한 문장은 수정하여 조심스럽게 그 곁에 적어 두었다. 나중에 선생님께 말씀드리니, 그 자리에서 원래의 글을 지우셨다. 그리고 대원군이 하야한 뒤에도 고종은 유생들의 서원 복설復設 요청을 강경하게 거부하였다는 서술의 전거도, 나의 석사논문 내용을 받아들여 바로 고치셨다. 믿고 맡기시면 모두 받아들이셨다. 그리고 서강대학에 배구부가 만들어진 뒤의 일도 여기에 덧붙인다. 나의 강의에 배구부 학생 몇이 있었는데, 중간고사 성적이 모두 낙제였다. 배구부 학생은 달리 평가를 해야겠다고 생각하고 있던 차에 배구부 단장인 신방과 이근삼 선생님이 찾아오셨다. 이광린 선생님 연구실에서 뵈었는데, 이근삼 선생님은 깍듯하게 "김 선생님, 앉으셔서 차근하게 이야기할까요"라고 하면서 배구부 학생들의 학력에 대해 에둘러 말하셨다. 그러자 이광린 선생님은 "그렇게 안 해도 괜찮아" 하면서 단도직입적으로 배구부 학생이라는 특수성을 감안하는 것이 좋겠다고 짧게 말하셨다. 연구실을 나서면서 청탁인지 압력인지 잠시 혼란스러웠는데, 우리 선생님은 그러실 분이 아니니 융통성 없는 나에게 해주신 조언이라고 믿었다.

1981년 봄, 박사과정에 입학하였다. 이배용·김동수·윤희면 선생과 함께였다. 처음에 선생님은 학위논문 주제로 개화기 이전의 평안도지역에 대한 연구를 권하셨다. 개화기에 근대식 교육기관과 기독교가 수용되는 사회적·경제적·문화적 배경에 관심을 가져보라고 하신 것이다. 아무리 궁리해도 감당해낼 수 있는 주제가 아닌 것처럼 느껴졌다. 마침 이기백 선생의 수업이 '사학사 연구'였는데, 『연려실기술燃藜室記述』, 『열조통기列朝通紀』 등과 같은 조선후기의 사찬사서에 대한 기존연구가 미진해 보였다. 얼마 뒤 선생님께 이 부문을 다루어보겠다고 말씀드리니, 수락해주셨다. 그러던 중에 취직이 되었다. 5공정권의 지방대학 육성책에 따라 지방대학은 많은 교원을 필요로 하였다. 마침 부산여자대학(현 신라대학교)의 교수초빙 광고가 났다. 지원의사를 선생님께 말씀드리니, 좋다고 하시면서 지도교수 추천서를 학장 앞으로 기꺼이 보내주셨다. 이력서에 서강대학 시간강사와 역사학회 편집조교의 경력도 들어갔음은 물론이다. 임용통지를 받고는, 대학의 전임이 되었다는 기쁨보다는 맏이로서 이제 어머니를 모실 수 있게 되었다는 기쁨이 앞섰다. 부산으로 이사를 가기 전, 선생님 댁에 인사드리러 갔다. "자네는 결혼도 하고, 아들도 놓고, 고향에 취직도 하고, 좋은 일이 아주 많구먼"이라고 하시면서 위스키도 따라주셨다.

박사과정 수업을 마친 뒤에는 서울에 갈 일이 뜸해졌다. 특히 어머니가 갑자기 위중해지고 돌아가시게 되면서 준비도 부진하여 선생님께 한동안 연락드리지 못하였다. 그러다가 박사학위 논문제출 예정자들의 발표회가 있다는 연락을 받았다. 그간의 개인적 사정과 발표회에 참석하기 어렵다는 내용의 편지를 드렸다. 얼마 뒤 찾아뵈었을 때, "자넨 말이야"라는 호통을 들었다. 편지 말씀을 드리니, 편지를 받지 못하였다고 하셨다. 정말 드릴 말씀이 없었다. 이런 불충한 학생이 다 있다니. 얼마 뒤에 혼자서 발표를 했지만 이미 선생님의 신뢰를 전부 잃었다고 생각하였다. 1989년 2학기에 선생님의 퇴임논문집 소식을 듣고, 학위논문으로 구상하고 있는 내용의 일부를 제출하였다. 얼마 뒤, 게재가 불가하다는 연락을 받았다. 나중에 들어보니, 선생님이 나의 논문을 직접 챙겨보시고는 싣지 말라고 하셨다는 것이다. 의절인가, 파문인가. 전적으로 나의 부족하고 게으른 탓이었다. 부끄러웠지만 봉정식에 참석하였다. 고개를 들지 못한 채 선생님께 정년축하의 인사를 드렸다. "자네, 왔어?" 하신다.

그러고 나서는 선생님을 뵐 자신이 없었다. 논문 준비를 할 수도 없고 안할 수도 없고. 난감하기만 하였다. 그러던 차에 정두희 선생으로부터 논문 독촉의 연락이 왔다. 함께 입학한 분들은 모두 졸업한 터였다. 힘을 내어 선생님을 뵙고, 그때까지 준비한 것을 말씀드렸다. 일별하시고는 얼른 마무리하라고 하셨다. 심사를 받는 날, 선생님은 제일 나중에 간략하게 언급하셨다. "처음은 논문이 그럴 듯한데, 나중에는 좀 이상한 느낌이 있어" 식사자리에서는 제일 먼저 술을 따라주시면서 "수고했네, 축하해"라고 하셨다. 졸업식에 가는 것이 꺼려져서 불참하려고 했다. 동행하려는 집안사람도 많았다. 이것으로 아내와 한참 다투었다. 결국 우리 식구만 참석하기로 했다. 졸업식 날, 아내와 애들은 즐거워했지만 나는 그렇지 못했다. 가족을 숙소로 먼저 보내고 늦게까지 최기영 선생과 함께 어울렸다.

중부대학 총장으로 계실 때 가까운 졸업생들과 충남 금산으로 찾아뵈었다. 일부러 부산에서 왔냐고 하시면서 아주 반갑게 맞아주셨다. 식사 때도 쾌활하게 말씀하셨다. 인삼시장에 들러 모두가 열심히 둘러보니 '선생 보러 왔나, 인삼 사러 왔나'라고 농담의 말씀도 건네셨다. 사실 평생 공부만 하신 분인데 과연 대학운영의 직무가 맞으실까 걱정되었다. 서강대학 부총장의 후유증도 만만치 않으셨을텐데. 그 뒤 중부대학 업무로 여러 힘든 일이 있었다는 이야기를 듣고 또 건강만 상하셨겠다고 생각했다. 그 뒤 선생님의 칠순 축하모임에서 뵈었는데, 조금 이상하신 것 같았다. 곧 선생님의 병환이 꽤 깊다는 이야기를 들었다. 갈수록 악화된다고 하였다. "이기백 선생은 평소 약하게 보이지만 크게 아프지는 않는데, 나는 건강하다가도 아프면 크게 아파"라고 역사학회 편집회의를 마치고 귀가하는 길에 하신 말씀이 생각났다, 몇 해 동안 스승의 날 즈음해서 몇 동문들과 댁으로 찾아뵈었다. 처음에는 소파에 앉아 악수를 해주시고는 "자네, 왔어?" 하셨다. 다음 해는 거실의 침대에 누워 계셨다. 말씀은 못하시고 손을 꼭 잡으셨다. 눈으로만 "자네, 왔어?" 하셨다. 그 다음부터는 손도 잡아주지 못하시고, 마음으로만 "자네, 왔어?" 하시는 것 같았다.

2006년 4월, 부음을 듣고 신촌 세브란스에 갔다. 영정을 뵈니, "자네, 왔어?" 하신다. 조문을 마치고 병원 앞 어느 식당에서 졸업생들이 모였다. 평생 건강한 모습을 보이시고 박람강기를 자랑하시던 분이 이렇게 떠나시다니, 모두가 믿지 못하였다. 이야기 도중에, 선생님과 친구처럼 지내시는 이보형 선생님이 들어오셨다. "건강하던 양반이 왜 이리 일찍 가"라고 안타까워하신다. 이보형 선생님은 지금 백수를 누리고 계신다. 장수 집안의 이광린 선생님도 오래오래 사실 줄 알았는데. 돌아가시고 한동안 매년 스승의 날에는 혼자 선생님을 뵈러 갔다. 잡풀을 뽑고, 상석을 닦고, 술을 올리고, 절을 한다. 가끔씩 따라가는 아내는 이해를 못한다. 오가는 시간이며 운전하는 품은 얼마나 되는가 한다. 그렇다. 먼 길을 오가면 무엇하는가. 선생님에게 평생 미운 오리새끼나 천덕꾸러기

같은 놈이었기에 혼자만의 스승의 날 행사가 무슨 의미가 있는가. 마치 부모 생전의 불효자식이 부모 돌아가신 뒤에 효도하겠다고 나서는 꼴과 무엇이 다르겠는가.

선생님은 언제나 우공이산愚公移山의 정신을 가지라고 가르치셨다. 마치 산을 옮기는 것과 같은 마음가짐으로 깊고 넓게 그리고 꾸준하게 공부하라고 말씀하였다. 그렇게 함으로써 역사책의 한 페이지를 자기의 연구로 채우라고 하였다. 그리고 좋은 논문을 쓰되 허투루도 글을 쓰지 말라고 강조하였다. 학자는 대개 다작의 논문으로 좋은 평가를 받지만, 시간이나 논문 편수에 쫓겨 엉성하게 쓴 논문으로 더욱더 엄격한 평가를 받는다고 하였다. 언제나 선생님의 가르침을 가슴에 새기고 있으면서도 제대로 실천한 적이 없다. 지금 돌이켜보니 더욱 부끄러워진다.

선생님은 앞에서 걸어가시고 나는 뒤에서 따라갔다. 태산과 같은 학은을 받기만 하고 보답하지 못하였다. 탄신 백주년을 맞이하여 차린 잔치상 앞에서 불효자의 심정으로 삼가 큰절을 올립니다.

이광린 선생님을 추억하며

윤병남 서강대학교 명예교수

1. 격동기의 강의실에서 만난 선생님

다른 대부분의 학생들과 마찬가지로 이광린 선생님을 처음 뵈었던 것은 학생회관의 교수식당에서 열렸던 1975년 사학과 신입생 환영회였다. 학과 교수님들을 소개하는 시간에 먼발치에서 뵌 것이었는데 크지 않으신 체구에 안경 너머로 강렬한 눈빛이 인상적이었던 모습이었다.

1학년 동안에 수강할 수 있었던 전공과목이 '서양사개설' 뿐이었기 때문에 강의실에서 선생님을 뵙게 된 것은 군복무를 마치고 복학한 1979년 2학기였고 전공 필수 과목인 '한국사개설 Ⅱ' 시간이었다. 선생님의 강의 스피드는 매우 빠른 편이었고 다룰 내용도 많아서 강의는 필기하기가 쉽지 않을 정도로 빠른 속도로 전개되었다. 조선의 개항과 근대화 과정을 다루면서 라이샤워 교수의 한국과 일본의 근대화 비교 논의를 소개하면서 한국의 근대화에 대한 당신의 견해를 말씀하신 부분이 아직도 기억에 남는다.

3년 만에 돌아온 나의 캠퍼스 생활은 10·26 사태라는 국가적 대사건으로 인해 예기치 못한 폭풍 속으로 들어가게 되었고 잇달아 발령된 휴교령으로 중단되기 일쑤였다. 그러나 국가사회적 소용돌이가 몰아치기 직전에 학부생으로는 드물게 선생님을 더 자세히 알게 되고 새롭게 인식하는 기회가 찾아왔다.

선생님이 모교인 연세대학교의 초청으로 사학과를 떠나시게 되었다는 소식이 알려졌고 이것이 학과와 학생들 사이에 큰 파장을 불러일으켰다. 학부생 신분으로 자세한 사정은 알지 못했지만, 훌륭한 교수님들 밑에서 공부하고 있다는 강한 자부심을 공유하고 있었기에 선생님의 사임은 학교와 학과에 뭔가 큰 변화를 일으키는 조짐으로 여겨졌다. 대학원 선배들을 통해 상세한 사정을 접하고 선생님의 사임을 만류하는 움직임이 일어났고 학부생과 대학원생 수십 명이 선생님의 서교동 자택을 방문하여 마당에서 연좌 농성 같은 것을 하게 되었다. 제자들의 귀가를 설득하시기 위해 선생님이 몇 차례 정원으로 나오셨는데, 여간 당혹해 하지 않으셨다. 몇 시간이 흐른 후 날이 조금 어둑해질 무렵에 다시 나오셔서 당신의 결정을 재고해 보시겠다는 고뇌에 찬 결단을 말씀해 주셨고 학생들이 귀가하여 농성이 끝나게 되었다.

선생님의 초빙을 요청했던 연세대 측 인사들에게 결정의 번복을 설명하는 쉽지 않은 과정이 따랐을 것으로 추측된다. 농성 당시에 선배들이 농담 반 진담 반으로 '지부복궐상소'의 심정으로 한다는 말을 했었는데, 몇 년 뒤에 선생님의 '한국사강독 Ⅳ' 시간에 면암 최익현의 상소를 강독하였고 선생님 댁에서의 농성의 기억을 떠올린 것은 비단 나만이 아니었을 것이다.

10·26 사태 이후의 소용돌이가 계속되는 가운데 1980년 초에 선생님께서 부총장직을 맡게 되었다는 소식이 들려왔다. 당시에 외국인 신부님이 총장을 맡고 있던 시절이라 부총장의 역할은 더욱 클 수밖에 없었다. 정국이 요동치는 상황이라 학사 업무를 넘어서 매우 민감하고 곤혹스러운 업무 처리에 직면하셨을 것으로 생각된다. 1980년 일시적인

'서울의 봄'이 찾아왔고 유신정권 하에서 제적되었던 민주화운동 경력 학생들이 대거 복학하였다. 민청학련 사건으로 제적되어 연세대에 몰래 (?) 입학해 2학년을 마쳤던 임상우 선배도 복학하였는데, 서강대 학적으로는 2학년이 되어야 하는 상황이었는데 연세대에서 2학년을 마쳤기 때문에 이를 불합리하다고 생각한 선생님이 교무처장에게 편입을 허락하여 3학년으로 복학하도록 조처를 취하도록 했다는 이야기를 들었다. 정확히는 알 수 없지만 이것이 서강대학교에서 편입제도가 시행된 최초의 사례였다는 이야기도 전해 들었다. 제자들에게 도움을 주는 것을 아끼지 않으셨던 선생님이 부총장으로 재직하시고 계셔서 사학과 제자들이 누릴 수 있었던 정당한 혜택이었다고 할 수 있다.

'서울의 봄'은 국민들의 민주화 요구의 분출과 12·12 군사 쿠데타 세력의 대두가 교차하는 시기였고 학생 운동이 격화하여 4월과 5월에 걸쳐서 대규모의 격렬한 시위가 캠퍼스를 벗어나 시청 앞 광장이나 서울역 광장에서 전개되었다. 어느 날 저녁 서울역에서의 시위 후에 학교로 돌아오는 길에 시위대가 진로를 틀어서 마포경찰서로 향하게 되었다. 시위 과정에 다수의 학생들이 마포서로 연행되었는데, 일부 학생들이 마포서로 가서 연행 학생들의 석방을 요구하자고 주장하였고 순식간에 수백 명의 학생들이 좁은 마포경찰서의 안뜰로 진입하였고 양측의 물리력 행사가 목전에 들이닥친 긴박한 순간이 찾아왔다. 이 소식을 접한 선생님이 몇몇 교직원과 함께 급히 마포서로 오셔서 학생들의 물리력 행사를 막기 위해 애쓰셨다. 이 당시 기세등등한 학생들이 마포서의 건물의 출입구를 부수고 진입할 기세였다. 이때 시위대의 지도급 인사였던 임상우 선배나 박환무 군 등이 학생들을 설득하여 가까스로 물리적 충돌을 막을 수 있었다. 비록 혼란기였지만 제자들이 공권력의 상징인 경찰서로 난입하는 최악의 사태를 막기 위해 노력하셨고 그러한 선생님의 입장을 이해하고 암묵적으로 도운 일부 사학과 제자들의 노력이 합쳐진 결과였다. 당시 시위대의 일원으로 이것을 현장에서 목격한 나를 포함한 몇몇만이 알 수 있었던 숨가쁜 순간이었다. 어둠이 내린 경찰서의 현장에서 단구의 몸으로 성난 제자들을 막아서며 설득하던 선생님의 모습이 눈에 선하다.

5·17과 광주민주화운동의 소용돌이 속에서 휴교령이 내려졌고 캠퍼스는 다시 침묵을 강요받게 되었다. 1980년 2학기는 나의 캠퍼스 생활 중 가장 무거운 분위기에서 시작하였다. 다시 여러 명의 동료 학생들이 학교를 떠나게 되었고 교수님들의 시국 성명을 주도하셨던 길현모 교수님이 해직되어 사학과가 받은 충격은 더욱 클 수밖에 없었다. 1980년 1학기에 개설된 길 선생님의 '19세기사'는 선생님의 서강 캠퍼스에서의 마지막 강의였고 사학과 학생 뿐 아니라 다른 과의 학생들도 다수 수강하고 있었다. 1848년 2월 혁명 부분에서 강의는 클라이막스에 도달하였고 역사적 내용과 당시의 시국 상황이 너무도 유사하게 여겨져 많은 학생들이 선생님에게 질문을 했던 기억이 난다. 제자들의 희생을 막기 위해 늘 자중해야 한다고 말씀하시던 선생님이 시국성명 주도로 해직되셨다는 점에서 충격은 더욱 컸다. 격동의 시기에 학교 책임자로서 어려운 과정에 임해야 했던 이광린 선생님의 고뇌가 매우 컸으리라 추측할 뿐이다.

부총장직을 수행하고 계셨음에도 불구하고 선생님께서는 학부 강의를 하셨고 1980년도 2학기에 '역사교수법' 강의에서 선생님을 두 번째로 뵙게 되었는데, 이 강의는 몇 가지 점에서 특별하였다. 교직과정 이수자만이 듣는 강의라 수강생이 6명인 대학원 세미나에 필적하는 소인수 강의였기 때문에 학부생으로는 드물게 선생님과 가까워질 수 있는 기회를 가질 수 있었다. 인물사에 관심이 많으셔서 그런지 몰라도 교수님들 중에서 학생들의 이름이나 배경을 가장 잘 기억하셨던 교수님이셨다. 강의도 인문관(X관) 선생님의 좁은 연구실에서 이루어졌기 때문에 강의 환경은 대학원 수업과 차이가 없었다. 수업 내용도 전형적인 교수법 강의와 거리가 있는 세미나식 발표로 한국 사학사를 다루셨는데,『삼국사기』부터『조선왕조실록』에 이르는 사서를 각자가 택하여 발표를 하고 보고서를 제출하는 수업이었다. 가까이서 선생님의 말씀하시는 모습과 학생들의 발표에 대해 평가하시는 모습을 볼 수 있었다는 것은 학부생으로서는 쉽게 가질 수 없는 특별한 행운이었다. 학부생으로 10명 내외의 소인수 강의를 다수 수강할 수 있었던 것이 서강대 사학과에서의 특별한 경험이었고 이것이 졸업생들의 성장에 크게 도움이 된 것을 부인할 수 없는데, 선생님의 '역사교수법' 강의는 그 중에서도 가장 기억에 남는 강의였다.

선생님이 학교 행정가로서 자주 언급하셨던 분이 고전 교육을 강조하던 미국 시카고대학의 허치슨 총장이었고 그와 유사한 교육의 실현에 대한 열망을 가끔 피력하시던 것으로 기억한다. 선생님이 부총장으로서 힘을 기울이신 사업의 하나가 배구부 창단이었는데, 서강대 학생들의 약한 정체성과 결속력을 보완할 수 있는 계기가 될 것으로 생각하셨던 것 같았다. 신군부가 주도한 급격한 대학정원의 확대에 대한 대비의 성격도 있었을 것이다. 배구단 창단 움직임이 알려지고 학생들 사이에서도 찬반론이 일었고 조용한 캠퍼스의 뜨거운 감자로 부상하였다. 이러한 학생들의 움직임을 감지하신 선생님이 학생들에게 배구부 창단의 취지를 설명하는 자리를 마련하였고 몇몇 대학원생과 학부생들이 참석하였다. 그런데 공교롭게도 창단을 반대하는 의견이 사학과 학생들 사이에서 일어났는데, 전용만 선배와 임상우 선배 등이 중심이 되었고 특히 연세대 재학 시에 운동부 문제를 몸소 겪었던 임상우 선배가 문제점을 제기하였고 나를 포함한 다른 학생들이 동조하는 상황이었다. 설명회 날 다른 일정이 있던 임선배와 나는 빠졌고 그 자리에 전용만 선배와 곽관주 선배 등이 참석하였다. 선생님은 본인의 역점사업 중 하나가 사학과 제자들이 주도하여 반대하는 것으로 이해하셨고 이에 대해 매우 민감하게 반응하셨던 것으로 전해 들었다. 안 그래도 기억력이 뛰어나신 선생님에게 찍힌(?) 선배들에게 선생님은 그 뒤에도 자주 서운함을 표시하였다고 들은 바 있다.

2. 미국의 자료 조사에서 만난 선생님

1982년 여름에 졸업을 하게 된 나는 마지막 학기에 1달 간의 교생실습과 졸업논문 작성 등이 겹쳐서 매우 바쁜 나날을 보내야 했다. 학사 논문이 모두 높은 수준을 요구하는 것은 아니었지만, 그래도 논문은 주제 선정부터 작성에 이르기까지 여간 신경이 쓰이는 것이 아니었다. 고심 끝에 조선 후기의 사상가인 해학 이기의 사상적 전환을 다루는 주제를 택하였다. 주제의 성격상 지도교수는 자동적으로 선생님이 될 수밖에 없었다. 여전히 부총장으로 재직 중이셨기 때문에 많이 바쁘셨지만, 논문 작성과 관련하여 두어 차례 지도받을 기회를 주셨다. 학부를 졸업하고 대학원에 진학한 것은 아니지만 졸업 후에 결혼이나 유학을 앞두고 인사를 드리러 갔고 그때마다 따뜻하게 맞아주시면서 제자의 인생행로에 관심을 가지고 귀를 기울여주셨다.

그러나 졸업으로 일단락되었던 선생님과의 만남이 단기간이지만 매우 밀도 있게 전개되리라는 것은 전혀 예상하지 못한 일이었다. 미국으로 유학을 가서 연하장으로 안부를 전하고 있던 상황이었는데, 1989년 연말에 비교적 장문의 선생님의 편지를 받게 되었다. 연세대학교의 요청으로 언더우드와 에비슨의 전기 집필을 준비하고 계시고 이를 위해 미국과 캐나다에서의 자료 조사 계획을 알려주셨다. 일주일마다 거의 미국 전역을 누비는 약 한 달 간의 빡빡한 일정의 자료 조사였는데, 프린스턴신학교를 일종의 자료 조사의 베이스캠프로 활용하시는 계획으로 2년의 기간 동안 1주일씩 두 차례에 걸쳐 프린스턴을 방문하셨고 나에게는 선생님의 인근 지역 답사 및 자료 조사에 동행할 수 있는 기회가 찾아왔다. 나도 박사과정의 코스웍을 마치고 일본에서의 1년간의 자료 조사를 마치고 돌아와서 박사학위 논문 작성을 준비하고 있던 시기라 비교적 여유를 가지고 선생님의 자료 조사에 동행할 수 있었다.

1990년 1월 초에 홍승기 교수님이 뉴욕 공항에 도착하신 선생님을 모시고 프린스턴에 오셨고, 다음 날 오전부터 선생님의 강도 높은 자료 조사 일정이 시작되었다. 퇴직을 하신 노교수님이 장시간 여행의 여독과 시차도 아랑곳 하지 않고 바로 연구에 몰두하는 모습에서 선생님의 건강하신 모습과 연구에 대한 강한 열정을 놀라움으로 지켜보게 되었다. 이튿날 선생님이 머무시던 프린스턴 신학교의 게스트하우스가 라디에이터 난방이었기 때문에 주무시면서 많이 추우셨다는 말씀을 하셨고 집에서 쓰던 전기담요를 전해드렸던 적이 있었다. 이게 많이 도움이 되었던지 귀국 후의 편지에서도 언급하셨던 것 같다.

언더우드 목사가 뉴저지주에 살면서 뉴욕대에 다녔고 뉴욕 소재 교회의 후원을 받아 한국 선교에 나섰기 때문에 인근 지역에 관련 유적이 많았고 홍승기 교수님과 같이 선생님을 모시고 일대를 답사하였다. 뉴저지에 있는 교회에 속한 공동묘지에서 언더우드의 무덤을 볼 수 있었는데, 봉분을 세우지 않고 묘지석을 활용한 무덤의 상당 부분이 흙과 잡초로 덮여 있어서 관리자의 도움으로 겨우 확인할 수 있었다. 나중에 선생님께서 보내주신 편지에서 연세대 총장님에게 서강대 졸업생들과 같이 연세대 설립자의 무덤을 찾은 감회를 말씀하셨다는 이야기를 본 적이 있었다. 또한 언더우드 목사가 장로회 교단의 선교사로 파송되었기 때문에 관련 자료를 수집하기 위해 필라델피아에 있는 장로교 사료관을 찾았고 100년 이상 된 다양한 자료들이 잘 보존되고 정리되어 있는 것에 놀라지 않을 수 없었다. 자료를 일일이 열람할 시간적 여유가 없었던 선생님이 사료관 측에 마이크로필름 제작을 요청하였는데, 기록을 살펴본 담당자가 한국의 3개의 기관이 이미 제작하여 보유하고 있다는 정보를 주었다. 나중의 편지에서 숭실대가 보유한 자료를 이용할 수 있었다고 알려 주셨다.

이미 선생님과 친분이 있던 프린스턴 신학교 교수였던 마펫 교수와의 만남도 기억에 남는다. 언더우드 목사와 같은 시기에 한국에 왔던 선교사로 평양을 무대로 활동하던 마포삼열 목사의 아들이었는데 한국 선교와 관련된 다양한 자료를 보유하고 있었다. 자택을 방문하여 지하실 전체에 꾸려진 서재와 잘 정리된 다양한 한국 선교 관련 자료를 볼 수 있었고 선생님의 귀국 후에 추가 자료 요청을 위해 몇 차례 더 교수님을 뵌 적이 있었다. 교수님이 선생님보다 약간 연배가 높았고 또 한국 평양 출생이라 두 분간의 대화가 잘 통했고 다른 데서 구하기 힘든 여러 자료를 얻을 수 있었다. 나중에 ‘College Question’이라는 자료를 구해달라는 요청을 편지로 하셨는데, 서울에 대학을 세우려는 언더우드의 구상과 서울에서의 대학 설립에 이견을 가진 마포삼열 목사 사이의 미묘한 의견 차이로 인해 마펫 교수님에게 선친의 업적에 누가 되지 않도록 각별히 주의를 기울이겠다는 말씀을 드리고 요청하라는 당부를 하셨다. 인물 연구와 전기 집필에 내포된 복잡미묘한 어려움을 느낄 수 있는 대목이었다.

선생님의 자료 조사 내용은 내가 잘 알지 못하는 분야라 동행하는 기간에도 이 주제에 관해 선생님과 심도 있는 대화를 나눌 기회는 많지 않았다. 다만, 답사 여행 중에 특별히 자동차 안에서 또는 휴식 시간에 사제지간에 나누기 힘든 대화의 기회를 가질 수 있었다. 선생님도 강단에 서시던 엄격함에서 벗어나 당신의 소회를 편하게 말씀하시던 기억이 난다. 일본에 갔을 때 일본 유학 중이던 동기 박환무 군과 이일재 군으로부터 선생님이 안식년 연구차 도쿄에 오셔서 한 학기 동안 틈틈이 만나 뵙고 약주를 하면서 선생님과 나눴던 친밀한 추억에 관해 전해 듣고 선생님에게도 그런 모습이 있으시구나 라며 놀란 적이 있었는데 유사한 경험이었을 것으로 생각된다. 나눴던 대화 중에 모교인 연세대에 재직하고 계시면서 서강대로 옮기기로 결심한 저간의 사정에 대한 언급도 있었던 것으로 기억한다.

내가 입학할 당시인 1970년대 중후반에 교수님들이 대학원 교육에 특별히 힘을 쏟고 계셨기 때문에 그 영향으로 학부도 학구적인 분위기가 매우 강했다. 이것이 사학과의 전통이 되었고 학과의 성가를 구축할 수 있는 토대가 되었다. 그러나 대학원 진학생들은 소수였고 대부분의 졸업생들은 사회의 다양한 분야에 진출하고 있었기 때문에 강한 학구적 분위기는 특별히 졸업생들이 학과에 대한 애착을 유지하는 데 장애물이 되는 경우도 있었다. 1980년대 초에 시행된 합동 신년하례회가 오래 이어지지 못했던 것도 이러한 점과 관련이 있었다. 자료 조사 여행 중에 정년을 하시고 다른 대학에서 강의하시면서 학문을 넘어서는 학생들의 다양한 삶에 대해 새롭게 인식하게 되었다는 말씀을 하신 것으로 기억한다.

역사학자로서 그리고 한국 근대사 연구자로서 선생님은 자료에 대한 대단한 욕심을 가지고 계셨고 사소한 것까지도 직접 확인해야 직성이

풀리는 '발로 뛰는 역사'를 몸소 실천하시는 분이었다. 전공의 특성상 해외 소재 자료를 많이 다룰 수밖에 없었고 기회가 되실 때마다 일본이나 미국에서 자료 조사를 수행하셨다. 프린스턴에서 미국 관련 자료를 조사하시면서 "이런 도서관이면 다시 한번 공부해 보고 싶다"는 말씀을 하셨다. 당신의 연구가 많은 해외 자료를 필요로 하고 이러한 자료라면 더 훌륭한 연구를 하실 수 있다는 소회가 묻어나는 말씀이었다. 다른 한 편으로, 이러한 여건에서 제대로 공부 못하면 안 된다는 제자에 대한 채찍의 말씀이기도 했다.

연세대에서 의뢰받은 언더우드와 에비슨 전기 집필은 영국의 여성 여행가인 이사벨라 버드 여사에 대한 연구로 확장되고 있었고 버드 관련 자료를 찾아서 보내달라는 요청을 몇 차례 하셨다. 편지의 상당수가 자료 검색이나 복사를 요청하는 내용이라 보관하여 사용하였는데, 받은 편지가 11통이고 내가 보낸 답장만 5통이었다. 급한 것은 전화로 말씀드린 것도 있어서 내 답장이 더 적었을 것으로 생각된다. 편지 하나하나가 연구와 자료에 대한 선생님의 강한 열망으로 넘쳐나 있었다.

선생님이 필요로 하는 자료가 주로 19세기 말에 생산된 것이고 또한 기독교 선교 관련 자료가 많아 프린스턴신학교나 대학교의 도서관에서 구하지 못한 자료도 적지 않았다. 유니온 캐탈로그로 검색해 보니 뉴욕 인근에서 관련 자료를 찾기 좋은 최적의 도서관이 뉴욕시의 퍼블릭 라이브러리였다. 날을 잡아 기차를 타고 뉴욕에 가서 맨해튼에 있던 퍼블릭 라이브러리 본관을 방문하여 선생님께서 요청하신 다수의 자료를 찾을 수 있었다. 나중에 언더우드의 전기에 내가 보내드렸던 언더우드 목사의 『뉴욕헤랄드』 부고 기사를 사진으로 실었다는 소식을 전해 듣고 뿌듯함이 느껴졌다. 선생님 덕분에 경험한 퍼블릭 라이브러리에서는 고전 양식의 건물의 위용과 장서의 규모에 압도되지 않을 수 없었다. 의회

도서관과 메이저 대학의 부속도서관이 지식의 보고로서 기능하고 있는 것은 익히 알고 있었지만, 일반 대중이 이용할 수 있는 퍼블릭 라이브러리가 그런 규모로 존재하는 것을 알게 된 것은 미국의 지식 사회의 탄탄한 인프라를 볼 수 있는 새로운 발견이었다. 2012년 역사지도 프로젝트를 수행하면서 뉴욕에서 개최된 미국 지리학회 컨벤션의 GIS 세션에 참여한 적이 있는데, 회의 장소가 퍼블릭 라이브러리의 고지도실이었기 때문에 선생님으로 인해 가질 수 있었던 옛 추억을 떠올릴 수 있었다.

선생님과의 동반 답사에서 나는 운전 등의 교통편을 제공했을 뿐이었고 나머지 업무는 대부분 선생님 스스로 능숙하게 처리하시는 것을 볼 수 있었다. 선생님의 다양한 해외 경험과 교육이 우리 세대에서도 쉽게 찾아보기 힘든 어학 실력과 커뮤니케이션 능력을 갖추게 하셨다고 생각되었다. 이러한 점에서 선생님은 한국 근대사 연구자로서 지금에도 찾기 쉽지 않은 뛰어난 자질을 지니고 계셨다고 볼 수 있다.

선생님의 연구에 미력이나마 도움을 드렸다는 것을 영광으로 알고 있었는데, 언더우드의 전기의 답사기에 도움을 주신 분들에 대해 언급하면서 나에 대해서도 학위논문 주제까지 비교적 상세한 설명을 해 주셨다. 귀국 후에 학술대회에 참가해서 한 연세대 교수님을 만나뵌 적이 있었는데, 이광린 선생님이 언더우드 전기에서 나에 관해 언급하신 것을 보고 궁금해하셨다는 말씀을 들은 적이 있었다. 제자들의 세세한 것까지 챙기시는 모습을 떠올릴 수 있는 대목이라 할 수 있다.

3. 한국에서의 재회와 이별

1994년 가을에 내가 유학을 마치고 귀국하였고 당시에 선생님은 중부대학교 총장으로 근무하고 계셨다. 주중에는 금산에서 주말에는 서울에서 보내시고 계셨고 상당한 기간 동안 토요일에 사학과에서 대학원 강의도 하셨던 것으로 알고 있다. 미국의 자료 조사 현장에서 목격했던 선생님의 건강한 모습으로 인해 걱정은 많지 않았지만, 신설 대학의 업무가 만만치 않으시고 사모님의 내조를 떠나 생활하시는 기간이 긴 것이 아닌가 하는 일말의 불안감이 없지 않았다.

수년 후에 선생님이 내가 살던 일산신도시로 이사를 오셔서 동기인 최기영 군과 가끔 선생님을 뵈었던 기억이 있다. 선생님이 중부대 총장직에서 물러나시고 건강이 많이 나빠지셨다는 소식을 듣게 되었다. 나중에는 움직이시기도 힘들어졌고 대화도 어려워진 상황으로 점차 악화되고 있었지만, 그래도 워낙 건강하셨던 분이고 사모님도 지극정성으로 간호하셔서 꽤 오랜 시간 버티실 수 있었던 것 같았다. 신년 인사를 가서도 사모님과 대화할 수밖에 없는 상황까지 이어졌는데, 사모님이 제자들과 말씀을 잘 나누시는 편이서서 그나마 다행이었다. 2006년 10여년 간 병마와 싸우시던 선생님이 돌아가셨다는 비통한 소식이 전해졌다. 기독교식으로 진행된 천안공원묘지에서의 영결 예배에서 기도 순서를 맡았던 기억이 난다. 선생님의 이른 별세도 안타까운 일이지만, 건강해 보이셨던 사모님이 선생님이 떠나시고 수년 후에 돌아가셨다는 소식을 접하게 된 것은 더욱 비통한 소식이었다.

제자들을 사랑하고 하나의 역사적 사실이라도 더 밝히기 위해 자료를 조사하고 국내외의 현장을 누비셨던 선생님의 모습은 아직도 제자들의 기억 속에 생생하게 남아 있다.

스승 이광린 선생님

최기영 서강대학교 명예교수

1. 삶

칠리 이광린 선생님은 1925년 2월 9일 평남 용강에서 태어나, 평양 제2 공립중학교를 거쳐 1950년 5월 연희대학교 사학과를 졸업하였다. 대학원을 마친 1954년부터 10년여를 연세대학교에서, 25년을 서강대학교에서 후진을 양성하였다. 1989년 서강대학교를 정년 한 이후 세종대학교와 한서대학교에서 잠시 강의하였으며, 1997년 만 4년 동안 맡은 중부대학교 총장을 끝으로 40년이 넘는 교수 생활을 마무리하였다. 그간 하버드대학교과 동경대학 등지에서 연구하였으며, 한국근대사에 관련된 10권이 넘는 저술과 100편이 넘는 논문을 남겼다. 한국출판문화상 저작상, 학술원 저작상, 3·1문화상 학술상 등을 수상하였으며, 진단학회와 역사학회의 대표도 맡았다. 학술원 회원과 국사편찬위원으로 이 나라 역사학계를 대표하는 학자로 자리하였다.

1950년대에 조선시대를 연구하던 선생님은 1960년대부터 개화기 연구에 전념하였다. 4·19혁명을 겪으며 역사의 전환을 이루는 시기에 관심을 가져, 개화기를 연구하게 되었다는 말씀을 들은 기억이 있다.『개화당연구』·『한국개화사연구』·『한국개화사상연구』·『개화기의 인물』등으로 이어지는 선생님의 업적은 그 이전에 크게 주목하지 않던 개화운동을 우리 역사의 한 장으로 자리매김한 일이었다. 개화운동을 통한 근대화 과정을 인물·활동·사상의 분야에서 밝혀, 역사 전환기의 모습을 되살리고자 하였다. 오늘날 한국사학계에서 개화기와 개화운동이 한 시대의 성격을 드러내는 개념으로 정착될 수 있던 것은, 선생님의 선구적인 연구에 힘입은 바 크다는 점은 누구나 아는 일일 터이다.

선생님은 당신의 학문적 이력을 「나의 학문 편력」이라는 길지 않은 글로 적어둔 일이 있어 그 대강을 알 수 있다. 정년 직후 이기백 선생님이 주관하던 『한국사 시민강좌』의 청탁으로 정리한 글이었다(『한국사 시민강좌』 6, 일조각, 1990 ; 이광린, 『한국근현대사논고』, 일조각, 1999).

선생님은 10년 가까운 병환을 떨치고, 2006년 4월 11일 세상을 버리셨다. 장수하는 집안 내력이며, 건강하셨던 모습을 떠올리면 여든둘의 나이에 세상을 떠나시리라고는 생각하지 못한 일이었다. 그러나 파킨슨병으로 10년 가깝게 고생하신 선생님은 그렇게 우리 곁을 떠나셨다. 가랑비가 내리던 날 천안공원묘원에 안장되어, 쉬고 계신다. 벌써 20년이다 되어 온다.

2. 인연

내가 선생님을 처음 뵌 것은 1975년 3월 서강대학교 사학과에 입학하고 나서 있은 신입생환영회에서였지만, 그날에 대한 특별한 기억은 없다. 성함과 글로만 알던 여러 선생님을 직접 뵈었다는 사실 만으로 감동하였을 것이다. 선생님의 수업은 2학년 2학기 '한국사 개설 2'를 처음 수강하였고, 이후 졸업할 때까지 매 학기 수강하였던 것 같다. 선생님은 항상 수업 시작 5분 전에 강의실에 와계셨다. 수강생들보다 선생님이 강의를 즐거워한다는 인상이었고, 많은 내용의 수업을 정열적으로 재미있고 지루하지 않게 풀어가셨다. 카랑카랑한 평안도 말투로 진행되는 강의에서 드러나는 선생님의 박람강기는 놀라울 뿐이었다. 해박한 지식이며 총기는 경이롭기까지 하였다. 제자들의 출신 고등학교까지 기억하시던 그분의 총기를 아직도 제자들이 기억한다. 그만큼 제자들에게 관심이 많았고, 제자들을 신뢰하였다. 그분은 사학과 졸업생들은 학문을 하지 않더라도, 어느 분야에서나 다른 이들보다 우수하다고 자주 말씀하시며 예를 들곤 하였다.

대학원에 진학하기 전에는 선생님을 혼자 뵐 일이 많지 않았다. 학보사 기자로 선생님께 원고청탁을 드리러 가는 정도가 아니었을까. 대학 졸업 직전 선생님의 부르심으로 『한국의 선비문화』인가 하는 서적에 붙이는 좌담을 이우성·최영호 두 선생님과 하실 때 배석하여 그 녹취를 푸느라고 애먹었던 기억이 있다. 선생님은 내 부친이 평양 출신으로 당신의 중학 후배라는 것도 기억하였다. 석사 논문을 실학에 대한 주제로 써보겠다는 내 이야기를 들으신 선생님은, 한말 신문을 주제로 해보라고 말씀하였다. 내가 학보사 편집장을 맡았었고, 한문의 부족을 짐작한 까닭이었으리라. 그런 이유로 광무신문지법을 다루었고, 박사과정에서도 한말 신문을 정리하는 작업을 계속할 수 있었다.

석사학위를 마치고 방위소집을 앞두었을 때, 나는 본의 아니게 다시 학보사 일에 관여하지 않을 수 없었다. 선생님이 학교 부총장을 맡고 계셨는데, 5공 초기로 대학은 특히 학생문제와 관련하여 매우 어려운 상황이었다. 몇 달이었지만 선생님의 명을 거스르지 못하고 맡은 학보사 일로 마음고생이 적지 않았다. 입대를 앞두고 선생님께서 학생처장이던 이재선 선생님과 신문사 주간이던 이근삼 선생님 등을 초대하여 환송

모임을 해주셨는데, 현역으로 가는 학생도 밥을 산 적이 없는데 방위소집에 밥을 산 것은 처음이라고 웃으셨다.

　박사학위를 받고도 내가 오래 취직을 하지 못하자, 선생님은 여러 방면으로 애를 썼지만 잘 이루어지지 않았다. 총장을 맡고도 제자 하나를 취직시키지 못한다고 가슴 아파하셨다. 취직문제로 선생님의 노여움을 산 적도 있어, 지금 생각해도 죄송스럽기만 하다. 정년 뒤에 어느 잡지에서 선생님을 인터뷰하는 기획을 마련하였는데 선생님은 내게 그 일을 맡겼다. 또 원유한 선생님이 건강이 좋지 않은 선생님께 용재상 특별상을 드리는 일을 추진하면서, 선생님의 논문과 저서의 목록을 정리하는 일을 내게 부탁하였다. 그러한 일들로 선생님에 관련된 여러 자료를 정리할 수 있었다. 선생님은 논문을 발표하고 일정한 분량이 되면 책으로 묶곤 하였는데, 건강이 나빠지시면서 책으로 정리하지 못하였다. 내가 나서서 그것들을 모아 『한국근현대사논고』라는 제목의 저서를 만들어 드렸는데, 다행히 선생님이 기뻐하셨다. 1999년에 간행된 그 책이 결국 선생님의 마지막 연구서가 되고 말았다. 항상 선생님의 은혜를 받기만 하던 내가 선생님께 조그마한 보답이나마 한 것인지 모르겠다.

　내가 일산에 이사 온 뒤, 선생님께서도 서교동에서 일산으로 옮기셨다. 집에서 5분 거리여서 다른 제자들에 비하여 선생님을 자주 뵐 수 있었다. 중부대학교 총장으로 혼자 금산에 가 계시면서 선생님의 건강이 나빠지지 않았나 생각한다. 선생님이 학교에 관련된 여러 일로 신경을 많이 써야 하셨다. 총장을 그만두신 뒤, 아침에 지하철역으로 나가다 산책 중인 선생님을 뵌 적도 여러 번이었다. 파킨슨병으로 건강이 나빠져 산책 중에 넘어져 상처가 난 경우도 있었다. 선생님의 운신이 점점 어려워졌고, 여러 해 투병 생활을 하셨다. 내가 한국교회사연구소에 근무하고 있었는데, 젊어서부터 가깝게 지낸 최석우 신부님이 문병을 원하여 여쭌 적이 있다. 폐가 된다고 사양하셨다.

선생님께서 칠순이 되시던 해 연세대학교에서 명예 문학박사 학위를 받던 날의 모습이 담긴 사진은 정년 뒤 연구실에서 서재로 옮겼다. 제자들에게도 알리지 않아 몇 사람만이 식장에 갔었다. 혼자 쑥스러운 웃음을 짓고 계신 사진 속의 선생님이 내려다보고 계신다. 그 옆에 선생님의 연구실에 부착되었던 명패가 보인다. 선생님의 연구실을 이어 쓰던 이종욱 선생님이 전해 준 것이다. 그리고 서재 한 편에 선생님의 저서들을 모아두었다. 선생님과의 인연을 그나마 기억하게 하는 것들이다.

3. 스승

선생님을 뵙고 가르침을 받은 것이 다른 제자들과 마찬가지로 내게도 큰 자랑거리이다. 학문에서도 그렇지만, 선생님을 옆에서 뵙고 닮고자 한 것은 그분의 인품과 격조가 높았기 때문이었다. 학생들을 가르치면서 가끔 선생님을 떠올린다. 선생님은 정열과 관심으로 학생들을 가르치며, 수강생도 전부 기억하였다. 대학원 학기말 리포트를 제출하면, 얼마 되지 않아 제자들을 호출하였다. 그 짧은 시간에 제대로 읽으셨는지 의아하게 생각하며 가서 뵈면, 어떻게 문제점만 지적하시곤 하였다. 내가 선생님과 같은 정성으로 학생들을 대하였는지, 많은 반성을 하게 한다. '스승'이란 보고 배울 수 있는 분이고, 선생님은 그래서 스승이셨다고 생각한다. 돌아가셨을 때 문상 온 70 넘어 몸이 불편한 제자 한 분은 무척 상심한 모습이어서, 반세기 전의 가르침이 다시 떠올랐기 때문일까 하는 생각이 들었었다.

선생님은 제자들에게 부드럽고 너그러웠지만, 석사 논문 지도는 매

우 엄하였다. 그분은 첫 번째 논문의 중요성을 강조하면서, 여러 번 초
고를 고치게 하며 무엇이 잘못되었고 부족한가를 스스로 깨닫게 하는
방식으로 지도하셨다. 그 일을 넘어서 공부의 길에 들어서게 되면, 자신
의 글을 쓸 수 있었다. 박사과정에서는 제자들의 견해를 격려하고 가르
침을 즐거워하셨다. 정년 뒤 10년 가깝게 대학원생을 위한 장학금을 학
기마다 내놓은 일은 선생님의 제자 사랑의 한 모습이었다.

선생님이 편찮으셔서 대화가 어려워졌을 때, 세배 간 동기 하영휘 선
생에게 애써 무슨 말씀을 하시고자 하였다. 들어보니 박사 논문을 빨리
쓰라는 내용이었다. 과정을 수료하고 오래 논문을 마무리 짓지 못하던
하영휘 선생은 그 뒤 오래지 않아 논문을 마쳤다.

당신 스스로에게도 엄격하셨는데, 댁의 혼사며 상사를 주위에 알리
지 않아, 많은 사람을 서운하게 만들기도 하였다. 특히 모친상을 서강대
학교에서 가장 가깝게 지내시고 초등학교 후배이기도 한 이근삼 선생님
에게도 알리지 않아, 이근삼 선생님을 모시고 약주를 하면 내게 종종 서
운함을 말씀하곤 하였다.

총기가 좋으셔서 웬만한 일은 잊지도 않고 성격은 급하셨지만, 뒤끝
이 없으신 어른이었다. 시간 어기는 일을 아주 싫어하셨다. 약속장소에
30분 정도 일찍 나와 계셨고, 15분을 넘게 기다리지 않으셨다. 청탁을
받거나 약속한 원고가 늦는 일이 없었다. 정년논총을 만들 때, 사양하던
선생님은 제자들에게 세 가지를 조건으로 말씀하셨다고 들었다. 제자들
이 간행비용을 내서는 안 된다는 것, 당신에게 직접 가르침을 받은 제자
들의 논문만 받을 것, 그리고 논문제출 마감을 넘기면 당신 제자가 아니
라고. 그래서 정년논총은 학교 부설 연구소의 학보로, 시간에 쫓기지 않
고 여유롭게 만들 수 있었다.

선생님은 글을 쓰며 문장에 크게 매이지 않았는데, 막상 발표된 글을

읽으면 생동감이 흘렀다. 논문을 쓰고 나면, 꼭 제자들에게 교정을 겸해 읽히곤 하였다. 먼저 당신이 초고를 잡고, 사모님이 정서하면 제자들이 읽었다. 의견을 드려 수긍이 되면 그 자리에서 바로 수정하였다. 선생님의 논문에는 많은 자료가 동원되어 있다. 데이터베이스가 확보된 지금 같으면 인터넷으로 쉽게 확인할 수 있지만, 반세기 전에 그 많은 자료를 발로 뛰어, 손으로 눈으로 찾은 것이었다. 그 많은 자료를 찾고 읽어낸 노력은 오늘날 짐작하기조차 쉽지 않다. 선생님은 "개화사를 연구한다 하고 헛되이 여기저기 떠돌아다닌 것 같아 미안한 마음을 금할 길이 없다"고 회고하였지만, 그러기에 그분의 글이 살아있다는 느낌을 주는 것이다. 그만큼 사료를 중요하게 여겨, 역사 논문이란 사료로 말하게 해야 한다고까지 말씀하신 적이 있다.

부지런하셨다. 선생님은 연구에서나 생활에서나 항상 그러셨는데, 대학의 보직을 맡으면서도 논문과 저서를 낼 정도였다. 오전 7시에 선생님의 전화를 받는 제자들은 고역이었지만, 선생님은 서너 시간을 기다렸다가 한 전화였다. 일찍 주무시고 일찍 일어나셨고, 산책을 거르지 않으셨다. 그래서인지 고희를 넘겨서도 건강하셨다. 다만 보직을 맡으신 후 약주를 드시는 경우가 많았다. 언젠가 잠이 오지 않는다고 하자 친구분이 주무시기 전에 양주 한 잔을 마시면 좋다고 한 말을 듣고, 여러 해 그렇게 하였다는 말씀을 들었다. 꼼꼼한 성품은 대학 행정직을 맡아서도 여전하셨고, 제자들은 연구만 하실 분이 대학 행정직을 맡았던 것이 건강을 해친 것으로 생각하고 있다.

알려지지 않은 일이지만, 해방될 때 선생님은 평양형무소에 계셨다. 치안유지법 위반 혐의로 1945년 4월에 체포되어 5월에 형무소로 옮겨 재판 중에 해방으로 석방되었다. 2000년대 초 국가보훈처 연구원으로 근무하던 조규태 선생이 자료를 발견하여 연락을 주어 확인하니 선생님이었다. 해방 직전 북한에서의 활동이어서 이감기록만이 남아 있었지만, 선생님께 내용을 여쭐 수 있는 건강상태도 아니었다. 당시 독립운동자 공훈심사위원을 맡고 있던 나는 선생님의 서훈을 기대하였지만, 자료의 부족으로 서훈은 되지 못하였다. 선생님은 건강하실 때 한 차례도 이에 관하여 말씀하신 적이 없었다.

2003년 손정도 목사 관련 학술회의에 참석하느라고 1주일을 평양에서 지낸 적이 있다. 보고 듣고 물은 그곳의 이야기를 말씀드리고 싶었지만, 선생님은 말씀을 들을 수 없는 상태였다. 평양 출신인 부친이나 이근삼 선생님도 모두 병중이어서, 반세기 넘게 변한 고향의 모습을 들려드리지 못하였다.

다행히 선생님을 모신 천안의 묘원은 가깝게 지낸 친구분들이 자리 잡고 계신다. 이기백 선생님과 이근삼 선생님을 낮은 산등성이 하나 지나면 뵐 수 있다. 연세가 가장 높던 전해종 선생님이 뒤늦게 합류하셨다. 서로 지난 일을 돌아보시며, 고향 이야기도 하고, 아직 남은 식구며 친구며 제자들을 살피실 것이다. 선생님을 자주 찾아뵙지 못하면서도, 옅어지는 선생님의 기억에도 불구하고, 여전히 선생님은 가까이 계신다고 믿고 싶다. 그분에 대한 기억이 나의 공부를 돌아보고 자성하는 통로이기도 하기 때문이다.

4. 더하여

선생님의 탄신 100주년을 기념하는 문집을 내기로 하였다. 이글은 2006년 6월 학술원에서 간행하는 소식지에 짧게 제자의 추모사 비슷하게 작성되었다. 차하순 선생님이 추천하였다고 들었고, 2014년에는 여러 이야기를 추가하여 『앞서가신 회원의 발자취』에 수록되었다. 이제 탄생 100주년 기념문집에 약간 수정하여 다시 싣게 되었다.

선생님이 돌아가신 지 벌써 18년이 지났고, 그때 쉰이었던 내가 정년을 맞은 지 3년째이다. 세월을 흐르는 물과 같다고 한 선현들의 말씀을 몸으로 느끼고 있다. 선생님이 총장을 마친 이후 건강이 문제가 되며 연구를 계속하기 어려웠다. 어느 날 댁에 갔더니 사모님이 서재에서 자료를 묶는 중이었다. 책과 달리 주로 복사한 자료의 처리에 고민하다가 선생님께 말씀드리고 여러 차례 버렸고, 그날 마지막 자료들을 버리려고 묶고 계신 것이었다. 사모님께 "저를 부르시지요" 하고 말씀드렸더니, 그 생각은 하지 못하였다며 "최 선생에게 부탁하면 간단하였을 일을 이러고 있었다"고 하였다. 남은 자료는 내가 가지고 왔는데, 주로 김옥균과 관련된 것으로 『조선갑신일록』이나 『시사신보』 등 일본 신문을 비롯한 국내외 자료들이었다. 본시 선생님은 논문을 한 편 쓰면 자료를 봉투에 넣어두곤 하였는데, 그 많은 자료가 없어진 일은 아쉽기만 하다. 그나마 다행히 선생님 필적의 자료 카드 여러 장과 강의록 한두 권 등은 보관할 수 있었다.

선생님이 돌아가시자 사모님이 바로 전화를 주서, 여기저기 연락하고 오래 빈소를 지켰다. 그 뒤에도 사모님을 가끔 찾아뵈었는데, 언제부터인지 집에 들이지 않고 문밖에서 말씀을 나누곤 하였다. 어느 날 집안으로 들이면서, 당신의 암이 많이 진행되었다고 말씀하였다. 병을 모르게 하느라고 밖에서 짧게 만나고자 한 일이었다. 그리 오래지 않아 사모님이 돌아가셨고, 널리 알리지도 않아 몇몇 제자만이 문상하였던 기억이다.

몇 년 선생님 기일을 전후하여 묘소에 참배하였고, 연세대학교 시절의 제자인 이희덕 선생님을 모시고 간 적도 있었다. 2016년 선생님 10주기에 후학과 제자들이 가족과 함께 묘소에 참배하였고, 이어 4월 30일

서강대학교 인문과학연구소 주최로 선생님 10주기를 기념한 학술회의를 개최하였다. 나는 오히려 이일에 적극적이지 않았는데, 동학들이 애를 많이 썼다. 그때 4편의 논문이 발표되어 『서강인문논총』 제46집에 수록되었고, 이 기념논총에도 일부 재수록된다.

이제 선생님 탄신 100주기를 맞으며 돌아보니, 선생님을 기억하지 이들이 많지 않을 만큼 세월이 흘렀음을 확인할 수 있다. 선생님의 시대는 지났고, 그 제자들의 시대도 지나고 있다. 학문은 선학들의 축적을 딛고 발전하는 것이라면, 선생님은 굳은 바닥의 역할로 후학들의 발전을 지켜보실 것이다. 다시금 선생님을 추억하며, 많은 생각을 한다. 선생님의 깊은 학은에 제대로 보답한 적도 없고, 선생님의 학문이나 제자 사랑과 배려를 본받아 실천하지도 못하였다. 부끄러울 뿐이다.

[『대한민국학술원통신』 155호, 2006. 6 ; 『앞서가신 회원의 발자취』 II(대한민국학술원, 2014)을 수정한 것임]

사모님의 당부 말씀

노용필 한국사학연구소장

서교동 자택 시절 사모님 회상

사모님을 처음 뵌 것은 1979년 봄 학기 끝 무렵이었던 것으로 기억한다. 당시 학부생이었던 나는 조교 선배가 李光麟 선생님께서 이번 학기 강의를 마지막으로 서강을 떠나 모교 延世大로 가시려고 하는데, 그렇게 하시면 西江 사학과가 무너지니 학부생들부터 모두 모여 댁으로 가서 그러시면 안 된다고 말씀을 드리자고 하여 동행했을 때였다.

그러한 선배의 말이 내 마음에도 크게 와닿아 그 자리에 동참했던 것은, 조교 선배 중에서 한국사 전공자가 그런 게 아니라 서양사·동양사 전공자인 선배들이 열변을 토하며 정말 진심으로 말하는 게 느껴져서였다. 한국사 전공생이었으면 자신의 학업과 직결되는 문제라 당연히 그렇겠지 여길 수도 있었을 텐데, 그렇지 않은 다른 전공생들인지라 과연 서강 사학과의 앞날과 직결되는 바라서 저렇게 진정으로 후배들에게 호소하는 거구나 싶었다.

그 낭시 선생님 댁은 학교에서도 과히 멀지 않은 홍익대학교 정문 건너편 좌측 골목 안 서교동의 단독주택이었다. 정원의 잔디가 깔끔하게 정돈되어 퍽 인상적이었는데, 거기에 삥 둘러앉아 선생님께 우리들의 마음을 전달하고자 숙연히 조용히 앉아서 기다렸다. 얼마 지나지 않아 현관문이 열리고 주스 등 음료를 쟁반에 든 선생님보다 훨씬 젊어 보이는 분이 나오셔서 하시는 말씀이 지금 선생님께서는 댁에 계시지 않은데 이렇게들 찾아오셔서 내올 것도 마땅하지 않아 있는 대로 내왔다고 말씀하시면서 무척 미안해하는 모습이 역력하였는데, 선생님 내외분이 함께 출타 중이시고 살림을 돌봐주시는 분이지 싶었다.

한 시간쯤 지났을까 싶었을 때, 대문이 열리면서 선생님께서 놀란 표정으로 들어오셨다. 정원을 한 바퀴 도시면서 한 사람 한 사람과 일일이 악수를 하신 후, 자네들의 뜻은 알겠으니 이만 돌아가 주었으면 좋겠다고 간단히 말씀하셨다. 그래서 우리는 하는 수없이 조용히 선생님께 目禮만 드리고 댁을 나서서 뿔뿔이 해산했다. 그날 이후 선생님께서는 서강을 떠나지 않기를 결정하셨던 듯하다.

지금 반추해볼 때, 그날 그 자리가 선생님 자신에게는 너무나 엄청난 희생을 감수하게 되는 결정을 내리신 것이었다고 헤아려진다. 환산해보면 당시 선생님께서는 停年이 10년쯤 남은 시점이었으므로, 장차 그 이후 학자로서의 원대한 삶을 설계하셨던 것인데, 학생들의 물리적인 만류에 그 구상을 접으신 것이다. 더욱이 선생님께서 연세대학교 대학원 사학과 학번 1번으로 모교에서 전임이 되셨던 분이시라, 모교의 연만한 후배들이 모교 사학과를 국학의 산실로 성장시키기 위해 선생님을 꼭 모셔가고자 했던 것인데, 그걸 끝내 선생님께서는 거절하신 게 되고 말았던 셈이다.

선생님의 그런 고뇌에 찬 결정 덕택에 부족하기 그지없던 내가 감히 대학원에 진학하여 선생님의 가르침을 받을 수 있는 은혜를 입었다. 첫 학기 첫 수업부터 마치 한여름에 된서리를 맞는 듯한 秋霜과 같은 지도를 받았음에도 불구하고 첫 학기 리포트 주제도 제대로 잡지 못해 헤맬

때에서야, 4학년 2학기 때 대학원에 진학하겠노라고 선생님께 말씀드렸을 때, 첫 말씀이 "모험이야, 모험!!"하셨던 바가 몸서리쳐지게 체감이 되었다. 이후 X관 뒤편 노고산 숲속에서 홀로 눈물을 흘리면서 서성이는 시간이 길어지면 길어질수록, 약간씩 내 공부에 실눈 같은 진전이 뵈는 듯싶어 마음을 간신히 추스르게 되었다.

나 자신 재작년 65세를 넘기면서 학교에서 강의조차 더 할 수 없는 지경에 이르고 나니, 선생님께 죄송한 마음이 날로 커진다. 선생님께서 학생들의 간곡한 만류를 냉정히 뿌리치시고 그 당시에 연세대로 가셨더라면, 서강대에서 정년을 맞으신 이후 세종대로, 중부대로 옮겨 다니면서 겪으셨을 고충을 전혀 겪지 않으셨을 것은 물론, 건강도 잘 유지하셨을 터인데 싶어서 그렇다. 참으로 두고두고 죄송스러울 뿐이다.

사모님을 두 번째로 뵈었던 것은 내가 간신히 대학원 석사과정을 마치고 1983년 여름 석사 학위를 취득하고도 두 학기가 지나가던 1985년 1학기 중간 어느 날이었다. 그때는 그 날짜까지도 잊지 않는다고, 메모를 군이 남겨두지 않아도 평생 기억하겠노라 교만스럽게(!) 메모조차 남겨두지 않아 지금은 정확한 날짜를 알 길이 없지만, 일생일대의 의미 있는 자리였다고 지금도 또렷이 기억한다.

선생님께서는 직접 선생님께 논문지도를 받지 않은 경우라도 석사 학위를 받은 제자들과 술을 한잔하시곤 했다는 얘기를 전해 들은 바가 있었다. 선생님께서 그렇게 하시는 것은, 석사 학위를 취득하면 어엿한 학문의 길로 들어선 것이라 더욱 정진하도록 권장하시기 위함이며, 그런 자리를 선생님께서 마련해 축하의 술 한잔을 직접 따라주시고 격려하시곤 했다는 것이다. 다른 선배들에게는 그러셨지만 내게는 그래 주시지 않아 푸념 섞인 말을 하면서 崔起榮 선생에게 언제 기회가 닿으면 선생님께 살짝 말씀드려달라고 했었다. 그런데 정말 얼마 지나지 않아 선생님 댁으로 어느 날 몇 시에 金壽泰 선생과 함께 오라는 말씀을 최 선생이 전해왔다. 김 선생이 나보다 먼저 석사 학위를 취득하였지만, 역시 그러지 못했으니 같이 오라고 하셨다고 해서 동행하게 되었다.

그래서 댁으로 찾아뵙게 되었는데, 그때야 앞에서 이야기한 5년 전 선생님 댁의 정원에서 침묵 시위(?)할 때, 음료를 내다 주시던 분이 바로 사모님이셨음을 비로소 알게 되었다. 만면에 미소를 띠시면 반갑게 맞아주셨다. 선생님 댁의 1층 응접실에서 자개 상에 차려주신 정갈한 마른 안주와 시바스 리갈 병은 40년이 지난 지금도 눈에 선하다. 3/4 정도가 담겨 있던 술을 다 비우고 우리의 간청으로 온전한 또 1병을 다 비우고서야 술자리가 끝날 때, 기분 좋게 얼큰 해하시면서 "거참, 술들 잘 마시는구먼" 하셨던 선생님의 음성이 여전히 귀에 들리는 듯하다. 댁을 나서면서 다리가 휘청거려서 간신히 귀가하였는데, 나중에 선생님께서 다음 날 쉬실 수밖에 없었노라고 하시는 말씀을 직접 들으면서 몸 둘 바 몰라 쩔쩔 맸던 것이 마치 어제의 일 같다.

사모님을 세 번째로 뵈었던 것은 내가 박사과정을 밟고 있었던 1989년 여름 선생님께서 전화를 제게 하셔서는 댁으로 오라고 말씀해 찾아뵙게 되었던 날이었다. 댁에 당도하여 대문에서 초인종을 눌렀더니 사모님께서 현관에서 나오셔서 참으로 편안한 미소를 띠시면서 반갑게 마중을 해주셨다. 응접실로 들어가 계시라고 하시면서 선생님께서 곧 내려오실 거라고 말씀하셨다. 잠시 후 선생님께서 2층 서재에서 내려오시더니 잠시 기다리라고 하시고 나서, 다시 서재로 가서 복사물 뭉치를 들고 내려오셔서는 이것을 자네에게 주고 싶어서 불렀노라고 하셨다. 그것은 吳 星 선생이 日本에서 찾아 복사해다가 선생님께 드린 京都大學 河合文庫의 『隨錄』이었다. 이미 오 성 선생에게 자네에게 이걸 줘서 공부하게끔 하겠노라고 말해두었으니, 열심히 공부하라고 하셨다. 그 직전

1학기에 내가 작성하여 제출한 리포트「吳知泳의 人物과 著作物」을 손수 일일이 문장을 가다듬어 주셔서 완성도를 높여 서강대 동아연구소의 『東亞研究』에 게재하도록 주선해주셨던 터라, 더욱 東學 關聯 文書綴인 『수록』을 분석하는 연구를 진척하도록 訓導하셨던 것이다. 이후 이에 대한 분석에 열중하여 선생님의 치밀한 지도를 받은 후「東學農民軍의 執綱所에 대한 一考察」을 완성하여『歷史學報』에 게재할 수 있었던 것도 오로지 선생님 덕분에 가능하였다. 또 내가 학계에 보고되지 않은 자료들을 연속해서 발굴해내자, 이들을 엮어『(東學接主)鄭珞根全集』上·中·下 3권(1990)과『吳知泳全集』上·下 2권(1992)을 각각「解題」를 붙여 亞細亞文化社에서 출간해내도록 주선해주셨다.

그 과정에 논문을 완성할라치면 선생님께서 학교에 나오시는 날 연구실로 찾아뵙고 원고를 드리곤 했는데, 그때마다 선생님의 연구실과 대각선으로 있던 조교실에 가서 호출할 때까지 기다리라고 하셨다. 대기하는 시간이 신기하게도 학기가 거듭될수록 짧아진다는 느낌이 강해졌다. 선생님의 호출을 기다리고 있으면서 조교실에 앉아서 선생님께서 나를 부르러 오시는 발걸음 소리를 듣고자 조교실 문을 후배 조교들에게 양해를 구하고 조금 열어두고 대기하였다. 선생님의 발걸음 소리를 들으면 점차 선생님께서 이번에는 과연 어떤 평을 하실지가 거의 가늠되었다. 그러던 어느 날도 선생님께서 연구실 문을 여시고 조교실로 오시기 직전에 미리 선생님의 발걸음 소리를 듣고 조교실 문을 열고 마중을 나갔는데, 선생님께서 먼저 연구실에 들어가 기다리라고 하시고는 화장실을 다녀오시겠노라고 하셨다. 그래서 연구실에 들어가 먼저 선생님 책상 위에 놓인 내 원고를 쳐다보니 섬세하게 가다듬어 주신 대목들이 눈에 들어왔고, 그걸 물끄러미 보다 보니 그 옆에 선생님의 원고 또한 눈에 들어왔다.

그런데 그 원고는 깔끔하게 누군가의 손에 의해 淸書된 것이었고, 그걸 선생님께서 파란색 볼펜으로 편하게 손질하신 대목이 적지 않은 상태였다. 그 순간 원고를 누가 저렇게 정성스럽게 淨書해 드렸을까 하는 궁금함이 들었다. 하지만 곧 선생님께서 들어오셔서 내 논문에 대해 논평하시는 걸 경청하느라 더 생각할 여지가 없었다. 그렇기는 했지만 궁금함이 지워지지는 않았다. 그러던 어느 날 선생님께서 선배 몇몇과 함께 저녁을 하자고 하셔서, 식사와 함께 반주를 곁들이게 되었다. 용기를 내서 이참에 틈을 봐서 선생님께 여쭈어봐야지 마음먹고 있었는데, 식사 도중에 선생님께서 무척 편안해하시고 즐거워하시면서 진지와 약주를 드시기에 이때다 싶었다. 선생님 원고를 한결같이 淸書해 준 분이 혹시 사모님이신가요 했더니, 내 얼굴을 쳐다보시면서, "그걸 어떻게 알았어?" 하시는 게 아닌가.

그런 사실을 확인하여 사모님의 노고에 대해 익히 알게 되었는데, 그 어간에 발표하신 선생님의 「나의 학문 편력」이란 글에도 그런 사실을 알 수 있게끔 쓰신 대목이 있다. 다음 부분이 그것이다.

당시 연구비를 지급하는 기관은 서대문에 있는 한국연구원뿐이었다. 연구비 신청서를 내라고 공문이 오자 나는 즉각 신청서를 제출하였다. 조선 초기만 연구하겠다고 할 수 없어 조선시대 전 기간에 걸치는 수리사를 연구하겠다고 신청하였다. …… 1년 동안에 연구하여 논문을 쓰겠다고 신청을 하였으나 막상 손을 대어 보니 여간 힘들지 않았다. 요즘 같으면 제록스 기계가 있어서 필요한 부분을 복사하면 되지만 그때는 그런 기계도 없었으므로, 사료를 카드에 베끼는 일은 주로 집사람이 담당하였다. 『조선왕조실록』·『비변사등록』, 그 밖의 책에서 얻은 사료를 카드에 옮기는 데 10개월 이상이 걸렸다. (「나의 學問 遍歷」, 『한국사 시민강좌』 6, 일조각, 1990 : 『韓國近現代史論攷』,

일조각, 1999, pp.276-277)

　선생님께서 "사료를 카드에 베끼는 일은 주로 집사람이 담당하였다. 『조선왕조실록』·『비변사등록』, 그 밖의 책에서 얻은 사료를 카드에 옮기는 데 10개월 이상이 걸렸다"라고 밝히신 대목에서 사모님의 노고가 충분히 가늠된다. 그렇다면 "『조선왕조실록』·『비변사등록』, 그 밖의 책"에도 사모님의 手澤이 적지 않게 배어있었을 것이라 싶었다. 하여 연세대학교 중앙도서관 6층 소재 국학자료원의 〈七里문고〉를 찾아가 살폈더니, 다음의 사진과 같은 『조선왕조실록』의 상태를 볼 수 있었다. 『조선왕조실록』의 책등 장정이 이렇게 다 헤지도록 나날이 펼쳐 읽으신 분은 선생님이시고, 그 지정된 대목을 카드로 옮겨 정서하신 분은 사모님이심이 분명하다. 그렇게 해서 완성된 논문들을 선생님께서 推敲하실 때마다 몇 번이고 淨書해주신 분은 사모님이셨음도 더 말할 나위가 없겠다.

일산 아파트 시절 사모님 회상

선생님께서 서교동 자택에서 일산 마두 아파트로 이사하신 이후 스승의 날 어간에는 거의 매년 거르지 않고 尹炳喜 선생과 함께 찾아뵈었다. 그때마다 사모님을 뵈었기에 그게 몇 번인지 그때에는 헤아려 그 숫자를 기억했었지만, 지금은 잊었다.

선생님께서 중부대학의 총장으로 부임하시면서, 영등포역에서 기차를 타고 학교로 가시곤 했으므로, 그 이후에는 그 요일에 맞추어서 선생님을 찾아뵙기도 하였다. 기차표 예매를 미리 사모님께서 해놓으신 그 시각 2시간 전에 댁으로 가서 선생님을 뵙고, 내 승용차로 1시간 전까지는 역으로 모셔다드리기를 3번 그랬다. 일산 선생님 댁에서 영등포역전까지 중간 자유로의 강변도로에서조차도 60Km의 거의 일정한 속력으로 운전해서 모셔다드렸는데, 운전 참 잘한다는 칭찬을 듣기도 했다.

윤 선생과 사전에 의논하여 고향 평양의 음식을 선호하시는 선생님께 대접하고 싶어서, 댁에서 멀지 않은 평양냉면과 지짐이를 전문으로 하는 면옥에 모시고 가고자 하였다. 몇 번을 말씀드린 끝에 간신히 승낙을 얻었지만, 사모님께서는 극구 사양하셨다. 선생님만 모시고 가서 師弟 간에 드시라고 하시며, 사모님께서는 선생님을 제자들이 잘 모시는 것만으로도 충분하다고 말씀하시면서 극구 마다하셨다. 그래서 처음은 하는 수 없이 선생님만 모시고 갔다. 사전에 협잡(?)하고 식사를 마치기 전에 내가 먼저 화장실에 가는 척하며, 계산을 선생님 몰래 하였다. 당장 불호령이 떨어질 각오하고 그러기는 했으나, 곧 선생님께 솔직히 말씀을 드렸다. 그런데 놀랍게도 웃으시며 용납해주셨다.

하여 선생님께 대접을 해보는 영광을 누렸다. 지금껏 한 번도 제자가 계산하는 것을 허용하신 적이 없었기에, 정말 '난생처음으로' 계산이란 걸 해보았다. 세상에서는 흔히 선생님을 모시고 식사한 후에는 제자들이 식대를 계산하는 것을 당연시하지만, 우리는 전혀 그렇게 해보지 못했다. 선생님께서는 신촌 로터리 소재의 신촌돌구이에서 우리에게 자주 저녁을 사주시곤 하셨으나, 한 번도 감히 계산해보겠다고 말씀조차 꺼내지도 못하도록 엄하게 단속하셨으므로 그랬다.

다음 해 스승의 날에는 꼭 사모님도 모시고 함께 가고 싶다고 애들 생떼 쓰듯이 하여 간신히 성사되었다. 이때도 윤 선생과 사전 합의에 따라 내가 먼저 계산하고 그렇게 말씀을 드렸더니 웃으시면서 또 용납해주셨다. 그런데 이것이 선생님과 마지막 식사 자리가 될 줄이야! 그때는 정말 생각지도 못했다. 선생님께서 병환이 심해지셔서 외출하시기가 불편해지셨기에 어쩔 수가 없었다.

"열심히 공부해서 훌륭한 학자가 되어
세상이 선생님을 잊지 않게 해달라"

2000년 스승의 날 이후에는 더욱 뵙기가 어려워져서, 댁 방문도 자제하였다. 더욱 위중해지시기 전에 그간 선생님의 지도를 받아 발표했던 논문들을 저서로 엮어내, 선생님께 보여드리고 싶었다. 그래서 애초에 國學資料院의 〈韓國史硏究叢書〉 편집위원장을 맡고 있으면서, 그 총서의 7번으로 '新羅中古期金石文硏究'를 할당해놓고 언제까지나 내 원고가 될 때 기다리겠노라고 했던 吳 星 선배와 상의하여 書名을 『『東學史』와 執綱所 硏究』로 변경하여 그 출간 작업에 착수하게 되었다. 그것이 2001년 1월에 간행되자 곧 혼자서 찾아뵙고 선생님께 드렸는데, 매우 기뻐하시는 기색이 역력하셨다.

그때 곁에 계시던 사모님께서 내게 "열심히 공부해서 훌륭한 학자가 되어 세상이 선생님을 잊지 않게 해달라”고 말씀하셨다. 물론 사모님께서 하신 이 말씀은 아마도 비단 내게만 아니라 그 무렵 선생님을 찾아뵙는 제자 누구에게나 하신 것일 것이다. 이후 사모님의 당부의 이 말씀을 한시도 잊은 적이 없다.

‘열심히 공부’하려고 노력은 했으되 능력이 부족하고 소양이 덜 갖춰져서 비록 ‘훌륭한 학자’는 못 되었으나, 2023년 4월부터 선생님의 탄신 100주년에 맞추어 기념 문집을 간행하자고 감히 주제넘게 선배님들께 앞장서 제안한 것은 오로지 “세상이 선생님을 잊지 않게 해달라”고 하신 사모님의 당부 말씀을 따르고자 하였을 뿐이었음을 이 글을 통해 비로소 고백한다. 여러모로 부족하기 그지없는 나의 제안을 흔쾌히 받아들여 동행해준 선후배들께 진정으로 감사드린다. 이 모든 일이 사모님의 간절한 소망 덕분에 이뤄진 것이라 굳게 믿으며, 선생님과 사모님의 天上 安息을 懇求할 뿐이다.

수줍음 많은 시골 청년의 공부 여정과 길잡이 스승

홍영기 한국학호남진흥원장·국립순천대학교 명예교수

1. 들어가며

딱 40년 전에 시작된 인연의 기억을 반추하는 일이 쉽지 않다. 이제 노년기에 접어든 나이인지라 옛 추억이 가물가물 해서 이다. 어쩌면 왜곡된 기억으로 인해 선생님께 누가 되지 않을까 하는 우려도 없지 않아 글을 쓰기를 몇 번인가 망설였다. 그저 마음의 스승으로 아름답게 간직하고 싶은 심정이 가슴 한구석을 자리잡아 더욱 그럴지도 모르겠다. 원고 마감일이 진즉 지나버려 더 이상 미룰 수 없는 처지라 한두 가지 생각나는 일들을 이야기하고자 한다.

2. 대학 진학과 한국사 공부

언젠가부터 나는 받는 복을 타고 난 운이 좋은 사람이라 생각해왔다. 1960년대 후반 남녘 지방은 큰 가뭄으로 인해 농사를 지을 수 없었다. 특히, 요즘에는 매우 낯선 용어이지만 천수답이 대부분이었던 당시의 혹독한 기상재해로 말미암아 농촌에서는 굶주림을 면하기 어려웠다. 계

절 불문하고 감자와 고구마, 메밀 등 구황작물로 끼니를 때우기 일쑤였다. 그래서 언감생심 상급학교 진학은 꿈에도 꿀 수 없는 형편이었다. 지금의 초등학교를 마친 후 집안 일을 거들며 세월을 허송하던 중 우연히 검정고시 제도를 알게 되었다. 형들의 격려와 지원 덕분에 고입에 이어 고졸 검정고시에 합격하였으니, 운이 엄청 좋았던 셈이다.

이런저런 어려움과 장애를 딛고 대학에 진학했으니 내게는 그 자체가 청운이었다. 지방의 사범대학 국사교육과를 다니던 시절 전공과목 공부에 빠져 있었다. 어쩌면 중·고등학교를 다니지 못하고 대학에 들어온 설렘에다 친구도 거의 없어 공부에 관심을 기울였을 수도 있다. 차츰 대학생활에 적응하며 지금까지 해로하는 절친도 만났고, 좋아하는 선후배와 함께 사료강독 그룹스터디에 참여하게 되었다. 대학 생활은 시위를 떠난 화살처럼 찰나와 순간처럼 흘렀다. 때로는 최루탄의 매캐한 냄새와 어지러운 구호 속에서 캠퍼스와 시내를 헤매기도 하고, 공장을 다니며 검정고시를 준비하는 야학생들에게 뭔가 희망의 실마리를 찾아주려 동분서주하기도 했다. 허나 순정하지만 거칠고 막연한 계획들이 뜻대로 이루어지진 않았다. 당시는 걸핏하면 긴급조치, 그러다 박정희의 죽음으로 인해 비상계엄령이 내려진 혼돈의 정국이었다.

그럼에도 나를 지탱해준 사료강독 공부모임은 선배에서 후배로 이어지며 졸업이후까지 끊이지 않았다. 대학 시절 나는 『삼국지』「동이전」 수업과 『삼국사기』와 『삼국유사』의 강독 모임에 참여하면서 막연히 한국고대사를 전공하리라 마음먹었다. 당시 나는 김두진·홍승기 교수님의 가르침을 통해 연구자의 길을 꿈꾸었다. 선생님의 영향이 컸던 탓도 있고 사료를 강독한 자신감도 어느 정도 작용했을 것이다. 그때 대학에서 만난 두 선생님의 가르침이 내 인생의 이정표였다.

3. 늦깎이 대학원 진학

대학을 졸업하며 대학원 진학을 꿈꿨으나 여의치 않았다. 잠시 섬마을 선생님으로 근무하다가 입대하여 훈련을 받던 중 5·18광주민주항쟁의 끔찍한 소식을 접했다. 전라도 출신이라는 이유로 군에서 차별받지 않는다는 억지편지를 고향에 보내던 시절이었다. 제대 후 중학교 역사 교사로 복직하여 대학원을 준비하였다.

고심 끝에 서강대 대학원에 입학했으나 대학원 첫 학기를 방황하며 보냈다. 원래는 이기백 선생님의 지도를 받아 한국고대사상사를 공부할 계획이었으나, 선생님이 한림대 사학과로 갑자기 옮기시는 바람에 적잖이 당황스러웠다. 공부를 그만하고 교사로 복직할 것인지, 기왕에 시작한 공부이니 석사과정을 마쳐야 할지 고민을 거듭하였다.

마음을 다잡고『고려사』「식화지」 공부를 계기로 석사학위 논문을 조선 초 농업사로 쓰게 되었다. 그런데 다른 강의에서 머슴 출신이 주도한 한말 호남의병을 다룬 리포트를 고쳐 학술지에 싣게 되었다. 한국고대사상사를 공부하려던 원래 계획이었으나, 전혀 예기치 않은 방향으로 석사 논문과 근대사 관련 논문을 발표하게 된 것이다.

우여곡절 방황의 소용돌이를 거친 후 한국근대사, 그 중에서도 한말 의병을 전공하기로 결정한 후 1989년 박사과정에 입학하였다. 1987년 6월 민주항쟁의 격랑이 나를 고대사에서 근대사로 나아가게 했는지 모르겠다. 전공 분야를 정하는 과정에서 여러 선생님들께 마음의 빚을 졌다. 석사논문을 지도해주신 홍승기 선생님께서는 내 입장을 충분히 이해해 주시며 격려를 아끼지 않으셨고, 박사과정의 지도를 맡아주신 이광린 선생님께서는 거칠고 투박한 글들을 읽고서 잘못을 바로잡아 주셨다. 짧은 인연이었지만, 결혼식 주례를 선뜻 맡아 주신 이기백 선생님은 학문과 인생의 지침을 제시해주셨다. 가르침을 베풀어주신 세 분 선생님께 특별히 감사의 말씀을 올린다.

다소 연만한 나이에 대학원에 진학하여 공부를 하던 시절 선배와 동학들의 격려도 잊을 수 없다. 대학원 시절 노고 언덕의 품은 너그러웠고, 도서관은 꿈을 키워주었으며, 선배와 동료들은 수줍음 많은 늦깎이 학생을 친절하게 안내해 주었다. 무엇보다 선생님들의 자애로운 가르침이 아니었다면 아마 공부를 중도폐지 하였을 것이다. 그러니 내가 받은 수많은 복 중에서도 스승 복이 가장 컸다고 믿는다.

4. 이광린 선생님의 학은

학기말이 되면 담배 냄새 찌든 세미나실에서 선생님의 호출을 기다리곤 했다. 리포트를 제출하면 이광린 선생님은 바로 그 날 돌려주시므로 대기하는 것이다. 마침 내 차례가 되어 선생님 연구실에 들어가면 "자넨 선생했다는 사람이 글이 이게 뭔가"라며 야단을 치셨다. 지금은 말조차 어눌하게 바뀌었지만, 매양 마찬가지이나 당시에는 글이 더 형편없었다. 하지만 선생님은 항상 희망적인 말씀을 덧붙여 주시며 용기를 주셨다. 늦깎이 학생에 대한 배려였을 것이다.

박사과정이 몇 학기 지난 어느 날, 전화로 댁 앞의 어느 다방에서 보자 하셨다. 약속 시간보다 서둘러 나갔는데, 선생님이 이미 먼저 기다리고 계셔서 적잖이 당황하였다. 어느 선배께 하소연 겸 푸념을 했더니, "너 여태 몰랐니?" 하시기에, "왜요?"했더니만, "선생님은 약속보다 30분 전에 오신다"는 것이다. 그로부터 나는 30분보다 먼저 도착함으로써 선생님을 기다리시게 하지는 않았다.

당시 선생님은 작성하신 원고뭉치를 보자기에 싸서 들고 오셨다(사모님이 정서하신 경우가 많았던 것으로 기억). 그 원고를 박사생 제자에게 읽게 해서 반드시 코멘트를 받으셨다. 나는 생각나는 대로 의견을 드렸던 것 같다. 그러면 선생님은 "아, 그거 어려울 것 같은데" 하시거나, "그래도 되겠네" 등등의 말씀을 하셨다. 그때그때 나는 공부와 관련하여 궁금한 사항을 여쭙거나, 신변잡사를 말씀드리곤 했다. 책을 내실 경우에도 원고의 검토뿐만 아니라 초교나 재교를 부탁하셨다. 교정이 끝나 책이 간행되면 반드시 서명을 하신 후 수고했다며 책을 주셨다. 그 책으로 공부를 겸하여 다시 정독을 하다가 오·탈자를 발견하면 얼굴이 절로 화끈거렸다. 교정공이 바로잡지 못한 경우도 더러 있으나, 내가 미처 발견하지 못한 경우가 적지 않았기 때문이다. 평소 치밀하지 못한 성품을 자책하였다. 선생님의 이러한 가르침을 통해 한 사람의 연구자로 성장하였다.

선생님은 제자들의 진로를 걱정해주시고 직접 해결해주셨다. 시간 강의를 하는 대학의 아는 분께 연락을 해서 미욱한 제자를 부탁하셨으며, 공부할만한 기관에 적극 추천을 해주셨다. 대학에 오기 전에 정부기록보존소(국가기록원의 전신)에 근무할 수 있었고, 덕분에 희귀 자료를 볼 수 있어서 박사학위 논문 작성에 큰 도움이 되었다. 얼마 후 대학에 자리를 잡고 인사를 드리러 갔을 때는 매우 기쁘게 맞아 주시며 자랑스러워 하셨다.

정년을 하신 후에도 선생님은 훌륭한 연구 성과와 강좌로 후학들의 귀감이 되셨다. 간혹 찾아뵈면 반갑게 맞아주셨으나, 지방의 작은 대학 총장으로 계실 때 병이 깊어지셨다. 병석에 오랫동안 누워 계실 적에 가끔 찾아뵈었으나, 그저 눈빛으로 안타까움을 주고받았을 뿐이다. 병마에 쓰러진 선생님을 지성으로 간병하신 사모님의 담대한 모습을 잊을 수 없다. 선생님이 소천하신 후에도 봄철에 내가 만든 햇차를 보내드리면 사모님은 반드시 고맙다는 연락을 주셨다. 그러던 어느 날 사모님의 부음 소식을 전해 들었다. 스승과의 직접적 인연의 여정이 끝났다는 생각이 머리를 스쳤다. 그러나 선생님의 맑은 샘물과 같은 가르침은 내 마음 속 깊이 간직하며 살아갈 것이다.

5. 마무리

대학에 재직하는 동안 선생님의 학문적 명성에 누를 끼쳐서는 안된다는 일념으로 연구와 교육에 나름 열심이었다. 한편으로는 매천 황현梅泉 黃玹(1855-1910)이 강조한 지식인의 책무와 교육자로서의 삶을 무겁게 생각하며 살아왔다. 나이가 든 탓일까. 돌이켜 보면 억지주장이나 이른바 '국뽕'이 난분분한 지금보다 한 세대 이전의 세상이 더 상식적이고 합리적이었다는 생각이 든다.

역사가 발전한다고 믿으며 공부하고 가르쳤으나, 이젠 그 말에 자신이 없다. 세상이 험난하고 어지러울수록 선생님의 학문적 지표였던『논어』의 '위기지학爲己之學'에 충실해야 한다는 생각이 간절하다. 대학원 진학의 길을 인도해주신 이기백 선생님은 자찬묘비명에, '민족에 대한 사랑과 진리에 대한 믿음은 둘이 아니라 하나'라고 적으셨다. 두 분의 학문적 지론에 의지하여 연구자로서의 삶을 마무리할 것이다. 두 분 선생님의 영전에 올 봄에 만든 햇차 한 잔 올리고 싶다.

은사님과 나의 자화상

박 환 고려학술문화재단 이사장·수원대학교 교수 퇴임

세월이 흘러가며 나의 모습을 되돌아본다. 그 가운데 내 모습 속에 선생님이 있는 것을 보며 빙그레 웃음 짓는 경우들이 있다. 내가 기억하는 선생님은 매우 부지런하신 분이시다. 이른 아침 노고 언덕으로 등교하다 보면 인문관 선생님 연구실의 불빛이 멀리서 보인다. 연구실에 앉아 학문에 정진하시는 선생님이시다. 나 역시 대학교수 생활 38년 동안 선생님과 같이 일찍 출근하여 연구실에 앉아 있는 일상으로 학교생활을 보냈다. 특히 선생님께 감동을 받은 것은 손수 연구실의 찻잔 등을 조교를 시키지 않고 본인이 직접 씻는 모습이다. 경상북도 청도지역 보수적인 마을 출생인 본인에게는 놀라움 그 자체였다. 이 또한 나의 인생의 큰 교훈이 되었다.

선생님은 나에게 문학의 중요성을 일깨워주셨다. 항상 리포트를 제출하면 야단맞기 일쑤였다. 글이 안된다는 것이다. 특히 서문을 중심으로 난도질이 되어 있었다. 성격이 직설적이서서 별 설명 없이 화를 많이 내셨다. 나 역시 당시 젊은 혈기에 내심 화도 났다. 투덜거리며 신촌에 있는 잉어집 등을 전전하며 술을 마신 기억들이 떠오른다. 그 후 세월이 흐르면서 자료를 엮어 모은 것이 논문이 아님을 절실히 깨달아가고 있

다. 독자들과 잘 소통하는 것, 그것이 바로 논문의 시작과 끝이 아닐까.

선생님이 수업시간 중 문일평에 대한 이야기를 해주신 적이 있다. 문일평은 항상 글을 쓰면 사환에게 자신의 글을 읽혔다고 하셨다. 그만큼 글은 알기 쉽고 간결하게 써야 함을 강조하셨던 것이다. 선생님이 이 말씀은 나에게 큰 귀감이 되었다. 1986년 수원대학교에 부임한 이후 나는 다작(?)의 연구자가 되었다. 그러나 논문을 쓸 때마다 학부생 또는 대학원생 2-3명에게 나의 글을 교정 보아줄 것을 부탁하곤 하였다. 은사님의 귀한 가르침을 계속 실천하였던 것이다. 그럼에도 불구하고 아직도 부족한 나 자신을 보게 된다.

선생님은 당시로는 파격적으로 논문에 사진들을 가끔 실으시곤 하셨다. 70-80년대 논문이나 책에서는 보기 힘든 경우였다. 어떻게 하면 대중과 접하며, 독자들이 편하고 쉽게 이해할 수 있을 것인가에 관심이 집중되어 있었다. 거시적인 주제가 아닌 미시적 주제인 신문, 인물, 책자 등을 통하여 한국 근대사의 다양한 모습을 보여주고자 하셨던 것이다. 선생님의 이러한 학문적 전통은 필자에게도 그대로 이어지고 있다. 격식이나 형식보다는 새로운 자료들을 통하여, 새로운 역사적 사실들을 어떻게 하면 보다 잘 전달할 수 있을 것인가 하는 것이 선생님의 최대 고민이었던 것이다. 이러한 은사님의 학문적 프로정신은 나에게도 내재화되어 있다. 이런 점이 서강대학교 사학과의 전통이라면 나는 서강학파임이 분명하다. 현재 나는 은사님의 학문적 전통을 바탕으로 2000년대 인공지능시대, 새로운 서강학파의 길은 무엇인가에 대하여 고민하고 있다. 그것이 진정 은사님이 제자에게 바라는 것이라고 믿고 있기 때문이다. 별 말씀 없이 제자를 자랑스러워 하시며 웃으시는 선생님의 모습을 기대한다.

선생님은 남에게 베풀고, 인간적으로도 다정다감한 분이셨다, 여러 단상들이 떠오른다. 경제적 형편이 어려운 선배, 후배들을 위하여 장학금을 주셨다는 이야기, 절대로 남에게 폐를 끼치지 않으시는 것으로 유명한 분, 담백하신 분 등등. 선생님에 대한 미담과 성품은 나도 모르게 나에게도 음으로 양으로 내재화된 느낌이다.

1979년인가 사학과에 처음 진입하여 고적답사를 갔다. 이때 77학번 여학생 선배가 노래를 하자, 거금(?)을 하사하셨다. 왠지 모르게 그때 일이 떠오르고 필자 역시 학생들과 고적답사시 그런 행동을 나도 모르게 취한 적들이 있었다. 선생님의 말 한마디 행동 하나도 제자에게 영향을 미치는가 보다. 퇴직 이후 편찮으실 때 일산 댁을 병문한 적이 있는데 그때에 침대에 누우셔서 눈만 깜박이시며, 슬픈 그리고 반가워하시는 선생님의 눈동자를 뵌 것이 마지막 만남이었다.

선생님과의 첫 만남은 1978년 3월 서강대학교 문학대학에 계열별로 입학하여 처음 한국사 수업을 수강할 때였다. 기말고사에 C라고 하는 상대적으로 좋지 않은 성적을 받은 기억이 있다. 이에 선생님을 찾아뵙고 항의(?)를 한 적이 있었다. 사학과에 진학하기 위하여 입학한 대학에서 처음으로 받은 성적은 나에게 큰 충격으로 다가왔던 모양이다. 역사에 재능이 없는가 하는 생각도 들어 2학년 진학시 철학과를 지망하고자 하였다. 당시 김형효 교수의 철학 수업은 상당히 매력적이었다. 선친께서 너의 능력으로 철학은 무리라고 하여 영문과를 지망하려다 결국 아버지께 효도(?)하는 마음으로 사학과를 선택하게 되었다. 대학 재학 동안 이광린 교수의 한국사수업은 내용은 새롭고 풍성하였으나 송구한 표현이지만 강의 방식은 무미건조 그 자체였다. 노트를 갖고 들어오셔서 계속 읽어 내려가셨고, 한자라도 놓칠까 하여 긴장의 연속이었다. 이러한 강의 방식은 옛 선생님들의 전통적인 방식임을 뒤늦게 알게 되었다.

1982년 2월 대학교를 졸업하면서 학문에 뜻이 있어 대학원에 진학하고자 하였다. 그러나 사학과 수석 졸업임에도 불구하고 대학원 시험에 낙방하고 말았다. 참으로 실망스러웠다. 한문 능력이 부족해서 불합격시켰다는 이야기를 전해 들었다. 그 이후 한문 공부에 정진했고, 군 복무를 마친 후 6개월의 여유가 있어 인사를 드리러 연구실로 찾아뵈었다. 그때 선생님께서는 빙그레 웃으시며 어학의 중요성을 말씀하시면서 한문 사료를 공부하는 한국사강독 학부 수업을 청강할 수 있도록 배려해 주셨다. 선생님의 깊은 속정을 느낄 수 있는 순간이었다. 나의 이러한 경험은 수원대학교 대학원 진학 학생에게도 이루어졌다.

대학원에 진학하여 석사논문을 쓸 무렵 선생님은 안식년으로 일본에 가 계셨다. 결국 나의 논문은 새로 부임한 고려시대사 전공인 홍승기 교수의 지도로 사실상 이루어졌다. 그 후 바로 수원대학교 사학과 교수로 임용되었으나 박사과정 시험에서 탈락하여 개인적으로 여러 가지 아픔이 있었다. 1986년 8월 우여곡절 끝에 박사과정에 입학한 후 선생님의 따뜻한 지도를 계속 받을 수 있었다. 특히 선생님께서는 서강에서는 미개척분야였던 시기적으로 일제강점기, 공간적으로 만주지역을 연구할 수 있도록 교과과정 등을 배려해 주셨다. 박사과정에서 들은 한국기독교사는 특히 큰 도움이 되었다. 또한 석·박사학위 논문 심사위원으로도 만주지역 독립운동사 전공자인 윤병석 교수를 기꺼이 초대해주셨다. 심사과정에서의 배려 또한 잊을 수 없다.

1987년 가을 어느 날 결혼을 하게 되었다. 선생님께 주례를 부탁드렸고, 선생님께서는 쾌히 승낙해 주셨다. 그 이후 선생님과 스승과 제자를 넘어 좀더 가족적인 분위기 속에서 대할 수 있는 기회들이 마련되곤 하였다. 사모님의 부드러움과 넉넉함이 우리 부부를 감싸 주셨던 것이다.

한국근현대사의 대표적 학자로서 활동하시던 선생님께서는 말년에 서강대학교 부총장과 중부대학교 총장 등 행정을 통하여 대학발전에도 기여하셨다. 이 부분은 선생님의 열정과 노력에 비하여 제대로 이루어지지 못하였고 오히려 건강을 해치는 계기가 된 것이 아닌가 조심스럽게 생각해보게 된다. 그리고 나 자신, 정년을 맞이하여 새로운 인생을 설계해보는 가운데 선생님을 다시 떠올리게 된다. 선생님께 지나치게 우리 제자들의 입장만 강조하여 부담을 드린 것은 아닐까 하는 송구스러운 마음 또한 떨쳐 버릴 수 없다.

이제 선생님은 나의, 그리고 우리 곁을 떠나셨다. 그러나 언제나 다정하면서도 엄격한 스승으로서 내 마음속에, 나의 행동 속에 남아 있다. 생존 시에 은사님을 너무 어려워하지 말고, 동료 학자로서, 인생 선배로서 좀 더 적극적으로 다가갈 것을 그리고 인생의 동반자로서 많은 대화를 나눌 것을 하는 아쉬움이 계속 남아 있다. 나의 부족함을 다시 한번 더 생각하게 된다.

한국기독교사 연구의 물꼬를 터주신 선생님

한규무 광주대학교 교수

1.

학부 시절, 선생님께 받은 인상은 '깐깐하시다'였다. 연구실과 강의실이 같은 X관 3층인데 왜 수업시간 5분 전에 강의실에 들어오셔서 앞에서 시계를 보시며 왔다갔다 하시는지 이해할 수 없었다. 부총장 시절, 밖에서는 시위구호가 퍼지고 최루탄이 터지는데 강의실마다 돌아다니시며 교수님께 "수업 꼭 하세요"라고 신신당부하시던 모습에서 그 같은 인상을 더욱 짙게 받았다.

1996년 8월 박사학위를 받고, 1997년 3월 요행히 광주대학교에 부임했다. 그리고 어느 순간 깨달았다. 내가 선생님을 닮아가고 있다는 것을. 강의실에는 언제가 수업시간 5분 전에 들어왔고, 학교에서 정식으로 공지하지 않으면 어떤 이유에서도 휴강하지 않았다. 지금이야 다른 지역과 다를 바가 없지만, 그래도 2000년을 전후해서 '민주화의 성지' 광주에서는 학기 중에도 이런저런 행사가 빈번했다. 출석을 인정해주지 않는다고 학생들에게 비난도 제법 받았다. 교무처장으로 있는 동안은 학생행사에 관대한 학생처측과 종종 마찰을 빚기도 했다. 선생님 '덕분'이다.

2.

1990년 1학기로 기억된다. 대학원 석사과정에 들어와서 첫 번째 선생님 수업을 들을 때였다. '안정복'이 주제였다. 아다시피 선생님 수업 때 발표는 새로운 내용이어야 했고, 내게는 너무도 벅찬 작업이었다. 앞서의 발표자들 중 선생님의 "그만!"이란 외침을 듣고 5분을 넘기지 못한 사람도 여럿이었다. 내 차례가 다가오면서 두려움이 더해졌다. 준비한 주제는 '안정복의 대간론臺諫論'이었다.

그런데 하필이면 내 바로 앞에서 '안정복의 부민론富民論'이라는 주제로 발표한 동기가 선생님께 칭찬을 받았다. 이제 비교되면서 질책을 받을 일만 남았기에 아주 잠시 고민하다가 무리수를 두고 말았다. "앞서의 좋은 발표가 있었는데 뒤이어 제가 부족한 발표를 하게 되어서 죄송합니다. 아무래도 발표가 끝까지 갈 것같지 않아 결론부터 말씀드리겠습니다." 대략 이런 내용이었다. 제정신이 아니었다. 수업을 듣던 선배와 동기들도 당혹해했고, 이내 분위기는 싸늘해졌다. 그렇지 않아도 무서운 선생님 수업시간에.

모두들 본능적으로 선생님의 반응이 궁금해졌다. 정말 뜻밖이었다. 조용히 미소짓는 정도가 아니라 유쾌하게 웃으시는 것이었다. 혼미해진 정신을 가다듬으며 나는 정말 결론만 읽고 발표를 끝냈다. 선생님께서는 몇 가지 코멘트를 해주셨지만 내 귀에는 들리지 않았다. 이건창의 『당의통략黨議通略』을 참고하라는 말씀 정도만 기억난다. 그 날 수업 마치고 뒷풀이 자리에서 어느 선배에게 호된 질책을 받았고, 모두에게 머리를 조아리며 사과했다.

크나큰 무례를 너그러이 넘겨주신 선생님이 이후 더욱 어렵게 느껴졌다. 그리고 적어도 대학원 수업 발표에서만큼은 '경거망동'하지 않으려고 나름 노력했다. 본시 입이 솜털처럼 가벼운 내게는 의미있는 변화였다.

3.

석사과정 3학기를 마치고 휴학했다. 폐결핵이 상당히 진행되었기 때문이다. 치료를 마치고 복학한 학기 선생님 수업, 늘 그랬듯이 발표주제를 써내고 선생님의 가부(可否) 판정을 받게 되었다. 1차 주제는 보기 좋게 탈락했다. 다음 주 바꾼 2차 주제도 탈락, 수강생 중 내가 유일했다. 그 다음 주 바꾼 3차 주제 역시 탈락. 선배들에게 확인해보니 유례 없는 신기록이란다. 그리고 몇 일 후 선생님 연구실에서 4차 주제 탈락. 그때 선생님께서 호되게 질책하셨다.

"자네 휴학하는 동안 맹탕 놀았구만!!"

너무도 부끄럽고 죄송해서 눈물이 핑 돌았다.

그러다가 어렵게 잡은 주제가 '구한말 엡윗청년회의 결성과 활동'이었다. 5차 주제 탈락을 예감하며 연구실로 찾아뵈었고, 뜻밖에도 승낙을 받았다. 선생님도 포기하신 것 같았다. '사전오기四顚五起'는 홍수환 선수만의 것이 아니었다. 단언컨대 대학원 재학 기간 중 가장 기쁜 순간이었다. 연세대학교 도서관에서 결정적인 자료를 찾았을 때는 전율마저 느꼈다.

어렵게 잡은 발표 기회. 선생님의 칭찬을 들었다. 당혹스러웠고, 아직 서른도 넘지 않은 나이인데 "살다 보니 별일이 다 있네"라는 생각이 들었다. 칭찬 내용 중 하나는 "자료를 많이 봤구만"이었다. 실제로 자료를 찾기 위해 그렇게 여기저기를 찾아다닌 적은 지금까지도 없다. 그 과정에서 은평구 연신내의 한국기독교사연구회에 나가게 되었고, 한국기독교사 연구자들과 교분을 맺게 되었다.

그때까지도 세부전공을 잡지 못한 상태에서 발표 주제를 보완해서 석사학위논문 「구한말 상동청년회의 설립과 활동」을 작성했다. 초고를 선생님께 제출하고 조교실에서 기다렸다. 잠시 후 연구실로 부르시더니 내게는 여전히 익숙치 않은 칭찬을 해주셨다.

"한국독립운동사의 뿌리가 드러나는구만!"

과찬인줄 알면서도 심사는 통과하겠구나 하는 안도감이 들었고, 1989년 8월 석사학위를 취득했다. '사전오기' 덕분이었다.

4.

1990년 3월 박사과정에 입학하고 어느날 선생님께서 연구실로 부르셨다.

"자네 한국기독교 농촌운동으로 박사논문을 쓰면 어떻겠나?"

그렇지 않아도 박사논문 주제를 걱정하고 있던 터였다. '불감청고소원不敢請固所願'이었다. 내심 한국기독교사를 전공하겠다고 생각은 했으나, 당시 한국사학계에서 '기독교' 관련 주제는 거의 금기 대상이었다.

오죽하면 한국독립운동사 관련인 내 석사논문도 어느 학술지 논문심사에서 기독교 관련 학술지에 투고하라고 답변할 정도였다(후일에 알고보니 당시 심사자는 교회 장로님이셨다). 그때 선생님께서 불같이 화를 내셨고, 결국 논문은 게재되었다. 선생님께서 학회측에 따로 항의하셨던 것으로 짐작된다.

학계의 분위기가 이러한데 일반대학원에서 기독교 관련 주제로 박사논문을 쓴다는 것은 파격이었다. 실제로 그 이전 일반대학원 한국근대사 논문 제목에 '기독교'가 들어간 사례는 없었다. 선생님 덕분에 나는 한국기독교사를 전공할 수 있게 되었다. 자신이 신앙인은 아니셨지만 평안도의 엄격한 기독교 가정에서 자라나셨기에, 그리고 근대사를 연구하시면서 필요성을 느끼셨기에 그같이 권유하셨던 것같다.

거의 '횡재'한 기분으로 한국기독교사를 공부하기 시작했고, 한국기독교사연구회의 간사로 잠시 근무하다가 그 후신으로 1990년 발족된 한국기독교역사연구소의 상임연구원으로 근무했다. 박사논문을 쓰기에는 더없이 좋은 환경이었지만 속도를 내지 못하고 1996년 1학기에야 논문 초고를 작성하고 심사를 받게 되었다.

선생님께서는 명예교수이신지라 지도교수는 다른 교수님께서 맡아주셨지만 실제적 지도교수는 선생님이셨다. 그리고 내가 선생님께 논문지도를 받은 마지막 제자가 되었다. 같은 학기에 서종태 선배와 박찬식 선배가 심사를 받았지만 순서는 내가 가장 늦었다. 그래서인지 내심 '이광린 선생님의 마지막 제자'라고 자부하기도 한다.

5.

　돌이켜 보면, 결과적으로 '사전오기'의 시련이 내가 한국기독교사를 전공하는 계기가 되었으며, 선생님의 권유와 독려 덕분에 꾸준히 이 분야를 공부할 수 있었다. 비록 미적지근한 기독교인이지만, 이 모든 과정이 하나님의 섭리라고 고백하게 된다.

　광주대학교에 부임한 후 언제인가 『출판저널』이라는 잡지 표지에 책을 들고서 미소를 짓고 계신 선생님의 사진이 전면으로 실렸다. 이 사진을 연구실 책상 옆 책장에 붙여두었다. 선생님이 늘 곁에서 지켜보고 계시다는 마음으로 연구하자는 뜻에서였다. 하지만 한 주쯤 지나 떼어버렸다. 정말로 곁에서 지켜보고 계시는 것 같아서였다. 연구실에서 이런저런 딴짓을 할 때마다 불편했다.

　학생들에게 강의하면서 가끔 선생님과 관련된 일화를 들려주곤 한다. 학생시위로 최루탄 냄새가 가득한 강의실에서 손수건으로 입과 코를 막고 대학원 수업을 진행하시던 모습, 대학원 레포트 제출 마감시간이 되지마나 연구실 문을 닫고 퇴근하시던 모습, X관 3층 연구실에서 쓰레기통을 들고 나오시길래 대신 버려드리려 하자 "내 쓰레기통을 왜 자네가 비우나!"며 호통치시던 모습 등등 깐깐하셨던, 그러면서도 매사에 뒤끝 없이 깔끔하셨던 선생님의 모습이 가끔씩 떠올라서다.

　대학원 수업시간 발표주제 때문에 번민하다가 X관 3층 복도에서 선생님을 마주쳤다. 죄인된 심정으로 고개 숙여 인사드렸더니, "아~ 잘 지내나?"하고 다정스레 인사를 건네주셨다. '총기聰氣'의 대명사인 선생님께서 주제 선정에 죽을 쓰고 있는 '맹탕'인 나를 모르셨을 리 없다. 하지만 선생님께는 서로 별개의 문제였나보다. 어찌 그리도 뒤끝 없이 깔끔하실 수 있었을까.

6.

    선생님의 제자이기에 누리는 '프리미엄'도 없지 않았다. 한국근대사 연구에서 독보적 존재인 선생님의 후광 덕분이다. 하지만 이는 양날의 칼과 같다. "역시 아무개 제자라서 다르구나"일 수도 있고 "아무개 제자가 겨우 이 정도야"일 수도 있다. 실제로 어느 학술회의에서 후자後者의 질책을 받기도 했다. 선생님의 '명예'는 제자들에게는 '멍에'이기도 하다.

    어영부영 정년퇴직을 2년 정도 남겨놓게 되었다. 되돌아보면 선생님의 따끔한 질책 덕분에 '맹탕' 놀면서 지내지는 않은 것같다. 논문의 주제를 잡을 때면 "대학원 수업이었다면 선생님께서 이 주제를 허락하셨을까", 논문이 학술지에 실리면 "만약 선생님께서 이 논문을 보셨다면 뭐라고 말씀하셨을까"라고 생각하기도 했다. 이제는 고전이 된 선생님의 저술을 가끔 뒤적이다 보면, 대체 DB도 갖춰지지 않았던 시절에 어떻게 이토록 꼼꼼한 연구를 하셨을까 새삼 놀라기도 한다.

    선생님을 만났기에 나는 한국기독교사를 전공할 수 있었다. 선생님께서 내 연구의 물꼬를 터주신 셈이다. 선생님의 '깐깐함'과 '깔끔함'을 그대로 닮을 수는 없겠지만 흉내는 내보려 한다. 누가 쓰든 스승을 추념하는 글은 미화와 찬사로 가득차기 마련이다. 남들이 쓴 그런 글을 보면 가식이려니 치부했는데, 지금 내가 그런 글을 쓰고 있다. 그런데 정말 '가식'이 아니다. 쉽게 만나기 힘든, 평생의 사표師表가 될 만한 스승을 나는 만났다. 이광린 선생님이시다.

고 이광린 선생님을 기억하며

조범환 서강대학교 교수

이광린 선생님을 처음 뵌 것은 1982년 대학교 1학년 때였다. 현재 로스쿨 건물 앞에서 시위가 한창일 때 선생님께서 오셔서 학생들에게 자제를 부탁하셨다. 일부 학생들은 당시 부총장이셨던 선생님께서 그런 말씀을 하시는 것에 대해서 심한 말을 했고, 나도 선생님께서 현장에까지 나오셔서 그런 말씀을 하실 필요가 있을까 하는 생각을 하였다. 그렇지만 후일 알고 보니 선생님께서는 일제시대에 감옥에서 고초를 겪으셨던 경험으로 말미암아 학생들을 걱정하신 것이었다. 학생들이 격렬하게 시위하다 붙들려 가고 심지어 감옥까지 가는 것에 대하여 안타까운 마음을 드러내신 것이었다.

이후 나는 1학년 말에 부전공으로 사학을 선택하였고, 3학년 2학기 무렵에는 사학과 대학원에 가야겠다고 결심한 이후 선생님 과목도 수강하였다. 특히 4학년 2학기에 선생님의 '한국사 강독3'을 수강하였다. 대학원 입학 시험에 한문이 출제된다는 것을 알고 있었기 때문에 합격을 위해서는 그 과목의 수강이 필수적이었다. 그런데 한자도 제대로 모르는 상태에서 한문 강독 수업이 쉬울 리가 없었다. 그 당시 수업 시간에 읽었던 원전은 주로 조선 후기 실학 관련 사료였다. 열심히 공부하였으나 결과는 그다지 좋지 않았다.

1986년 사학과 대학원 석사과정에 합격 후 선생님의 '이조양반사회연구'를 수강하였다. 그 때 대학원 수업에서 있었던 일은 아직도 잊혀지지 않고 생생하게 기억에 남아 있다. 나와 같이 대학원 석사과정에 입학한 동기로는 김혜정, 전미희, 한규무 선생 등이다. 수업에서 첫 몇 주 동안은 선생님께서 정해주신 자료를 정리하여 발표하는 것이었고, 두 번째는 본 발표로 새로운 주제를 정한 다음 내용을 정리하여 발표하는 것이었다. 이 과정에서 김혜정 선생이 학번이 빨랐기에 제일 먼저 발표하였고, 이어서 전미희 선생도 준비한 발표를 하였다. 그런데 두 사람 모두 발표 5분 만에 끝이 났다. 선생님께서는 수업 시간에 약간 돌아 앉으셔서 발표를 들으시다가 "그래서 결론이 뭐냐?"라고 하셨다. 그래서 이렇다고 말씀드리면 다음 발표자를 찾으셨다. 결국 내 차례가 되었고 결과는 마찬가지로 5분 만에 끝이 났다. 그 때 내가 발표한 것은 조선 후기 향리문제였다. 안정복의 향리관에 대한 것이었는데 기존의 연구와 크게 다를 바가 없었기 때문이었다. 다음으로 한규무 선생 차례였는데, 그는 발표를 시작하기 전에 선생님께 절대 중간에 끊지 말고 끝까지 들어 달라고 읍소를 하였다. 선생님께서 웃으시면서 발표를 다 들어주셨던 기억이 난다.

그렇게 수업이 끝난 후 내가 과연 대학원 공부를 계속할 수 있을까 하는 생각을 하게 되었고, 이후 석사과정 내내 선생님 수업에서 준비한 발표문을 끝까지 읽은 적이 없었던 것으로 기억한다. 1987년 1학기에 선생님으로부터 수강한 '일제하의 한국사회연구'에서도 5분을 넘기지 못하였다. 그 때 발표한 내용은 조선 총독부에서 낙인찍은 불온 도서에 관한 것이었다. 나름 상당히 준비를 하였음에도 불구하고 또 5분만에 끝이 났다. 같은 해 2학기의 '실학사상연구'에서도 짧은 발표로 끝이 났던 것 같다.

이렇게 학기가 끝난 후 선생님으로부터 레포트를 돌려받았던 일이 또 기억에 남아 있다. 학기말 레포트를 제출하는 날 선생님께서는 조교실에서 잠시 기다리라고 하셨다. 그리고 제출한 레포트를 빨리 읽으신 다음 연구실로 불러서 레포트 내용과 글 쓰는 것에 대해서 말씀해 주셨다. 지금 기억에 남는 것은 글을 제대로 쓰지 못한다는 것이었다. 그렇게 야단을 맞으면 하늘이 노랗게 보이고 더 잘 할 수 있을까 하는 생각마저 들었다. 레포트 제출과 동시에 선생님으로부터 그것을 돌려 받았기에 조교실에 있으면 여러 원생들이 어떤 야단을 맞는지 확실하게 알 수 있었다. 문을 약간 열어둔 상태에서 야단을 치셨기 때문에 조교실에서 다 들을 수 있었던 것이다.

그런데 세 번째 학기가 시작되고 얼마 지나지 않아 선생님께서 갑자기 부르셨다. 연구실로 찾아가 뵈었더니 어느 시대를 공부하겠냐고 물으셨다. 사학과 학부 출신 학생들의 경우에는 나름대로 전공을 결심하고 대학원에 입학하였을 터지만, 나는 그렇지 못하였기 때문에 부르신 것으로 생각된다. 고대사를 전공하겠다고 선생님께 말씀드렸더니 알았다고 하시면서 나가보라고 하셨다. 내가 그렇게 자신 있게 고대사를 공부하겠다고 말씀드렸던 것은 1986년 2학기에 이종욱 선생님이 개설한 '한국금석문연구' 수업에서 발표하였을 때 어느 정도 칭찬(?)을 들었기 때문이었다.

나는 대학원에 들어와서 2학기부터 사학과 조교를 하게 되었고, 3학기에는 조교장을 맡게 되었다. 조교를 하면서 이광린 선생님과 관련된 일 중에서 기억에 남는 것은 연대 앞에 있는 신촌 우체국에서 종종 우편물을 수령해 오는 일이었다. 당시 선생님께서는 토큰 두 개를 주시면서 다녀오라고 하였다. 그것을 받아들고 학교 앞에서 버스를 타고 가서 우편물을 찾은 다음 다시 학교로 돌아오는 일이었다. 선생님으로부터 토큰을 받아 우편물을 찾으로 간다고 조교실 문을 나서자 선배 조교들이 '짠돌이 선생님'이라고 하면서 웃었다. 그 때 다른 교수님들은 심부름 비용으로 차비를 포함하여 몇 천원 정도를 주셨기 때문에 비교가 된 것이다.

이후 1988년 2학기 군 복무 중에 석사학위 논문 심사를 받았는데, 선생님께서 여러 가지 지적을 해 주셨다. 그리고 이 논문을 쓴 이후 다음 논문으로 무엇을 쓸 수 있는지도 물어보셨다. 그 때 정확하게 어떤 것을 쓰겠다고 대답을 드리지는 못하였던 것 같다.

군 생활을 마치고 1990년 박사과정에 입학하였다. 대학원 박사과정 입학시험을 치렀을 때 1985년 2학기 이광린 선생님 강독에서 공부했던 사료 중 일부가 출제되었다. 주어진 사료를 너무 쉽게 해석하였던 기억이 나는데 그 때 선생님의 수업을 듣지 않았더라면 대학원 박사과정 입학시험을 무사히 통과할 수 있었을까 하는 생각을 하게 된다. 왜냐하면 박사과정 입학 시험을 치를 때 전역을 얼마 앞둔 군인 신분이었기 때문에 한문 공부를 제대로 하지 못하였던 것이다.

박사 과정 입학 후 1991년 1학기에 다시 선생님의 수업을 들었다. 이미 선생님께서는 1989년 2월에 정년을 맞이하셨지만 1992년까지 대학원 수업을 담당하셨다. 나는 박사 과정에서 선생님 수업을 세 번 수강하였는데, 수강했던 과목이 1991년 1학기의 '개화사상연구', 1992년 1학기의 '한국근대화과정연구', 2학기의 '한미관계사연구'였다. 개설된 과목의 주제와 관계없이 학생들의 발표는 조선시대 및 근현대와 관련된 것이라면 허락되었다. 이 때 수업에서는 과거 석사 과정 때처럼 혼이 나지는 않았다. 아무래도 선생님께서 유연해지셨기 때문이기도 하였고, 수업 발표에서는 새로운 자료를 발굴하여 소개하였기 때문에 끝까지 들어주셨던 것으로 기억한다.

선생님께서는 정년 퇴임을 하시면서 연구실 책의 일부를 댁으로 옮기셨다. 그 때의 집은 홍대 부근에 있었는데 여러 선배 및 동료들과 함께 책을 나른 것으로 기억한다. 짐을 다 나른 후에는 선생님댁에서 맛있는 저녁을 마련해 주셨고 심지어 술도 주셨다. 그 때 선생님댁에서 마신 술은 지금도 잊혀지지 않는다. 여러 가지 재미있는 말씀도 해 주셨는데 수업 시간의 선생님과는 전혀 다른 모습이었다. 한 분의 편안한 동네 할아버지와 같은 모습이었다. 책을 날랐을 때 선생님댁에는 손자도 와 있었던 것으로 기억이 난다.

선생님과 관련하여 몇 가지 잊을 수 없는 일이 또 있다. 우선 선생님이 부친상을 당하였을 때 선배들과 함께 상가엘 갔더니 왜 공부하지 않고 왔냐며 야단을 하셨다. 그래서 조문만 하고 얼른 나온 적이 있었다. 본인의 학문 생활이 매우 엄격하셨음을 알게 되었다. 다음으로 석사과정 시절 교정에서는 하루도 최루탄 냄새가 사라지지 않았다. 어느 날 대학원 수업을 하고 있는데 교내에서 시위가 있었고 전경들이 최루탄을 발사해 강의실에서 수업하기 힘들었다. 수건으로 코를 막고 버텼는데 선생님께서는 아무렇지도 않게 묵묵하게 수업을 진행하셨다. 속으로 빨리 끝냈으면 하는 바람을 가졌지만 선생님께서는 세 시간 수업을 진행하셨다. 학문하는 사람의 자세를 다시금 배우는 자리이기도 하였다. 그리고 석사 과정 3학기 때로 기억하는데, 선생님의 지도를 받는 박사 과정 수료생들이 한꺼번에 와서 간단한 프로포잘을 진행하였다. 그러니까 박사 논문을 무엇을 가지고 쓰고 현재 어디까지 진행되었는지에 관해 석박사 과정들 앞에서 발표하게 된 것이다. 그 분들 모두 현직 교수들이었기에 발표가 매우 궁금하기도 하였다. 그 과정에서 어떤 분의 발표에 대해서는 칭찬을 하셨고, 어떤 분에 대해서는 일본에 가서 자료는 찾지 않고 바둑만 두고 왔다고 하시면서 약간의 핀잔을 주기도 하셨다. 빨리 학위 논문을 준비하라는 취지로 말씀하신 것으로 생각되었다. 지금 생각해 보면 그런 자리를 마련하신 선생님의 의도를 어느 정도 알 수 있을 것 같다. 학위 준비 과정생들에게 좀 더 빨리 논문을 쓸 수 있도록 하기 위해서 일부러 석박사 과정생들 앞에서 발표하게 하신 것으로 짐작된다.

석사과정에 다닐 때 연초에 학과 교수님을 모시고 학교 C관 식당을 빌려 신년 인사를 드렸다. 그런데 그것이 제대로 운영되지 않아 정확한 연도는 생각나지 않지만 선생님댁을 직접 방문하는 것으로 하였다. 모든 교수님댁을 방문하는 것은 아니었고 몇몇 분 특히 나이 드신 교수님댁을 방문하는 것이었다. 나는 이광린 선생님댁에는 빼놓지 않고 다녔다. 매년 정초에 여러 선배들과 함께 선생님을 찾아 뵙고 인사를 올렸다. 일산에 계시는 선생님께 인사를 드리기 위해 특정한 날 아침에 정발 초등학교 근처에 모여 선후배들과 함께 선생님댁으로 갔다. 선생님께서 여러 가지 재미있는 말씀을 해 주셨다. 2006년 돌아가시던 해에도 찾아 뵈었던 것으로 기억한다. 선생님께서는 파킨슨병으로 돌아가시기 얼마 전부터는 병이 심해 말씀을 제대로 하지 못하셨고 몸을 움직이는 것도 어려운 상태가 되었다. 마지막 해에는 인사를 드리고 나올 때 선후배가 차례로 선생님 손을 잡았는데 나도 그렇게 하였다. 그런데 선생님의 손이 제대로 펴지지 않아 내가 손을 뺄 수밖에 없었다. 그것을 생각하면 지금도 죄송하고 가슴이 아린다.

이제 2025년 2월이면 선생님 탄신 100주년을 맞이한다. 정하상관에서 현재 법학관으로 쓰이는 건물을 바라보면서 선생님의 모습을 다시 떠올려 본다.

이광린 선생님께 드리는 편지

김인규 전 국립고궁박물관장

하늘에 계신 선생님에게 늦었지만 편지를 드립니다. 누구나 지난 일을 돌아보면 후회와 아쉬움이 남는데, 저도 선생님의 가르침을 제대로 이해하지 못하였고 바쁘다는 핑계로 선생님 생전에 찾아뵙지 못한 것이 늘 후회로 남습니다. 선생님의 정년으로 제가 비록 선생님에게 학위를 받지 못하였지만, 선생님의 탄신 100주년을 맞이하여 선생님과 얽힌 기억 몇 가지를 남기는 것이 도리라고 생각하여 부끄러움을 무릅쓰고 쓰고자 합니다.

선생님과의 첫 만남은 1982년에 제가 서강대학교 사학과에 입학하여 과 오리엔테이션 자리에서였던 것 같습니다. 그러나 선생님이 저의 기억에 각인된 것은 1982년 가을에 당일로 갔다 오는 답사 때였습니다. 1학기 때는 이보형 선생님 인솔 아래 전라남도에 2박 3일로 답사하였으며, 가을에는 이광린 선생님이 인솔 교수로 강화도에 갔습니다. 당시 이광린 선생님은 부총장직을 맡고 계셔서 일일 답사에만 참석하셨던 것으로 기억합니다. 봄에 답사를 갔다 왔지만 1학년 학생이 답사가 무엇인지 알겠습니까. 그저 선배와 동료들과 어울려 친목을 도모하는 자리로 알고 있었습니다. 당시 답사는 학교에서 버스가 출발하자마자 뒷자리에

있는 선배들이 멀미약이라고 술잔을 돌릴 뿐만 아니라 답사 중에 술을
많이 먹었습니다. 답사를 가게 되면 반드시 답사 장소와 관련한 내용을
프린터물로 만들어서 답사 장소에 가서 누군가는 발표를 하게 되어 있
었습니다. 강화도 답사에서도 예외는 아니었는데 아마도 광성보 앞의
주차장에서 신미양요의 배경으로 대원군의 쇄국정책을 발표하여야 하였
습니다. 그런데 발표를 맡았던 선배가 광성보로 가는 버스 안에서 갑자
기 제에게 발표를 하라는 것이었습니다. 선배의 엄중한 명령이라서 거
절도 못하고 저는 선생님 앞에서 벅벅거리면서 발표하였습니다. 그런데
발표 중간에 선생님이 발표를 중단시키시고 직접 설명을 하셨습니다.
사실 발표 내용이 누구나 아는 뻔한 내용일뿐더러 더욱이 발표 준비가
안 되었으니 오죽했으면 선생님이 중단을 시키시겠느냐는 생각이 들었
습니다. 그 때 선생님이 추가로 무엇을 말씀하셨는지 지금은 하나도 기
억하지 못하지만 선생님에 대한 원망보다는 앞으로는 답사 준비를 잘
해야겠다는 생각이 들었던 것으로 기억합니다.

그 뒤에도 학부 시절에 답사는 거의 빠지지 않고 갔지만 유독 강화도
답사에서 이광린 선생님이 말씀하셨던 것만 지금까지 기억이 나니 참으
로 신기합니다. 기억에 남는 첫 번째는 이광린 선생님이 하타다 다까시
와 강화도를 답사하셨을 때의 일화를 소개하신 것입니다. 선생님에 의
하면 하타다가 강화도를 둘러보고 난 후에 이런 소감을 이야기했다고
합니다. 강화도를 돌아보니 강화도가 자신의 생각보다 넓은 지역이며
이것이 고려 정부가 몽골 침입 때 이곳에서 30여 년을 버틸 수 있었던
배경이 되었다는 것입니다. 이런 선생님의 말씀을 듣고 저는 답사를 하
는 이유가 글로는 알 수 없는 현장감을 얻기 위한 것이라는 사실을 알게
되었습니다. 그 뒤에 저는 앞에서 말씀드렸듯이 답사는 빠짐없이 참석
한 것으로 기억합니다.

두 번째의 기억은 선생님이 강화도 광성보에서 유유히 흐르는 염하를 보시면서 신미양요의 포격전에 관한 설명을 하신 장면입니다. 1871년 신미양요 때 방어하고 있던 우리 군대가 갖고 있던 대포의 발사 속도와 정확도가 미군과는 전혀 비교가 되지 않을 정도로 너무도 형편이 없었음을 설명하셨습니다. 광성보 전투의 패배 원인이 바로 이처럼 서양에 뒤처진 기술의 차이임을 자세하게 설명하셨습니다.

이러한 강화도 답사에 대한 기억이 계속 남을 정도로 강화도에 대한 인상이 강렬했던 탓에 저는 강화도에서 공직을 끝내려고 국립강화도연구소장을 자원하였습니다. 당시 대전을 기준으로 강화도는 먼 곳이어서 직원들이 강화도 근무를 그다지 선호하지 않았습니다. 주변에서 만류하는 직원도 있었으나 즐거운 마음으로 강화도에서 근무하였습니다. 강화도에서는 광복 이후 활발하게 생산하였던 직물산업에 대한 자료를 수집하여 글을 써보려고 하였으나 8개월이라는 짧은 근무기간과 저의 게으름으로 성과를 내지는 못하였습니다. 제가 강화도에서 근무하였고 지금도 좋은 추억으로 남아 있는 것은 아마도 선생님의 영향이 아닐까 지금도 그렇게 믿고 있습니다.

제가 학부 시절에 선생님의 수업은 단 1개의 과목을 들었습니다. 아마도 당시 선생님께서는 학교의 보직과 동경대학교 초청으로 일본에 6개월간 가 계신 까닭에 학부 강의를 많이 하시지는 않으셨던 듯합니다. 제가 학부 때 들었던 선생님의 강의는 '사적해제史籍解題'라는 과목이었습니다. 사실 저는 이 수업을 듣기 전까지 어떤 내용의 강의인지 잘 몰랐습니다. 나중에 수업을 들어보니 조선시대부터 근대기까지 각 분야의 책을 소개하는 것인데, 무엇보다도 선생님이 소개하시는 책의 수량이 엄청났습니다. 당시에 저는 그 책들이 어떤 의미가 있는지 생각하지 못하고 무조건 외워야 되는 것으로 인식하여 진땀을 흘리면서 외었던 것으로 기억합니다. 다만 그때 막연하게나마 조선시대에도 유학과 관련된 책 이외에 실용 서적을 포함하여 전혀 들어보지 못한 책들이 많았음을 알았습니다. 지금은 책에 대한 정보를 인터넷을 통하여 쉽게 얻을 수 있지만 당시에는 국립중앙도서관에서 발간하는 해제집 정도의 정보밖에 없던 시절이어서 선생님은 저 정보를 어떻게 아셨을까하는 궁금증이 있었습니다. 나중에서야 선생님은 일찍부터 자료 수집을 위하여 각종 책을 널리 조사하셨으며 더욱이 서적 자체에도 관심이 많으셔서 우리나라의 대표적인 서지학회인 한국서지학회의 창립에도 관여하셨음을 알았습니다. 아무튼 이 수업으로 저는 나중에 매에 관한 서적인 『응골방』이나 말에 관한 서적인 『마경언해』등의 실용서적에 관심을 가졌는데, 후일 관련하여 매사냥에 대한 논문을 쓰기도 하였습니다.

선생님은 젊은 시절부터 관찬사료인 『조선왕조실록』뿐만 아니라 개인문집, 사찰자료, 심지어는 일제강점기 자료까지 두루 섭렵하여 논문을 쓰셨습니다. 지금은 앉은 자리에서 온라인으로 자료 검색을 편리하게 할 수 있지만 선생님이 연구하시던 시절에는 직접 발로 뛰어도 자료를 구해 보기가 쉽지 않은 시절이어서 저는 그저 놀라울 따름입니다.

그런데 선생님의 책에 대한 관심은 단지 사료로 이용하기 위해서만은 아니었습니다. 서지적인 면에서 책을 살피시기도 하고 책에 담긴 내용이 당시 사회에 미친 영향에도 관심을 가지셨습니다. 이것은 상당수의 역사학자가 책을 사료로만 이용하는 것과는 다릅니다. 한편 서지적인 면만이 강조되어 책의 내용이나 당대 사회에서 갖는 의미보다는 희소성 측면에서만 국가유산으로 지정하는 것과도 다르다고 할 수 있습니다.

저는 조선시대의 장인을 공부하고 있어 선생님이 쓰신 「李朝 初期의 製紙業」(『역사학보』 10, 1958)과 「李朝 後半期의 寺刹製紙業」(『역사학보』 17·18, 1962)논문을 본 적이 있습니다. 처음에 이 논문을 읽었을 때는

미처 생각하지 못했지만, 저는 이 두 논문이 선생님의 사회적인 문제의
식과 후에 개화기로 연구대상을 바꾼 상황을 잘 보여주는 글이라고 생
각합니다. 당시 우리나라의 경제가 어려운 상황에서 선생님께서는 구체
적으로 말씀하시지는 않았지만 경제와 기술 발전의 문제에 많은 관심이
있으셨던 듯합니다. 그런 까닭에 선생님은 첫 번째 조선시대 경제사 연
구로 제지업을 택하신 것이라고 생각합니다. 선생님 말씀하셨듯이 제지
업을 적극적으로 구명해야만 조선시대 산업을 제대로 이해할 수 있고
이것은 결국 선생님 시대의 산업을 이해할 수 있는 실마리를 제공할 수
있다고 생각하신 듯합니다. 전통 제지업은 일제강점기 때부터 1960년대
까지 농촌의 부업으로 장려되었는데, 이것도 선생님이 제지업에 관심을
갖는 하나의 배경이 되었을 것으로 짐작합니다. 또한 제지업과 마찬가
지로 양잠업도 조선시대부터 계속 이어져 내려온 산업이라는 인식으로
이 분야를 연구하시지 않았을까 하는 추측을 해 봅니다.

　아울러 선생님은 조선시대의 경제사 연구에서 기술 문제를 강조하셨
습니다. 제지업에서는 조선 초기에 조지 기술을 개량하기 위하여 외국
기술을 배웠던 것과 수리 기술의 경우 외국에서 새로운 기술을 도입하
려고 했던 점을 긍정적으로 보셨습니다. 아마도 국가가 발전하려면 기
술의 발전이 중요한데 이를 위하여 외국의 선진 기술을 적극적으로 배
워야 한다는 것을 은연중에 주장하시려고 하시지 않았나 하는 생각이
듭니다.

　수리사水利史를 포함하여 사찰제지업에서 조선 후기 때 지배세력의
수탈로 인하여 산업의 발달이 이루어지지 않았다고 선생님이 글에서 언
급하신 것은 조선 후기의 정체에 대한 아쉬움이 에둘러 표현하신 것으
로 보여집니다. 저는 이러한 조선시대의 상황이 선생님의 연구시기를
개화기로 바꾸도록 한 것이 아닐까 하는 짐작을 해 봅니다. 혼란한 시기

였던 당시의 현실이 '변화'를 갈망하는 선생님의 열망으로 우리나라 역
사상 급변했던 시기인 개화기로 관심을 바꾸도록 하였을 것입니다.

돌아보면 그 때는 왜 그런 생각을 못하였을까 하는 생각이 드는 것이
있습니다. 학위 과정 때는 수업 준비에 바빠서 허덕이었으며 선생님이
어려워서 개인적으로 궁금하였으나 여쭈어보지 못한 것이 지금도 후회
가 됩니다. 선생님이 돌아가신 이후에 선생님은 왜 개화기를 연구하셨
으며 그것을 통하여 무엇을 배우셨습니까라는 질문을 꼭 드리고 싶었습
니다. 그리고 더 나아가 지금처럼 혼란한 시기에 우리 사회는 어떤 길을
가야 할까요라는 질문도 드리고 싶습니다. 선생님께서는 개화기를 연구
하신 이유로 1960년대 혼란한 사회 상황을 역사 연구로 타개해 보고자
하셨기 때문이라고 말씀하였는데, 그렇다면 개화파 연구를 통하여 우리
는 어떤 교훈을 얻었을까요.

선생님께서는 유길준의 『서유견문』에 나온 '골개화'(진정한 개화)를
강조하셨습니다. 선생님에 의하면 아마도 진정한 개화란 적극적으로 변
화하되 변화를 추구하는 세력이 외부에 의지하지 않고 자기의 중심을
갖고 변화를 주도하는 것이 진정한 개화가 아닐까 생각됩니다. 이렇게
하는 것이 이상적이기는 합니다. 그러나 진정한 변화를 하려면 많은 구
성원이 일치된 힘을 갖고 실행하여야 하는데, 그럼에도 불구하고 사회
구성원의 분열과 이해, 충돌 외부의 개입 등 현실적으로 많은 벽에 부딪
치게 마련입니다. 그럴 때 역사에서 얻은 교훈으로 어떻게 돌파해 나가
야 하는지 선생님의 가르침이 기다려집니다.

선생님께서는 사회가 변화하는데 지식인의 역할이 중요하다고 생각
하신 듯합니다. 선생님이 대학에 입학한 이유도 암담한 현실을 타개하
기 위한 것이며 그렇게 해서 들어가신 대학에서 수준이 떨어지는 학생
들에 대한 걱정을 하신 점 등은 당시에 대학생이 지식인인데 이들이 사

회적으로 중요한 역할을 하여야 한다고 보신 듯합니다. 또한 선생님이 개화기 때의 인물과 교육에 큰 관심을 갖고 연구하신 것도 개화를 주도하는 지식인과 지식인을 양성하기 위한 교육이 중요하다고 생각하셔서 그러한 것이 아닌가 추측해 봅니다.

지금까지 선생님과 얽힌 추억과 선생님의 역사 연구에 대한 생각을 감히 추론해 보았습니다. 뒤늦게 깨달은 것이지만 비록 짧았지만 선생님과 같은 공간에서 같은 시간을 지냈음이 너무나도 행운이었습니다. 또한 이 나라에서 선생님이 태어나서서 살아오셨음이 저희에게는 축복이라고 생각합니다. 다만 선생님께서 더 오랫동안 계셨더라면 하는 아쉬움이 지금도 너무나 크며 저 멀리서 우리나라의 발전을 염원하고 도와주시리라고 믿습니다. 지금도 학교의 인문관에서 더운 여름에 작은 선풍기에 의지하시며 공부하셨던 선생님의 모습이 떠오릅니다. 다시 한 번 인사를 드립니다. 안녕히 계십시오. 감사합니다. 선생님!

부록

한국개화사를 체계화하다 : 이광린 선생님

대담 : 최기영

최기영 선생님을 뵈올 적마다 저희가 느끼는 점은 학부나 대학원에서 가르침을 받던 때나 지금이나 건강과 기억력이 여전하시고, 학문에 대한 열정이 조금도 다르지 않으시다는 사실입니다. 또 부지런하시다는 점도 있습니다. 오랜만에 선생님을 뵈온 제자들이 놀랐다고 이야기하곤 합니다. 특별히 건강을 유지하시는 비결이 있으신지요?

영문학에서 '역사학'으로 전공 바꿔

이광린 특별한 비결은 없습니다. 다만 제가 건강을 유지하는 가장 중요한 것은 유전적이라고 생각됩니다. 그 다음에 규칙생활을 하고, 항상 일이 있다는 점이 아닌가 해요. 유전이라는 말은 제 어머니가 재작년 말에 96세로 돌아가셨고, 부친은 몇 해 전에 91세로 돌아가셨습니다. 부친께서는 100세는 사실 분이셨는데, 수술을 해서 그런지 그렇게 사시지는 못하였어요. 그러한 것이 제게 작용하지 않았나 생각됩니다. 아울러 규칙생활을 한다는 것은 일찍 자고 일찍 일어난다는 것이지요. 또 하는 일이 있어야 하고, 거기에서 보람을

느껴야 해요. 제 공부방이 2층에 있는데, 아침 7시쯤에 올라가 책
도 보고 글도 씁니다. 오후 2시쯤 되면 눈이 조금 피로해요. 그러
면 산책을 합니다. 그리고 밤 9시가 되면 잡니다. 그것이 내 건강
비결이라고 볼 수 있어요.

최기영　요즘은 금산에 여러 날 내려가 계시는데, 그 곳에서도 그렇게 하
　　　　십니까?

이광린　마찬가지입니다. 금산에서는 조금 더 일찍 일어나서 5시 반쯤부
　　　　터 움직입니다. 그것은 변화가 없어요.

최기영　선생님의 학창생활과 역사학을 전공하게 되신 동기를 말씀해 주
　　　　시지요. 저희가 알기로는 선생님께선 해방 후 연희대학교 영문학
　　　　과에 입학하셨다가 사학과로 전과하셨는데, 특별한 이유가 있으십
　　　　니까?

이광린　저는 부친이 기독교 장로이신데, 연희전문학교에 가라고 하셔서
　　　　영문과에 입학하였습니다. 영문과에서 영시나 비평사를 배웠는데,
　　　　보니까 영문학을 해서는 창조적인 활동이 없을 것 같아서 독창적
　　　　인 창작을 할 수 없을까 하는 생각에서 사학과로 옮겼는데, 내가
　　　　지금 독창적인 일을 하고 있는지는 모르겠어요. 또 해방 뒤에는 정
　　　　치적으로나 경제적으로 상당히 어려웠어요. 그래서 문학을 해서
　　　　무엇을 이루겠다는 생각보다는 역사를 하게 되면 뭔가 되지 않을
　　　　까 하는 생각으로 전과를 했습니다.
　　　　사학과에는 한국사에 이인영 선생과 홍순혁 선생이 계셨는데, 특히
　　　　이인영 선생께 상당한 영향을 받았습니다. 그 양반에게서 나도 한
　　　　국사를 공부할 수 있겠구나 하는 자신을 얻게 되었지요. 나는 한국

사라는 학문은 서당에 다녔던 사람이나 할 수 있을 것으로 알았었
는데, 그 양반은 한문을 한 글자 한 글자 상당히 따지기 때문에 내
가 일제 강점기에 배운 한문으로도 한국사를 공부할 수 있으리란
생각이 들더군요. 이인영 선생이 그러한 것을 가르쳐주었던 것 같
습니다.

개화기 연구의 영역 개척

최기영 선생님께서는 우리나라의 대표적인 역사학자로서 특히 개화기를
전공하셨는데, 1950년대에는 주된 관심을 조선시대에 두고 계셨던
것으로 알고 있습니다. 조선 초기에 관심을 가진 이유가 있으셨는
지요?

이광린 처음에 조선 초기를 공부한 것은 한국농업사에 관심이 있기 때문
이었습니다. 한국농업사를 공부하기 위해서 한국농업이 수전농업
이니까, 물에 관련된 연구가 필요하다고 느꼈지요. 그래서 조선시
대의 수리사를 정리해 보고자 했습니다. 조선시대에 국한된 것이
었지만, 고대에서부터의 수리에 대한 것을 정리해 보았습니다. 그
러나 농업사를 해보려고 하다가 개화사로 옮겨왔지요.

『이조수리사연구』라는 단행본이 1961년에 한국연구원에서 발간
되었지만, 나로서는 불만이 많아요. 1985년에 일본의『수리과학』
이라는 잡지에 번역되어 연재되고 단행본으로도 나왔습니다만,
만족하지 않는 글입니다. 그때 연구비를 받아 1년 동안 원고를 쓴
다고 하였지만 10개월 이상 자료 수집을 하고, 자료 정리에 한 달,
그리고 쓰는 데 40일이 걸렸어요. 많은 자료를 버릴 수밖에 없었

어요. 지금은 복사기가 있어 쉽게 자료를 뽑을 수 있지만, 그 당시
에는 모두 베껴야 했습니다. 집사람이 주로 베꼈는데, 자료를 많
이 가지고 있어요. 그것을 내가 배짱이 있어서 기간이 넘더라고
한 2·3년쯤 했으면 책이 더 크고 조금 더 체계화되어 나올 수 있
었을 것입니다. 그러나 그 당시에는 남의 연구비를 받아 쓰면서
그렇게 하지는 못하였어요. 뒤에 다시 공부해 볼 생각이었지만 간
단치가 않아요. 배짱을 부리지 못하고 제출한 것은 성격때문이라
할 수 있지요.

최기영 1960년대에 이르러 선생님께서는 주로 개화기에 집중된 연구성
과를 보이셨습니다. 선생님의 연구에서 비롯되어 학계에 개화기라
는 용어가 정착되었던 것으로 압니다만, 개화기에 관심을 가지게
된 동기가 어떠한 점이셨는지요? 당시로서는 근대사를 전공하는
분도 적었을 뿐 아니라, 연구조건도 매우 나빴을 것으로 짐작됩니
다만.

이광린 『이조수리사연구』가 출간되던 시기는 우리 사회에 있어 대단한
전환기였습니다. 1960년에 4·19로 자유당 정권이 무너지고, 1961
년에 5·16이 일어났습니다. 그때 농업사보다 전환기에 대한 공부
를 하면 어떨까 하는 생각지 들었어요. 물론 역사란 것이 어떠한
시기나 전환기로 볼 수 있겠지만, 큰 전환이라는 것이 있지 않겠느
냐 하는 생각을 가지게 되었습니다. 현대사는 자료가 부족하고 해
서, 개화기를 조금 해보면 어떨까 하는 생각이 들더군요. 개화기라
는 것은 1864년 대원군이 정권을 잡을 때부터 1910년 한일합병 때
까지 약 50년을 지칭합니다. 이 시기를 구한말이나 구한국시대라
고도 하는데, 저는 그것이 멸망하고 무너져가는 느낌을 주는 것 같

아 개화기라는 말을 써보았습니다. 요즘은 많이들 사용하고 있는데, 그 당시에는 생소하였다고 할 수 있지요. 개화기라는 말을 쓴 것은 결국 도포를 입고 갓을 쓴 영감님들, 우리 할아버지뻘 되는 사람들을 좋게 평가해 주어야 하지 않느냐 하는 생각이 있었던 셈입니다.

개화기를 공부하는데 기초가 되었던 것은 1966년 11월까지 하버드대학의 엔칭연구소Harvard-Yenching Institute에 갔을 때였습니다. 저는 1956년부터 1년간 그곳에 갔던 적이 있어 두 번째였는데, 첫 번째 갔을 때에는 그곳에 한 4천 권이나 되었을까, 책이 별로 없었습니다. 그런데 두 번째 갔을 때에는 도서관이 굉장해요. 하버드 엔칭에는 동양어로 된 서적들을 중국 일본 한국으로 분류하여 모아놓았는데 한국부에는 상당한 자료들이 많이 있었습니다. 개화기를 연구하려면 일본 것과 중국 것을 알아야만 하는데, 엔칭에서 그것들을 편리하게 이용할 수가 있어 도움을 많이 받았습니다.

최기영 언뜻 생각하기에는 선생님께서 조선 초기에 관심이 많으셨으니까, 전환기에 대한 관심이 개화기로 내려오기보다는 오히려 여말선초를 연구하실 수도 있으셨을 텐데요?

이광린 고대에는 자신이 없었고, 현대사에도 자신이 없어 개화기를 해보면 어떨까 생각했습니다.

최기영 선생님께서 개화기를 연구하시며, 처음에 관심을 가진 것은 교육기관이셨지요?

이광린 개화기 연구의 결정적 계기는 하버드 엔칭에 가 있던 1966, 67년이었습니다. 그 곳에서 우리나라 최초의 일본 유학생이면서 미국

유학생이었던 유길준에 대한 자료를 찾아보았습니다. 유길준이 하버드에서 멀지 않은 곳에서 공부하였으나, 그에 관해 찾는 것이 매우 힘들었어요. 그런데 그것을 찾아보니까 약간 자신이 붙는 것 같았습니다.

최기영 근래 연세대학교의 요청으로 연세대학교와 관련된 초기 선교사들, 언더우드와 에비슨이 됩니다만, 이들에 대한 전기를 쓰셨는데, 혹 선생님께서 기독교 가문에서 자라고 기독교 학교에서 교육을 받은 사실이 개화기에 대한 관심을 유발하거나, 연구에 도움이 되지는 않으셨나요?

이광린 기독교에 대한 관심이야 있었지요. 평안도 지방에 기독교가 크게 전파되었고, 나도 평안도 사람이고 또 우리 집도 기독교를 신봉하였습니다. 그러나 개화기를 공부하면서 기독교를 연구하게 되었지, 따로 집안이나 학교의 기독교적인 분위기가 개화기르 연구하는데 관련이 있었다고는 생각하지 않습니다.

최기영 선생님께서는 11권의 저서를 내셨는데, 첫 저서인 『이조수리사연구』를 제외하고 모두 개화기에 관한 것입니다. 그 학문적인 업적은 학술원상이나 3·1문화상과 같은 여러 학술상을 수상한 점으로도 짐작됩니다. 저술의 간행연대로 미루어 선생님께서는 초기에 개화 추진기관이나 활동에 관심이 우선하다가 갑신정변과 개화당, 그리고 개화사상 등을 주로 다루신 것으로 나타납니다. 근래 청탁에 의한 경우가 많은 것으로 알고 있습니다만, 개화기에 활동한 인물에 대한 관심이 여러 형태로 보이고 있습니다. 개화기 전반에 대한 선생님의 폭 넓은 관심을 짐작할 수 있겠습니다. 이러한 작업을

하시는 동안 자료 수집을 위한 선생님의 노력은 대단하셨으리라
생각됩니다. 특히 선생님께서는 미국이나 일본의 자료들을 두루
섭렵하셨지요.

역사자료 규명으로 식민사관 극복

이광린 역사를 공부하는 사람은 자료로 하여금 이야기하게 해야 한다는
말이 있습니다. 잘못하게 되면 문학이 될 수 있다는 이야기겠지요.
자료로 말하게 하는 것이 역사학의 본령이랄까, 중심과제라고 할
수 있을 겁니다. 사실 우리나라에는 이 시기의 자료가 많지 않아
요. 오히려 일본이나 미국에 자료가 많은 경우도 있습니다. 갑신정
변의 주역인 김옥균에 대한 자료만 하더라도 국내에는 별로 많지
않습니다. 저는 미국 세일럼Salem에 있는 피바디박물관에서 김옥
균의 명함을 처음 보았습니다. 유물도 우리는 크고 좋거나 잘된 것
만을 정리하는데 외국에서는 그렇지 않아요. 피바디박물관에만도
한국 물건이 2천 점이나 됩니다. 한 예로 1883년 5월에 조선주재
미국공사로 푸트L.H. Foote 라는 이가 오는데, 그와 함께 스미소니
언 박물관 사람이 따라와 국내에서 이런저런 물건을 구해 돌아갑
니다. 그때 그 물건들을 가져가기 위하여 미국 해군 군함이 한국에
오지요. 지금도 스미소니언 박물관에는 그 물건들이 남아 있습니
다. 그러한 점에서 오히려 외국에 우리와 관련된 자료가 적지 않은
것이지요.
　임오군란이나 갑신정변의 경우만 보더라도 일본에 자료가 많아
요. 일본 신문들은 이때 특파원들을 한국에 파견하여 생생한 기사

들을 게재합니다. 이 시기에 우리나라에는 『한성순보』가 있지는
하지만 국내기사에 한정되어 있던 것에 비하여, 일본의 신문이나
잡지에는 우리나라에 관해서 매우 자세한 기사들이 게재되고 있었
습니다. 저는 1984년 8월부터 6개월간 일본에 가서 그러한 자료들
을 볼 기회가 있었는데, 처음에는 일본 외무성의 외교사료관에서
2개월 정도 자료를 보았습니다. 그리고 도쿄대학의 메이지신문잡
지문고에 가서 많은 자료들을 볼 수 있었어요. 이 문고는 도쿄대학
의 교육학부 지하에 위치하고 있는데, 1920년대에 메이지 연간 일
본에서 출간된 신문과 잡지들을 한곳에 모은 것입니다. 저는 미국
에서도 많은 자료를 볼 수 있었지만, 특히 일본에서 많은 것을 배
울 수 있었습니다. 앞으로 개화기를 연구하려면 국내의 자료에 머
무르지 않고, 미국이나 일본에 있는 자료를 많이 활용해야 할 것으
로 생각됩니다.

최기영 국내에서도 개화기에 활동한 인물들의 개인 문서 같은 것을 발굴
하여 활용하는 방안도 찾아져야 하지 않을까요? 『윤치호일기』와
같은 자료가 또 있지 않을까 하는 생각이 듭니다. 예컨대 여흥 민
씨의 개인 문서들이 찾아진다면 좋은 자료가 되지 않을까 생각됩
니다.

이광린 윤치호일기는 국사편찬위원회에서 10권으로 간행하였는데, 1권
은 한문과 국문으로 되어 있고 2권부터는 영문으로 되어 있지요.
개화기뿐 아니라 일제 강점기에 관해서도 상당히 자세합니다. 현
재로서는 『윤치호일기』가 굉장한 자료입니다. 꼼꼼하게 서술적인
것이 오늘날과 마찬가지지요. 그러한 자료가 몇 가지만 나와도 크
게 도움이 될 것으로 생각됩니다. 여흥민씨의 문서에 대해서는 아

는 것이 없지만, 발굴이 되면 좋을 것입니다.

최기영 선생님께서 개화사를 연구함으로써 당시 일제 관학자들의 식민 사관을 극복하였다는 생각이 듭니다만?

이광린 일제의 식민사관이라는 것은 주로 우리나라 고대사와 관련된 부분이 많지요. 개화기의 연구는 그들도 별다른 연구를 축적하지 못한 상태입니다. 물론 그들이 한국민족이 게으르고 무능하다든가, 당파성이나 사대주의를 강조한 것이 영향을 미치기는 했겠지만, 개화기에 관해서는 별다른 언급이 없었던 것으로 압니다.

최기영 오랫동안 개화기를 연구하시면서 느끼신 우리나라 개항 이후 근대화, 개화기 역사의 특징이랄까요. 선생님 연구의 정수라고 할 수 있겠는데, 그러한 점을 말씀해 주시지요. 특히 서구화랄까 근대화를 주도한 개화세력의 형성과 활동이 우리 역사에서 어떠한 위치를 차지한다고 보시는지요?

이광린 1880년대에 서양의 물결이 우리나라에 들어왔을 때, 그것을 받아들여 우리나라도 빨리 근대화 서구화를 이루어야 되겠다고 생각한 사람들은 그리 많지 않았습니다. 그러나 1880년대에는 서구세력을 배척하는 위정척사의 수구세력이 주를 이루고, 개화세력이 매우 미약하였습니다. 갑신정변이 3일 만에 실패한 것도 그러한 것에 이유가 있었지요. 저는 그들의 주장이 맞는다고 생각하고, 그 많지 않은 인물 가운데 대표적인 사람들에 대하여 공부를 하였습니다.

최기영 근래 젊은 역사학자들이 일제 강점기뿐 아니라 해방 이후의 역사에 대해서도 많은 관심을 가지고 있고, 특히 한때 좌파세력의 활동에 관심이 집중되었다는 느낌입니다. 그러나 요즘은 근현대사의 연구가 여러 가지 측면에서 다양화되고 있는 것으로 생각됩니다. 선생님께서 오랫동안 개화기에 대하여 연구하시면서 느낀 동양 3국의 근대화를 비교하면 어떻습니까?

한중일의 서양문화 수용태도

이광린 학문의 연구가 다양하게 이루어지는 것은 좋은 현상입니다. 근대화에 있어 중국과 한국은 비슷하지만, 일본은 중국이나 한국과 다르다는 느낌입니다. 메이지신문잡지문고만 보더라도 메이지 연간에 지방에서 발간된 신문이나 잡지들이 매우 많을 뿐 아니라, 그 문체가 오늘날과 비슷합니다. 한국과 중국이 중앙집권적인 성격이 강하였다면, 일본은 이미 지방분권이 이루어져 있었지요. 그러한 점에서 일본이 근대화에 성공한 것을 알기 위해서는 일본의 도쿠가와막부를 제대로 이해하고 재평가해야 하지 않을까 합니다. 일본적인 것은 도쿠가와막부 시대에 있었다는 주장이 있어요. 개화기에 우리나라에서 몇 차례에 걸쳐 수신사를 파견하지만, 그들은 일본인들에게 글씨나 써주었지 일본 사회에 대해서는 제대로 이해하고 있지 못하였습니다.

최기영 흔히들 개화기와 오늘날의 한국이 유사한 점이 많지 않은가 이야기합니다. 아마도 주변 국가와의 역학관계가 그렇지 않은가 하는 모양입니다만, 개화기에 대하여 가장 정통하신 선생님의 생각은 어떠신지요?

이광린 저는 그렇게 생각하지 않아요. 그때와 지금은 정치 경제 문화 등
에 많은 차이가 있습니다. 『조선책략』이 그러한 관심에서 논의되
기도 하지만, 우리는 개화기엔 국제정세에 어두웠고 힘이 없었지
요. 그러나 오늘날 우리는 국제정세를 제대로 인식할 뿐 아니라 근
대화를 이루어 힘이 있으므로, 그때와 비교할 수 없으리라 생각됩
니다.

최기영 요즈음 정치가들이 과거 정치를 언급하면서, 후대의 역사가 평가
할 것이라는 말을 자주합니다. 정치하는 사람들처럼 역사라는 말
을 자주 쓰는 경우도 없겠지만, 그 점은 어떻게 생각하십니까?

이광린 역사가 현재의 교훈을 위한 것이라고 합니다만, 후대의 역사가
평가할 것이라는 말은 특히 자료와 관련지어 타당성이 있다고 생
각합니다. 외국의 경우 외교문서 등의 정부 문서가 30년 만에 공개
되는데, 국내의 자료와 함께 외국자료를 이용한다면 평가가 제대
로 이루어질 수 있을 겁니다. 다만 우리나라의 경우에 공개할 만한
외교문서가 얼마나 되는지 모르겠어요.

최기영 지금까지 선생님의 연구와 관련지어 개화사를 중심으로 말씀을
들었습니다. 약간 주제를 바꾸어볼까 합니다. 선생님께서는 사회
와 대학이 매우 혼란하였던 1980년대 초에 서강대학교에서 부총장
직을 역임하셨고, 올 4월부터는 충남 금산의 중부대학 학장으로
대학 행정을 책임지고 계십니다. 우리나라에서 대학이 발전하고,
학문의 발전을 이루기 위해서는 어떠한 부분을 개선해야 한다고
생각하십니까? 대학을 졸업하시고 40년 넘게 대학에 재직하고 계
시며, 특히 설립한지 얼마 되지 않은 대학의 책임을 맡고 계시므로

대학발전 문제에 관심이 유별나시리라 믿어집니다. 올바른 대학상을 어떻게 보고 계시는지요. 아울러 우리 대학이 발전하기 위해서는 어떤 준비와 관심이 필요할지 외국이 경우와 비교하여 말씀을 해주시면 합니다.

이광린 제가 지난 4월 1일 중부대학에 처음 내려가 교직원들에게 이런 이야기를 했어요. 우리나라에는 신라 말기에 구산선문, 즉 선종 계열의 좋은 사찰들은 모두 지방에 있었고, 조선시대의 서원도 모두 지방에 있었다는 점을 강조하였습니다. 일제 강점기만 하더라도 지방에 특색있는 학교들이 있었어요. 예컨대 평안북도 정주에 오산고등보통학교가, 전라북도 고창에 고창고등보통학교가 있었습니다. 두 곳은 완전히 시골이었어요. 그런 점에서 우리나라는 중앙집권 아래에서도 1천 년 넘게 지방문화가 있었다는 것이지요. 그런데 오늘날에는 불과 3·40년, 길어 봐야 50년인데 모두 서울로 가야 한다, 서울에 있는 대학에 가야 한다고 합니다. 1천년 역사에서 50년은 그리 긴 시간이 아닙니다. 그러한 면에서 저는 지방대학이 발전하고 잘 되는 것이 중요하다고 생각합니다. 지난 7월 초 설악산에서 있었던 전국총학장회의에서 어느 지방대학 총장이 강사로 나온 재벌총수에게 지방대학 출신의 채용을 언급하였습니다. 그 총수는 서울에 있는 대학 출신들은 시험을 잘 보지만 본사나 연구소에서만 근무하고자 하는데, 공장들은 지방에 있으므로 앞으로 지방대학 출신들의 채용이 확대되지 않을 수 없을 것이라 답변하더군요. 그것은 매우 고무적이라고 생각됩니다.

우리나라의 대학은 캠퍼스 등은 미국식인데 운영은 일본식입니다. 미국에는 학부의 경우 지방에 있는 자그마한 대학들 가운데 좋은 대학이 많습니다. 물론 대학원은 큰 대학에 가야겠지만 좋은 학부는 그렇지 않아요. 일본에는 도쿄대학이 제일이고, 사립으로는 와세다대학 등을 꼽는데 학생 수도 많지요. 우리나라 대학교 상당수가 학생이 1만 5천이나 2만명이고 서울 중심으로 운영이 되고 있습니다. 중부대학은 앞으로 많아 봐야 3천 명이나 4천 명이 되지 않을까 생각됩니다. 그러한 지방의 작은 대학들이 발전해야만 전체적으로 대학발전이 이루어진다고 생각됩니다.

최기영 그렇게 지방대학이 발전하기 위해서는 무엇보다도 재정문제가 중요할 것으로 압니다. 대학의 재정적인 문제는 어떻게 해결될 수 있을는지요?

미국식 캠퍼스에 일본식 운영하는 우리 대학

이광린 국립대학의 경우는 잘 모르겠습니다. 그러나 사립대학의 경우에는 재단이나 국고의 지원이 중요하겠지만, 무엇보다도 졸업생들이 모교에 관심을 가지고 재정을 지원해야 합니다. 미국의 대학들을 보면, 졸업생들이 모교를 지원하고 있어요. 졸업생들이 모교를 지원하지 않으면 누가 지원하겠어요? 그런데 우리나라 교육부는 제도적으로 졸업생들이 모교에 재정적 지원을 하기 어렵게 만들어 놓고 있는 것으로 알고 있습니다. 교육부가 이러한 점에 관심을 가지고 제도적으로도 졸업생들이 졸업생들의 재정지원을 원활하게 만들어야 합니다. 지난 4월에 있었던 총학장회의에서도 그러한 문제가 논의된 바 있는데, 대구의 어느 사립대학 총장은 이럴 바에는 모든 대학을 독일이나 프랑스처럼 하라고 합니다. 대학을 전부 국립화시키라는 이야기인데 우리나라는 국립대학은 몇 안 되고 사립대학이 훨씬 많잖아요.

최기영 선생님께서 생각하시는 대학상이랄까요. 대학은 이래야 한다는
생각을 좀 말씀해 주시지요.

이광린 역시 지난 7월 초 총학장회의에서 어느 지방대학의 총장이 그
학교의 교수가 정년퇴직을 하는 자리에서 첫 마디가 "이게 무슨
대학이냐?"고 하였다고 하더군요. 그 대학은 상당히 괜찮은 것으
로 알려져 있는데, 그 교수의 말은 우리나라에 무슨 대학다운 대학
이 있느냐 하는 이야기라고 짐작됩니다. 그러나 그 말은 일리가 있
다고 생각돼요. 한 예로 우리나라 대학에는 외국 유학생들이 별로
오지 않고 있습니다. 1980년대에 한창 러시아나 동구권의 대학들
과 자매결연을 맺었는데, 그곳 대학의 역사학부 같은 데에는 교수
만 하더라도 70·80명, 50·60명이나 됩니다. 그런데 우리나라 사학
과에는 많아야 교수가 10명 아니에요. 이것으로 미루어 보면 우리
나라 대학의 문제점과 나아가야 할 방향을 짐작할 수 있을 겁니다.

최기영 정년퇴직을 하신 1989년 이후에도 선생님의 연구는 계속되고 계
십니다. 물론 정년 이후에도 세종대학교와 한서대학교 교수로 재
임하시면서, 『개화파와 개화사상 연구』(1989)를 비롯하여 언더우
드와 에비슨의 전기를 쓰셨고, 올해에는 『개화기의 인물』(1993)이
라는 저서도 출간하셨습니다. 후학들이 선생님의 끊임없으신 학구
열에 놀라워합니다. 현재 대학 행정을 맡고 계시지만, 앞으로 선생
님의 연구계획은 어떠신지요?

이광린 학교의 행정을 맡았으니 전보다 공부를 못하겠지요. 역사학은 젊
었을 때에는 사학死學이고 나이 들면 사학史學이 되는 것 같습니다.

자료는 여러 가지 가지고 있지만, 정리해본다는 것이 간단치가 않
아요. 다만 8월 초에 2주일 정도 러시아에 가보려고 합니다. 러시
아에 있는 동안 알마타나 타시켄트에 들르려고 합니다.

한국인이 두만강을 건너 러시아 땅으로 이주하기 시작한 것은
1860년대입니다. 1937년 연해주 지방에 거주하던 한국인들은 모두
중앙아시아지역으로 집단이주를 당하는데, 그 가운데 일부가 해방
뒤에 북한으로 들어갑니다. 5차례에 걸쳐 모두 427명이 북한에 들
어가 정당 언론 군 학교 등을 장악하였습니다. 그들은 물론 공산주
의자들이었지요. 남한에서는 미군장교들이 중요한 직책에 임명되
었지만, 북한에서는 한국어를 사용하는 소련 출신 한국인들을 내
세웠던 것입니다. 소련군은 북한을 소비에트화시킨 다음 1948년에
철수합니다. 북한에서는 1953년에는 남로당이, 1956년에는 연안
독립동맹 세력이 이들에 의하여 숙청되나, 1957년에 소련파라 불
리던 이들도 숙청을 당하였지요. 숙청을 피해 중앙아시아로 돌아
와 현재 남아 있는 사람들이 한 30명 된답니다. 나는 한·러 관계사
에 관심을 가지고 그간 강의도 해보았는데, 이들과 인터뷰를 해보
고자 하는 것이지요. 이들 가운데에는 이미 국내를 다녀간 사람도
있고 국내의 기관이나 단체 또는 개인들이 그들과 인터뷰를 갖기
도 했지만, 나는 내 공부와 관련지어 알아볼 문제들이 있어서지요.

최기영 학문외적으로 가지고 계신 앞으로의 계획은 어떠십니까?

이광린 글쎄요. 제가 중부대학의 행정을 맡았으니까, 그 일에 관심을 쏟
게 되겠지요. 그 곳 교직원들에게 내가 오래 행정을 맡지는 못하겠
지만 그 동안에 학교의 기틀과 체통을 만들겠다고 하였습니다.

최기영 선생님께서는 평남 용강 출신이시고 평양에서 학교를 다니신 것으로 압니다. 근래 남북문제가 여러 차원에서 논의되고 있습니다만, 역사학자로 또 실향민으로 통일에 대한 선생님의 생각은 어떠신지요?

이광린 통일은 감상적으로는 안된다고 생각합니다. 남한에는 이승만 정권을 비롯하여 박정희 정권 등 여러 차례의 정권 변화가 있었습니다. 그러나 북한에는 아무런 정권 변화가 없었지요. 김일성이 죽고 정치가 상당히 변화되고, 몇 차례의 변화가 있어야 통일이 가능하지 않을까 생각되는군요.

최기영 오랫동안 선생님께 학문과 대학에 대한 말씀을 들었습니다. 시사적인 문제에 대해서는 별로 말씀을 나누지 못하였습니다만, 좋은 말씀은 저희 후학 제자들에게 큰 도움이 될 것으로 생각합니다. 선생님께서 계속 건강하시고 좋은 글로 저희를 계도해 주셨으면 합니다. 감사합니다.

[『자유공론』 1993년 8월호]

칠리 이광린 선생 약력

1925. 2. 9	평안남도 龍岡郡 陽谷面 新柳里 201번지에서 출생
2006. 4.11	경기도 고양시 일산동구 마두동 755 백마마을 115동 1502호에서 별세

학력

1939. 4	평양 종로공립보통학교 졸업
1939. 4-1944. 3	평양 제2공립중학교 졸업
1945.10-1946. 8	연희전문학교 전문부 영문과 수학
1946. 9-1950. 5	연희대학교 문과대학 사학과 졸업
1950. 6-1954. 3	연희대학교 대학원 사학과 졸업
1995. 5	명예문학박사(연세대학교)

경력

1945. 4-1945. 8	치안유지법 위반으로 평양형무소 수감
1952. 4-1954. 3	연희대학교 문과대학 사학과 조교
1954. 4-1957. 2	연희대학교 문과대학 사학과 전임강사
1957. 3-1962.10	연세대학교 문과대학 사학과 조교수
1962.10-1964. 2	연세대학교 문과대학 사학과 부교수
1964. 3-1965. 2	서강대학교 문과대학 사학과 부교수
1965. 3-1989. 2	서강대학교 문과대학 사학과 교수
1972. 3-1974. 9	서강대학교 인문과학연구소장
1973. 7-1991. 6	국사편찬위원회 위원

1975. 9-1977. 8	서강대학교 문과대학 사학과장
1980. 1-1983.12	서강대학교 부총장
1981. 8-2006. 4	학술원 회원
1989. 3-2006. 4	서강대학교 명예교수
1989. 3-1991. 2	세종대학교 문과대학 역사학과 초빙교수
1991. 3-1993. 4	한서대학 교수
1993. 4-1995. 2	중부대학 학장
1994.10-1997.10	국사편찬위원회 위원
1995. 3-1997. 2	중부대학교 총장

학회

| 1973. 1-1975.12 | 진단학회 대표간사 |
| 1977. 1-1979.12 | 역사학회 회장 |

상훈

1969.11	한국일보사 한국출판문화상 저작상
1973.10	경향신문사 경향양서출판문화상 저술부분 금상
1982.12	국민훈장 동백장
1984. 9	대한민국 학술원 저작상
1987. 3	3·1 문화상 저작부문
1989. 2	국민훈장 모란장
2002. 3	용재상 특별상

해외연구

1956-1957	미국 하버드대학교 옌칭연구소 연구
1966-1967	미국 하버드대학교 옌칭연구소 연구
1984-1985	일본 도쿄대학 연구

논저목록

1. 연구저작

1. 『李朝水利史研究』, 韓國硏究圖書館, 1961. 1
2. 『韓國開化史硏究』, 一潮閣, 1969. 7/1974. 4(增補版)/1999. 1(全訂版)
   /中文版：陳文壽 譯, 『韓國開化史硏究』, 香港社會科學出版社, 1999. 12(北京大學 韓國學硏究中心 韓國學叢書)
3. 『開化黨硏究』, 一潮閣, 1973. 2
4. 『韓國開化思想硏究』, 一潮閣, 1979. 3
5. 『韓國史講座』(近代篇), 一潮閣, 1981. 3
6. 『韓國開化史의 諸問題』, 一潮閣, 1986. 4
7. 『開化派와 開化思想硏究』, 一潮閣, 1989. 6
8. 『초대 언더우드 선교사의 생애』, 연세대학교 출판부, 1991. 5
9. 『올리버 알 에비슨의 생애』, 연세대학교 출판부, 1992. 2
10. 『유길준』, 東亞日報社, 1992. 10
11. 『開化期의 人物』, 연세대학교 출판부, 1993. 4
12. 『開化期硏究』, 一潮閣, 1994. 10
13. 『韓國近現代史論攷』, 一潮閣, 1999. 12

2. 공저

1. 李基白·李光麟 편, 『韓國史의 基本知識』, 一潮閣, 1972.
2. 李基白·李光麟 외, 『우리 歷史를 어떻게 볼 것인가』, 三星文化財團, 1976. 12
3. 李光麟·河炫綱·李萬烈, 『勇氣있는 사람들』, 中央日報·東洋放送, 1978. 1
4. 李光麟·愼鏞廈 편, 『史料로 본 韓國文化史』(近代篇), 一志社, 1984.12
5. 李光麟·劉載天·金灣東, 『大韓每日申報研究』, 西江大學校 人文科學研究所, 1986. 3

3. 번역

1. Frederick A., McKenzie, *Korea's Fight for Freedom* ;『韓國의 獨立運動』, 一潮閣, 1969. 11

2. Fred Harvey, Harrington, *God, Mamon and the Japanese* ;『開化期의 韓美關係』, 一潮閣, 1973. 9

3. Horace Grant, Underwood, *Call of Korea* ;『韓國改新教受容史』, 一潮閣, 1989. 6

4. 교주

1. 文一平,『韓美五十年史』, 探求堂, 1975. 11

5. 논문

1. 「其人制度의 變遷에 대하여」,『學林』3, 1954. 7

2. 「世宗朝의 集賢殿」.『崔鉉培先生 還甲記念論文集』, 思想界社, 1954. 11

3. 「號牌考」,『庸齋白樂濬博士 還甲紀念 國學論叢』, 思想界社, 1955. 11

4. 「李朝 初期의 製紙業」,『歷史學報』10, 1958. 6

5. 「奔競 禁止法의 制定과 그 變遷에 對하여」,『東方學志』4, 1959. 6

6. 「鮮初의 四部學堂」,『歷史學報』16, 1961. 12

7. 「京主人 研究」,『人文科學』7, 1962. 6

8. 「李朝 後半期의 寺刹製紙業」.『歷史學報』17·18, 1962. 6

9. 「育英公院의 設置와 그 變遷에 對하여」,『東方學志』6, 1963. 6

10. 「舊韓末의 官立外國語學校에 대하여」,『鄉土서울』20, 1964. 5

11. 「世宗」,『韓國의 人間像』1, 新丘文化社, 1965. 4

12. 「헐버트」,『韓國의 人間像』6, 新丘文化社, 1965. 4

13. 「60年 前의 孤兒 韓國」,『思想界』1965년 9월호

14. 「鮮初의 養蠶業 -특히 蠶室을 中心으로-」,『曉城 趙明基博士 華甲記念 佛教史學論叢』, 曉城趙明基博士華甲記念 佛教史學論叢刊行委員會, 1965. 5

15. 「『養蠶經驗撮要』에 대하여」,『歷史學報』28, 1965. 9

16. 「韓國의 民主的 發展과 敎育의 課題」,『民主主義 槪念究明과 民主市民敎育의 구실』, 中央敎育硏究所, 1965. 9

17. 「美國 軍事敎官의 招聘과 鍊武公院」,『震檀學報』28, 1965. 12

18. 「1905년 이후의 韓國 成人敎育」,『韓國의 民主的 發展과 成人敎育의 課題』, 中央敎育硏究所, 1966. 9

19. 「提調制度硏究」,『東方學志』8, 1967. 10

20. 「美國留學時節의 兪吉濬」,『新東亞』1968년 2월호

21. 「『農政新編』에 對하여」,『歷史學報』37, 1968. 6.

22. 「漢城旬報와 漢城周報에 對한 一考察」,『歷史學報』38, 1968. 8

23. 「李樹廷의 人物과 그 活動」,『史學硏究』20, 1968. 9

24. 「農務牧畜試驗場의 設置에 대하여」,『金載元博士 回甲紀念論叢』, 乙酉文化社, 1969. 3

25. 「『海國圖志』의 韓國傳來와 그 影響」,『韓國開化史硏究』, 一潮閣, 1969. 7

26. 「『近世朝鮮政鑑』에 대한 몇 가지 問題」,『韓國開化史硏究』, 一潮閣, 1969. 7

27. 「開化思想硏究」,『韓國開化史硏究』, 一潮閣, 1969. 7

28. 「『易言』과 韓國의 開化思想」,『李弘稙博士 回甲紀念 韓國史學論叢』, 新丘文化社, 1969. 10

29. 「프레이자 文書를 찾아서」,『現代敎養』1, 新丘文化社, 1969. 12

30. 「書堂에서 學校로--韓末의 敎育--」,『韓國現代史』3, 新丘文化社, 1969. 12

31. 「開化僧 李東仁」,『창작과 비평』1970년 가을호

32. 「스미소니안 博物館의 韓國 遺物」,『新東亞』1970년 11월호

33. 「開化期 이후의 遺物保存에 대하여」,『박물관뉴우스』, 國立博物館, 1971. 1

34. 「一留學生의 書翰」,『史學會誌』17·18, 1971. 8

35. 「金玉均의 著作物」,『文學과 知性』1972년 여름호

36. 「金玉均의『甲申日錄』에 대하여」,『震檀學報』33, 1972. 6

37. 「開化黨의 形成」,『省谷論叢』3, 1972. 11

38. 「숨은 開化思想家 劉大致」,『開化黨硏究』, 一潮閣, 1973. 1

39. 「甲申政變에 대한 一考察」, 『開化黨研究』, 一潮閣, 1973. 1

40. 「劉大致--開化思想의 先驅」, 『月刊中央』 1974년 6월호

41. 「開化期 關西地方과 改新敎--改新敎 受容의 一事例--」, 『崇田大學校 論文集』 5, 1974. 12 ; 『韓國의 近代化와 基督敎』, 숭전대학교 기독교문화연구소, 1983. 8

42. 「徐載弼의 『독립신문』 刊行에 대하여」, 『震檀學報』 39, 1975. 4

43. 「開化派의 改新敎觀」, 『歷史學報』 66, 1975. 6

44. 「開化思想의 普及」, 『한국사』 16, 국사편찬위원회, 1975. 12

45. 「民族敎育」, 『한국사』 22, 국사편찬위원회, 1976.12

46. 「姜瑋의 人物과 思想--實學에서 開化思想으로의 轉換의 一斷面--」, 『東方學志』 17, 1976. 12

47. 「舊韓末 進化論의 受容과 그 影響」, 『世林韓國學論叢』 1, 1977. 4

48. 「兪吉濬의 開化思想--西遊見聞을 中心으로--」, 『歷史學報』 75·76, 1977. 12

49. 「徐載弼의 開化思想」, 『東方學志』 18, 1978. 6

50. 「舊韓末 新學과 舊學과의 論爭」, 『東方學志』 23·24, 1980. 2

51. 「韓國에 있어서의 萬國公法의 受容과 그 影響」, 『東亞研究』 1, 1982. 12

52. 「초기의 한·미관계」, 『한·미수교 1세기의 회고와 전망』, 韓國精神文化研究院, 1983. 7.

53. 「開化思想과 愛國啓蒙運動」, 『韓國學入門』, 學術院, 1983. 12

54. 「韓國 최초의 미국 대학 졸업생 邊燧」, 『韓國天主敎會 創設 二百周年紀念 韓國敎會史論文集』 1, 1984. 5

55. 「舊韓末 獄中에서의 基督敎 信仰」, 『東方學志』 46·47·48, 1985. 6

56. 「'開化僧 李東仁'에 關한 새 史料」, 『東亞研究』 6, 1985. 10

57. 「舊韓末 露領 移住民의 韓國政界 進出에 대하여 —金鶴羽의 活動을 中心으로—」, 『歷史學報』 108, 1985. 12

58. 「甲申政變과 褓負商」, 『東方學志』 49, 1985. 12

59. 「『大韓每日申報』 刊行에 대한 一考察」, 『大韓每日申報研究』, 서강대학교 인문과학연구소, 1986. 3

60. 「金玉均의 '東南諸道開拓使 兼 管捕鯨事'任命에 대하여」, 『韓國開化史의 諸問題』, 一潮閣, 1986. 4

61. 「開化初期 韓國人의 日本留學」, 『韓國開化史의 諸問題』, 一潮閣, 1986. 4

62. 「'濟衆院'研究」, 『韓國開化史의 諸問題』, 一潮閣, 1986. 4

63. 「日本 亡命時節의 兪吉濬」, 『新東亞』 1986년 10월호

64. 「舊韓末 平壤의 大成學校」, 『東亞研究』 10, 1986. 12

65. 「『皇城新聞』研究」, 『東方學志』 53, 1986.12

66. 「開化黨의 大院君觀」, 『佛敎와 諸科學』, 東國大學校, 1987. 4

67. 「開化期의 韓國新聞」, 제6회 프레스포럼·주제발표문, 한국프레스센터, 1987. 5

68. 「日本 改新敎會의 韓國浸透와 維新會事件」, 『東亞研究』 11, 1987. 6

69. 「開化期 知識人의 實學觀」, 『東方學志』 54·55·56, 1987. 6

70. 「舊韓末 關西地方 儒學者의 思想的 轉回--雲菴·誠菴의 弟子를 中心으로--」, 『斗溪 李丙燾博士九旬紀念 韓國史學論叢』, 지식산업사, 1987. 9

71. 「韓國에 있어서의 民主主義 受容」, 『東亞研究』 12, 1987. 9

72. 「統理機務衙門의 組織과 機能」, 『學術院論文集』 26, 1987. 12

73. 「日本에 있는 悲運의 韓國建物」, 『月刊朝鮮』 1988년 1월호

74. 「舊韓末 講舊會 選定의 '愛國死士'에 對하여」, 『震檀學報』 65, 1988. 6.

75. 「尹致昊의 日本 留學」, 『東方學志』 59, 1988. 9

76. 「兪吉濬의 英文書翰」, 『東亞研究』 14, 1988. 10

77. 「開化期 韓國人의 아시아連帶論」, 『韓國史研究』 61·62, 1988. 10

78. 「統理機務衙門의 組織과 機能」, 『梨花史學研究』 17·18, 1988. 10

79. 「北韓의 歷史學」, 『東亞研究』 16, 1988. 12

80. 「開化思想의 形成과 그 發展」, 『韓國史 市民講座』 4, 1989. 2

81. 「미시간大學에 있는 '씰'公使의 書翰」, 『開化派와 開化思想 研究』, 一潮閣, 1989. 6

82. 「初期의 培材學堂」, 『開化派와 開化思想 研究』, 一潮閣, 1989. 6

83. 「北韓에서의 金玉均研究」, 『북한이 보는 우리 역사』, 乙酉文化社, 1989. 10

84. 「北韓學界에서의 '古朝鮮'研究」, 『歷史學報』 124, 1989.12

85. 「北韓의 考古學--특히 都宥浩의 硏究를 中心으로--」,『東亞硏究』20, 1990. 5

86. 「徐載弼의 思想--英文版『獨立新聞』The Independent을 中心으로--」,『徐載弼과 韓國民主主義』, 대한교과서주식회사, 1990. 5

87. 「'해리 힐맨' 高等學校를 찾아서」,『徐載弼과 韓國民主主義』, 대한교과서주식회사, 1990. 5.

88. 「漢譯 基督敎 書籍의 韓國傳來와 그 影響」,『學術院論文集』29, 1990. 12

89. 「甲申政變 '政綱'에 대한 再檢討」,『東亞硏究』21, 1990. 12

90. 「兪吉濬의 文明觀」,『19世紀 韓日兩國의 傳統社會와 外來文化』, 韓日文化交流基金, 1991. 1

91. 「昇山峽에 남아 있는 兪吉濬의 墨書」,『靑丘』10, 靑丘文化社, 1991. 11

92. 「'비숍' 여사의 旅行記」,『震檀學報』71·72, 1991. 12

93. 「閔妃와 大院君」,『明成皇后弑害事件』, 민음사, 1992. 9

94. 「馬建忠과 韓·中關係」, 忠南大學校 人文科學硏究所 학술세미나 제43회 발표문, 1993. 6

95. 「洪英植 硏究」,『學術院論文集』32, 1993. 12

96. 「北韓學界에서의 丁茶山 硏究」,『東亞硏究』28, 1994. 9

97. 「李樹廷의 〈朝鮮敎育의 槪況〉과『明治字典』의 序」,『開化期硏究』, 一潮閣, 1994.10

98. 「卓挺埴論」,『開化期硏究』, 一潮閣, 1994. 10

99. 「開化期의 韓錫晋」,『開化期硏究』, 一潮閣, 1994. 10

100. 「『京城農桑章程』에 대하여」,『重山鄭德基博士華甲紀念論叢 韓國史의 理解』, 景仁文化社, 1996. 12

101. 「헐버트의 한국관」,『한국근현대사연구』9, 1998. 12

102. 「平壤과 기독교」,『한국기독교와 역사』10, 1999. 4

연희대학교 재학시절 답사.

연희대학교 재학시절 답사(불국사).

연세대학교 국어국문학과 권오돈 교수와 함께.

연세대학교 문과대학 교수.

연세대학교 교수 모임.

결혼기념(1956년).

미국 하버드대학교 연경학사 연구
(1956–1957).

미국 하버드대학교 연경학사 연구
(1967).

서강대학교 −서울대학교 교수 축구대회.

서강대학교 사학과 답사.

길현모, 이기백 교수와 함께.

서울대학교 정병욱 교수와 함께.

라이샤워 교수 환영모임.

경향 양서출판문화상 저술부분 금상 수상(1973).

서강대학교 사학과 답사.

서강대학교 부총장 재임시(1980-1983).

학술원상 저작상 수상 후(1984).

회갑연(1985).

서강대학교 동아연구소 학술대회(1985).

서강대학교 동아연구소 학술대회(1986).

서강대학교 정년퇴직, 이한조·이광린·이보형(1989).

서강대학교 정년퇴직 인사(1989).

2학기 대학원 수업 종강 기념(1989).

연세대학교에서 명예문학박사 학위를 받고(1995).

10주기 묘소 참배(2016).

칠리 이광린 선생 탄신 100주년 기념문집

개화와 근대

2024년 12월 2일 초판 인쇄
2024년 12월 9일 초판 발행

엮 은 이　　이광린 선생 탄신 100주년 기념문집 간행위원회
발 행 인　　한정희
발 행 처　　경인문화사
편 집 부　　김지선 한주연 김한별 이슬애
관라영업부　하재일 유인순
출 판 신 고　제406-1973-000003호
주　　　소　파주시 회동길 445-1　경인빌딩 B동 4층
대 표 전 화　031-955-9300　**팩 스**　031-955-9310
홈 페 이 지　http://www.kyunginp.co.kr
이 메 일　　kyungin@kyunginp.co.kr

ISBN 978-89-499-6828-5　03810
값 30,000원

* 파본 및 훼손된 책은 교환해 드립니다.